Endstation Aasee

Zur Autorin:
Ursula Meyer, geboren im Taunus, aufgewachsen in Köln, Studium in Köln und Wien, lebt mit ihrem Mann und ihren zwei Töchtern in Wien und Münster. Nach ihrer Dissertation über die Gefängnisschriftstellerin Albertine Sarrazin veröffentlicht sie mit *Endstation Aasee* ihren ersten Krimi.
Hauptkommissarin Sieglinde Züricher (Wie kann man ein Kind nach einer Kartoffelsorte benennen? – so die Frage ihres Kollegen Lenz) wird aus dem tiefsten Bayern nach Münster versetzt, wo sie den mysteriösen Tod eines Schuldirektors aufklären soll.

Ursula Meyer

Endstation Aasee

Ein Münsterkrimi mit
Sieglinde Züricher

Waxmann Münster / New York
München / Berlin

Die Deutsche Bibliothek – CIP-Einheitsaufnahme

Meyer, Ursula:
Endstation Aasee : ein Münsterkrimi mit Sieglinde Züricher / Ursula Meyer. – Münster ; New York ; München ; Berlin : Waxmann, 1998
(Waxmann schwarze Serie)
ISBN 3-89325-650-4

ISBN 3-89325-650-4

Postfach 8603, D-48046 Münster

http://www.waxmann.com
E-mail: info@waxmann.com

Umschlaggestaltung: Pleßmann Kommunikationsdesign, Ascheberg
Druck: Buschmann Druckerei GmbH & Co. KG
Gedruckt auf alterungsbeständigem Papier, DIN 6738

Für meine Tochter Angela

Prolog

Der eine oder andere Bewohner der Stadt Münster erinnerte sich später, daß dieser 13. März der erste warme Tag des Jahres gewesen war, eine Woche vor dem offiziellen Frühlingsbeginn. Um drei Uhr nachmittags zeigte das Thermometer am Allwetterzoo noch siebzehn Grad im Schatten. Eine milde, von Süden kommende Brise trieb kleine, krause Wellen gegen das Ufer des Aasees, und an den Bootsstegen der Segelschule Overschmidt lagen die ersten Jollen zur Generalüberholung für die Sommersaison.

Ein paar Häuser weiter, an der Annette-Allee, machte sich der Installateur Jürgen Kotte vor dem Haus eines Kunden Notizen über den Auftrag, den er gerade erledigt hatte. Die Entfernung einer alten Badewanne und der Einbau einer neuen. Das alte Exemplar war von unbestimmbarer Herkunft, ein Vorkriegsmodell, im Laufe der Jahre stumpf geworden, bei der neuen handelte es sich um eine Heresit Typ C in bermudablau, ein körpergerechtes Spitzenprodukt, das gern gekauft wurde.

Kotte addierte seine Fahrzeit mit den dreieinhalb Arbeitsstunden, die er im Haus zugebracht hatte, wobei er zufrieden feststellte, daß die Installation der neuen Anlage weit weniger Aufwand verursacht hatte als die Entfernung des Vorkriegsmodells. Das alte Fossil hatte ihm zu schaffen gemacht, wie eingebacken hatte es in der Badezimmerwand gesessen. Aber jetzt lag es auf der Ladefläche des Transporters und sah einer umweltschonenden Entsorgung entgegen.

Während der Klempner per Autotelefon mit seiner Frau, die die Buchhaltung betreute, über die Nachmittagstermine sprach, hörte er im Erdgeschoß der Kundenvilla den Staubsauger summen. Man beseitigte die Überreste des „Fossils“ und hatte wohl auch Freude an der neuen spiegelblanken Wanne. Und Kotte freute sich mit. Ein einziger zufriedener Kunde konnte ihm den ganzen Tag verschönen. Und dazu dieses prachtvolle Wetter! Er beendete das Gespräch mit einem gutgelaunten „Tschüs!“, zündete den Motor und brauste mit Schwung den Weg hinunter, über den er gekommen war. Dann bog er in die Himmelreichallee ein. Als er sah, daß die Verkehrsampel etwa zweihundert Meter vor ihm auf Gelb schaltete, nahm er das Tempo zurück und langte nach der Zigarettenschachtel in der Brusttasche seines Overalls. Er blies den Rauch aus dem offenen Wagenfenster und überlegte, ob er den Sommerurlaub mit seiner Frau nicht wieder auf Pellworm verbringen sollte.

Die Ampel sprang auf Grün, Kotte, froh, daß es endlich weiterging, legte den ersten Gang ein und ließ den Transporter leicht vorwärtsrollen, aber sein Vordermann rührte sich nicht von der Stelle. Aus mehreren Wagen hinter ihm drang ärgerliches Hupen, auch das zeigte keinerlei Wirkung. An ein Überholen war nicht zu denken, der Gegenverkehr ließ nicht die kleinste Lücke.

Die Ampel wurde gelb und wieder rot. Und auch Kotte sah plötzlich Rot. Er war ein freundlicher Mensch, aber auch ein temperamentvoller. Das Herauspolken der alten Wanne hatte ihn mehr Zeit gekostet als eingeplant. Warum fuhr dieser Trottel denn nicht? Jemand, der sich ein Auto der Luxusklasse leistete, mit einem Kennzeichen, als hätte er seine eigene Talkshow bei RTL, und dann baden ging wie ein Fahrschüler in der ersten Übungsstunde? Kotte dachte daran, daß der Abladeplatz für Sondermüll nur über die Steinfurter Straße zu erreichen war und daß auf der Hansalinie Richtung Hamburg am Montag nachmittag ein nervenzerrendes Stop-and-go herrschte. Wütend löste er den Sicherheitsgurt und stieg aus. Dieser Schlafmütze würde er es zeigen. Er sah, daß das Fenster auf der Fahrerseite heruntergedreht war, beugte sich vor, um diesem „Lahmheini“ die Meinung zu geigen, und prallte erschrocken zurück.

Der Fahrer war über das Lenkrad gekippt und mit dem Kopf auf das Armaturenbrett geschlagen, sein linker Arm hing schlaff herunter. Das zum offenen Fenster gedrehte Gesicht zeigte eine blaurote Verfärbung und weit geöffnete Augen, die starr zur Wagendecke gerichtet waren. Aus dem halboffenen Mund tropfte ein dünner Speichelfaden auf die hellgraue Hose, aber Blut war nirgendwo zu sehen. Als Handwerksmeister hatte Kotte öfter mit Arbeitsunfällen zu tun, die auch nicht immer appetitlich aussahen. Sobald er den ersten Schrecken überwunden hatte, rannte er zu seinem Transporter und verständigte den Rettungsdienst. Obwohl er vermutete, daß diesem Menschen nicht mehr zu helfen war, schien ihm der Notarzt die geeignete Adresse. Mochten diese abgebrühten Burschen, die ständig mit Blaulicht und Martinshorn durch die Stadt jagten, entscheiden, was passiert war. Auch andere Autofahrer hatten inzwischen ihre Fahrzeuge verlassen, um einen Blick auf den Unglückswagen zu werfen, aber man blieb in sicherer Entfernung und beschränkte sich auf Vermutungen. Die Worte „Herzversagen" oder „Gehirnschlag" fielen mehrfach, dann redete jemand auch von Lebensmittelvergiftung. Er hätte mal einen Bekannten nach dem Genuß von verdorbenen Austern gesehen ...

Notarzt und Sanitäter trafen schnell ein. Der Arzt warf einen Blick auf den reglosen Mann und streifte Latexhandschuhe über. Er tastete die linke Halsschlagader ab, versuchte es dann auf der rechten Seite, wobei ihm die eigentümliche Drehung des Kopfes Schwierigkeiten zu machen schien. Er fühlte auch den Puls der rechten Hand, die das Lenkrad umklammerte, und zog eine winzige Taschenlampe aus der Brusttasche, um in die starren Pupillen zu leuchten. Dann rannte der Sanitäter zum Einsatzwagen und kehrte mit Sauerstoffmaske und Respirator zurück. Das Publikum sah die beiden eine Weile über den Fahrer gebeugt, dessen Kopf nun an der Nackenstütze lehnte. Aber die Beatmung schien erfolglos zu verlaufen, denn die beiden richteten sich aus ihrer gebückten Haltung auf, und der Sanitäter lief wieder zum Wagen und telefonierte.

Erstes Kapitel

Jürgen Kotte hatte nicht nur seinen Arbeitsauftrag genau protokolliert, er eignete sich, wie sich herausstellte, auch als akribischer Zeuge. Seine Aussagen waren so exakt und detailliert, einschließlich seiner an der roten Ampel ausgeheckten Urlaubspläne, daß die Mordkommission später zumindest diese Minuten mühelos rekonstruieren konnte.

Zur gleichen Zeit, als der Tote gefunden wurde, saßen wir im Büro des Morddezernats. Es war mein erster Arbeitstag, und wir feierten meinen Einstand und den Abschied von Hauptkommissar Frieder Lenz. Lange und zäh hatte er sich um eine Versetzung nach Köln beworben, wo seine Frau Lehrerin war, und nun wurde es gleich eine Beförderung zum Ersten Hauptkommissar. Das war für ihn noch mehr Grund zur Freude als die Ankunft seiner Nachfolgerin. Aber sie hatten sich für mich, „die Neue", etwas Exotisches einfallen lassen. Ich kam aus dem Münchener Sittendezernat, und so waren die Schreibtische bayrisch gedeckt: mit Weißwürsten und süßem Senf, Laugenbrezeln und Münchner Bier. Die Abteilungssekretärin Hilly hatte Papierdecken in weiß-blauem Rautenmuster besorgt, dazu Servietten und Pappgeschirr „Ton-in-Ton". Das Ganze erinnerte an einen Kindergeburtstag, was nicht zuletzt an dem alkoholfreien Bier lag, aber schließlich war man im Dienst. Ich nahm an, daß Hilly hinter dem gesamten Budenzauber steckte, und bedankte mich bei ihr.

„Ja, schmeckt's?" fragte sie gönnerhaft. „Wissen Sie, es gibt da eine Metzgerei in der Innenstadt ... Und überhaupt, wenn Sie demnächst mal einen Rat brauchen, wegen Friseur oder Gynäkologen ..."

„Ich komme bestimmt darauf zurück", versprach ich, und sie zwinkerte vertraulich mit ihren dunklen Rosinenaugen. Kein Zweifel, diese Frau, allein in einem Verband knallharter Männer, brauchte weibliche Verstärkung!

Das Schönste an dieser Einstands-Fête war, daß man sich Zeit lassen konnte. „Der Pinguin", Dezernatsleiter Dr. Gross, hatte sich abgemeldet, angeblich wegen Gallenkoliken. Aber Inspektor Max Lückmann, mit dem Lenz das Büro teilte, wußte, daß Gross' Leib-und-Magen-Verein Borussia Dortmund am Sonntag nachmittag haushoch gegen Werder Bremen verloren hatte. Und da war es doch wohl eher ein übler „Kater", der den Chef zu Hause festhielt. Seinen Spitznamen verdankte Dr. Gross seinem possierlichen Gang und der Tatsache, daß er immer den gleichen schwarzen Anzug trug. Nur die Fliege, mit der er seine weißen Oberhemden aufputzte, wechselte von Zeit zu Zeit. Das Telefon schellte in unsere Debatte über den Mordfall Maria Rohrbach hinein, dessen „besonders bestialische Note", wie Lenz sagte, im Frühjahr 1957 in Münster die Gemütswellen hatte hochschlagen lassen. Sein Onkel war, auf der Seite des Gesetzgebers selbstverständlich, in die Geschichte verwickelt gewesen, als 1961 die Akte noch einmal geöffnet wurde. Mit dem Ergebnis, daß „die Rohrbach" nach vier Jahren Zuchthaus aus Mangel an Beweisen freigesprochen wurde.

„Und die besonders bestialische Note?" fragte ich.

Lenz, ein großer, magerer Mittvierziger, mit scharf vorspringender Nase und ausgeprägten Geheimratsecken, nahm sich noch eine Weißwurst und zuzelte sie herzhaft, während er weiterredete. „Nachdem sie ihrem Mann Rattengift in den Malventee geschüttet hatte, sägte sie die Leiche auseinander und brachte die Einzelteile, in alte Decken gehüllt, auf ihrem Fahrrad weg. Die obere Rumpfhälfte fischte man zwei Tage später aus dem Aasee, die untere auf der Höhe der Wienburg aus der Aa. Und um das widerwärtige Puzzlespiel komplett zu machen: auch die Beine fanden sich in der Aa, in einem toten Flußarm. Den fehlenden Kopf hatte sie angeblich im Küchenherd verbrannt, aber nach zweieinhalb Jahren entdeckte man, auf halber Strecke zur Wallfahrtskapelle von Telgte, den teilweise noch behaarten Schädel in einem ausgetrockneten Bombentrichter. So sahen die Richter, Schöffen und Gutachter den Fall, gestanden hat die Rohrbach nie. Und so leben die Mörder noch heute", schloß er, wie in einem schlechten Märchen, und erbarmte sich endlich seines Telefons. Durch die Muschel hörte man die aufgeregte Stimme des Anrufers.

„Wo seid ihr?“ fragte Lenz, „Himmelreichallee? Vor oder hinter der Landesbausparkasse? Eine männliche Leiche in einem Auto? Auf einem Parkplatz, oder? … An einer Ampel? Wollt ihr mich auf den Arm nehmen? … Ach so!“

Er schluckte das Wurstende herunter und brachte damit seinen Adamsapfel zum Tanzen. Sein Tonfall klang jetzt völlig verändert.

„Habt ihr Papiere gefunden? Ja? … Wer, sagst du? Das darf doch nicht wahr sein! Bleibt, wo ihr seid! Wir kommen!“

Er legte auf. „Wißt ihr, wer am Aasee tot in seinem Auto liegt? Der Rehberg!“ Lückmann begann krampfhaft zu schlucken und legte den Wurstzipfel zurück auf seinen Pappteller.

„Ruf die Spurensicherung an“, sagte Lenz. „Nach einem Herzinfarkt sieht das ganz und gar nicht aus! … Himmelreichallee. An der Ampel Ecke Hüfferstraße!“ Lückmann nickte. Mit einem schnellen Schluck leerte Lenz seinen Becher und zog sich die Anzugjacke an. „Kommen Sie, Sieglinde! Es geht schon los mit der Arbeit!“

Während wir im Aufzug zum Hof fuhren, fragte er völlig zusammenhanglos: „Wer in Ihrer Familie ist eigentlich auf die Idee gekommen, Sie nach einer gelben, festkochenden Kartoffelsorte zu nennen?“

Einen Augenblick war ich sprachlos. Sollte das ein Witz sein?

„Die Alternativen waren Apollonia und Creszenzia“, sagte ich katzig. „Apollonia war die Tagesheilige, als ich auf die Welt kam, und Creszenzia hieß meine Großmutter.“

Er grinste. „War nicht böse gemeint. Aber bei Namen wie dem Ihrigen stelle ich mir immer die Frage: ‚Wer war zuerst da, das Kind oder die Kartoffel?‘“

„Das Kind“, sagte ich wütend. „Jedenfalls bei uns in Bayern!“

„Also gut, Sieglinde!“ brummte er, stieg in den Dienstwagen, öffnete mir die Beifahrertür und schoß los, noch bevor ich den Sicherheitsgurt befestigen konnte. Wer in München hatte mir diese Schauermärchen von den „Saupreußen“ erzählt? Gerade eben hätte ich noch drüber gelacht!

„Es wäre nett, wenn Sie mir endlich erklären würden, wer dieser Rehberg war.“

Lenz steckte sich eine Zigarette an. In den Büros herrschte absolutes Rauchverbot.

„Alles, was Sie wollen!“ sagte er, „Schuldirektor, Politiker, Kunstsammler, Kammermusiker – sagen Sie, wenn ich aufhören soll ...“

„Es reicht! War er beliebt? Sympathisch?“

„Ich glaube eher, daß er imponierte. Früher hatte Münster seine Originale, den ‚Tollen Bomberg‘, den ‚Ziegenbaron‘, den Professor Landois. Über die hat man gelacht. Rehberg war kein „Original“, er wollte Einfluß und Macht, deshalb hatte er überall seine Finger drin. Aus Spaß, aus Geltungssucht, was weiß ich? Er war einer, der ständig Wirbel machte, und er genoß den Wirbel. Ob Benefizveranstaltung für die Multiple-Sklerose-Gesellschaft oder ein neues Logo für den Stadttourismus, ob Fronleichnamsprozession über den Domplatz oder die Begrüßung irgendwelcher Popmusiker in der Halle Münsterland, ohne Rehberg lief nichts. Als die Stadt im letzten Juni eine Gruppe von Tschernobylkindern eingeflogen hatte, stand er mit einer Traube Luftballons auf dem Rollfeld. Es wirkte unmöglich, aber es wirkte! Seinen größten Erfolg in diesem Frühjahr feierte er, als er Spitzenkandidat für die Kommunalwahlen wurde. Dabei war ursprünglich die Rede von einem weiblichen Kandidaten gewesen, einer Klinikärztin. Wenn seine ‚Partei der Unzufriedenen‘ ein paar mehr zufriedene Wähler hätte, wären seine Chancen, Bürgermeister zu werden, gar nicht so übel. Und dann würde er einiges völlig gegen den Strich bürsten. Wissen Sie, welches seiner Wahlversprechen am meisten beklatscht wurde: die Schaffung von mehr Autoparkplätzen in der Innenstadt, damit die Kaufleute nicht all ihre Kunden verlieren ...“

„Das wird den Grünen aber gar nicht gefallen haben.“

„Das hat auch den Roten nicht gefallen!“ sagte Lenz. „Aber es paßte zu Rehberg! Radikal und großbürgerlich, provokant und opportunistisch. Er brachte alles unter einen Hut! Ein richtiges Chamäleon! Nebenbei spielte er Bratsche in einem Männerquartett und sammelte moderne Kunst.“

„Haben Sie ihn persönlich gekannt?“

„Nein, ich kannte ihn, wie ihn jedermann gekannt hat. Als er vor vier Jahren Direktor des Clemens-August-Gymnasiums wurde, stand sein Lebenslauf in allen Zeitungen. Die Presse bejubelte ihn als ‚Musterpauker'. Den Musterschüler kennt man ja, aber der Musterpauker war neu."

„Aber solch ein Mensch hat doch Feinde. Ich kenne nur wenige Lehrer, die gar keine Feinde hätten. Zumindest unter den Schülern! Und einer, der als Musterpauker in die Medien kommt, erst recht!"

„Fühlt sich Ihre Tochter in ihrer neuen Schule nicht wohl?" fragte er mitfühlend. Als typisches Kind seiner Stadt war er davon überzeugt, daß man nur nach Münster ziehen mußte, um sich wohl zu fühlen.

„Das weiß ich erst heute abend", sagte ich kühl, „um halb sechs, wenn ich sie aus dem Hort abhole. Heute ist Kerstins erster Schultag. Es wäre mir lieb, wenn sie sich sogar sehr schnell wohlfühlte."

„Bevor Rehberg Direktor vom Clemens-August wurde", sagte Lenz, „hieß die Schule im Drogendezernat ‚die Kokainhöhle'. Wegen einer Drogengeschichte, an der Lehrer beteiligt waren."

„Und wie heißt sie jetzt? Das Muster-Gymnasium?"

„Nein, aber sie hat wieder einen guten Ruf, und für die Anmeldungen gibt es eine Warteliste. Davon können andere Gymnasien nur träumen. Es heißt, daß einige demnächst schließen müssen, weil die Schülerzahlen so zurückgegangen sind. Schließlich haben wir vierzehn höhere Schulen in der Stadt."

„Und was wurde aus den koksenden Lehrern?"

„Zuerst einmal hat man den alten Direktor pensioniert. Er hatte von der üblen Sache gar nichts mitbekommen. Dann wurden die beiden Lehrer verurteilt, die den Deal organisiert hatten."

„Sanktionen gegen Schüler?"

„Nein", sagte Lenz, „soviel ich weiß, nicht. Die Eltern haben böse Briefe an die Schulleitung geschrieben, und als der neue Direktor bestellt wurde, war die Sache vom Tisch."

Wir hatten das Aasee-Ufer hinter uns und fuhren an einem Bürokomplex vorbei, dessen weitläufiges Grundstück, wie Lenz bemerkte, in alten Zeiten den städtischen Zoo beherbergt hatte. Er erinnerte sich noch gut an das quergestreifte Elefantenhaus, das aussah wie eine Moschee, mit Kuppeln und einem Minarett, weißen Zinnen und maurischen Fensterbögen. „Heute hätten wir deswegen wahrscheinlich Probleme mit unseren muslimischen Mitbürgern, aber damals sah man die Multikulti-Gesellschaft noch etwa lockerer. Genau gegenüber war das Meerschweinchengehege mit winzigen Häusern und einer Kirche, wie eine kleine Stadt. Ach, waren das noch Zeiten! Fast jeden Feriennachmittag habe ich im Zoo verbracht – wir sind übrigens da", unterbrach er sich selbst.

Die Straße, die einer leichten Steigung folgte, war in etwa zweihundert Metern Entfernung gesperrt. Auf mehreren Autodächern rotierte Blaulicht. Dazwischen stand ein Mercedes in Metallic-Silber mit geöffneter Fahrertür. Lenz stieg aus und ging auf zwei Männer in weißen Kitteln zu. Ich hörte, wie er seinen Namen nannte und dann mich vorstellte: „Meine Kollegin, Frau Hauptkommissarin Züricher."

„Eine unappetitliche Geschichte", sagte der Notarzt, ein älterer Mann, dem die Begegnung mit dem Tod längst vertraut sein mußte, und dem doch Schrecken und Abscheu ins Gesicht geschrieben waren. Sie hätten nur noch den Tod feststellen können, berichtete er. Alles war so geblieben, wie er es vorgefunden hatte.

„Und die Todesursache?" fragte Lenz.

„Sieht aus, als wäre er innerlich erstickt. Woran, das kann Ihnen hoffentlich bald die Spurensicherung sagen und der Gerichtsmediziner. Nach dem bitter-säuerlichen Geruch im Wageninnern zu urteilen, würde ich auf Kaliumcyanid tippen. Riecht stechend, wie Bittermandel! Hochgiftig, das Zeug!"

„Zyankali?"

„So nennen es die Nicht-Chemiker und die Autoren von Kriminalromanen. Aber es kommt aufs Gleiche raus, und die Wirkung ist todsicher. Die Nazibonzen im Dritten Reich hatten es ständig bei sich, falls es mal nichts würde mit dem glorreichen Endsieg. Und Göring hat sich dann ja tatsächlich damit umgebracht. Aber sagen Sie mir, woher kenne ich diesen Mann?"

„Von Wahlplakaten", sagte Lenz. „Dr. Rehberg war Spitzenkandidat der Partei der Unzufriedenen. Der und Selbstmord! Sogar wenn man ihn tot in der Badewanne gefunden hätte oder an seinem Schreibtisch in der Schule, würde ich nur schwer dran glauben. Und nun findet man ihn im Auto, bei laufendem Motor? Wer bringt sich denn hinterm Steuer um?"

„Ein Psychopath", sagte der Arzt und hustete.

Lenz streckte den Kopf durch die offene Autotür und tauchte ins Wageninnere. Man sah, wie er das Armaturenbrett abschnupperte und kurz über den Lüftungsdüsen haltmachte.

„Der Wagen hat eine Klimaanlage", sagte er, nachdem er schleunigst an die frische Luft zurückgekehrt war. Er hatte es sorgfältig vermieden, den Toten auch nur mit dem Jackettzipfel zu streifen.

„Nur ein paar Milligramm, voll ins Gesicht geblasen, immer schön gleichmäßig, das wäre eine Möglichkeit. Offenbar hat Rehberg geglaubt, das Zeug käme von der Straße herein, und als er merkte, woher es wirklich kam, war es zu spät. Als er hier an der Ampel wartete, setzte die Atmung aus. Könnte es so gewesen sein?"

Der Arzt nickte zögernd. „Vielleicht?"

„Wer hat das Fenster heruntergedreht?" Lenz sah hinüber zu den beiden Beamten von der Funkstreife. Der eine versuchte offenbar noch immer, den Polizeiarzt zu verständigen, aber der andere kam diensteifrig heran.

„Einer der Augenzeugen hat gesagt, es sei offen gewesen," sagte er, als Lenz seine Frage wiederholte.

„Was hat der Augenzeuge noch gesagt?"

Der Polizist berichtete, was Kotte zu Protokoll gegeben hatte. Jawohl, er war gegen fünfzehn Uhr fünfzehn aus der Annette-Allee in die Himmelreichallee eingebogen, hatte den Mercedes mit dem Kennzeichen MS-RR 1 an der Ampel stehen sehen und sich gewundert. Schließlich war sie erst in diesem Augenblick auf Gelb gesprungen. Theoretisch hätte Rehberg noch durchfahren können, praktisch …

„Praktisch war er tot“, ergänzte der Notarzt. „Und zwar seit wenigen Minuten. Als ich ihn untersuchte, war der Körper noch warm, aber ohne jedes Lebenszeichen.“

Woher kam ein Schuldirektor am frühen Nachmittag, wenn nicht aus seiner Schule? Aber wann hatte er das Gymnasium verlassen? Und wo seinen Heimweg vielleicht noch einmal unterbrochen? Bevor er den Motor startete, um bis zu dieser Ampel zu fahren, hatte jemand möglicherweise die Klimaanlage seines Wagens mit Zyankali „gewürzt“, wie Lenz es formulierte. Entweder auf dem Schulgelände oder als er auf seiner Fahrt nach Hause noch eine Besorgung machte.

„Vielleicht hat er die Klimaanlage erst später eingeschaltet“, sagte ich. „Als es ihm zu warm im Auto wurde?“

„Schaltet die sich nicht automatisch ein?“ fragte der Notarzt.

„Keine Ahnung“, sagte Lenz. „Von meinem Gehalt kann ich mir keinen Wagen mit Klimaanlage leisten. Aber wozu auch? Man sieht ja, wohin das führt.“ Wir drei sahen uns an und lächelten gequält.

Der Notarzt fragte, ob er und sein Kollege noch gebraucht würden. Eine rein rhetorische Frage. Der Mann im Mercedes war tot, keiner der Infusionsschläuche, die über der Trage des Krankenwagens baumelten, hätte ihn ins Leben zurückholen können.

„Sobald die Spurensicherung da ist“, sagte der Kommissar und sah dem davonbrausenden Wagen nach, „fahren wir zu Rehbergs Familie. Das Gespräch mit der Witwe übernehmen Sie, so etwas können Frauen besser. Wo sind eigentlich seine Papiere?“ Der Führerschein, ein Adreßbuch und das Portemonnaie des Toten lagen im Wagen der Funkstreife, und Lenz nahm alles an sich. Rehberg wohnte ganz in der Nähe. Der Tod hatte ihn knapp zwei Kilometer vor seiner Haustür erwischt.

Sein Haus war eines der letzten in einer kleinen, ruhigen Straße am nördlichen Ende des Wohnviertels; ein älterer, unauffälliger Bau mit zwei Stockwerken, Mansarde und angebauter Doppelgarage, die Fassade in weißem Kellenputz, der spitze, zur Straße gewandte Giebel von einer Kletterpflanze überwuchert, die noch winterlich kahl war. Die Fenster im Erdgeschoß waren mit weißlackierten schmiedeeisernen Gittern gesichert. Hinter dem schlichten Jägerzaun wuchsen halbhohe Tujen und im Rasen, als kleine Inseln gesetzt, weiße und lilafarbene Krokusse. Offenbar war Rehberg kein ängstlicher Mensch gewesen. Er schien keine Alarmanlage zu haben und auch keinen Hund, um seine teure Bildersammlung zu schützen. Lenz läutete an der Gartenpforte. Es dauerte eine Weile, dann bewegte sich etwas hinter den vergitterten Fenstern. Es knackte in der Gegensprechanlage, eine weibliche Stimme meldete sich.

„Kriminalpolizei“, sagte Lenz, „wir hätten gern Frau Rehberg gesprochen.“

Ein paar Sekunden herrschte Schweigen, dann war die Stimme wieder da. „Einen Augenblick!“ Ein junges Mädchen erschien in der Eingangstür an der linken Hausseite. Sie ging barfuß, in Jeans und einem weiten türkisfarbenen T-Shirt, ein südländischer Typ, Spanierin vielleicht oder Sizilianerin.

Lenz hielt seinen Dienstausweis über die Gartenpforte.

„Entschuldigen Sie die Störung, aber ...“

„Frau Rehberg ist nicht da. Ich bin die Putzhilfe.“

„Können wir einen Moment hereinkommen?“

„Was ist passiert?“ fragte sie.

„Ich rede lieber drinnen!“ sagte Lenz. Über das Balkongeländer des Nachbarhauses waren neugierige Köpfe geschnellt. Die vornehme Zurückgezogenheit dieses Viertels förderte offenbar Neugier und Sensationslust!

„Hier!“ sagte das Mädchen und wies uns schüchtern den Weg. Rechts von der Garderobe lag ein großer Wohnraum, dessen Türöffnung von Staubsauger und Putzeimer verstellt wurde. Offensichtlich wußte sie nicht so recht, wo sie uns unterbringen sollte, und so blieben wir vor der Garderobe stehen.

„Ja?“ fragte das Mädchen ängstlich.

„Dr. Rehberg ist tot“, sagte Lenz.

„Jesus, Maria!“ Einen Augenblick lang schien sie zu kippen. „Aber …“ Ihre Lippen formulierten stumm. „Was haben sie gemacht?“

„Wer, sie?“ fragte Lenz.

„Ich weiß nicht.“

„Gibt es irgend etwas, was Sie uns sagen könnten?“

Sie schüttelte heftig den Kopf.

„Man hat ihn im Auto gefunden.“

„Wo?“ Ihre Fragen waren eher zu erraten als zu hören.

„Unten, an der Himmelreichallee,“ sagte ich. „Wann kommt Frau Rehberg wieder?“

Wieder antwortete sie mit einem Kopfschütteln und einem Schluchzen, das ihren ganzen Körper schüttelte. „Sie ist doch verreist!“

„Haben Sie die Adresse?“ fragte ich.

Sie nickte. „In der Küche. Ich hole sie.“ Sie ging wie eine Schlafwandlerin, kam wieder, gab mir einen Zettel. Es war eine Anschrift in Kärnten, ein Kurhotel im Warmbad Villach.

„Rehbergs haben einen Sohn,“ begann Lenz wieder. „Wissen Sie, wo wir ihn erreichen können?“

Sie zog ein Taschentuch hervor und schneuzte sich. Die erste Schockwirkung schien vorüber, was blieb, waren Entsetzen und Ratlosigkeit. Nein, der Sohn wohnte nicht in Münster! Sie murmelte etwas von einer Schauspielschule.

„Und die Anschrift dieser Schule? Die Telefonnummer? Die muß es doch auch hier im Haus geben.“

Das Mädchen dachte kurz nach und zog dann die oberste Schublade der Kommode auf, neben der wir standen, und begann nervös zu suchen.

„Manchmal bewahrt Frau Rehberg die unerledigte Post hier auf. Vielleicht ist vor ihrer Abreise noch etwas von ihrem Sohn gekommen. Er schreibt ihr oft.“

Sie sortierte mehrere Kuverts in der Hand wie ein Kartenblatt und zog eins heraus. Die Schauspielschule hieß Ferdinand-Raimund-Seminar, und die Adresse: Blauer Hof, Schloß Laxenburg. So hieß auch der Ort in Niederösterreich, in dem das Schloß lag.

„Geben Sie uns den Brief mit“, sagte Lenz, und als sie zögerte, fuhr er rauh fort: „Keine Sorge, wir bringen ihn zurück!“

„Seit wann ist Frau Rehberg verreist?“ fragte ich.

Sie strich sich eine Strähne aus der Stirn. „Wie bitte?“

„Seit wann sie verreist ist?“ wiederholte ich.

„Seit dem Samstag vor einer Woche ist sie weggefahren.“

„Also am 4. März?“

Sie nickte.

Ich warf einen Blick ins Zimmer. Eingerollte Teppiche, weggeraffte Gardinen, hochgestellte Stühle, eine Betriebsamkeit, die Männer normalerweise verabscheuten.

„Hatten Sie Dr. Rehberg um diese Zeit erwartet?“

Sie sah mich an, als hätte sie nicht verstanden. „Ja“, sagte sie dann, „er kam heute später, weil er eine Konferenz hatte. Er wollte in der Stadt essen.“

„Um welche Zeit kam er normalerweise montags nach Hause?“

Diesmal kam ihre Antwort spontan. „Um halb zwei.“ Aber dann schlug sie plötzlich beide Hände vor den Mund: „Das ist furchtbar!“

„Fahren Sie nach Hause!“ schlug Lenz ihr vor, „legen Sie sich hin, schlafen Sie ein paar Stunden.“

Aber sie wehrte ab. „Nein, ich bleibe hier. Ich kann jetzt nicht weggehen!“

„Gut!“ sagte er, „dann bleiben Sie. Ist Ihnen in den vergangenen Wochen irgend etwas aufgefallen? Haben Rehbergs darüber gesprochen, daß sie sich bedroht fühlten? Daß sie Feinde hatten?“

Sie dachte nach und schüttelte den Kopf. „Meistens sind sie weg, wenn ich hier arbeite. Frau Rehberg ist viel unterwegs.“

„Ist sie berufstätig?“

„Sie hilft manchmal in einer Galerie aus. Aber ich weiß nicht, wo das ist.“

„Haben Sie Dr. Rehberg heute morgen noch gesehen?“

Ein schnelles Kopfschütteln war die Antwort. Und sie schien erleichtert darüber, daß es so gewesen war. „Ich komme immer erst um neun. Ich habe einen Hausschlüssel."

„Und?" fragte ich. „War alles normal?"

Sie zuckte die Schultern. Ja, sollte das offenbar heißen. „Sind Sie jeden Tag hier?"

„Nein. Immer nur montags."

„Sie haben ja nun eher mit Frau Rehberg zu tun", sagte Lenz. „Ist sie eine angenehme Arbeitgeberin?"

Sie nickte spontan.

„Und er?" fragte Lenz. „Dr. Rehberg?"

Offenbar verstand sie nicht, wie die Frage gemeint war.

„War er streng, anspruchsvoll?" half ich ihr nach.

„Ja", sagte sie langsam, „sehr streng. Aber das ist mir lieber, als wenn ich meine Arbeit tue und niemand redet darüber."

„Sind Sie zufrieden mit dieser Arbeitsstelle?" hakte Lenz nach.

„Warum sollte ich nicht zufrieden sein? Frau Rehberg zahlt sehr gut."

Auf dem Weg zum Gartentor drehte sich Lenz um. „Können Sie sich daran erinnern, daß Dr. Rehbergs Wagen in letzter Zeit zur Reparatur weg war?"

„Ja. Vor zwei Wochen. Da hat Frau Rehberg ihren Mann montags mittags von der Schule abgeholt."

„Welchen Wagen fährt sie?"

„Ein Porsche Cabrio. Aber zur Kur ist sie mit der Bahn gefahren."

„Ah!" er drehte sich noch einmal um und ließ sich die Adresse des Mädchens geben. „Es könnte sein, daß wir Sie später noch mal brauchen."

Als wir zu Rehbergs Wagen zurückkehrten, war man gerade dabei, den Toten herauszuheben und in einen grauen Metallsarg zu legen. Der Polizeiarzt hatte ihm „mit der behandschuhten Rechten", wie er sagte, die Augen geschlossen und die Finger der rechten Hand, die noch das Lenkrad umkrallt hielten, vorsichtig abgelöst. Die Todesstarre habe bereits begonnen. Mit dem Schließen der Lider hatte er Rehbergs erschrockenen Blick ausgelöscht, noch bevor man die grimassenhafte, bläuliche Aufgedunsenheit seines Gesichts mit einem Laken verhüllte. Die beiden Männer vom Gerichtsmedizinischen Institut stülpten den Deckel über den Sarg, hoben ihn in ihren Kombi, klappten mit einem satten Knall die Türen zu und machten sich auf den Rückweg. Das Institut für Rechtsmedizin lag auf dem Gelände der Universitätskliniken, gleich neben der Hautklinik. Auch der Kollege von der Spurensicherung war mit seiner Arbeit fast fertig. Allerdings war seine Ausbeute spärlich: jede Menge Fingerabdrücke, was nach dem Werkstattaufenthalt des Wagens niemanden verwunderte. Doch auch die im Handschuhfach aufgestöberten Utensilien waren alles andere als spektakulär: ein zerfledderter Stadtplan, eine angebrochene Rolle Pfefferminzpastillen und ein Paket Papiertaschentücher. Rehberg war offenbar Nichtraucher gewesen und eine Naschkatze, sein Aschenbecher quoll über von Bonbonpapieren.

Auf dem Rücksitz hatte die Aktentasche des Toten gelegen und ein hellgrauer Gabardinemantel ohne Etikett. Die Tasche enthielt allerlei Unterrichtsmaterial für die Fächer Deutsch und Sozialwissenschaften, in denen Rehberg lehrte, ein Etui mit einem exquisiten Füllfederhalter und mehreren billigen Kugelschreibern, ein deutsch-lateinisches Wörterbuch, eine Lederhülle mit einer Brille, die der Direktor offenbar nur zum Lesen benutzt hatte, und die unansehnlichen Überreste seines Pausenfrühstücks, Mischbrot mit Kräuterkäse. In einer der beiden Vordertaschen fand sich schließlich noch ein umfangreicher Schlüsselbund.

All diese Dinge lagen in Plastikbeuteln verpackt auf einem Stapel wie Beutestücke. Rehberg mochte sie noch an diesem Morgen sorgfältig zusammengesucht und in seiner Aktentasche verstaut, auf den Rücksitz oder ins Handschuhfach gelegt haben, nicht ahnend, daß sie Stunden später mit dünnen Gummihandschuhen eingesammelt und auf den Labortischen des Polizeipräsidiums im wahrsten Sinne unter die Lupe genommen würden, während er selbst, ein Nummerntäfelchen an der erstarrten Zehe, in die Kühlkammer der Pathologie gerollt und fertig für die Autopsie gemacht wurde.

Der Kollege kramte jetzt in den Manteltaschen und vervollständigte seinen Fund noch durch einen kleinen Notizblock mit angeheftetem Bleistiftstummel und die zusammengerollten Westfälischen Nachrichten vom gleichen Tag. Vom unteren Ende der Straße rollte der Abschleppwagen der Polizei heran, um Rehbergs Auto zur eingehenden Überprüfung wegzubringen.

Ein paar Reporter, die mit gezückter Kamera aus ihrem Wagen sprangen, wurden auf die Pressekonferenz in den nächsten Tagen verwiesen. Als sie sich hartnäckig gebärdeten, wurde auch der Polizist von der Funkstreife laut. Was sie denn hier fotografieren wollten, fragte er, den Asphalt vielleicht, auf dem der Wagen gestanden habe, oder die gelb flackernde Ampel? Sein Kollege beseitigte die Straßensperre und winkte dem herankommenden Verkehr. Es war auf die Minute halb fünf, als sich der Fall Rehberg für all jene erledigte, die nicht in der Mordkommission arbeiteten.

Bevor Lenz seinen Wagen startete, rief er Lückmann an und gab ihm einen kurzen Bericht.

„Und noch was, Max“, sagte er dann, „Rehbergs Frau ist zur Kur in Kärnten, und der Sohn studiert an einer Schauspielschule. Genau, du hast es erraten, auch in Österreich. Aber in der Nähe von Wien. Laß dir die Telefonnummer geben. Nein, nicht von dem Kurhotel, die haben wir. Die Nummer von der Schule.“ Er diktierte die Adresse: „Laxenburg ... Nein, nicht wie der Fisch ... mit x, wie Max.“ Er lachte. „Und wenn du die Nummer hast, ruf an und laß dir den Sohn ans Telefon holen. Aber sei zartfühlend! Der Junge hat seinen Vater verloren. Was?“ Offenbar gab es Protest von Lückmanns Seite, und er beschwichtigte. „Okay, alles klar. Bis dann! Wird'n bißchen später heute abend. Ich fahre jetzt mit Sieglinde zu Rehbergs Schule und danach zu seinem Stellvertreter.“ Er legte auf, und ich wunderte mich, wie leicht ihm plötzlich mein sperriger Vorname über die Lippen kam. Arbeit macht solidarisch, dachte ich und hoffte, daß dies demnächst auch auf mein Teamwork mit Lückmann zuträfe.

Vor dem Landgericht warteten wir auf die Grünphase der Ampel, und prompt zog Lenz den Brief des jungen Rehberg aus der Tasche.

„Lesen Sie mal vor. Aber nur das Wesentliche. Ich bin nicht scharf auf pubertäre Herzensergüsse. Beziehungskisten und so ...“

„Davon erzählt er seiner Mutter vielleicht gar nichts“, sagte ich und faltete das Papier auseinander. Den Farbton hätte man am besten als „Jägergrün“ bezeichnet und den Filzstift als „Altweiberlila“. Was sich diese Yuppies so alles einfallen ließen!

„Christian bedankt sich für ein Päckchen“, begann ich, während die Ampel auf Grün sprang, und Lenz quietschend die Kurve nahm. „Und dann schreibt er, daß er die „Traumrolle“ doch bekommen hat.“

„Und weiter?“

„Nichts weiter. Diese Rolle war offenbar außerhalb seiner Reichweite. Und jetzt hat er sie bekommen.“

„Und Rehberg hat es nicht mehr miterlebt. Schreibt er nicht, in welchem Stück?“

Ich las die Rückseite. „Nein. Aber Frau Rehberg hatte offenbar vor, sich mit ihm in Wien zu treffen. Jedenfalls schreibt er, daß er sich wahnsinnig darauf freue.“

„Und?“ Lenz ging hinter einem LKW in die Bremse, der ohne Vorwarnung nach links abbog.

„Das war's“, sagte ich und legte den Brief ins Handschuhfach.

Bevor es unter dem Namen „Kokainhöhle“ in die Schlagzeilen gekommen war, hatte das dunkle Backsteingebäude vor allem bei ehemaligen Schülern auch „das Fürstbischöfliche“ geheißen, weil es nach dem barocken Fürstbischof Clemens August benannt war, dem die Stadt mehrere hochherrschaftliche Bauwerke verdankte. Es lag an der Piusallee, unmittelbar neben dem Hörster Friedhof, dessen alte Bäume dem Schulhof Schatten spendeten. In den „wilden Jahren“ des Gymnasiums, so berichtete Lenz, habe es häufig Klagen wegen leerer Coladosen oder Popcorntüten gegeben, die über die Friedhofsmauer gepfeffert worden seien. „Das grenzte schon an Grabschändung!“

Wie erwartet, war das Schulportal verschlossen, aber das Tor zum Hof stand offen, und als Lenz die Kinder, die dort Fußball spielten, nach dem Hausmeister fragte, kam dieser gerade aus seinem Pförtnerbüro, um „die unverschämten Rabauken“ mit Drohgebärden zu verscheuchen. Außer an Sportnachmittagen, so bellte er den Hauptkommissar an, sei jedes Ballspiel auf dem Schulgelände verboten, es habe zu viel Glasbruch gegeben.

Der Hausmeister war ein schmächtiger, magenkrank wirkender Mensch von schwer bestimmbarem Alter. Einer von jenen, die immer unzufrieden aussehen. Unsere Dienstausweise machten ihn auch nicht gesprächiger, erst als er vom Tod des Schuldirektors erfuhr, polterte er noch einmal los, ganz so, als hätte er den Schuldigen schon vor sich. „Watt? Sind wir denn hier in'n Wilden Westen?“ schnauzte er, vor Aufregung ins Plattdeutsche fallend. Lenz' trockener Einwand, schließlich sei der Direktor ja nicht erschossen worden, blieb ebenso ungehört wie seine Frage, ob der Schulhof von den Lehrern als Parkplatz benutzt wurde. Erst der Hinweis auf den einsamen Peugeot, der gleich vorn, neben den Fahrradständern, abgestellt war, brachte ihn in die Realität zurück. Der Wagen gehörte einem Chemielehrer, der im Übungssaal die nötigen Vorbereitungen für den nächsten Unterrichtstag traf.

Damit kam die Sprache auf die Konferenz. In langerprobter Kompetenz nannte der Hausmeister sie „Konferenz des Zentralen Abiturausschusses“. Bis in den frühen Nachmittag hatte man getagt. Aber wie lange denn nun ganz genau?

„Wissen Sie“, sagte er, „auch ein Hausmeister hat ein Recht auf eine anständige Mittagspause. Ich hab' ne Kriegsverletzung, die bei jedem Wetterwechsel juckt. Und als die Herrschaften da oben um zwei Uhr noch immer nicht zu Rande kamen, bin ich essen gegangen. Um halb drei, als ich zurückkam, waren sie alle weg, nur das Auto des Chemielehrers stand noch auf dem Hof.“

„War um diese Zeit noch Unterricht?“ fragte ich.

„Schon lange nicht mehr. Für zwölf Uhr hatte die Schulleitung eine Brandschutzübung angesetzt, um halb eins war Unterrichtsende, für sämtliche Klassen. Wissen Sie, bis die Blagen alle wieder in der Klasse sitzen, ist die Stunde längst vorbei. Da ist es besser, man schickt sie nach Hause."

„Könnten wir den Chemielehrer mal sprechen?" fragte Lenz.

„Wenn's unbedingt sein muß", brummte der Pförtner und ging, um den Schlüsselbund zu holen. „Die Treppe hoch und rechts den Gang hinunter", sagte er im offenen Schulportal. „Die letzte Tür, ganz hinten."

Im Chemiesaal trafen wir auf einen jungen Mann mit kurzgeschorenem, weißblondem Haar, wie abgesengt wirkenden Wimpern und wasserblauen Augen, die gebleicht schienen von all den Säuren und Dämpfen, mit denen er seinen Unterricht gestaltete. Er wollte gerade nach Hause gehen, erklärte sich aber, als er von Rehbergs Tod erfuhr, bereit, ein paar Fragen zu beantworten.

Er hatte an der Konferenz nicht teilgenommen, weil er in der Unterstufe unterrichtete, während die Besprechung dem dreizehnten Jahrgang gegolten hatte. Auch über den Zeitraum konnte er nichts sagen. Die Bücherei, in der der Ausschuß getagt hatte, lag ein Stockwerk höher, am anderen Ende des Korridors, gleich neben dem Lehrerzimmer.

„Waren Sie allein hier?"

„Nein", sagte der Lehrer, „ein Oberstufenschüler hat mir geholfen. Ein Chemie-Freak. Der bleibt oft freiwillig länger."

Als Lenz ihn fragte, ob Rehberg Feinde gehabt habe, machte sich auf seinem Gesicht eine solche Verblüffung breit, als wäre ihm diese Frage noch nie gekommen. „Meinen Sie jetzt bei den Schülern oder im Kollegium?"

„Bei beiden."

„Schwer zu sagen." Der Lehrer rieb sich unter leisem Knistern den Schädel. „Er galt als autoritär, aber Feinde?"

Er zog das letzte Wort merkwürdig in die Länge. „Ich unterrichte hier erst seit dem Herbst, da dauert es, bis man die verschiedenen Lager abgesteckt hat, zumindest die im Kollegium."

„Gab es verschiedene Lager?" insistierte Lenz. „Für und gegen Rehberg?"

Der junge Mann zögerte. Offensichtlich hatte er Sorge, zuviel über ein Kollegium auszuplaudern, dem er noch nicht lange angehörte. „Wie gesagt, ich habe noch keinen Überblick."

„Hat man im Lehrerzimmer offen über Rehberg gesprochen?" fragte ich ihn.

„Mehr so herumgeblödelt. Aber eigentlich bin ich gar nicht so oft im Lehrerzimmer. Ich warte auf meine Klassen hier, im Chemiesaal." Man spürte, daß er ungeduldig wurde. „Also ehrlich gesagt", druckste er, „ich kann Ihnen da kaum weiterhelfen, aber wenn Sie demnächst noch mal eine Frage haben, bin ich natürlich kooperativ." Er schwang seinen Lederrucksack über die Schulter und verschwand.

Unten, am Schulportal, zögerte Lenz und pochte dann an die Pförtnerloge. Der Hausmeister war noch da.

„Können Sie die Parkplätze von hier aus sehen?"

Der Hausmeister verneinte erstaunt. Wozu auch? Hauptsache, er sah, wer ins Schulgebäude reinkam und wer rausging. Oder?

„Eine letzte Frage noch", sagte Lenz. „Wie heißt Rehbergs Stellvertreter? Wir müssen ihn benachrichtigen!"

„Sie meinen Frau Kempe?" Der Hausmeister sah plötzlich wieder magenkrank aus. Er schloß seine Schreibtischschublade auf und diktierte von einer Liste den Namen und die Anschrift der Studiendirektorin. Sie hieß Mechthild Kempe und wohnte auf dem Land, in Hohenholte.

Offenbar war sie gerade bei der Gartenarbeit, als wir am Tor läuteten. Sie kam zum Zaun, ein altes Küchenmesser in der Hand und Erde am Daumen. Sie wischte sie umständlich an ihrer blau-weißen Schürze ab. Sie sah aus wie Sechzig, eine große, kräftige Person mit einer tiefen Stimme, einer Brille, hinter der die Augen eulenhaft wirkten, und helmartig geschnittenem grauem Haar.

„Lenz, Kriminalpolizei", sagte der Kommissar, „können wir kurz reinkommen?"

Die Studiendirektorin machte erschrocken einen Schritt zurück: „Was ist passiert? Hat mein Neffe ...?"

„Ihr Chef“, sagte ich. „Dr. Rehberg ist tot.“

Sprachlos öffnete Frau Kempe die Gartenpforte und wies uns den Weg am Haus entlang, zur rückwärts gelegenen Terrasse. Auf einem verwitterten Holztisch stand Kaffeegeschirr, auf der obersten Stufe der Gartentreppe eine Steige Stiefmütterchen, wohl als Füllung für zwei große Terracotta-Kübel gedacht, in denen frische Erde glänzte.

In einer Ein-Personen-Hollywood-Schaukel wiegte sich verträumt eine ältere Frau, ohne Notiz von den Besuchern zu nehmen.

„Das ist meine Schwester“, sagte die Hausherrin. „Sie ist ein bißchen merkwürdig. Eine traurige Geschichte. Aber Sie können ganz unbesorgt reden. Sie nimmt es nicht wahr.“

Wie wir gehofft hatten, war Frau Kempe an der Konferenz beteiligt gewesen, nicht als stellvertretende Direktorin, sondern als Oberstufenkoordinatorin. Sie gab in der Dreizehnten Jahrgangsstufe Leistungskurse in Mathematik und Physik und hatte das Abstimmungsergebnis anschließend jenen Kollegen mitgeteilt, die im Lehrerzimmer gewartet hatten. An den Umgang mit Zahlen geübt, erinnerte sie sich, daß die Besprechung um dreizehn Uhr fünfzehn begonnen und um vierzehn Uhr zehn beendet worden war und zwar mit dem klaren Resultat, daß drei leistungsschwache Schüler nicht zum Abitur zugelassen wurden.

„Eine Stunde, bevor Rehberg gefunden wurde“, rechnete Lenz nach, „war die Konferenz zu Ende. Ist er danach noch im Schulgebäude geblieben oder sofort weggefahren?“

„Er fuhr direkt vor mir vom Schulhof“, sagte Mechthild Kempe, „er bog nach links ab, Richtung Stadtmitte, ich fuhr nach rechts, das ist mein normaler Heimweg.“

„Und Dr. Rehbergs Heimweg?“

„Die Richtung dürfte stimmen“, sagte sie, „ehrlich gesagt, habe ich mir darüber keine Gedanken gemacht. Engelenschanze“, überlegte sie, „Ludgeriplatz, dann am Aasee entlang. Ja, so wird er wohl gefahren sein.“

„Und die Fahrzeit?“ unterbrach sie der Kommissar. „Eine Stunde bis zur Himmelreichallee, das scheint mir ziemlich lang. In fünfzehn Minuten hätte er es schaffen müssen. Da es Mittagszeit war, sogar schneller."

„Er wird noch etwas besorgt haben", entschied sie, „in der Innenstadt haben die Geschäfte mittags auf."

Ich erinnerte mich an die Aussage der Putzfrau, er habe zum Essen gehen wollen. Ob er vielleicht ein Stammlokal habe? Mit einer festen Adresse ließ sich der Spielraum des Täters leichter eingrenzen.

Aber Frau Kempe machte diese Hoffnung schnell zunichte. „Erstens war er viel zu geizig, um essen zu gehen, und zweitens hatten wir in der Bücherei reichlich Kuchen, belegte Brötchen und Kaffee. Die Sekretärin hatte Teilchen besorgt und Schnittchen gemacht. Sogar Räucherlachs gab es diesmal und Katenschinken."

„Was bedeutet eigentlich", fragte ich, „daß die Konferenz mit einem ‚klaren Resultat' endete? Gab es denn Gegenstimmen?"

„Schon, aber es ging alles ganz demokratisch zu." Die Studiendirektorin klang ein bißchen pikiert. „Es gibt immer Kollegen, die da Milde walten lassen wollen, wo Milde nicht am Platz ist." Ihre Stimme ließ keinen Zweifel darüber, was sie von diesem Verein der Rückgratlosen und Verweichlichten hielt, die die miserablen Noten ihrer Schüler grundsätzlich mit familiären Katastrophen entschuldigten, der Trunksucht der Mutter, den „roten Zahlen" im väterlichen Betrieb oder dem überraschenden Ableben des Großvaters. Anstatt das Übel beim Namen zu nennen, das da hieß: grenzenlose Faulheit und Interessenlosigkeit, während die Lehrer sich zu Tode plagten!

„Halten Sie es für ‚mild', wenn man einem jungen Menschen nicht von vornherein alle Chancen verpatzen möchte?" unterbrach ich sie. Ich dachte an Frau Pfaffinger, Kerstins Lehrerin in München, die die Unverfrorenheit besessen hatte, ihr die Reife für die unterste Volksschulklasse abzusprechen. Bloß, weil das Kind am ersten Tag seinen Hasen mit zum Unterricht genommen hatte.

„In diesen speziellen Fällen!", sagte Frau Kempe und stand auf, um ihrer versonnenen Schwester Kaffee nachzuschenken. „Wollen Sie auch ein Täßchen?"

„Nein, danke!“, sagten wir beide gleichzeitig. Lenz hakte nach: „Welche Fälle?“

„Ein Punk, ein Dauerschwänzer und ein Volltrottel.“ Frau Kempe stellte mit einem kleinen, triumphierenden Knall die Kaffeekanne wieder hin und setzte sich. „Die wußten seit dem letzten Zeugnis, daß es aussichtslos war. Der Brief, der heute an ihre Eltern abgeschickt wurde, ist nur die offizielle Bestätigung.“

„Würden Sie uns die Namen dieser drei Schüler nennen?“ fragte Lenz. „Sie haben natürlich das Recht, die Aussage zu verweigern, aber wie ich wohl annehmen kann, sind Sie daran interessiert, daß Dr. Rehbergs Mörder gefunden wird ...“

Frau Kempe nickte bereitwillig, und Lenz holte seinen Schreibblock aus der Manteltasche. „Dirk Hagedorn“, diktierte sie, als verlese sie Todesurteile, „Jens Vanderfluth und Herbert Ansbach. Ansbach und Vanderfluth wohnen in Münster, die Adressen müßten Sie sich im Telefonbuch suchen. Die vom Hagedorn besorge ich Ihnen aus dem Schulsekretariat. Die Eltern haben einen Bauernhof in ...“

„Und eine Liste aller Lehrer, die an den Konferenzen des Zentralen Ausschusses und der verschiedenen Fachprüfungsausschüsse teilgenommen haben“, unterbrach Lenz ihren plötzlichen Redestrom. Er war mit einer Studienrätin verheiratet und kannte sich aus. Und ich dankte ihm für seine Ungeduld, es wurde höchste Zeit, Kerstin im Schulhort abzuholen.

Frau Kempe schnaufte leicht. Es wirkte überheblicher, als vielleicht beabsichtigt war. Gerade dadurch schien es lächerlich.

„Na, warten wir mal, ob ich die noch zusammenbekomme. Der Dr. Bäcker“, begann sie aufzuzählen, „die Schneider – aber die gibt Musik und kann sowieso niemanden vor dem Untergang retten.“

„Und wer hätte sie retten können?“ fragte Lenz.

„Der Hagedorn hat vierzehn Punkte im Leistungskurs Chemie, bei dem Kollegen Willstädter. Der Ansbach war in Kunst und Englisch ganz gut, der Vanderfluth nur in Sport. Aber bei keinem von den dreien reichte es, vor allem in den Grundkursen nicht. In

Deutsch und Sozialwissenschaften waren die drei ausgesprochen schwach."

„Bei Dr. Rehberg", stellte Lenz fest, und Frau Kempe nickte.

„Dr. Rehberg setzte regelmäßige, aktive Mitarbeit voraus und eine äußerst gründliche Vorbereitung auf die Klausuren. Wenn beides nicht gegeben war ..."

„Gab es keine Möglichkeit auszugleichen?" fragte Lenz.

Sie beantwortete die Frage nicht, sondern fuhr unbeirrt fort: „Dr. Rehberg sagte immer: ‚Wer nicht einmal Deutsch beherrscht und keine Ahnung von unserer modernen Gesellschaft hat, von Geschichte und Politik, der hat keinen Anspruch auf das Reifezeugnis. Er war sehr streng."

„Und die Leistungen in Ihren beiden Fächern?" fragte Lenz weiter. „Welche waren es noch? Mathematik und Physik, oder?"

„Auch nicht grandios! Für einen Leistungskurs. Nein", faßte sie noch einmal energisch zusammen, „so leid einem das ja tut, es hat einfach nicht gereicht."

„Danke, das wär's dann!"

Lenz erhob sich so abrupt von seinem Platz, als spürte er erst jetzt, wie unbequem die alten Gartenstühle waren. Ich war gespannt, ob er zu jenen Kollegen gehörte, die sich von ihren Gesprächspartnern offiziell verabschiedeten und die heikelsten Fragen wie beiläufig erst beim Weggehen stellten. Bei den meisten war es pure Vergeßlichkeit, bei manchen aber auch eine Taktik, eine Art Überraschungsangriff. Gelegentlich kam es dann vor, daß sich der Befragte verplapperte.

„Ich würde die Liste Ihrer Kollegen gern morgen im Schulgebäude abholen", sagte er.

Frau Kempe warf noch einen schnellen Blick auf ihre Schwester, die in ein unruhiges Nachmittagsschläfchen gefallen war, dann begleitete sie uns zum Tor.

„Eine Frage noch", sagte Lenz, als wir schon auf der Straße standen, „wie kamen Sie persönlich mit Dr. Rehberg zurecht?"

„Er war engagiert und kompetent", erwiderte sie. Das Gleiche hätte sie vom Bundeskanzler sagen können oder vom Papst.

„Und seit wann unterrichten Sie am Clemens-August?“

Jetzt lächelte Frau Kempe, als hielte sie eine ganz besondere Überraschung bereit. „Seit dreiunddreißig Jahren!“ trompetete sie. „Ich bin die Dienstälteste.“

„Und seit wann sind Sie Stellvertreterin?“

„Ich habe schon Herrn Direktor Eggers zur Seite gestanden“, sagte sie. Diesmal wirkte ihr Lächeln ein bißchen steif.

„Und welche Fächer gab Dr. Eggers?“

„Latein und Griechisch.“

„War Eggers der Vorgänger von Rehberg?“ fragte ich Lenz, als wir zum Auto zurückgingen.

„Ich glaube schon. Dieses Fossil, das die Schule jahrzehntelang geleitet hat und dabei den Überblick verlor. Aber das finden wir noch raus. Für heute reicht es mir!“ Er klang mit einem Mal gereizt: „Ein vergifteter Schuldirektor, eine krötige Oberstudienrätin, drei verblödete Oberschüler ...“

„Und eine halbe Stunde, über deren Verlauf wir absolut nichts wissen“, ergänzte ich.

„Ganz so pessimistisch sehe ich das nicht“, widersprach Lenz und schloß den Wagen auf. „Falls Rehberg wirklich Besorgungen in der Innenstadt gemacht hat, ist es gut möglich, daß sich jemand an seinen Wagen erinnert. Sie haben ja sein auffälliges Kennzeichen gesehen: MS – RR 1. Oder vielleicht bekommen wir ein Strafmandat in die Hand. Er stellte sich grundsätzlich ins Parkverbot, um gegen die fehlenden Parkplätze zu demonstrieren.“

„Und da bekam er ein Strafmandat?“ wunderte ich mich, „als Politiker, mit einer Prominentennummer?“

„Natürlich! Dafür bekam er ja auch Wählerstimmen.“

Wir einigten uns darauf, den Entwurf eines „Schlachtplans“ auf den kommenden Vormittag zu verschieben, sobald die Namenliste von Frau Kempes Kollegen zur Hand wäre und Lenz von seinem allmorgendlichen Canossa-Gang zum „Pinguin“ zurückgekehrt war. Außerdem konnte man den Kollegen Lückmann nicht übergehen.

Am Aegidiitor hielt der Kommissar. In dem letzten Haus auf der linken Straßenseite war Kerstins Schule untergebracht, einen Steinwurf vom Aasee entfernt. Lenz erzählte, daß er als frühreifer Gymnasiast im Gestrüpp der Uferböschung gelegentlich Liebespaare erschreckt hatte, und warf einen nachdenklichen Blick auf die in leichtem Nebel liegende Wasseroberfläche. Seitdem er von seiner Beförderung wisse, ertappe er sich häufiger auch bei wehmütigen Gedanken. Es fiele ihm immer wieder schwer, seine Geburtsstadt für längere Zeit zu verlassen. Noch vierzehn Tage, und es war so weit.

Über die stark befahrene Adenauerallee, die das Aegidiitor vom Aasee trennte, war Rehberg, wenn Frau Kempes Vermutung stimmte, nach Hause gefahren, vielleicht schon im Kampf mit den ersten Symptomen seiner tödlichen Vergiftung.

Es war das zweite Mal an diesem Tag, daß sich vor mir die schlechtgelüftete und schwer lastende Stille eines leeren Schulgebäudes öffnete. Ich wunderte mich wieder einmal darüber, daß in allen Schulen der gleiche penetrante Geruch nach Gummimatten und Talkumpuder herrschte, als würde nur geturnt und sonst nichts. Und wie kam es, daß man mit der eigenen Schulzeit nur unbeschwerte Erlebnisse verband, die Wandertage mit ihrem Geruch nach hartgekochten Eiern und Wurstsemmeln, der schon auf der Hinfahrt den Ausflugsbus verpestete, mit all den kindischen Scherzen, den Karikaturen, Spitznamen und leimverklebten Lehrerstühlen? Und mit den seltenen Glanznoten, über die man die viel häufigeren Katastrophen völlig vergessen hatte? Hatte man selbst nie Unterricht bei einer „Kempe" oder einem „Rehberg" gehabt, die bei Lachsbrötchen und Katenschinken ihren Schülern die Zukunft vermasselten?

Das Erdgeschoß lag fast im Dunkeln, die Dämmerung zeigte einen Korridor mit geschlossenen Klassenräumen. Aber aus dem ersten Stockwerk fiel Licht. In dem einzigen Raum, der offenstand, saß eine rothaarige Frau am Lehrerpult und vor ihr, in der ersten Bankreihe, hockte Kerstin, den Kopf mit den dunklen, widerspenstigen Locken über einen Zeichenblock gebeugt, den sie großflächig ausmalte – in schrillem Pink, ihrer Lieblingsfarbe.

Die Lehrerin klappte mit frostiger Miene das Buch zu, in dem sie gelesen hatte, und langte nach ihrer Kostümjacke.

„Unsere Hortzeit endet um siebzehn Uhr dreißig. Das nächste Mal nehmen Sie sich bitte eine Studentin oder eine ältere Schülerin, die das Kind pünktlich abholen kann. So geht es nämlich nicht!" Sie nickte streng zu ihren eigenen Worten. Kerstin hatte unterdessen hocherfreut ihre Malstifte eingesammelt, den Zeichenblock in die Schultasche gesteckt und ihre Strickweste angezogen. Als sie neben mir über den dunklen Flur zur Treppe ging, sagte sie eine Spur lauter als unbedingt nötig:

„Mama! Diese Frau Voigt ist noch viel, viel ärger als die Frau Pfaffinger! Die ist eine Hexe!"

„Sei still! So was sagt man nicht!"

„Aber wenn sie doch eine Hexe ist!", Kerstin wurde noch energischer. „Sogar rote Haare hat sie. Und dann steht sie ganz plötzlich hinter einem und schaut einem ins Heft. Bestimmt reitet sie jetzt auf einem Besen nach Hause."

„Kerstin, jetzt red' keinen Schmarren! Es gibt keine Hexen! Sie war zu Recht verärgert, ich hätte dich früher abholen müssen."

Um sie auf andere Gedanken zu bringen, schlug ich ihr vor, ein Restaurant für das Abendessen auszusuchen. Frau Voigts Idee, eine Studentin einzustellen, war gar nicht so schlecht.

„Nicht wieder zu McDonald!" verlangte Kerstin.

„Nein, wir gehen fein essen. Mit Besteck und Stoffserviette."

Wir klapperten die Gasthäuser der Innenstadt ab und lasen jede Speisekarte, aber Kerstin war ein anspruchsvoller Kunde. Mal gab es kein Brathähnchen, mal keine Tomatensuppe, und erst die Desserts! „Igitt, was ist denn ‚Rote Grütze'?"

Schließlich ließ sie sich zu einem Kinderteller überreden, der „Schneeweißchen und Rosenrot" hieß: Hähnchenschnitzel in Tomatensoße. Die Vorsuppe mit Sternchennudeln wurde serviert, und Kerstin aß hungrig, aber nach jedem Schluck mußte ausladend und detailfreudig die Geschichte des ersten Schultages weitererzählt werden. Schließlich kehrte die Müdigkeit, die so überraschend verflogen war, zurück. Kaum waren die Suppenteller abgeräumt, da schob Kerstin Besteck und Gläser zur Seite, legte beide Arme auf den Tisch, bettete ihren Kopf darauf und schlief ein. Der Schokoladenpudding mußte wieder abbestellt werden, die freundliche Kellnerin wickelte Schneeweißchen und Rosenrot in Alufolie und bestellte uns ein Taxi zum Hotel.

Zweites Kapitel

Am nächsten Morgen stapelten sich auf meinem Schreibtisch die Zeitungen. Mit der ihm eigenen Akkuratesse hatte Lückmann die alten Ausgaben der Westfälischen Nachrichten und der Münsterschen Zeitung chronologisch geordnet und auch gleich die beiden aktuellen Ausgaben mitgebracht. In fettgedruckten Lettern gaben sie auf der Vorderseite bekannt, daß Dr. Rudolf Rehberg am frühen Nachmittag des vergangenen Tages „auf rätselhafte Weise ums Leben gekommen“ sei. In beiden Artikeln wurde bereits von Gift gesprochen, was Lenz etwas voreilig fand. Schließlich hatte das Labor seine Arbeit noch nicht abgeschlossen.

„Hast du mit dem Sohn gesprochen?“

„Konnte ich nicht“, sagte Lückmann. „Der Junge liegt seit Freitag in der Wiener Uniklinik. Sie nennen sie ‚Allgemeines Krankenhaus‘, aber es ist das Gleiche wie unser Klinikum.“

„Und warum hast du dann nicht dort angerufen?“ In die Stimme von Lenz mischte sich ein gereizter Unterton.

„Hab’ ich ja, Chef! Der liegt auf der Intensivstation, an Tröpfen und Kanülen. Der konnte nicht zum Telefon kommen. Aber was mit ihm los ist, haben sie mir natürlich nicht verraten. Schweigepflicht.“

„Wie hat Frau Rehberg reagiert?“ fragte ich Lenz.

„Schwer zu sagen, wenn man das Gesicht nicht vor sich hat. Lange Zeit hat sie überhaupt nichts gesagt, und ich dachte schon, die Verbindung wäre unterbrochen. Dann sagte sie: ‚Wie ist das passiert?‘ Und: ‚Er hatte doch nur Freunde.‘“

„Wann kommt sie zurück?“

„Heute, im Lauf des Nachmittags. Morgen früh sollten wir mit ihr reden.“

Ich überflog die Zeitungsartikel, die die Episode vom Vortag in ziemlich ähnlichem Tonfall widergaben, allerdings mit dem grundlegenden Unterschied, daß die Westfälischen Nachrichten von

„einem der verdientesten Pädagogen unserer Stadt" sprachen, die Münstersche Zeitung dagegen von „einem der vielversprechendsten Kommunalpolitiker", der auch auf der Oppositionsbank viel für Münster geleistet habe. Entsprechend unterschiedlich waren die Fotos auf den Titelblättern. Die MZ präsentierte den Wahlkämpfer Rehberg, ein Bild aus jüngster Zeit, das einen sehr gut aussehenden Mitfünfziger zeigte, dem ein kleines Mädchen Blumen schenkte. Das Konterfei in den WN, das ihn noch mit Bart zeigte, war vier Jahre älter, es stammte, wie aus dem Untertitel hervorging, vom Tag seiner Ernennung zum Oberstudiendirektor. Auch hier gab es viele heitere Mienen, ein Bouquet und als weiteres dekoratives Element Rehbergs Frau, allerdings halb verdeckt.

Ich kam zu dem Schluß, daß eine musikalische Fachzeitschrift ihn wahrscheinlich mit der Bratsche am Kinn abgebildet hätte, ein Kunstmagazin vor seiner privaten Bildersammlung. Es war alles eine Frage der Perspektive. Ich sah mir noch einmal beide Fotos an, und das entstellte Gesicht des toten Rehberg kam mir wieder in den Sinn. Mit wieviel Haß, Zynismus und Skrupellosigkeit hatte sich sein Mörder ans Werk gemacht, wenn er ein solches Resultat in Kauf nahm? Wie so viele Täter dieses Typs war er wahrscheinlich ein wandlungsfähiger Schauspieler, der seine feindseligen Gefühle vor Nachbarschaft und Polizei geschickt verbarg, der den Angehörigen kondolierte, vielleicht einen schmeichelhaften Nachruf schrieb oder einen Kranz spendete. Dieser Prominenten-Mordfall machte mir bewußt, daß ich es ab sofort mit einer ganz anderen Klientel zu tun hatte als in München.

Ich machte mich auf die Suche nach Artikeln über Rehbergs Bestellung zum Schulleiter, in denen angeblich sein Lebenslauf enthalten war, aber ich wurde von Lenz unterbrochen, der seine tägliche Lagebesprechung mit Dr. Gross beendet hatte. Der Chef hatte sich sehr beunruhigt über den Mordfall gezeigt. Die Sache sei äußerst peinlich und sehr schlecht für das Image der Stadt. Anderswo, so hatte Dr. Gross geklagt, fühle man sich schon überfordert, wenn der Ermordete Politiker sei, oder Musiker oder Kunstsammler oder Schuldirektor. „Aber wir Münsterschen Unglücksraben? Wir haben natürlich wieder alles in einer Person. Dafür haben wir viermal so viel Arbeit, den Schuldigen zu finden."

„Wir werden ihn finden", sagte Lückmann und schob ruckartig sein Kinn vor.

Ich blätterte weiter in den alten Zeitungen und fand endlich die gesuchten Artikel mit Rehbergs Vita. Er war am 6. Juli 1941 zur Welt gekommen, während die ersten schweren Luftangriffe auf Münster niedergingen. „Ein echtes Kind unserer Stadt", wie der Redakteur reichlich blumig bemerkte. Rehbergs Vater war Studienrat für Latein und Griechisch gewesen, die Mutter Konzertgeigerin und beide aktive Mitglieder der Zentrums-Partei, also keine Nazis. Er war ihr zweites Kind und hatte einen neun Jahre älteren Bruder.

Seine Schulzeit hatte er bis zum Abitur 1959 im Paulinum verbracht, der ältesten Schule von Münster, die gleich hinter dem Landgericht lag und an der sein Vater unterrichtet hatte. Gleich im Anschluß an die Reifeprüfung war er für ein Jahr in die USA gegangen. Wohin und zu welchem Zweck, das stand nicht im Artikel. Vielleicht hatte er ein Stipendium bekommen oder eine private Einladung. Ab Sommer 1961: Studium der Germanistik und Geschichte zuerst in Münster, später in Berlin. Erstes Staatsexamen 1967, das zweite 1969, Promotion zum Dr. phil. im Jahr 1971 mit einer Arbeit „Über die Folgen des ‚Friedens von Frankfurt' 1871 für die Französische Republik und das Deutsche Reich unter Bismarck". Ich unterdrückte mit Mühe ein Gähnen.

Aber dann bekam Rehbergs Lebensgeschichte wieder mehr Biß. 1971 heiratete er eine Bibliothekarin namens Carola Heidenreich, mit der er nach Köln zog, um seine erste Stelle als Studienrat anzutreten. 1975 wurde dort ihr einziges Kind geboren: Christian. Rehbergs Sohn war also zwanzig Jahre alt.

1988 war Rehbergs Frau gestorben. Woran und wie, das war den Zeitungsredaktionen entweder nicht bekannt gewesen oder nicht spektakulär genug. Auch wann und warum er kurz darauf wieder nach Münster gekommen war, ging aus keinem der beiden Artikel hervor. Sie berichteten nur, daß er drei Jahre später, 1991, ein zweites Mal geheiratet hatte, jene Eva Rehberg, die jetzt wohl gerade ihre Koffer packte und sich auf den Heimweg machte. Im Jahr seiner Rückkehr war Rehberg politisch aktiv geworden, als Kultursprecher der frisch gegründeten „Partei der Unzufriedenen“. Dann auch künstlerisch, indem er sich mit einem Cellisten und zwei Geigern zum „Rehberg“-Quartett zusammenschloß und anfing, junge Maler zu unterstützen. Wie ein Tintenfisch, dem plötzlich die Vielzahl seiner Tentakeln zum Bewußtsein gekommen war, hatte er um sich gegriffen und Halt gefunden. Er war Oberstudienrat am Landois-Gymnasium, als der Drogenskandal des Clemens-August ans Licht kam, und man ihn, eher überraschend, wie man in der Schulszene fand, zum Nachfolger für den allzu vergeßlich gewordenen Dr. Eggers bestimmte. Dies war der Augenblick, wo aus dem bisher eher farblosen, wenn auch nicht erfolglosen Pädagogen das Multitalent Rehberg wurde, der ätzende Kritiker und ubiquitäre „Strahlemann“, der faule, aufsässige Schüler ebenso das Fürchten lehrte wie einige allzu bestechliche Stadtpolitiker.

Ich sah mir ein paar Fotos an, auf denen Rehberg zu sehen war, einen Baum in der Promenade pflanzend, mit dem Bischof von Münster plaudernd, mit seinen Musikerfreunden auf dem Podium und mit dem Schützenkönig von Hiltrup. Dann stapelte ich die Zeitungen wieder aufeinander und machte mir über Rehbergs Lebenslauf ein paar Notizen. Dabei wurde ich noch einmal von Lenz unterbrochen mit der Nachricht, Frau Kempes Namenliste sei eingetroffen. Sie hatte sich sogar die Mühe gemacht, die Adressen aller drei ausgeschlossenen Schüler herauszusuchen. Man hörte unwillkürlich ihre spröde Stimme: „Wenn es denn der Wahrheitsfindung dient!“

Das Beste sei wohl, fand Lenz, man teile sich die „Kundschaft“ auf. Gleich nach der Mittagspause solle sich Lückmann den jungen Vanderfluth vorknöpfen, er selbst werde sich um Ansbach kümmern. Wenn er nicht völlig falsch liege, sei der erst vor kurzem an einer turbulenten Hausbesetzung beteiligt gewesen.

„Und Sie, Sieglinde, gönnen sich ein bißchen Landluft und fahren zum Hof der Hagedorns. Dann können Sie auf dem Rückweg auch gleich Ihre Tochter aus dem Hort erlösen, ich brauche Sie heute nicht mehr."

„Und mit welchem der drei Knaben habe ich zu tun," fragte Lückmann, „mit dem Volltrottel, dem Punk oder dem Dauerschwänzer?"

Lenz stand auf. „Das entscheiden wir, wenn wir mit allen dreien geredet haben."

In der Mittagspause fuhr ich zum Prinzipalmarkt, um einen Makler zu treffen, der mir „ein ganz besonderes Objekt" angeboten hatte. Toplage und trotzdem ein vernünftiger Preis! Ich war natürlich mißtrauisch.

„Was er bisher zu bieten hatte", hatte ich Lückmann noch am Tag zuvor geklagt, „war niederschmetternd: Wahnsinnsmieten oder umgebaute Hühnerställe."

„Warum ziehen Sie nicht aufs Land?"

„Nie wieder! Fünf Jahre lang habe ich mich auf einem Bauernhof zwischen Altötting und Mühldorf zu Tode gelangweilt. Mein Mann ist Tierarzt und hatte einen eigenen Zoo, der täglich Zuwachs bekam. Irgendwann konnte ich das Gegrunze, Geschnatter und Gejaule einfach nicht mehr hören. Und jeden Tag nach München rein zu fahren, das war auch kein Klacks, aber ich wollte ein bißchen mehr, als die Taschendiebstähle in der Gnadenkapelle von Altötting zu Protokoll zu nehmen. Als Kerstin schulpflichtig wurde, bin ich mit ihr in die Stadt gezogen, und das war das vorläufige Ende meiner Ehe."

Mit dem „ganz besonderen Objekt" war der Makler übrigens erst herausgerückt, als er erfuhr, daß ich Polizistin war. Seine vierundsiebzigjährige Tante wohnte am Prinzipalmarkt, mitten in der Stadt, in einem der schönen Giebelhäuser, unter deren Arkaden die vornehmsten Geschäfte der Stadt lagen, und ängstigte sich nachts zu Tode. Unten im Haus befand sich das Juweliergeschäft Grotherjan, darüber die Werkstatt des Juweliers und noch ein Stockwerk höher das Lager eines angrenzenden Pelzgeschäfts. „Abends, nach Ladenschluß", hatte der Makler gesagt, „ist das Haus völlig leer. Auch gegenüber und nebenan wohnt kein Mensch"

Er hatte seiner Tante empfohlen, die Wohnung zu teilen, eine Kochnische und ein Bad einzubauen und einen Untermieter aufzunehmen. Aber ein Mann kam für sie nicht in Frage, und die beiden Studentinnen, mit denen sie es versucht hatte, hatten ihr die wertvollen Stilmöbel ruiniert. „Sie fanden, daß der Eßtisch zu hoch für die drumherumstehenden Stühle war, und haben mit einem Fuchsschwanz die Tischbeine abgesägt. Und ständig Männer in der Bude! Wo meine Tante doch extra gesagt hatte: ‚Keinen Herrenbesuch!'"

„Haben Sie Ihrer Tante gesagt, daß ich mit einer siebenjährigen Tochter einziehen würde? Ob die mehr Verständnis für ihre Antiquitäten hat, möchte ich stark bezweifeln."

„Sie werden bisher ja auch nicht auf Jaffa-Kisten gewohnt haben," sagte der Makler. „Alles ist eine Sache der richtigen Einstellung zu Wertgegenständen. Außerdem ist sie davon überzeugt, daß Sie mit der Pistole unter dem Kopfkissen schlafen. Und das ist ihr wichtiger als all ihre alten Möbel zusammen."

Während wir nach oben gingen, erzählte er, daß seine Tante in diesem Haus großgeworden war. Ihr Vater hatte im Erdgeschoß eine Maßschneiderei gehabt. Unten das Geschäft, darüber die Werkstatt und oben die Wohnung. Nur im Krieg, nach den schweren Bombenangriffen, hatte sie bei einer Cousine auf dem Land gewohnt. Kaum war das Haus wiederaufgebaut, kehrte sie zurück. „Sie war nie verheiratet und kann sich nicht vorstellen, woanders zu leben als in ihrem Elternhaus. Und für ein Altersheim ist sie eigentlich noch zu gut drauf."

Frau Gravensteiners Wohnung war gewöhnungsbedürftig, nicht nur für jemanden, der ein siebenjähriges Kind mitbrachte. Die beiden Zimmer, die sie zur Verfügung stellte, waren klein, und das Überangebot an Spitzendeckchen, in wuchtige Goldrahmen gezwängten Ahnenportraits und knallbunten Perserbrücken wirkte erdrückend. Es genügte, sich nur für ein paar Minuten Kerstin in diesem Ambiente vorzustellen, mit ihrer Zappeligkeit und ihrer Unordnung, um dieses in der Tat „ganz besondere Objekt“ auszuschlagen. Und doch ...

Wenn ich die Wohnung mietete, würde Kerstin allein zur Schule gehen können, würde man jeden Samstag morgen über den Wochenmarkt auf dem Domplatz schlendern, tagsüber in einer wohligen Geräuschkulisse aus Menschenstimmen leben, nachts dagegen in der Stille einer Fußgängerzone, an der ich nichts Furchterregendes finden konnte. Nicht einmal in den lautlosen Nächten unseres Altöttinger Bauernhofs, wenn der „Haustierzoo“ endlich zur Ruhe gekommen war, hatte ich mich gefürchtet. Und in München, in der Rosenheimer Straße, war ich um sechs Uhr früh von der ersten Straßenbahn aus dem Bett gerüttelt worden.

Ich wußte, daß ich etwas Unvernünftiges tat, als ich sagte: „Ich nehme diese Wohnung!“ An die „eingeschränkte Beinfreiheit“ und an den Umgang mit wertvollen Möbeln würde sich Kerstin erst gewöhnen müssen. Im Grunde war es wirklich eine Frage der richtigen Einstellung. Aber es war auch ein von Gefühlen bestimmter Entschluß, wie er bei mir selten vorkam.

Der Weg zum Hof der Familie Hagedorn führte über die Steinfurter Straße bis nach Altenberge. Ich durchquerte den Ort und fand die Abzweigung, die Lenz mir beschrieben hatte. Das große Pappschild, auf dem Ponyreiten für fünfzehn Mark die Stunde angeboten wurde, hing genau an der angegebenen Stelle. Drei Kilometer weiter begann, durch einen elektrisch geladenen Zaun abgesichert, das Hagedornsche Weideland.

Das gute Wetter hatte sich gehalten, und ich genoß die Fahrt über Land. Was mir in Altötting gefehlt hatte, waren nicht Großstadtlärm und Hochhäuser, sondern Freunde, die nicht nur über Maul- und Klauenseuche oder BSE fachsimpelten, Kinos, die etwas Mitreißenderes boten als Almhüttenerotik, und Restaurants, in denen Exotischeres serviert wurde als „bayrischer Magenbeton“. All das konnte auch die Gesellschaft von Hunden, Katzen oder Hasen nicht ersetzen.

Auf den Feldern zeigte sich das erste Grün, und die Büsche, die weit in die schmale Fahrbahn ragten, trieben dicke Knospen aus. Ich überholte eine Gruppe von Radfahrern und bog dann in die Einfahrt zum Bauernhof ein.

Das große Tor stand offen. Auf der rechten Seite zogen sich bis zum Wohnhaus Beete hin, in denen leise glucksend eine Schar brauner Hühner pickte, links ging es an einem langgestreckten Stall vorbei, aus dem lebhaftes Grunzen und Quieken drang. Auch der kräftige Geruch verriet den Schweinekofen. Ich rechnete jeden Augenblick damit, daß irgendwo ein Wachhund zu kläffen beginnen würde, aber bis auf den Lärm, den die Schweine veranstalteten, blieb alles still.

Hinter dem Stall lag eine kurzgemähte Wiese, auf der eine Frau Männerunterhosen auf eine Wäscheleine hängte.

„Frau Hagedorn?"

Die Frau legte die Hose, die sie gerade in die Hand genommen hatte, zurück in den Korb und kam näher.

„Wer sind Sie?" Es klang nicht sehr neugierig, sondern eher interessiert. Offenbar kamen häufig Fremde vorbei.

„Kriminalpolizei. Mein Name ist Sieglinde Züricher. Ich hätte gern Ihren Sohn gesprochen."

„Welchen?" fragte sie. „Den Dirk?" Ich nickte.

„Sie kommen wegen dem Schuldirektor? Ich habe es heute morgen in der Zeitung gelesen. Mein Junge hat damit nichts zu tun."

„Das würde ich lieber von ihm selbst hören."

Frau Hagedorn seufzte. „Kommen Sie rein. Er ist drüben bei den Schwiegereltern, auf dem Kotten. Ich rufe an, daß er rüberkommen soll."

Wir gingen in die Wohnküche. Auf dem Tisch lagen die Westfälischen Nachrichten mit der Nachricht von Rehbergs Tod auf der ersten Seite und ein Brief, der den Stempel des Clemens-August-Gymnasiums trug. Frau Hagedorn telefonierte von der Diele aus mit ihrem Schwiegervater und setzte sich dann zu mir an den Tisch.

„Man hat ihn vom Abitur ausgeschlossen", sagte sie.

„Ich weiß. Ein Beschluß der Konferenz, die gestern mittag gehalten worden ist."

„Beschluß?" Frau Hagedorns leise, leidenschaftslose Stimme wurde plötzlich heftig. „Das stand doch längst fest. Bei dem Rehberg kam er auf keinen grünen Zweig, und damit basta!"

„Und warum?"

Sie zuckte die Schultern.

„Hatte Ihr Sohn früher bessere Deutschnoten?"

Anstelle einer Antwort sagte sie: „Wissen Sie, was mir einer von Dirks Lehrern mal gesagt hat, als ich wegen seiner schlechten Zensuren zur Sprechstunde kam: ‚Die schwierigste Korrektur ist die von Deutschaufsätzen. Dem einen Lehrer gefällt es, und er gibt eine Eins, der andere findet den Stil schlecht oder das Thema verfehlt und rückt gerade mal ein Ausreichend raus. Für genau denselben Aufsatz."

„Wer hat das gesagt?"

„Herr Willstädter."

„Ihr Sohn ist gut in Chemie, nicht wahr?"

„Gut?" Sie lachte spöttisch. „Er ist der Beste. Er hat zusammen mit seinem Großvater ein neues Düngemittel ausgetüftelt, mit dem er sich am nächsten Wettbewerb von „Jugend forscht" beteiligen soll. Wissen Sie, was mein Schwiegervater immer sagt: ‚Dat is'n chanz chescheiten Kopp!'" Vor lauter Aufregung fiel sie ins Platt. „Er hat in seinem Leben viele Lehrlinge ausgebildet, er muß es wissen! Und die Schule läßt den Jungen nicht mal ins Abitur." Sie lachte noch einmal bitter. „All die Jahre umsonst!"

„Hätte Ihr Sohn studieren wollen?"

„Wollen ist gut!" sagte sie, „ohne Abitur, ohne Studium ist man ja heute eine Null. Die ganzen Auflagen, mit denen wir von der EU bombadiert werden, von wegen Bio-Anbau und natürlicher Aufzucht – da kommen Sie ja heute nur noch durch, wenn Sie studiert haben. Ja! Chemie, das hätte er studieren wollen! Das macht ihm Spaß! Oder irgendwas an der Uni für Bodenkultur."

„Und warum wiederholt er die Dreizehnte nicht?"

Sie seufzte. „Er ist schon einmal sitzengeblieben. In der Elften. Damit ist seine Zeit am Gymnasium abgelaufen. ‚Verweildauer' nennen das diese Bürokraten! Als wenn sich unsereins einen teuren Nachhilfelehrer leisten könnte! Er wollte doch nur in Chemie was werden. Und er wäre etwas geworden!"

Von der Haustür her kam ein Geräusch. Der junge Mann, der kurz darauf die Küche betrat, war groß und schlaksig und glich seiner Mutter; die gleichen rotblonden, krausen Haare, die gleichen grauen Augen.

„Setz dich", sagte sie. „Die Dame ist von der Kripo."

Er zog sich einen Hocker heran, parkte seine langen Beine unter den Küchentisch und antwortete auf meine Frage, daß er am Tag zuvor wie immer morgens um sieben aus dem Haus gegangen und gegen halb zwei heimgekehrt sei. „Um halb eins war für alle Klassen Unterrichtsschluß."

„Wegen der Brandschutzübung?"

Er nickte.

„Wie lang hat diese Übung gedauert?"

„Bis kurz vor halb eins."

Wie gewöhnlich war er mit dem Fahrrad gefahren, und hatte, wie gewöhnlich, für den Weg eine knappe Stunde gebraucht.

„Und um halb zwei waren Sie hier auf dem Hof?"

Der Junge zögerte. „Nein, drüben, bei meinen Großeltern."

„Ich habe mittags keine Zeit zu kochen", sagte Frau Hagedorn. „Ich mache den Hof allein, seitdem mein Mann tot ist. Mein ältester Sohn hat nach Holland geheiratet, und der zweite ist beim Bund. Den Dirk versorgt meine Schwiegermutter."

Also war auch eine Unterhaltung mit den Großeltern notwendig, wobei ich inständig hoffte, sie würden noch zu jener Generation gehören, die den Behörden keine Lügen aufgetischt hatte, weder dem Finanzamt noch der Polizei.

„Können Sie sich erinnern, wo Dr. Rehbergs Wagen geparkt war, als Sie den Schulhof verließen?" fragte ich.

„Er hatte seinen Stammplatz vorn, neben den Fahrradständern. Alle, die mit dem Fahrrad zur Schule kommen – und das sind die meisten – waren deswegen sauer. Weil er ihnen mit seiner Bonzenkutsche den Weg versperrte. Gestern mittag, als ich mein Rad holte, hat er auch wieder da gestanden."

Genau an dieser Stelle hatte nachmittags der Chemielehrer seinen Peugeot geparkt. Ich machte mir eine entsprechende Notiz in meinen Taschenkalender. Die Sache konnte reiner Zufall sein, genauso gut aber auch eine Trotzreaktion eines neuen Lehrers, der nicht bereit war, sich mit so lächerlichen Privilegien wie einem persönlichen Parkplatz gleich am Hofeingang abzufinden. „Er galt als autoritär", hatte er zu Lenz gesagt. Und so wurde die eine Kinderei mit der anderen vergolten. Wie ein Kater seinen Herrschaftsbereich markierte und vom nächsten verjagt wurde, der kam, um die gleiche Stelle zu „parfümieren". „Typisch Männer!" dachte ich.

„Hatten Sie gestern Unterricht bei Dr. Rehberg?"

Hagedorn nickte. „Deutsch. In der vierten Stunde, nach der Großen Pause."

„War er in irgendeiner Weise verändert? Nervös, gereizt?"

„Nee", sagte der junge Mann, „der war wie immer, machte seine dummen Scherze und spielte den großen Experten."

„Wie war denn sein Unterricht? Langweilig und trocken?"

„Absolut nicht", sagte Hagedorn. „Der Mann war gut, er kannte sich echt aus. Brachte eigenes Unterrichtsmaterial mit, CDs von Theateraufführungen, Fotos vom Schillermuseum in Weimar oder von Goethes Gartenhaus, Er hat uns ins Kino gelotst, weil eine alte „Faust"-Verfilmung lief. Und man konnte ihn fragen, was man wollte, er hatte immer eine Antwort. Er gab ja auch immer den Grundkurs in der Dreizehnten. Das machte er und niemand sonst. Nur einmal hat er uns ein Bild gezeigt, auf dem Goethe am Fenster steht und rausguckt, und hat behauptet, er hätte so schöne Waden. Da hat er sich lächerlich gemacht, da haben ihn manche für schwul gehalten. Aber sonst? Und auch in Sozialwissenschaften. Als er seine Unterrichtsreihe zum Thema Friedenspolitik hielt, hat drei Wochen lang niemand gefehlt. Da hat er Diskussionen in Gang gebracht, wie wir sie lange nicht mehr hatten."

„Den ‚Musterpauker' hat man Dr. Rehberg genannt."

„Genau“, nickte Hagedorn. „Er seifte seine Schüler ein und die Eltern auch.“

„Wie meinen Sie das?“

„Sein Unterricht war lustig, aber die Witze, die er machte, gingen immer auf Kosten der Schüler. Er las Stilblüten aus unseren Aufsätzen vor, damit wir drüber lachen sollten. Aber den Gefallen haben wir ihm nicht getan.“

„Haben Sie das Gefühl, daß Dr. Rehberg im Kollegium Feinde hatte?“

„Also beliebt war er nicht! Viele Lehrer haben ihn durch den Kakao gezogen. Vorsichtig natürlich, aber wir wußten schon, daß er gemeint war.“

„Können Sie ein Beispiel nennen?“

„Der Willstädter hat ihn oft nachgeäfft. Der Rehberg sprach ein bißchen durch die Nase. Und dann hatte er ganz bestimmte Redewendungen ...“

„Und wer zog ihn nicht durch den Kakao?“

„Die Schneider“, sagte Hagedorn, „die hat ihn angehimmelt. Bloß weil er Bratsche spielte.“

„Und seine Stellvertreterin?“

„Die Kempe? Die konnte ihn nicht ausstehen! Die hat wohl geglaubt, sie würde Nachfolgerin vom Eggers. Und dann haben sie ihr den Rehberg vor die Nase gesetzt.“

„Und der neue Chemielehrer?“ fragte ich und dachte wieder an den so selbstbewußt geparkten Peugeot. „Dieser junge, hellblonde?“

Hagedorn schüttelte den Kopf. Der „Neue“ unterrichtete die Unterstufe, daher wußte man als Abiturient wenig über ihn.

„Ist er der einzige neue Lehrer an Ihrer Schule, seit Rehberg Direktor ist?“

Wieder schüttelte Hagedorn den Kopf. „Die Kunstlehrerin, Frau Ludwig, ist auch erst ein Jahr da. Sie kommt aus den Neuen Bundesländern, aus Sachsen, glaub’ ich.“

„Und wie stand sie zu ihrem Chef?“

Hagedorn zuckte die Schultern. „Weiß ich nicht. Eher neutral. Aber sie ist mal mit uns in eine Ausstellung im Landesmuseum gegangen, und da hat sie erzählt, daß Rehberg moderne Kunst sammelt. Offenbar hat ihr das sehr imponiert. Einen ‚Kunstmäzen' hat sie ihn genannt. Was ist das eigentlich?"

„Sie können auch ‚Sponsor' sagen. Und alle übrigen Lehrer an Ihrer Schule haben schon unterrichtet, bevor Rehberg Direktor wurde?"

Er überlegte einen Augenblick und nickte dann. „Genauso ist es." Er schielte auf seine Armbanduhr. „Könnte ich vielleicht jetzt gehen? Ich habe um halb vier eine Fahrstunde."

„Okay", ich klappte mein Notizbuch zu. „Vielleicht brauche ich Sie später noch mal. Was werden Sie jetzt machen, ohne Abitur?"

Hagedorn zuckte die Schultern. „Erstmal Ferien, ich muß ja mit meinem Düngerprojekt zu Rande kommen."

Als er fort war, zeigte ich auf den Brief des Gymnasiums, der auf dem Küchentisch lag. „Könnte ich den mal lesen?"

Frau Hagedorn gab ihn mir. Es war ein völlig unpersönliches Schreiben, ein Vordruck, in dem man der Adressatin mitteilte, die Erste Konferenz des Zentralen Abiturausschusses von Montag, dem 13. März, habe ergeben, daß ihr Sohn nicht zur Reifeprüfung zugelassen werde, da die Bedingungen gemäß Paragraph 29, Absatz 4 bis 6 der Ausbildungs- und Prüfungsordnung nicht erfüllt worden seien. Der häßliche Krakel unter dem gedruckten Namen des Direktors ließ sich nur mit viel Phantasie als seine Paraphe entziffern. Trotzdem war ich mir sicher, daß Rehberg neben Aufsatzinhalt und Stil auch an der Handschrift der drei Unglücksraben herumgemäkelt hatte. Als Teil der Persönlichkeitsbeurteilung. Ich legte den Brief zurück. Den gleichen hatten wohl auch Vanderfluth und Ansbach bekommen.

Es hatte also den Anschein, als hätte der Direktor aus dem Abiturjahrgang die drei schwächsten Schüler über die Klinge springen lassen, geopfert auf dem Altar seiner ehrgeizigen Niveauvorstellungen. Möglicherweise jedes Jahr. Wahrscheinlich berechnete er die durchschnittliche Durchfallquote der Abiturienten in allen vierzehn Schulen der Stadt und verglich sie mit der des Clemens-August, das nur deshalb überdurchschnittlich gut abschnitt, weil man die „Zitterkandidaten“ vorher entfernt hatte. Aber wie konnte er sich mit seiner extrem strengen Benotung gegenüber einem Kollegium behaupten, das ihn offenbar nicht mochte?

„Haben Sie nie mit Dr. Rehberg über die Noten Ihres Sohnes gesprochen?“

„Der war doch gar nicht zu sprechen“, sagte Frau Hagedorn verärgert. „Sogar beim Elternsprechtag ließ er sich durch einen Kollegen vertreten.“ Sie warf einen Blick auf die Titelseite der Zeitung, die vor ihr lag. „Stimmt es, daß er vergiftet worden ist?“

„Wir müssen das Ergebnis der Autopsie abwarten.“

Frau Hagedorn fröstelte plötzlich. „Das wünscht man ja nun keinem, selbst wenn er ein Ekel gewesen ist. Und dann als Leiche noch aufgeschnibbelt zu werden ...“

„Nein, es war kein schöner Tod, aber es ist wenigstens schnell gegangen.“ Ich stand auf. „Ich möchte gern noch mit Dirks Großeltern reden. Würden Sie vielleicht mal anrufen und fragen, ob sie da sind?“

„Mit den Großeltern?“ wiederholte Frau Hagedorn unsicher und sah, als käme von dort Trost und Zuspruch, hinüber zu der holzgeschnitzten Figur, die von einem kleinen in die Wand gedübelten Podest aus die Haustür bewachte. Ich hatte sie anfangs für einen Heiligen Christophorus gehalten, dann aber erkannt, daß es einer von den „Kiepenkerlen“ war, die in verschiedenen Größen und Materialien in den Andenkenläden der Innenstadt zum Verkauf standen: in Puppenkleidern, in Bronze gegossen oder, wie hier, handgeschnitzt –eine Art Prototyp des handeltreibenden westfälischen Bauern mit Kittel und Halstuch, Wanderstab und langer Pfeife und einem hohen Weidenkorb, eben der „Kiepe“. Und ohne Trost und Zuspruch. Frau Hagedorns Exemplar jedenfalls schien ungerührt weiter an seiner Pfeife zu ziehen, und so nahm sie mit duldender Miene den Hörer ab und telefonierte noch einmal mit dem Kotten.

„Ja, Sie können kommen“, sagte sie nicht übermäßig freundlich und hängte ein. „Fahren Sie die Straße, die Sie hergekommen sind, weiter, ungefähr einen Kilometer. Der Kotten liegt gleich hinter der ersten Rechtskurve. Es steht kein Name am Zaun, aber Sie können es nicht verfehlen."

Ich schrieb mein Protokoll über das Gespräch noch im geparkten Auto, vor dem offenen Hoftor. Erstens weil die Erinnerung frisch war und ich die Aussagen der drei Hagedorn-Generationen nicht durcheinanderbringen wollte, und zweitens, weil es vorbei sein würde mit der Konzentration, sobald Kerstin zustieg und sich Luft machte über Frau Voigt und ihre allerneuesten Hexenkunststücke und über das Aufgabenpensum für den nächsten Tag.

Ein alter, zotteliger Hund, in dessen Körperbau und Kopfform sich offenbar das Erbgut sämtlicher Hofhunde in der Umgebung vermischte, rannte am Tor des Kottens auf und ab und meldete meine Ankunft. Aus einer durch ein Fliegengitter geschützten Tür kam ein älterer Mann, in rotkariertem Hemd und einer sackartigen Hose, die auch die Hosenträger offenbar nicht an ihrer chronischen Talfahrt hinderten. Seine wirren Haare wirkten über der kräftigen, gesprenkelten Röte seines Gesichts noch schlohweißer, als sie in Wirklichkeit waren. In Bayern verdächtigte man Menschen mit dermaßen stark durchbluteter Gesichtshaut gern, entweder Alkoholiker zu sein oder herzkrank oder beides. Aber in Westfalen war der Typ so häufig, daß unmöglich alle krank sein konnten ... Er scheuchte den Hund zur Seite und öffnete das Tor.

„Die Polizei ist auch nicht mehr das, was sie mal war", brummte er statt einer Begrüßung, und als ich verwundert nach dem Grund dieses Imageverlustes fragte, sagte er mit einem plötzlichen schäkernden Zwinkern in den Augen: „Na, wer denkt denn an die Polizei, wenn so'n flottes Wicht vor der Tür steht?"

In der Wohnküche saß seine Frau, klein, mollig, in einer blauweiß gepunkteten Kittelschürze. Ob sie der Frau Kommissar aufwarten könne, fragte sie. Und der alte Hagedorn nahm mir die Antwort aus dem Mund. „Nu lat man, Mouder, dat maken wi twe beide ... Se is doof", das war an mich gerichtet. Gleichzeitig deutete er mit dem schwieligen Zeigefinger auf sein rechtes Ohr, um klarzustellen, daß er nicht den Geisteszustand seiner Frau meinte, sondern ihr nachlassendes Hörvermögen. Ich beschloß, mich kurz zu fassen, einerseits wegen der Verständigungsschwierigkeiten, zum anderen, weil ich mir das Gesprächsergebnis ausrechnen konnte. Dirk hatte um halb zwei mit den beiden zu Mittag gegessen, und damit basta!

Ich sah die wasserblauen Augen des alten Mannes auf mich gerichtet und fragte, ob es stimme, daß sein Enkel am vergangenen Tag um halb zwei von der Schule heimgekommen sei. Frau Hagedorn ließ sich – ins Laute übersetzt – wiederholen, was ich wissen wollte, und dann sagte sie mit einem resoluten Kopfschütteln: „Ne! Um half twe is he nich dagewesen!"

„Nu lat man, Mouder!" beschwichtigte ihr Mann und tätschelte die Speckfalten in ihrer Armbeuge. Aber sie wollte sich nicht beschwichtigen lassen. Wie eine Spieldose, die ihre Leier herunterspult, wiederholte sie: „Um half twe is he nich dagewesen. Dat was nao drie, als he endlich dawas!"

Es sah so aus, als würde es über die Frage, um wieviel Uhr der Enkel nun wirklich aus der Schule gekommen war, zwischen den beiden Streit geben. Während ich mich schrittweise in den plattdeutschen Dialekt einhörte, verstand ich aus dem aufgeregten Singsang der Großmutter, daß sie, weil der Enkel „nich un nich" kommen wollte, die Bratpfanne zum Warmhalten in ihr Bett gestellt hatte. Es habe nämlich „Möppkenbrot" gegeben, Dirks Leib- und Magenspeise. „Und ausgerechnet da kommt he nich!" klagte sie noch einmal. Und als er endlich doch gekommen sei, sei ihr Mann schon wieder aus dem Haus gewesen, weil er irgend eine Besorgung, deren Übersetzung ins knarzige Platt ich nicht verstand, habe erledigen müssen.

Der alte Hagedorn brachte mich zurück zum Gartentor.

„Ne, ne", sagte er kopfschüttelnd, „se segg man immer nur dumm Tüch!" Und jetzt meinte er die geistige Verfassung seiner Frau. Aber ich war mir trotzdem nicht sicher, ob Dirks Großmutter ihre „Bettpfanne" nicht erst nach drei Uhr herausgeholt hatte, wenige Minuten, nachdem Rehberg tot über sein Lenkrad gekippt war. Als Hagedorn das Gartentor hinter mir abschloß, drehte ich mich noch einmal um.

„Was ist eigentlich ‚Möppkenbrot?'"

Er dachte nach, wahrscheinlich über eine adäquate Übertragung ins Hochdeutsche. „Warme Blutwurst", sagte er andächtig, „große Scheiben mit viel Mehl, Getreide und Speckstücken. Und dazu gibt es Himmel und Erde. Und Zwiebeln."

„Danke", lächelte ich und verkniff mir die Frage, was denn mit ‚Himmel und Erde' gemeint sei.

Als ich auf dem Weg zu Kerstins Schule den Friesenring kreuzte, kam mir der Einfall, in der Bücherei des Präsidiums nach einem Chemielexikon zu fragen. Wie schwierig war es, mit soliden Fachkenntnissen Zyankali herzustellen oder aus chemischen Verbindungen zu isolieren?

Die Bibliothekarin ließ bereitwillig ihren Computer im Stich und machte sich auf die Suche nach einschlägiger Literatur. Sie kam mit mehreren Handbüchern und einem „Chemischen Wörterbuch" zurück, und ich setzte mich ans Fenster und begann zu lesen.

Das Wort „Zyankali" gehöre in den Kriminalroman, hatte der Notarzt gesagt und von Kaliumcyanid gesprochen; dem Salz der Blausäure, das im Lexikon als „farblose, sehr giftige Substanz" beschrieben wurde, die sowohl in Wasser als auch in Alkohol löslich sei. Gewonnen wurde sie durch die Erhitzung von Eisenzyaniden mit Kaliumkarbonat oder Pottasche, die man aus der Asche von Topfpflanzen selbst herstellen konnte, mit Hilfe von Wasser und durch einen Verdampfungsprozeß. Eisenzyanide, so las ich weiter, wurden in der Landwirtschaft verwendet, und zwar von Winzern, denen die Farbe ihres Weins nicht kräftig genug schien. Und unter dem Stichwort „Kaliumgoldcyanid" erfuhr ich schließlich noch, daß die hochwirksamen Giftsalze auch bei Goldschmieden Verwendung fanden, wenn sie ihren Preziosen im Galvanisierungsbad ein Goldmäntelchen verpaßten. Es käme, so merkte der Autor an, nicht selten zu schweren Vergiftungserscheinungen. Der letzte Satz enthielt noch den Hinweis, daß Kaliumcyanide in Flaschen im Handel erhältlich waren, gegen Vorlage eines Giftscheins.

Ich klappte das Buch zu und überflog noch einmal meine Notizen. Wenn die Laboruntersuchungen den Verdacht des Notarztes bestätigten, daß Rehberg mit Blausäure vergiftet worden war, genügte es offenbar, daß der Täter solide chemische Kenntnisse hatte, Zugang zu den erforderlichen Grundstoffen und einen Arbeitsplatz, an dem er ungestört arbeiten konnte.

„Und gute Nerven!“ dachte ich und sah wieder das unbekümmerte, sommersprossige Gesicht des jungen Hagedorn vor mir. Mit Sicherheit hatte ihn seine Mutter am Telefon gewarnt, daß die Kripo im Haus sei. Selbst auf dem kurzen Weg vom Kotten zum Hof hatte er Zeit gehabt, über ein Alibi nachzudenken und über passende Antworten auf die Fragen, mit denen er rechnen mußte; und hatte sich dabei auf die Rückendeckung durch seine Familie verlassen können.

Und wenn der Täter aus Malerkreisen kam? Einer, der verärgert war über Rehbergs protziges Mäzenatentum, sich übergangen fühlte oder unterbezahlt? Aus irgendeinem Grund, den ich nur schwer erklären konnte, ging es mir gegen den Strich, den jungen Hagedorn zu verdächtigen. Andererseits war sein Zorn auf Rehberg berechtigt. Seine Klasse mauerte geschlossen gegen den überheblichen Direktor, lachte nicht mit, wenn er Stilblüten vorlas oder sich anderweitig auf Kosten der Schüler amüsierte. Sein Wagen stand den ganzen Vormittag unbeobachtet auf dem Schulhof, in einer unübersichtlichen Ecke gleich am Tor, noch dazu auf einem Platz, wo er alle störte.

Und was, wenn eine größere Gruppe an der Sache beteiligt gewesen war, während das Lehrerkollegium etwas geahnt, aber Augen und Ohren verschlossen hatte? Möglicherweise war die Tat ursprünglich als „Lausbubenstreich“ geplant gewesen, als Jux, und hatte dann ein fatales Ende genommen. Ich stand auf und brachte das Buch zurück. Es wurde wieder einmal höchste Zeit, Kerstin abzuholen.

Diesmal hatte sie eine Leidensgefährtin, die mit ihr in der ersten Bankreihe auf Familienangehörige wartete und Kerstin, wie es schien, neidvoll beim Einpacken ihrer Siebensachen zusah. Ich wartete, bis sich das schwere Schulportal hinter uns geschlossen hatte, dann begann ich, von der neuen Wohnung zu erzählen, unserem schönen neuen Zuhause, hoch über dem Prinzipalmarkt, mitten im Herzen der Stadt. Zu meiner Überraschung hielt sich Kerstins Freude in Grenzen.

„Wohnen wir nicht mehr im Hotel?“ fragte sie argwöhnisch.

„Wir können unmöglich immer im Hotel wohnen. Das ist mir zu teuer, und außerdem will ich das auch gar nicht! Unsere Sachen werden im Lager auch nicht besser, außerdem möchte ich wieder mein eigenes Bett haben und selbst für uns kochen.“

„Aber es war immer so lustig, wenn das Zimmermädchen kam und alles aufräumte.“

„Du bist ein faules Lieschen, Kerstin! Du kannst dein Zimmer selber aufräumen.“

„Habe ich ein eigenes Zimmer?“ Nun wurde die Sache offensichtlich doch interessant.

„Wir haben jeder unser Zimmer. Allerdings müssen wir in dem einen auch essen und in dem anderen auch wohnen. Was sollen wir in deinem machen?“

„Essen!“ entschied Kerstin. „Machst du uns dann auch wieder Reiberdatschi, Mama?“

„Ja. Und abends, wenn du im Bett liegst, kannst du das Glockenspiel von der Rothenburg hören, das dir so gut gefallen hat. Das mit dem Schlag des ‚Big Ben‘ in London.“ Ich versuchte, die Töne nachzusingen, aber es klang nicht sehr gut, und wir lachten beide.

„Muß ich dann nicht mehr in den langweiligen Hort?“

„Nicht so lange wie jetzt. Ich werde eine Studentin für dich suchen, die den Nachmittag über bei dir bleibt, Schulaufgaben mit dir macht oder ins Grüne fährt.“

Als ich mir an der Hotel-Rezeption den Zimmerschlüssel geben ließ, wurde mir bewußt, wie sehr ich die eigenen vier Wände vermißt hatte, einen Raum für mich allein, in dem ich bis Mitternacht lesen, Musik hören oder fernsehen konnte.

Drittes Kapitel

Am nächsten Morgen war Lenz brummig. Noch immer keine Laborbefunde? Was bildeten sich diese Pfeifen denn ein? Und wie er sich denn mit solchen Hiobsbotschaften vor Dr. Gross sehen lassen könne? Ich verzichtete darauf zu fragen, wie sein Besuch bei Herbert Ansbach verlaufen sei. Möglicherweise war auch das ein Grund für seine schlechte Laune.

Lückmann schneite herein. „Also diese Familie Vanderfluth ...“ platzte er los, während er, wie jeden Morgen, seinen Trenchcoat an einem Haken des Kleiderständers festknotete. Seit Wochen war der Aufhänger abgerissen, und er verstand nichts vom Nähen. „Mein Gespräch gestern mit diesem Abiturienten ...“

„Ladies first!“ sagte Lenz. Es sah aus, als verteilte er Rollen, aber es schien nicht so, als ob ihn das Theaterstück sehr interessierte. Ich beschloß, es kurz zu machen. Der junge Hagedorn, sagte ich, habe, wie ja bekannt sei, ein Motiv, seine Mutter sei in ihrer Meinung über Rehberg ziemlich deutlich geworden, und überdies sei der Junge – aber das wüßten Lenz und Lückmann ja ebenfalls – ein As in Chemie.

„Gestern um halb zwei will er bei seinen Großeltern zu Mittag gegessen haben. Das Problem ist nur, daß sich die Großeltern nicht einigen können, wann er wirklich kam. Offenbar hat er sich mit dem alten Hagedorn abgesprochen, und jetzt spielt die Großmutter nicht mit. Nach ihrer Aussage ist er erst nach drei Uhr gekommen. Aber ob ein Tatverdacht vorliegt oder nicht, können wir ohnehin erst entscheiden, wenn das Ergebnis der Autowerkstatt gekommen ist.“

Lückmann nickte. Er hatte sich bei der Firma Beresa über das System der Klimaanlage erkundigt und dabei Aufschlußreiches erfahren. Der Mechaniker hatte sich an eine Kundin erinnert, die ein penetrantes Duftöl in die Lüftungsdüse ihres Mercedes geträufelt hatte. Ihr Mann konnte den Geruch nicht ausstehen, bekam Kopfschmerzen davon und hatte den Wagen mit dem Auftrag zu ihm gebracht, „das Zeug abzusaugen“. Aber ein befriedigendes Ergebnis hatte sich nicht erzielen lassen.

„Ob man mit einer vergifteten Klimaanlage jemanden umbringen kann“, schloß der Inspektor, „das wissen wir allerdings damit noch lange nicht. Das konnte ich ihn ja wohl schlecht fragen.“

„Ich würde mich gerne mit einem Chemiker an der Uni darüber unterhalten, ob ein Schüler mit gutem Know-how in der Lage wäre, Blausäure selbst herzustellen“, schlug ich vor.

„Tun Sie das!“ Lenz nickte zerstreut. „Und du, Max, machst mit Frau Rehberg einen Termin aus, aber erst für morgen. Ich habe die Kollegen in Villach gebeten, ihren Aufenthalt zu überprüfen, und möchte vorher noch den Bericht sehen. Und wenn der Laborbefund bis dahin noch immer nicht gekommen ist, kriegen die Burschen eins auf die Glocke!“

Er zog sich hastig das Sakko an und rückte seine „Picasso“-Krawatte zurecht, das übliche Ritual, bevor er, wie jeden Morgen, pünktlich um neun Uhr dem „Pinguin“ seinen Bericht vorlegte. Viel Neues gab es in der Tat nicht.

Ich sah ihm kopfschüttelnd nach. „Herrgott, was ist er angefressen! Wir tun doch, was wir können!“

„Die Zeit wird ihm knapp.“ Lückmann begann wie jeden Morgen, sämtliche Bleistifte auf seinem Schreibtisch frisch zu spitzen. Er besaß das ganze Faber-Castell-Sortiment von „Extra hart“ bis butterweich. „Es würde ihm gewaltig gegen den Strich gehen, wenn er seinen Posten verlassen müßte, bevor der Fall aufgeklärt ist.“

„Er kann ja jedes Wochenende von Köln rüberkommen und weiterrecherchieren“, sagte ich.

Lückmann grinste.

„Also diese Vanderfluths“, begann er von neuem, „eine richtige Schicki-Micki-Familie.“

„Mit wem haben Sie denn gesprochen?“

„Mit Madame“, antwortete Lückmann und versuchte, eine abgebrochene Miene aus dem Anspitzer zu pusten. „Ein Kilo bunten Klunker am Hals und schwüles Parfum: ‚Mein Söhnchen braucht das Abitur nicht‘“, – er äffte eine hysterische Frauenstimme nach –

„‚Er kann sofort mit einer Banklehre in unserem familieneigenen Betrieb anfangen.‘ Offenbar haben sie eine Privatbank.“

„Na, dann ist es ja gut. Und sein Alibi?“

„Hieb- und stichfest. Er hatte von zwölf bis drei Segelunterricht auf dem Aasee. Ich habe bei Overschmidt nachgefragt. Es stimmt. Demnach hatte ich es mit dem notorischen Schwänzer zu tun.“

Lenz kehrte zurück, einen dunkelroten Schnellhefter in der Hand schlenkernd, den er wortlos auf seinen Schreibtisch knallte. Das Labor hatte die Untersuchungsergebnisse statt zu ihm zum „Pinguin“ geschickt, obwohl es anders abgesprochen war.

„Und?“ Lückmann griff zu seiner Kaffeetasse und trank schlürfend. Er gab sich gern lässig, wenn es spannend wurde.

„Keine Überraschungen!“ sagte Lenz. „Der Tod ist gegen fünfzehn Uhr eingetreten und zwar durch Blausäurevergiftung. Das hat eine Gewebeprobe ergeben, außerdem war das Blut, das man ihm aus der Vene gezogen hat, hellrot. Das Kaliumcyanid schaltet die Atmungsfermente der Zellen aus, so daß sie keinen Sauerstoff mehr aus dem Blut aufnehmen können. Man erstickt innerlich. Im übrigen war Rehberg kerngesund, wenn man von einer leicht vergrößerten Leber absieht. Kein Wunder, bei all dem Partyzirkus, den er veranstaltete. Außerdem muß er ziemlich erkältet gewesen sein. Im Magen befanden sich Reste eines starken Antischnupfenmittels.“

„Mit unangenehmen Nebenwirkungen“, ergänzte Lückmann.

„Genau“, nickte Lenz. „Wenn Rehberg den Beipackzettel gelesen hat oder das Mittel schon länger kannte, hat er die ersten Symptome seiner Vergiftung wahrscheinlich mit dem Medikament in Zusammenhang gebracht. Kopfschmerzen, Bluthochdruck, Angstgefühle, das bekam er möglicherweise auch, wenn er dieses Schnupfenzeug nahm. So ist er weitergefahren, bis zum Kollaps.“

„Und der Geruch im Auto?“ fragte ich.

„Er hatte Schnupfen, Frau Kollegin!“ Lenz zog die Augenbrauen hoch. „Er hat nichts gerochen.“

„Und der Täter hat von seiner Erkältung gewußt,“ sagte Lückmann.

„Vielleicht“, Lenz zuckte die Achseln, „aber diese Erkenntnis bringt uns im Augenblick auch nicht weiter. Dafür haben ihn zu viele Leute gekannt.“

„Gibt es äußerliche Blausäurespuren?“

„Ja“, sagte Lenz, „zwischen Mund und Nase und an den Fingerspitzen. Demnach haben wir zwei Möglichkeiten. Entweder hat er sich das Zyankali selbst verabreicht, dann haben wir es mit Selbstmord zu tun, oder er hat an den vergifteten Lüftungsdüsen gedreht und das Zeug zusätzlich an den Mund bekommen. Das spräche für unsere Theorie.“

„Ein Selbstmord im fahrenden Auto“, begann ich. „So etwas erledigt man, wenn es schon sein muß, zu Hause oder im Büro. Oder noch besser im Urlaub, wo die Leiche niemanden stört.“

„Ich glaube auch nicht dran“, sagte Lenz. „Aber wir sollten mit Rehbergs Hausarzt reden. Vielleicht hatte er Phobien oder Depressionen, von denen wir nichts ahnen. Dr. Windelmann heißt er, auf der Salzstraße. Vielleicht könnten Sie mal hinfahren?“ Ich nickte.

Lückmann wollte wissen, was die Befragung von Herbert Ansbach ergeben habe.

„Ich habe mit der Mutter gesprochen“, sagte Lenz. „Ihr gehört die Fahrschule auf der Weseler Straße. Herbert hat sich vor einem halben Jahr von seinen Eltern verabschiedet und lebt seitdem in einer Wohngemeinschaft im Kuhviertel. Frau Ansbach war fürchterlich besorgt, daß ihr Sohn etwas ausgefressen haben könnte, und ist extra mit mir rübergefahren zu seiner neuen Adresse, um mir zu beweisen, daß die Jungs seit dem vorletzten Wochenende in Südfrankreich sind. Die Post quoll aus dem Briefkasten, und im Kühlschrank war nur schimmeliges Brot.“

Er stand auf. „Hast du einen Termin mit Frau Rehberg ausgemacht?“

„Konnte ich nicht“, sagte Lückmann, „weil sie nicht zu Hause war.“

„Dann versuch’ es noch mal. Und sonst fahren wir ohne Termin zu ihr. Aber erst, nachdem ich bei der Autowerkstatt war und den

Bericht über Rehbergs Wagen gekriegt habe. Sonst verschwindet der auch wieder auf irgendeinem Schreibtisch!“

„Hat eigentlich schon jemand die Benzinuhr überprüft?“ fragte ich. „Vielleicht hat Rehberg seinen Heimweg unterbrochen, um zu tanken?“

„Eine halbe Stunde? Das ist doch eine Angelegenheit von zehn Minuten! Aber natürlich, für Frauen ...“

„Nee, nee, Frieder!“ platzte Lückmann dazwischen. „Von wegen für Frauen. Für männliche Korinthenkacker! Ich kenn’ die Sorte. Die sind zu geizig für eine Tankstelle mit Bedienung, aber auch zu blöd, um sich selbst zu bedienen. Da paßt der Deckel plötzlich nicht mehr auf den Tank oder sie haben sich die teure Hose versaut. Dann machen sie Ärger an der Kasse, weil die Rechnung angeblich nicht stimmt oder die Mehrwertsteuer nicht extra ausgedruckt worden ist, und wenn dann endlich alles geregelt ist, fahren sie etwas vor, um die Luft zu prüfen oder den Fliegendreck von der Scheibe zu kratzen. Aber nur einen Meter, gerade so weit, daß der Hintermann nicht an die Zapfsäule kann und Streit anfängt. Eine halbe Stunde ist da gar nichts, und wenn ich mir diesen Rehberg so ins Gedächtnis zurückrufe ... Also, ich finde die Anregung von Frau Züricher gut.“

Ich warf ihm einen dankbaren Blick zu. Eines der allerersten Komplimente, das mir Franz einmal gemacht hatte, war die Bemerkung, ich führe Auto „wie ein Mann.“ Auf dieses Lob war ich noch immer sehr stolz.

„Ich kann den heißen Tip ja weitergeben.“ Lenz stand noch in der offenen Tür, als sein Telefon zu läuten begann. Er ging zurück zum Schreibtisch und nahm ab. Durch die Muschel war die leicht quäkende Stimme des Dezernatsleiters zu hören.

„Ja“, sagte Lenz, und seinem Gesicht war anzusehen, daß ihm etwas Unangenehmes mitgeteilt wurde. „In Ordnung! Ja, vielleicht wäre das besser! Auf jeden Fall morgen!“

Er legte auf. „Frau Rehberg soll morgen früh zur Pathologie kommen und ihren Mann identifizieren. Und einer von uns soll mitgehen.“ Noch bevor er mich ansah, wußte ich, wer mit dem „einen“ gemeint war.

„Ich bin sicher, seine Witwe hat bei dieser heiklen Geschichte lieber eine Frau neben sich als einen von uns beiden.“ Jetzt sah er mich an.

„Wann?“

„Um neun. Holen Sie sie eine Viertelstunde vorher ab. Es ist ja nicht weit.“

„Weiß sie Bescheid?“

„Ja“, sagte Lenz. „Der Chef hat sie gerade eben angerufen. Da war sie zu Hause. Er hat ihr auch gesagt, daß er einen weiblichen Beamten schickt. Und unser Gespräch mit ihr verschieben wir auf den Nachmittag.“

Er verschwand, indem er die Bürotür etwas heftiger als nötig ins Schloß fallen ließ. Lückmann zog den roten Schnellhefter zu sich hinüber und begann nervös zu blättern. Das Unbehagen über diesen neuen Fall schien genauso penetrant im Raum zu hängen wie zwei Tage zuvor der Zyankalischwaden in Rehbergs Wagen.

Ich zog mir den Mantel an und war auf einmal froh über den Termin außer Haus, den ich mir selbst verordnet hatte.

„Ich fahre zur Wilhelm-Klemm-Straße. Ins Anorganisch-Chemische Institut.“ Lückmann nickte, ohne aufzublicken.

Ein junger Mann mit weißem Kittel und dünnem Nackenzöpfchen betätigte den Türdrücker des Instituts.

„Sie ermitteln also im Mordfall Rehberg“, sagte er. „Ich habe davon in der Zeitung gelesen. Am besten könnte Ihnen Frau Dr. Fassbinder helfen, aber sie ist gerade nicht da. Wenn Sie mit mir vorliebnehmen wollen?“ Er habe, fuhr er fort, ein persönliches Interesse an der Sache, weil er sein „Abi“ am Clemens-August gemacht habe. Allerdings noch in der Ära Eggers. „Wir nannten ihn den ‚Lieben Gott‘!“

„Warum?“

„Weil er so nett und menschlich war“, sagte der Student.

„Wissen Sie, die ‚Chemie‘, wie man so schön sagt, stimmte: zwischen Direx und Kollegium, zwischen Lehrern und Schülern.“

„Das müssen Sie besonders gut beurteilen können. Aber gab es da nicht auch diese Kokaingeschichte?“

„Ach, hören Sie auf, das ist doch heillos übertrieben worden. Das war ein einmaliges Experiment im Deutschunterricht.“

„Waren Sie dabei?“

Er schüttelte den Kopf. „Das war ja der Fehler. Der Pfeiffer hätte den Versuch mit uns Älteren machen sollen. Wir hätten den Mund gehalten. Aber die Kleinen haben gepetzt.“

„Worin bestand der Versuch?“

„Sie haben Kokain geschnupft – ganz kleine Mengen, versteht sich – und unter dessen Wirkung Gedichte geschrieben. Die Texte waren unten, im Glasdurchgang zur Turnhalle, ausgehängt. Manche waren gar nicht mal so schlecht.“

„Trotzdem! Es war Rauschgift, und damit macht man keine Experimente.“

„Okay, okay“, beschwichtigte der junge Mann, „der Pfeiffer ist ja auch rausgeflogen, beziehungsweise er und der Kunstlehrer; der hatte das Kokain besorgt. Es gab ein Disziplinarverfahren und Gefängnisstrafen für beide.“

„Und jetzt ist die Schule wieder im Gerede. Die Gerichtsmediziner haben unseren Verdacht bestätigt, Rehberg ist an einer Blausäurevergiftung gestorben, etwa eine Stunde, nachdem er seine Schule verlassen hatte. Und nun stehen wir vor der Frage: Woher hatte der Täter – vielleicht waren es ja auch mehrere – das Gift? Wäre ein Abiturient mit profundem Wissen in Chemie in der Lage, Zyankali selbst herzustellen?“

Der Student schien verblüfft, dann nickte er zögernd.

„Hm! Ja! Glaube ich schon.“ Er griff nach Papier und Bleistift und begann, Formeln aufzuschreiben.

„Wenn er Freunde auf dem Land hat.“

„Er wohnt auf dem Land.“

Er pfiff durch die Zähne. „Nicht schlecht! Also, versuchen wir's mal. Was er bräuchte, wäre eine Aminosäure, die er mit elementarem Natrium erhitzt. Die Schmelze wird dann in Wasser gelöst. Dabei ergäbe sich als lockere Verbindung NA CN. Wenn er Zugang zu Salpetersäure hätte, zum Beispiel in Form von Düngemitteln, könnte er durch Erhitzen Wasserstoffionen gewinnen plus Zyanid, also HCN. Und wenn es ihm dann noch gelänge, die Verdampfungsflüssigkeit aufzufangen, hätte er theoretisch Kaliumcyanide. Aber hat er auch ein Motiv?"

„Haben Sie selbst schon mit Blausäure zu tun gehabt?" fragte ich zurück.

„Natürlich", er grinste. „Ich bin Tutor bei den Chemischen Übungen für Erstsemester. Da tritt immer mal Blausäure aus, aber das ist absolut kein Grund zur Hektik. Man stellt das Zeug in den Abzug und wartet, bis es verdampft ist. Die ganz Ehrgeizigen riechen auch mal dran. Aber es ist natürlich nicht so, daß wir es darauf anlegten, Blausäure zu produzieren. Es wäre nett, wenn Sie nicht unsere ganze Zunft in Verruf brächten. Sonst verliere ich hier meinen Job."

„Das könnten mir die Goldschmiede genauso sagen. Wie lange dauert es, bis die Säure verdampft ist?"

„Kommt drauf an! Eine halbe Stunde, vierzig Minuten."

Ich stand auf. „Das wär's dann. Vielen Dank für Ihre Hilfe. Nach wem frage ich, wenn ich Sie noch mal brauche?"

„Fragen Sie nach Udo, das genügt." Der junge Mann drückte wieder den Türöffner. „Sie finden allein heraus?"

Am Donnerstag morgen ging ich nicht hinauf ins Büro, sondern stellte meinen Wagen in den Hof und stieg in den Dienstwagen um. Als ich das obere Drittel der Himmelreichallee erreichte, sprang die Ampel, der ich den Namen „Rehbergs Ampel" gegeben hatte, auf Rot. Ich ließ den Wagen ausrollen und hoffte, genügend Zeit zu gewinnen, um nicht halten zu müssen. Aber die Rot-Phase dauerte länger als gedacht, und so wartete ich in der ungemütlichen Gewißheit, millimetergenau an derselben Stelle zu stehen, an der Rehberg am Montag gestorben war.

Ich hielt vor dem Gartentor, stieg aus und sah gerade noch, wie jemand im Erdgeschoß die Gardine vor eins der beiden Wohnzimmerfenster zog. Ich läutete, es knackte in der Gegensprechanlage, und eine weibliche Stimme sagte: „Ich bin so weit.“

Wenig später kam Frau Rehberg über den schmalen, mit rötlichen Klinkern gepflasterten Weg zum Tor, eine große, schlanke Frau, die zumindest auf den ersten Blick jünger wirkte als Anfang Fünfzig. Sie hatte einen dunklen Hut mit breiter Krempe auf, der schwarzes, nach sehr jugendlicher Art kurz geschnittenes Haar freigab und trug ein dunkles Kostüm und schwarze, hochhackige Schuhe. Sie schloß das Gartentor ab. „Gehen wir!“

„Mein Beileid“, sagte ich, als wir im Auto saßen. Sie erwiderte nichts.

Wir hatten nur eine kurze Strecke vor uns, aber ich wollte nicht so schweigsam neben ihr sitzen. Außerdem gab es Fragen, auf die sie eine kompetente Antwort geben konnte.

„Halten Sie es für denkbar, daß Ihr Mann sich das Leben genommen hat? In einer Kurzschlußhandlung oder vielleicht wegen einer unheilbaren Krankheit?“

„Nein!“ sagte sie und sah aus dem Seitenfenster und dann wieder nach vorn. Das war kein ermutigender Gesprächsbeginn, aber ich redete mir ein, daß sie völlig durcheinander war, verzweifelt und verbittert. Und so stellte ich ihr die nächste Frage:

„Haben Sie einen Verdacht, wer Ihrem Mann so etwas antun könnte?“

Frau Rehberg schüttelte den Kopf, aber auch diesmal lag in ihrer stummen Antwort Abwehr und die Aufforderung, sie in Ruhe zu lassen. Diese Schonfrist würde man ihr nicht lange gewähren. Lenz war verrufen als hartnäckiger Fragensteller, der auch die Angehörigen von Opfern nicht schonte.

Das Institutsgebäude kam in Sicht, und ich stellte den Wagen in eine Lücke zwischen den Dienstfahrzeugen. Frau Rehberg ging schnell und ein paar Schritte voraus, ich folgte. Konnte man es ihr verübeln, daß sie diesen Termin so bald wie möglich hinter sich bringen wollte?

Der junge Mann in der Pförtnerloge legte seine „Bild“-Zeitung weg und wies uns den Weg. Den Gang rechts ganz hinunter, bis ans

Ende und dort an der Eisentür läuten. Er versprach, uns inzwischen telefonisch anzumelden.

Im Gang herrschte ein starker Geruch nach Desinfektionsmitteln, der noch penetranter wurde, als wir die Eisentür passiert hatten. Der Raum dahinter weckte traumatische Erinnerungen an besonders ungemütliche Hallenbäder, vielleicht auch an eine Waschküche. Er war in hochglänzenden, gelblichen Kacheln gefliest, die das Licht der Neonröhren an der Decke grell reflektierten, es roch nach Chlor, und die Stimme des Gerichtsmediziners, der uns an der Tür in Empfang genommen hatte, klang unangenehm hohl. Er war ein großer, breitschultriger Mann mittleren Alters und von orientalischem Aussehen, Ägypter vielleicht oder Inder. Er ging uns voraus in eine kleine Kammer, in der Rehbergs Leichnam aufbewahrt wurde. Es war sehr kalt in dem Raum, eine Empfindung, die noch verstärkt wurde durch das blendendweiße Licht. Der Raum war fensterlos und leer bis auf die Bahre an der dem Eingang gegenüberliegenden Wand, unter deren weißem Laken sich ein menschlicher Körper abzeichnete. Die aufgerichteten Füße spannten die weiße Stoffbahn und dort, wo der Kopf sein mußte, war eine kugelförmige Aufwölbung, von der sie in Falten herabfiel. Frau Rehberg machte einen Schritt, dann blieb sie mit leicht hochgezogenen Schultern stehen, die Arme mit durchgedrückten Ellbogen vor sich gekreuzt, den Kopf steif nach hinten gebogen. Wie jemand, der sich mit aller Gewalt gegen eine Sturmboe sträubt.

„Sind Sie bereit?“ fragte der Arzt.

Sie nickte kaum merklich, kam aber nicht näher.

Der Arzt hob den oberen linken Zipfel des Lakens an und gab mit einem leichten Ruck Rehbergs Gesicht frei. Sie zog mit einem kurzen, scharfen Geräusch den Atem ein, und für Sekunden hatte ich den Eindruck, als schwankte sie. Dann stand sie wieder sicher.

Man hatte, offenbar um der Witwe den Anblick erträglicher zu machen, versucht, das Gesicht des Toten seinem ursprünglichen Zustand wieder näherzubringen. Die bläuliche Verfärbung war verschwunden, er war jetzt wachsbleich, wenngleich noch immer aufgedunsen, beinahe, als hätte man ihn nicht aus seinem Auto geholt, sondern aus dem Wasser. Der Arzt zog den Stoff bis auf die Höhe der Schlüsselbeine zurück, wo das oberste Ende der Obduktionsnähte sichtbar wurde. Dann ließ er ihn wieder fallen, bis der Kopf des Toten vollständig bedeckt war, und fragte: „Ist das Ihr Mann?"

Sie nickte mit einem heiseren Schluchzen, dann drehte sie sich um und rannte aus dem Raum. Ich machte dem Arzt ein Zeichen, um mich zu verabschieden und folgte ihr. Sie stand im Korridor vor einem der Fenster und sah nach draußen.

„Ich bringe Sie nach Hause", sagte ich, und Rehbergs Witwe ließ sich führen wie ein Kind, den Korridor hinunter, an der Pforte vorbei, wo der junge Mann uns scheu zunickte, und zum Auto. Wortlos fuhren wir den Weg zurück, sie stieg aus, und als ich fragte, ob sie noch Hilfe brauche, schüttelte sie den Kopf. In der kurzen Zeit, in der ich den Wagen wendete, hatte sie die Gartentür hinter sich geschlossen und war im Haus verschwunden.

Auf dem Rückweg zum Präsidium beschloß ich, noch einmal zum Clemens-August-Gymnasium zu fahren, um mit Frau Kempe zu sprechen. Es war halb elf, wenn ich Glück hatte, erwischte ich sie gerade in einer Pause.

Ich hoffte nicht nur auf ihre Gesprächsbereitschaft, sondern rechnete auch mit aufschlußreichen Antworten von Hagedorns Mitschülern auf die Frage, was sich am Montag mittag in der Nähe von Rehbergs Wagen abgespielt hatte. Für die Tatzeit kam nur eine sehr kurze Spanne gegen Ende der Konferenz in Frage. Wenn die Blausäure im Abzug des Chemischen Instituts so schnell verdunstete, daß man darauf warten konnte, dann hielt sie sich auch im Auto nicht lange.

Der Hausmeister am Schuleingang erkannte mich wieder und nickte mir flüchtig zu. Ich erinnerte mich daran, daß das Lehrerzimmer im zweiten Stock lag, am äußersten Ende des linken Gebäudeflügels. Der Weg führte an einem Portrait des Fürstbischofs und Namenspatrons der Schule vorbei, der Kopie eines Gemäldes, das im Erbdrostenhof hing. Es zeigte einen großen Mann in Herrscherpose und mit angenehmen Gesichtszügen, der sein Haar unter einer grau und weiß gepuderten Perücke verbarg und seinen Körper mit einem mächtigen, schwungvoll drapierten Hermelin schmückte. An den unteren Rahmenrand hatte ein Witzbold ein kleines gelbes Post-it geklebt. „Big brother is watching you!"

Der harmlose Anschlag auf dieses opulente Zeugnis barocker Machtentfaltung war wohl erst vor kurzem verübt worden, nach dem Besuch der Kollegen von der Spurensicherung, die Lenz am Tag zuvor geschickt hatte, um Rehbergs Dienstzimmer zu durchsuchen. Die doppelt gepolsterte Tür neben dem Portrait war versiegelt. Den ganzen Vormittag waren Schüller und Wagner in dem Raum beschäftigt gewesen, aber sie hatten zumindest auf den ersten Blick wenig gefunden, das sich auf den zweiten als Beweismaterial eignen könnte; die vorläufige Inventarliste, die sie Lenz abends auf den Tisch gelegt hatten, las sich unspektakulär. Ein paar persönliche Gegenstände, die man im Labor untersuchen würde, Unmengen von Fingerabdrücken, die sich wohl kaum identifizieren ließen, und einen Haufen kleingerissener Schnipsel im Papierkorb, die man nur mit großer Mühe würde zusammenfügen können. Sie hatten den Inhalt der Schreibtischschubladen, der beiden halbhohen Rolladenschränkchen und des Klappfachs unter Rehbergs Bücherregal Stück für Stück durchgeblättert, das meiste jedoch an seinen Platz zurückgebracht, weil die Papiere allenfalls dokumentierten, mit welchem Verwaltungskram sich der Leiter eines Gymnasiums herumzuschlagen hatte. Doch dann war ein Aktenordner mit Gutachten aus den drei letzten Schuljahren aufgetaucht. Die Betroffenen waren Referendare und Studienräte „zur Anstellung". Und nach der Lektüre der ersten Beurteilungen hatte Schüller beschlossen, den Ordner mitzunehmen. Das Bücherregal enthielt ein eher bescheidenes Sortiment an Unterrichtsmaterialien, mit denen Rehberg seine Grundkurse gestaltet hatte; ein paar Bücher, Broschüren und Schnellhefter, die rasch durchgesehen waren.

Im Lehrerzimmer, um einen großen, ovalen Tisch, saßen Frau Kempe und fünf Personen, die offenbar zum Kollegium gehörten. Hatte auf mein Klopfen jemand „Herein!" gerufen oder nicht? Als ich die Gruppe, vier Frauen und zwei Männer, vor mir sah, hatte ich plötzlich das unangenehme Gefühl, in eine vertrauliche Besprechung zu platzen. König Artus' Tafelrunde! Das angeregte Gespräch verstummte mitten im Satz, und die Blicke, die sich nicht nur durch Frau Kempes stark vergrößernde Brillengläser auf mich richteten, waren unmißverständlich. Jawohl! Ich störte!

Frau Kempe stand auf. „Gibt es noch Probleme, Frau … äh?"

„Züricher", half ich nach. „Hätten Sie einen Augenblick Zeit?"

„Was wollen Sie denn wissen?" fragte sie und gab wieder ihr hochmütig wirkendes Schnaufen von sich. „Frau Züricher ist von der Mordkommission." Das galt den rundum sitzenden Kollegen.

„Ich hätte ein paar Fragen an die Mitschüler der vom Abitur ausgeschlossenen Kandidaten. Hat eigentlich jemand von Ihnen noch Schüler auf dem Gelände gesehen, als die Konferenz zu Ende war?" Diese Frage galt ebenfalls den rundherum sitzenden Kollegen von Frau Kempe. Ihr Kopfschütteln war einmütig.

Jene Lehrer, die das Konferenzergebnis abgewartet hatten, hatten keinen Schüler mehr gesehen, und jene, die nach Hause gegangen waren, hatten ohnehin nichts mitgekriegt. Nach der Besprechung war als einzige Frau Köpke, die Sekretärin, dageblieben, hatte aufgeräumt und die drei inhaltsschweren Briefe geschrieben. Und was den Direktor betraf, so erinnerte sich nicht nur Frau Kempe daran, daß er zur gleichen Zeit wie sie alle weggefahren sei, und zwar „sehr fidel" trotz seiner schweren Erkältung, womit sich ja wohl auch alle Spekulationen über einen Selbstmord erübrigten, wie sie an diesem Morgen in einer der beiden Lokalzeitungen in die Welt gesetzt worden waren. Dafür sei Dr. Rehberg nicht der passende Typ gewesen.

„Jemand, der so erfolgreich ist, bringt sich doch nicht um!" sagte Frau Kempe entrüstet, während sie einen Blick auf den großen Stundenplan an der Wand warf. „Für die dreizehnte Stufe gibt es übrigens keinen Unterricht mehr. In drei Wochen beginnt die schriftliche Reifeprüfung. Aber Sie können mit den Schülern aus der Zwölften sprechen. Vielleicht hilft Ihnen das ja weiter. Haben Sie einen konkreten Verdacht?"

„Wir müssen jeder Spur nachgehen."

„Natürlich", nickte sie, und es war vielleicht nicht so schadenfroh gemeint, wie es klang, als sie sagte: „Sie tappen wohl ziemlich im Dunkeln."

„Wenn jemand einen so großen Bekanntenkreis hatte wie Dr. Rehberg, ist es schwer, eine Spur zu finden."

„Tun Sie Ihre Pflicht", entgegnete sie. „Es kann uns nur recht sein, wenn der Unhold bald gefunden wird."

„War die Brandschutzübung angekündigt?"

Sie nickte. „Diese Alarmübungen sind Vorschrift, jedes halbe Jahr, und in diesen alten Gebäuden sowieso."

„Die Schüler wußten also vorher, daß sie um halb eins nach Hause gehen konnten?"

„Natürlich! Bei den kiloschweren Büchermappen, die heutzutage schon unsere fünften Klassen schleppen, wäre es unfair, sie auch nur ein Buch mehr als unbedingt nötig mitbringen zu lassen!"

Sie öffnete eine Klassentür im ersten Stock, redete gedämpft in den Raum hinein und winkte mir dann. Die Klasse, ein Grundkurs in Französisch, war mit fünf jungen Männern und vier Mädchen nur zu einem Drittel besetzt. Auf der Fensterbank lagen Radhelme und unordentlich hingeknüllte Jacken. Unter dem Heizkörper ragten zwei Paar Rollerblades hervor. Wie sich herausstellte, hatte niemand am Montag mittag etwas Auffälliges gehört oder gesehen. Alle hatten sich schleunigst auf den Heimweg gemacht. Jemand erinnerte sich, daß der Schulhof „wie leergefegt" ausgesehen habe, und eines der Mädchen stellte feixend die Frage, wer sich denn länger als unbedingt nötig in der „Penne" aufhalte?

„Und vor dem Schulgebäude?"

Das allgemeine Schulterzucken wirkte ratlos und desinteressiert zugleich. Möglich, daß sich noch ein paar Schüler Zigaretten angesteckt hatten. Vor drei Wochen war das Raucherzimmer der Oberstufe endgültig geschlossen worden, und so rauchte man eben draußen, auf dem Trottoir. Aber sonst?

„Hat jemand von Ihnen am Montag mittag die drei Schüler gesehen, die vom Abitur ausgeschlossen wurden?"

Man erinnerte sich an Hagedorn. Auch er hatte, da waren sich alle einig, das Gelände unverzüglich verlassen.

„Zu Fuß?"

Nein, mit dem Rad. Der hatte es sogar besonders eilig gehabt, der wohnte weit draußen.

Es war, als hätte man Betonköpfe vor sich oder Sprechautomaten. So war es auch in den beiden anderen Kursen. Nicht das leiseste Verdachtsmoment, dafür wie aus einem Mund die Antworten, die man eigentlich nicht hören wollte. Jawohl, Ansbach war seit eineinhalb Wochen krank, und Vanderfluth hatte um zwölf einen Zahnarzttermin gehabt. Mit Routinefragen kam man hier nicht weiter.

Es schellte zur Pause, und ich sah plötzlich die Möglichkeit, noch eine letzte Auskunft im gesamten Kollegium einzuholen. Über die fünfundvierzig Minuten zwischen dem Ende der Konferenz und Rehbergs Tod gab es weiterhin keine Angaben, aber vielleicht hatte er einem Kollegen beiläufig erzählt, daß er noch etwas zu erledigen habe. Die Fünfminutenpause, in der man im Lehrerzimmer zusammenkam, um sich mit neuen Schulbüchern zu wappnen oder ganz einfach zu verschnaufen, war eine günstige Gelegenheit, danach zu fragen.

„Fragen Sie nur!" Frau Kempe lächelte sibyllinisch.

Aber leider. Auch diesmal wußte im Lehrerzimmer niemand, ob Rehberg am Montag mittag noch eine Extratour geplant hatte, bevor er sich auf das letzte, unheilbringende Wegstück machte, er war ganz einfach verschwunden.

„Er wird sich noch etwas zu essen besorgt haben. Seine Frau ist zur Kur weg", entschied Frau Kempe in ihrem energischen Alt, und die anderen nickten dazu. Das war's dann wohl.

Auf dem untersten Treppenabsatz, kurz vor dem Schulportal, hörte ich jemanden rufen. „Frau Mannheimer?"

Ich drehte mich um. „Meinen Sie mich? Ich heiße Züricher."

Die Frau lachte. „Entschuldigung! Irgendein Städtename war's. Das wußte ich."

Sie kam zu mir herunter, und ich erkannte in ihr eine der Teilnehmerinnen von Frau Kempes mysteriöser Tischrunde. Ich schätzte sie auf Anfang Vierzig. Schwarzer Pagenkopf und ein hübsches Gesicht mit leicht vorstehenden Wangenknochen und schräggeschnittenen dunklen Augen.

„Verena Bischof", sagte sie mit einem angenehm festen Händedruck. „Ich gehöre momentan nicht zum Kollegium, ich habe ein Babyjahr eingelegt und fange erst im Herbst wieder an zu unterrichten. Aber Frau Kempe hatte mich eingeladen, an der Besprechung heute vormittag teilzunehmen. Damit ich auf dem Laufenden bin. Deshalb bin ich hier."

Sie sah sich um, aber auf der Treppe war niemand, und auch die Hausmeisterloge war leer. Trotzdem zog sie mich nach draußen, auf das Podest über den Eingangsstufen.

„An welcher Besprechung?"

„Eine Versammlung des Lehrerrats", sagte sie. „Es ging nur am Rande um Dr. Rehberg. Hauptthema war eine neue Regelung der Vertretungsstunden. Deshalb hat auch Frau Kempe teilgenommen." Wieder drehte sie sich nervös um. „Ich könnte Ihnen einiges über Rehberg sagen, über seine Methoden. Allerdings nicht hier. Heute nachmittag muß ich mit meinem Ältesten zum Augenarzt, aber morgen hätte ich Zeit."

Ich nickte. „Wann und wo?"

Sie dachte kurz nach. „Paßt es Ihnen gegen drei? Im Café Kleimann? Oben, im ersten Stock, sitzt man ziemlich ungestört."

Ein Pulk von Schülern polterte die Treppe herunter, knuffte sich durch die schmale Spalte des nur halbgeöffneten Portals und stürmte an uns vorbei, die Stufen herab und auf die Straße.

„He, langsam, ihr Büllekes!" rief Frau Bischof ihnen nach. Sie schüttelte den Kopf. „An diese Rabauken muß ich mich wohl erst wieder gewöhnen. Zu Hause bei unserem Jüngsten ist es dagegen direkt friedlich."

„Also morgen um drei", sagte ich, und sie nickte und verschwand wieder im Schulgebäude. Ich ging am Hof entlang zum

Auto. Auf dem Turngelände lief sich eine Mädchengruppe der Unterstufe warm.

Weder Lenz noch Lückmann waren im Büro. Der Inspektor war offenbar geradc beim Mittagessen in der Kantine, und der Hauptkommissar wohl in der Stadt unterwegs, auf der Suche nach dem entscheidenden Geistesblitz. Auf meinem Schreibtisch lag ein Zettel: „Termin mit Frau Rehberg um 16 Uhr.“

Ich schenkte mir einen Becher Kaffee ein, packte die Marzipanschnecke aus, die ich unterwegs gekauft hatte, und sah noch einmal Frau Kempes Liste jener Kollegen durch, die an den verschiedenen Fachprüfungsausschüssen teilgenommen hatten. Mit steilen, eng liegenden Buchstaben aus spitzer Füllfeder hatte sie neben jeden Namen das Unterrichtsfach geschrieben, das er oder sie in der dreizehnten Stufe unterrichtete, die Privatadresse und die Telefonnummer. Was verständlicherweise fehlte, war die persönliche Meinung, die er oder sie sich über den Direktor gebildet hatte.

Mein Besuch im Clemens-August hatte mich davon überzeugt, daß Rehberg bei der Mehrheit seiner Kollegen unbeliebt gewesen war. Wo blieb die Anteilnahme, wo die Bestürzung über diesen heimtückischen Mord? Es mochte stimmen, daß niemand etwas gehört oder gesehen hatte, aber hätte man nicht Emotionen erwartet, Zorn und die Bereitschaft zur Mithilfe bei der Aufklärung? Aber nein, man hielt sich bedeckt, hüllte sich in Schweigen und lächelte undurchdringlich. Die Ausnahme schien Frau Bischof zu sein, die nicht zum Kollegium gehörte und dennoch nur an einem verschwiegenen Ort zu reden bereit war.

Ich teilte die Liste in drei Gruppen. In Lehrer, die mit Rehberg offenbar gut zurechtgekommen waren wie die Musiklehrerin aus Gimbte und die Kunsterzieherin aus Sachsen. Dann jene, deren Abneigung ziemlich eindeutig war, und solche, deren Meinung ich noch nicht kannte. Zur zweiten Gruppe gehörten neben Frau Kempe offenbar auch Hagedorns Chemielehrer und Frau Bischof. Zur dritten Dr. Bäcker und die beiden Sportlehrer, Frau Nolte und Herr Stewen. Ich kennzeichnete die Gruppen mit verschiedenen Symbolen und beschloß, mit Willstädter und den beiden Rehberg-Getreuen, Frau Schneider und Frau Ludwig, einen Vier-Augen-Termin zu vereinbaren, sobald ich mit Frau Bischof gesprochen hatte und Lenz mit Rehbergs Witwe. Ich war sicher, daß er Lückmann mitnehmen würde. Schließlich waren die beiden ein erprobtes Team.

Der intensive Marzipangeruch aus der Gebäcktüte legte sich mir plötzlich auf den Magen. Bittermandel!

Ab wann wirkte eine Zyankalidosis tödlich, und wie konzentriert mußte das Gift eingeatmet werden? „0,6 mg in einem Liter Luft", stand in den Notizen, die ich in der Präsidiumsbücherei gemacht hatte. Aber der Chemiestudent hatte erzählt, „die ganz ehrgeizigen" seiner Kommilitonen hielten ihre Nasen über die Kaliumcyanidproben. Eine kleine Prise war offenbar nicht schädlich. Rehberg allerdings hatte einen starken Schnupfen gehabt und wahrscheinlich überhaupt nichts gerochen, sondern ahnungslos die Schwelle zur tödlichen Dosis überschritten. Hatte das Gift eingeatmet, das ihm kontinuierlich aus den Lüftungsdüsen ins Gesicht geblasen wurde, Nase und Mund mit den kontaminierten Fingerspitzen betastet und beim ersten Unwohlsein an die Nebenwirkungen seines Schnupfenpräparats gedacht. Ich schob die Schnecke zurück ins Papier und leckte angewidert die klebrigen Finger ab.

In diesem Augenblick kündigte das Faxgerät hinter mir eine Nachricht an. Vier Blätter kamen zum Vorschein und fielen raschelnd in den Auffangkorb. Jedes trug den Briefkopf des Polizeikommissariats Villach, es war die Antwort auf Frieders Bitte, Frau Rehbergs An- und Abwesenheit im Kurzentrum und in ihrem Hotel am Wochenende vor der Ermordung ihres Mannes zu überprüfen.

Der Brief begann, kollegial-freundlich, mit einem kurzen Gruß des ortsansässigen Inspektors Karl Schöberl. Er bat, die Verzögerung um einen Tag zu entschuldigen, und begründete sie mit der plötzlichen Erkrankung seines Kollegen. Sie seien ohnehin personell unterbesetzt. Die anderen Papiere enthielten einen Auszug aus Frau Rehbergs Therapieplan und das Ergebnis der polizeilichen Befragungen im Kurzentrum und im Hotel „Winkler." Ihrem Anwendungsplan zufolge hatte die Witwe am Sonntag nachmittag und Montag vormittag einige Stunden im Thermalbad verbracht, mit Aktivitäten, die man aus dem Kurchinesisch wohl am besten mit „Unterwassertherapie“ und „Heilgymnastik in Gruppen“ übersetzte. Schöberl hatte mit der zuständigen Physiotherapeutin geredet, aber – leider! wie er anmerkte – war die Frau neu im Kurbetrieb, kannte die Patienten noch nicht mit Namen und hatte auch darauf verzichtet, die Anwesenheit zu überprüfen. Man habe es ja schließlich, so hatte sie zur Antwort gegeben, mit erwachsenen, verantwortungsbewußten Menschen zu tun!

Und im Hotel? Ich sah mir den mitkopierten Prospekt an, dessen Fotos ein Hundertzwanzig-Betten-Haus mit stark frequentierter Halle, drei Restaurants und mehreren Lifts zeigten. Es gab eine große Sonnenterrasse, ein Schwimmbad, zwei Tennisplätze mit Quarzsandbelag und eine Golfanlage. Der Empfangschef, so berichtete Schöberl, habe Frau Rehberg als langjährigen Gast gekannt, sich aber nicht hundertprozentig erinnern können, ob er sie an den fraglichen Tagen gesehen hatte. Das Wochenende gestalte sich immer ganz besonders lebendig, zum einen durch die vielen Tagesgäste, die extra herkämen, um der guten Küche des „Sportstüberls“ zuzusprechen, zum anderen durch die reizvollen Touren in die Umgebung, die den länger weilenden Kurgästen geboten würden. Bis nach Venedig und Verona! Ich wurde den Eindruck nicht los, daß der Mann eher seinem Hotel neue Kunden verschaffen wollte als der Polizei brauchbare Hinweise.

„Und wenn jemand mehrere Tage abgängig ist?“, hatte Schöberl gefragt und die Antwort bekommen, daß in diesem Fall die Tischnachbarn oder das Zimmermädchen mit Sicherheit Alarm schlügen. Schließlich handle es sich bei der Mehrzahl der Gäste um Kranke, deren Zustand bedenklich werden könne. Außerdem könne ein Unfall vorliegen oder ein Verbrechen.

Ich machte zwei Kopien des Kärntner Briefs, die ich Lenz und Lückmann auf den Tisch legte, und heftete das Original im Ordner ab.

Lückmann kehrte vom Essen zurück mit dem Ergebnis, daß Lenz noch immer keinen Werkstattbefund bekommen hatte. Dafür habe er in Erfahrung gebracht, daß die Nadel auf Rehbergs Benzinuhr an der Reserve gestanden hatte.

„Er hätte tanken müssen. Aber er hat es nicht getan. Demnach hatte er an diesem Nachmittag keine größere Fahrt mehr auf dem Programm. Er wollte nur nach Hause und sich den Staub von der Seele blasen."

„Glauben Sie, daß er sich sehr staubig gefühlt hat?" antwortete ich und berichtete ihm von meinem Besuch im Gymnasium und von dem Gespräch, das ich am folgenden Nachmittag mit Frau Bischof haben würde.

„Gehört sie zu den Kandidaten aus Rehbergs Beurteilungsmappe?"

„Nein. Sie hat ein Jahr ausgesetzt, weil sie ein Kind gekriegt hat. Vielleicht ist sie deshalb unbefangener als ihre Kollegen. Von den anderen will sich offenbar niemand den Mund verbrennen."

„Eigentlich merwürdig, wo Rehberg tot ist", wunderte sich Lückmann.

Ich schüttelte den Kopf. „Das spricht dafür, daß das Kollegium gespalten ist in solche, die sich von ihm einschüchtern ließen, und jene, die sich ihm widersetzten. Hat eigentlich schon jemand mit seinen Parteifreunden geredet?"

„Lenz ist heute vormittag zu ihrem Büro gefahren", sagte Lückmann. „Rehbergs Genossen haben unabhängig voneinander ausgesagt, daß sie ihn am Montag mittag nicht gesehen haben. Allerdings sind schon neue Plakate in Druck, mit der alten Spitzenkandidatin ..."

„Mit der Klinikärztin?"

Lückmann nickte. „Das ist natürlich ein pietätloses Tempo, das dem Chef dubios vorkommt. Wissen Sie, irgendwie wird unser Täterkreis immer schwammiger. Sie fahren ja gleich mit ihm zu Rehbergs Frau. Vielleicht hat sie einen Verdacht?"

„Fahren Sie denn nicht mit?"

„Der Chef möchte lieber Sie dabei haben. Ein Gespräch von Frau zu Frau!“ Er machte Augen wie ein sterbender Karpfen.

„Was wissen wir eigentlich von ihr?“

„Moment!“ Lückmann klappte den Ordner auf, der sich nur zögernd mit Daten füllte. „Jahrgang 1944“, las er vor, „geboren in Breslau, Abitur in Köln, Studium der Kunstgeschichte an den Universitäten Köln und München, verschiedene Tätigkeiten an Museen in Österreich, Frankreich und Italien. Mit Rehberg verheiratet seit Februar 1991. Allem Anschein nach ihre erste Ehe.“

„Das ist als Lebenslauf aber nicht gerade umwerfend!“

Lückmann klappte den Ordner zu. „Vielleicht packt sie ja bei Ihnen weiter aus – von Frau zu Frau!“

Viertes Kapitel

Eva Rehberg kam selbst zur Tür, offenbar war sie allein im Haus. Sie trug jetzt ein kurzärmeliges, schmales Kleid in Dunkelblau, ohne Gürtel, und als einzigen Schmuck außer ihrem Ehering und einer unauffälligen Armbanduhr eine um so auffälligere Brosche. Sie sah aus wie eine altindianische Maske, ein querliegendes Oval aus flach gewalztem Gold oder vergoldetem Metall, dessen Augenhöhlen ausgestanzt und als winzige Goldplättchen wieder eingehängt waren. Sie gaben ihm etwas eigentümlich Lebendiges, Zwinkerndes. Gepunzte Vertiefungen und eingravierte Linien deuteten Nase, Haare und einen Bart an, ein Rechteck mit zwei Fünferreihen gestanzter Punkte bildete einen geöffneten Mund, der weder freundlich noch drohend wirkte, einfach offen.

Auch auf den zweiten Blick wirkte Rehbergs Witwe jünger, als sie war, nur die winzigen Pigmentflecken auf den Händen und die leicht faltige Haut auf dem Handrücken verrieten ihr wahres Alter.

„Unser Beileid!" sagte Lenz noch in der Haustür.

Sie machte eine matte Handbewegung in Richtung Wohnzimmer. „Was kann ich für Sie tun?"

Der Anblick ihres toten Mannes hatte sie anscheinend sehr mitgenommen. Am Morgen hatte sie blaß und müde gewirkt, jetzt waren ihre Lider stark geschwollen, und unter den Augen lagen Schatten. Der bräunliche Lippenstift frischte ihr Gesicht nicht auf, sondern machte es maskenhaft. Sie gehörte zu jenem Typ von Frauen, die attraktiv wirkten, ohne ausgesprochen schön zu sein.

Am vergangenen Montag war von ihrem Wohnraum nicht viel zu erkennen gewesen: hochgestellte Stühle, eingerollte Teppiche, weggeraffte Gardinen. Erst jetzt sah man, daß die Einrichtung kühl und konsequent durchgestylt war, Acrylglas, Chrom, schwarzes Leder; ein unaufdringliches Ambiente für die großformatigen, starkfarbigen Ölbilder an drei der vier Wände. Rechts und links der Glastür, durch die man vom Flur hereinkam, hingen zwei kleinere im Format querliegender Rechtecke. Alle Bilder waren abstrakt, allerdings mit sehr verschiedener Pinselführung. In der rechten Zimmerecke stand ein Spinett aus Kirschbaumholz und unter dem linken der beiden Fenster ein Jugendstilsekretär aus heller Eiche, offenbar Familienerbstücke, die in diesem nüchternen, fast werkstattähnlichen Raum eine mutwillige Pointe setzten.

„Nehmen Sie Platz!"

Doch Lenz blieb stehen. Er schien es unpassend zu finden, bei der Witwe eines Mordopfers auf dem Canapé zu sitzen und womöglich noch Kaffee zu trinken. Frau Rehberg schien der gleichen Meinung zu sein.

„Kann ich Ihnen etwas anbieten?" Es klang mühsam.

„Dürfte ich um ein Glas Wasser bitten?" sagte ich. „Ich würde gern eine Kopfschmerztablette nehmen. Dieser ständige Wetterwechsel ..."

„Sofort!" Frau Rehberg verschwand.

„Was soll das?" begann Lenz verwundert, aber ich beugte mich schnell, solange die Witwe mir Zeit dazu ließ, über den Sekretär, auf dem ein Sammelsurium von Bilderrahmen aufgebaut war: Rehberg auf zwei Hochzeitsfotos, eins von der ersten Trauung, das andere von der zweiten, vor allem aber Fotografien aus der Spanne zwischen Jahrhundertwende und frühen Sechzigern. Feste braungraue Pappkarten, die junge Männer in Studentenwichs oder Soldatenuniform zeigten, zwei Mädchen mit großen Taftschleifen im Haar und Tennisschlägern, dazwischen Aufnahmen von Menschen in Knickerbockern oder Pettycoats. Gestellte Portraits neben launigen Urlaubsschnappschüssen: Großeltern, Eltern, Geschwister, Freunde. Zwei Ehen hatten Rehberg eine umfangreiche Verwandtschaft beschert.

Frau Rehberg kam mit einer Karaffe und einem Glas zurück, die sie auf dem Couchtisch abstellte. Da niemand sitzen wollte, lehnte sie sich gegen das Spinett: „Was ist passiert?"

Während ich eine weiße Pfefferminzpastille zerbiß und mit Wasser herunterspülte, berichtete Lenz, was über den Tod ihres Mannes bekannt war. Sie hörte zu, schüttelte mehrmals den Kopf und sagte dann: „Aber er hat doch niemandem etwas getan, man mochte ihn doch!“

„Frau Rehberg“, sagte Lenz, „Ihr Mann ist vor seinem Tod am Montag um fünfzehn Uhr fast eine Stunde lang unterwegs gewesen. Mindestens dreißig Minuten fehlen uns, über die wir absolut nichts wissen. Haben Sie eine Idee, was er in dieser Zeit gemacht haben könnte?“

„Er war immer viel unterwegs, zu seiner Partei, zu seinen Musikern, seinen Künstlern. Er hatte oft Termine, von denen ich nichts wußte. Ich war nicht da!“

„Wann haben Sie zum letzten Mal mit ihm telefoniert?“

Sie zögerte: „Am Donnerstag ... ja, vergangenen Donnerstag, abends, gegen acht.“

„Hat er irgend etwas über diesen Montag gesagt? Denken Sie nach!“ Lenz’ Stimme wirkte plötzlich aggressiv, als wollte er sie in die Enge treiben. Und sie reagierte ratlos und gereizt.

„Nein! Es war alles ganz normal.“

Ich hatte wieder das trockene Schluchzen im Ohr, mit dem sie bestätigt hatte, daß es ihr Mann war, der da kalkweiß und mit groben Stichen zusammengeflickt in der Pathologie lag.

Lenz bohrte weiter: „Was heißt normal?“

„Normal war, daß er nach dem Unterricht direkt nach Hause fuhr. Montags kam er gegen halb zwei, dann haben wir zu Mittag gegessen. Wenn ich nicht da war, ist er zum Essen oft zu Stuhlmacher gegangen. Aber nie am Montag, wenn meine Putzhilfe da war. Dann hat sie für ihn gekocht.“

„Er hat ihr gesagt, sie solle nichts für ihn machen.“

„Ach ja, er hatte diese schreckliche Konferenz.“

„Was war so schrecklich an ihr?“

„Es ging um die Zulassung zum Abitur“, sagte sie und fuhr sich nervös über die Brosche an ihrem Kleid. „Rolf befürchtete, daß es nicht alle schaffen würden. Das Niveau der Gymnasien sinkt, es gibt immer wieder Kandidaten, die gar nicht erst zugelassen werden können.“

„Er hat in der Schule gegessen. Es gab belegte Brötchen und Kuchen. Wo war er danach?“

„Ich weiß es nicht!“

„Hat Ihr Mann in den letzten Wochen Drohbriefe bekommen? Oder vielleicht Bettelschreiben, anonyme Anrufe? Irgend etwas, das es vorher nicht gab?“

Sie dachte kurz nach. „Ich bin nicht sicher, ob es wichtig ist, aber vor drei, nein, vor vier Wochen kam abends ein Anruf von seinem Vorgänger ...“

„Dr. Eggers?“

Sie nickte. „Er wollte von Rolf einen Rat haben. Es ging um einen der beiden Lehrer, die wegen der Kokaingeschichte in Haft saßen. Der eine war gerade freigelassen worden, er hatte seine Strafe abgesessen, der andere hatte einen Antrag gestellt, wegen guter Führung vorzeitig gehen zu können. Deshalb hatte sich sein Anwalt mit Dr. Eggers in Verbindung gesetzt. Er sollte ein gutes Wort für ihn einlegen.“

„Wie viele Jahre hatte er noch?“

„Ein halbes“, sagte sie.

„Und was hat Ihr Mann ihm geraten?“

„Dr. Eggers sollte ablehnen. Ich habe von ihrer Unterredung nichts mitbekommen. Rolf ist am nächsten Tag zu ihm gefahren, um die Sache bei ihm zu Hause zu besprechen. Aber ich weiß, daß er ihm geraten hat, hart zu bleiben.“

„Und dann?“

„Nichts“, sie zuckte die Achseln, „damit war die Sache erledigt.“

„Ich glaube nicht, daß das ein Verdachtsmoment ist.“

„Das habe ich auch nicht behauptet“, antwortete sie mit leiser Schärfe. „Sie fragten mich, ob es etwas Besonderes gegeben habe, und ich habe geantwortet. Entschuldigung!“ Sie fuhr mit einer verwirrten Bewegung wieder hinauf zu ihrer Brosche. „Mir geht es nicht sehr gut!“

„Haben Sie Ihren Stiefsohn benachrichtigt?“ fragte ich. „Wir konnten es nicht, weil er ...“

„Er weiß Bescheid“, sagte sie. „Aber … auch das mit Christian ist so … schlimm.“ Sie sprach auf einmal langsam, beinahe mühsam.

„Was hat Ihr Sohn?“

„Sie wissen es noch nicht. Er hat sich offenbar einen Virus eingefangen, den niemand kennt.“

Lenz fragte, wann sie erfahren habe, daß er im Krankenhaus liege. Und sie antwortete, sie sei von einem Lehrer der Schauspielschule im Hotel angerufen worden.

„Wann hat er Sie angerufen?“

„Am Tag der Einlieferung, letzten Freitag, gegen Abend.“

„Und Sie haben Ihren Mann nicht benachrichtigt?“

„Ich wollte mir erst ein eigenes Bild von Christians Zustand machen. Rolf regte sich leicht auf. Er lebte in letzter Zeit in einem unbeschreiblichen Stress.“

„Wann sind Sie zu Ihrem Sohn gefahren?“ fragte ich.

„Gleich am Samstag morgen. Er hat mich erkannt, aber er konnte nicht sprechen.“ Sie preßte, um ein Schluchzen zu unterdrücken, die Lippen zusammen. „Ich habe abends dann meinen Mann zu erreichen versucht, aber er meldete sich nicht. Und auf den Anrufbeantworter wollte ich nicht sprechen, nicht in diesem Fall!“

„Wann war das?“

„Sie meinen den Anruf? Um viertel nach zehn.“ Die Antwort kam ohne langes Nachdenken.

„Hatten Sie eine Ahnung, wo sich Ihr Mann um diese Zeit aufhielt?“

„Er war abends oft unterwegs, auch wenn ich nicht verreist war. Bei den vielen Verpflichtungen, die er hatte.“

„Wo waren Sie am Sonntag?“ fragte Lenz.

„Ich verstehe nicht. Wo soll ich am Sonntag gewesen sein?“

„Sind Sie in Wien geblieben?“

„Warum hätte ich bleiben sollen? Ich konnte für Christian nichts tun. Sein Arzt hatte mich beruhigt, Christian bekäme ein neues Medikament, von dem er sich viel erhoffte. Und so bin ich nachmittags nach Villach zurückgefahren.“ Sie sah Lenz an, dann mich. „Manche Anwendungen werden auch am Wochenende gemacht. Es ist nicht gut, wenn man sie zu lange unterbricht.“

„Mit welchem Zug sind Sie zurückgefahren?“

„Mit dem „Bela Bartok“, fünfzehn Uhr fünfzig ab Wien. Ich mußte in Salzburg umsteigen. Um zehn nach zehn war ich wieder in Villach.“

„Haben Sie Ihren Mann vom Hotel aus angerufen?“

„Nein. Vom Bahnhof. Der Zug hatte Verspätung. Ich mußte noch mit dem Taxi weiter ins Warmbad und wollte ihn so früh wie möglich benachrichtigen. Aber er war nicht da.“

„Haben Sie Ihren Sohn noch einmal gesehen?“

„Ich wollte eigentlich Mitte der Woche noch einmal hinfahren. Aber dann …“, wieder zupfte sie an der Brosche und ließ dann, als fühlte sie sich ertappt, die Hand sinken. „Dann kam Ihr Anruf“, schloß sie schnell.

„Seit wann lebt Ihr Sohn in Wien?“ fragte ich. Wenn er zwanzig Jahre alt war, hatte er vermutlich vor einem Jahr die Schule in Münster abgeschlossen und mit dem Schauspielstudium begonnen. Ohne Wehrdienst? Oder Zivildienst?

Frau Rehberg dachte kurz nach. „Seit zwei Jahren – nein, seit anderthalb.“

„Und wo war er vorher?“

„In einem Internat im Taunus.“

„Er ist nicht in Münster zur Schule gegangen?“ Diese Aussage schien Lenz zu verblüffen. „Obwohl sein Vater …“

Sie zog ein Taschentuch heraus und schneuzte sich. „Nachdem Carola, ich meine, seine erste Frau, gestorben war, hielt Rolf es für besser, ihn ins Internat zu geben. Damit er ständig Freunde um sich hatte und abgelenkt war.“

„Und als Sie beide heirateten?“

„Da hat er ihn dort gelassen. Er meinte, noch eine Trennung von Menschen, mit denen er sich gut verstand, könne ihm schaden.“

„Er hätte wieder eine Mutter gehabt“, wandte ich ein. „Gab es Schwierigkeiten zwischen Ihnen?“

„Oh nein, wir haben uns von Anfang an gemocht, sehr sogar!“ Und wieder dieser Griff nach dem Schmuck, eine verstohlene Bewegung, die hilflos wirkte, so als suchte sie Halt. „Aber er war auch gern im Internat.“

Lenz warf mir einen fragenden Blick zu.

„Es reicht fürs erste!“ hieß meine stumme Antwort. „Von Frau zu Frau“ waren das jedenfalls genug Fragen. Er erkundigte sich nach dem Termin der Beerdigung. Und sie antwortete: „Am nächsten Donnerstag. Das Seelenamt um zehn, hier in St. Theresia. Die Beisetzung danach, auf dem Zentralfriedhof.“

Ja, eine große Beerdigung, das war zu befürchten! Mit Presse, Parteifreunden, Künstlern und der halben Schule.

„Sie scheint an ihrem Stiefsohn sehr zu hängen“, sagte Lenz, als wir zum Auto gingen.

„Den Eindruck hatte ich auch. Um so mehr wundert es mich, daß unter all den Fotos nicht ein einziges von ihm war.“

„Sind Sie sicher?“

„Ganz sicher! Keins der Bilder war jünger als dreißig Jahre. Und auf dem Hochzeitsfoto war er auch nicht!“

„Merkwürdig!“ brummte Lenz. „Haben Sie etwa deshalb das Manöver mit dem Glas Wasser veranstaltet?“

„Ja. Und ich gehe jede Wette ein, daß nächste Woche ein Bilderrahmen mehr auf dem Schreibtisch steht.“

„Und warum?“ fragte er über die geöffnete Wagentür hinweg.

„Weil sie ihren Stiefsohn mag.“

„Vielleicht gehörte Rehberg zu jenen Menschen, die grundsätzlich nur Fotos von Verstorbenen aufstellen.“

„Und das zweite Hochzeitsfoto?“

„Jetzt gehört es dazu“, sagte er und startete. Eine Weile schwiegen wir. Dann fragte ich:

„Um wieviel Uhr haben Sie sie am Montag abend angerufen?“

Er dachte kurz nach. „Gegen viertel vor neun. Man hat sie in einem der Restaurants gesucht, aber sie war schon aufs Zimmer gegangen?“

„Haben Sie ihre Stimme wiedererkannt?“

Er zögerte. „Ich denke, daß sie es war, mit der ich gesprochen habe. Ja, eigentlich bin ich sicher."

„Das Antwortfax der Villacher Kollegen war nicht eindeutig genug. Offenbar hat niemand bezeugen können, daß Frau Rehberg am Samstag abend zurückgekommen ist. Gibt es nach fünfzehn Uhr noch eine Zugverbindung zwischen Münster und Villach?"

„Ich werde Max bitten, im Kursbuch nachzusehen. Ich kenne nur den durchgehenden Zug nach Klagenfurt, mit dem meine Frau mal gefahren ist. Er kommt um zwanzig Uhr in Villach an. Auf dem Hinweg muß man in Dortmund umsteigen, aber auf dem Rückweg fährt er über Münster. Auf dem Hinweg heißt er ‚Blauer Enzian' und zurück ‚Wörthersee'."

„Und die Abfahrtszeiten in Münster?"

Er seufzte. „Fragen Sie mich was Leichteres. Zwischen sieben und acht Uhr morgens, würde ich sagen."

Dr. Windelmanns Assistentin hatte nach einem kleinen theatralischen Seufzer in die Telefonmuschel einen Sprechtermin für Freitag um viertel vor zwölf eingeräumt.

„In unserer Mittagspause", wie sie vorwurfsvoll bemerkte. „Wir sind momentan hoffnungslos ausgebucht …"

Sie saß in einer allem Anschein nach gähnend leeren Praxis an einem hochglanzpolierten Mahagonitresen, unter einer niedrighängenden Kette winziger Halogenspots und schrieb teure, aber kalligraphisch bemerkenswerte Honorarnoten; eine kleine, knuddelige Person mit schwarzen Stirnfransen, Augen wie Tollkirschen und einem quietschrot geschminkten Mund.

„Augenblickchen!" wisperte sie, „Herr Doktor hat gerade noch eine telefonische Beratung." Ich setzte mich auf das Ledersesselchen gleich neben der gepolsterten Sprechzimmertür. Es knackte in der Telefonleitung, und diensteifrig betätigte die Helferin eine Taste, deren Bedeutung nur sie zu kennen schien.

„Ist die … äh … Polizistin schon da?" fragte eine Männerstimme.

Die Assistentin lächelte mir vertraulich unter ihrem schwarzen Pony zu: „Bitte! Herr Doktor erwartet Sie.“

Dr. Windelmann hatte sich hinter seinem mahagonifarbenen Schreibtisch – er schien eine Schwäche für dieses elegante Tropenholz zu haben – aufgerichtet und reichte mir seine keimfreie, etwas schwammige Hand. „Was kann ich für Sie tun?“

Ich setzte mich, und mein Blick, den ich so diskret wie möglich durch das Sprechzimmer schweifen ließ, blieb an einem großformatigen, alten Foto hängen, das man schräg rechts hinter Windelmanns Kopf an die Wand genagelt hatte, gleich neben den Bücherschrank, in dem hinter Glastüren goldgeprägte Lederfolianten verstaubten. Es war der Prinzipalmarkt in den Zwanziger oder Dreißiger Jahren, spaßigerweise mit genau jenem Haus, in dem Frau Gravensteiner bis auf ein paar entbehrungsreiche Kriegsmonate ihr ganzes Leben verbracht hatte. Am Montag würde ich selbst dort einziehen und Kerstin dem Rummel mit Hilfe einer chinesischen Germanistik-Studentin entziehen, deren Telefonnummer die umtriebige Hilly hervorgezaubert hatte. Miss Li-Na galt als zuverlässig und kinderlieb.

Plötzlich wurde mir bewußt, daß die leicht vorquellenden Augen des Arztes schon seit längerem auf mich gerichtet waren, und ich beschloß, zur Sache zu kommen. Begreiflich, daß der Mann ungeduldig wurde. Es ging um seine Mittagspause. Ich schätzte ihn auf Mitte Sechzig: volles, welliges Haar in einer unappetitlichen Mischung aus Grau-Gelb-Weiß wie zwei Tage alter Schneematsch in der Großstadt, eine fleischige Nase, ein sinnlicher Mund. „Babyface“ hätte man diesen Typ im Münchner Sittendezernat genannt.

„Dr. Rehberg war Ihr Patient“, begann ich, „seit wann?“

„Er war erst ganz kurz in Münster, als er das erste Mal zu mir kam. Das war im Mai 1988. Er litt unter dem Tod seiner Frau, er hatte Schlafstörungen und starke Schuldgefühle.“

„Schuldgefühle? Woran ist sie gestorben?“

„An einer zu spät diagnostizierten Blinddarmentzündung. Man hat sie noch in die Klinik gebracht, aber niemand konnte ihr mehr helfen. Es kam noch eine Sepsis hinzu.“

„Und er war schuld?“

„Er fühlte sich schuldig! Das ist ein Unterschied! Seine Frau hat die Schmerzen tagelang ignoriert, sie wollte nicht ins Krankenhaus. Aber er hat sich natürlich Vorwürfe gemacht.“

„Wäre dann nicht ein Therapeut sinnvoller gewesen?“

„Ja und nein!“ sagte Dr. Windelmann. „Wissen Sie, diesen neumodischen Trend, alle Beschwerden sofort und ausschließlich als psychosomatische Symptome erklären zu wollen, halte ich für blanken Nonsens! Als wenn der Körper keine Rechte hätte, Mens sana in corpore sano, das wußten schon die alten Römer! Auch bei Rehberg war längst nicht alles psychisch bedingt. Er litt unter Bluthochdruck, seine Leber war angegriffen und seine Magenschleimhaut in einem chronischen Reizzustand. Das mußte medikamentös behandelt werden. Die Psyche kam sowieso wieder ins Lot, als er länger in unserer Stadt lebte.“

„Sowieso!“ bestätigte ich. Noch ein Fall von unheilbarem Lokalpatriotismus!

„Sie sind nicht von hier“, stellte Dr. Windelmann leicht irritiert fest.

„Nein, ich komme aus Bayern.“

„Aus Bayern!“ wiederholte der Arzt. „Ja, man hört es an der Sprache.“

„Dr. Rehberg hat Sie also 1988 zum ersten Mal aufgesucht“, wiederholte ich. „Noch vor seiner zweiten Heirat begann er, gleich mehrere Karrieren aufzubauen. Er wurde Kommunalpolitiker, trat als Musiker auf und als Kunstmäzen. Haben Sie sich nicht gewundert, daß ein Mensch mit Bluthochdruck, angegriffener Leber und labilem Magen diese Roßkur durchhielt?“

„Überhaupt nicht!“ freute sich Dr. Windelmann. „Schließlich hatte er meine Ratschläge befolgt. Viel Bewegung, eine gesunde Ernährung …“

„Dr. Rehberg ist an einer Kaliumcyanid-Vergiftung gestorben. Halten Sie es für möglich, daß er sich umgebracht hat?“

Dr. Windelmanns Blick glitt hinunter zu der hochpolierten Platte seines Schreibtisches, auf der ein bronzenes Löwenpärchen in einer possierlichen Dressurübung erstarrt war. Er betrachtete konzentriert die breite Bleistiftablage und das Sammelsurium von Schreibgeräten, Büroklammern und undefinierbarem Kleinkram darin und sagte schließlich:

„Gott ja! Da war das Alter, Mitte fünfzig! Er klagte gelegentlich über nachlassende Potenz. Aber als suizidgefährdet hätte ich ihn deshalb nicht eingestuft. Er jagte seinen Terminen nach, und ich hatte das Gefühl, daß er zufrieden mit sich war."

„Wann ist er zum letzten Mal bei Ihnen gewesen?"

„Im Januar", sagte er, ohne lange nachzudenken. „Zum Jahresbeginn, ‚nach der Weihnachtsgans', wie er spaßeshalber sagte, ließ er sich regelmäßig durchchecken. EKG, Blutabnahme, Harn und Stuhl, Sie wissen ja."

„Und der Befund?"

„Im Normbereich! Na ja, also die Leberwerte ... Aber ich habe alles persönlich mit ihm besprochen. Im Grunde konnte er beruhigt sein!"

„Die Leberwerte interessieren mich weniger. Wirkte er depressiv, gestreßt? Hat er über private Probleme gesprochen?"

„Er hatte die besten Aussichten, zum Spitzenkandidat seiner Partei gewählt zu werden. Ich habe ihn selten so kämpferisch gesehen, so optimistisch!"

„Eine persönliche Frage! Hätten Sie ihn gewählt?"

„Ich wähle seit vierzig Jahren dieselbe Partei", sagte Dr. Windelmann mit dem Lächeln eines chinesischen Mandarins. „Daran wird nicht einer meiner Privatpatienten etwas ändern!"

Verena Bischof saß an einem der hohen, bleiverglasten Fenster im ersten Stock des Cafés Kleimann und las. Sie war allein. Als sie mich kommen sah, steckte sie das Buch in ihren Shopper und lächelte mir zu.

„Kommen Sie in Ihren Ermittlungen weiter?"

Ich lächelte zurück. „Schleppend!", sagte ich und setzte mich. „Aber wenn ich richtig verstehe, haben Sie mir einiges zu erzählen. In welchen Fächern unterrichten Sie?"

„In Deutsch und Französisch. Sekundarstufe I und II."

Ein junges Mädchen kam zum Tisch und nahm unsere Bestellung entgegen. Frau Bischof wartete, bis es wieder im Treppenabgang verschwunden war, dann redete sie weiter.

„Drei Jahre lang, bis Dr. Eggers pensioniert wurde, hatte ich einen der beiden Leistungskurse der 13 in Deutsch. Er wußte, daß ich es gern machte, und ich hatte mich, glaube ich, bewährt. Genauso wie meiner waren auch die übrigen Kurse des Abiturjahrgangs mehr oder weniger in fester Hand. Teils aus einer gewissen Bequemlichkeit seitens der Schulleitung, teils, weil sich ein engagiertes Team gebildet hatte. Als Rehberg im April 1991 die Leitung übernahm, blieb erst einmal alles, wie es war. Der Stundenplan war fertig, die schriftlichen Reifeprüfungen standen unmittelbar bevor, was hätte er ändern sollen? Aber dann begann das neue Jahr, und Rehberg erstellte einen Stundenplan, in dem er die Grundkurse der 13 in Deutsch und den Sozialwissenschaften übernahm und die Leistungskurse zwei Anfängern gab, die frisch vom Seminar an unsere Schule gekommen waren und keine praktische Erfahrung mit Abiturvorbereitungen hatten."

„Wo kamen die denn her?"

„Ersatz für Pfeiffer", entgegnete sie trocken. „Und für eine Kollegin, die Krebs im Endstadium hatte. Pfeiffer gab auch noch Geschichte, die kranke Kollegin Erdkunde. Aber beide hatten die Sekundarstufe Eins unterrichtet, es gab keinen Grund, den Oberstufenplan zu ändern."

„Und es gab auch keinen Protest gegen diese Änderung?"

„Intern schon, aber nicht in Rehbergs Gegenwart. Offener Widerspruch hätte auch nichts genützt. Schließlich mußte er sich bei seinem Stundenplan ja etwas gedacht haben. Aber ich war nicht die einzige, die enttäuscht reagierte. Enttäuscht und verärgert. Ich gebe zu, daß ein hochmotivierter Anfänger mehr bewirken kann als jemand, der in jahrelanger Routine vertrocknet ist. Aber in diesem Kollegium war niemand vertrocknet. Wir waren ein gutes Kollegium, wenigstens unter Eggers Führung."

„Und Herr Pfeiffer?"

„Sie meinen die Kokaingeschichte? Das hätte nicht passieren dürfen! Aber ich nehme an, Sie kennen Herrn Pfeiffer nicht. Er schrieb Gedichte und verstand nicht, daß sie ihm niemand abkaufte. Ein verkanntes Genie, das ausgerastet ist. Man hat ihn bestraft, und soviel ich weiß, hat es danach keine Drogenprobleme mehr gegeben, zumindest nicht im Schulbereich."

„Trotzdem mußte Dr. Eggers gehen."

„Leider!" sagte sie. „Er war ein guter Direktor, vielleicht zu nachgiebig. Einer seiner Standards war der Satz: ‚Kinder, macht das, wie Ihr das für richtig haltet'. Der krankhafte Ehrgeiz, den sein Nachfolger mitbrachte, war ihm jedenfalls fremd. Er kannte die Vorlieben, Stärken und Schwächen seines Kollegiums. Und dementsprechend fiel sein Stundenplan aus. Je länger man unterrichtet, desto besser findet man heraus, mit welchen Klassen und Jahrgangsstufen man am besten umgehen kann. Das ist eine Frage des Alters der Schüler, aber auch des Curriculums. Irgendwann hat man seine Lieblingskurse, die man möglichst oft wiederzubekommen hofft. Bei mir waren das der Anfangsunterricht in Französisch und der Abitur-Leistungskurs in Deutsch. Es war eine Herausforderung, mit Schülern zu arbeiten, die Sprachgefühl, Problembewußtsein und Freude an der Literatur entwickelt hatten. Diese reizvolle Aufgabe hatte Rehberg mir genommen. Und dabei blieb es auch in den darauffolgenden Jahren."

„Haben Sie nie mit anderen Kollegen darüber geredet?"

„Die Kollegin, die den zweiten Leistungskurs in Deutsch gegeben hatte, wechselte zum Semesterende die Schule, weil ihr Mann versetzt worden war. Und die anderen wollten wohl keinen Ärger. Vielleicht befürchteten sie einen Vermerk in ihrer Personalakte. Aus Rehbergs autoritärem Auftreten ließ sich leicht erraten, daß er auf Widerspruch und mangelnde Loyalität empfindlich reagieren würde. Also nahmen sie es hin."

„Und mit ihm konnten Sie nicht sprechen? Ich denke, die Schulen sind heutzutage so offen, so demokratisch?"

Sie lächelte ironisch. „Ja, ich habe es tatsächlich versucht. Wissen Sie, was er mir geantwortet hat? An ‚seinem' Gymnasium gäbe es keine Privilegien oder Monopole, und man müsse auch den jungen Kollegen eine Chance geben. Schließlich seien die ja auf dem neuesten Stand pädagogischer Erkenntnisse. Und damit war ich wieder draußen. Verstehen Sie mich nicht falsch, ich erhebe keinen Anspruch auf bestimmte Kurse, das kann ich gar nicht. Aber ein Stundenplan, der das halbe Kollegium verärgert, ist kein guter Stundenplan. Die Leistungen der Schüler leiden darunter und das Betriebsklima auch."

„Sie haben eine stellvertretende Direktorin. Hätte man Sie nicht vorschicken können, um die Sache zu bereinigen?"

„Sie hatte versprochen, mit Rehberg zu reden. Viel daraus geworden ist offenbar nicht. Die beiden gingen sich aus dem Weg, wo sie nur konnten. Nur wenn es um die Zulassung zum Abitur ging, stellte sie sich voll hinter ihn."

„Meinen Sie damit Veranstaltungen wie die am Montag?"

Sie nickte. „Im Frühjahr 92 gab es die erste Rehbergscher Machart. Drei Abiturienten wurden nicht zur Prüfung zugelassen, und in den folgenden Jahren war es das gleiche. Das hatte es unter Dr. Eggers nur in Ausnahmefällen gegeben. Natürlich kam es vor, daß jemand in der Reifeprüfung durchfiel, das passiert an allen Schulen. Aber daß man gleich drei Kandidaten wegen schwacher Leistungen von vornherein ausschloß, das war neu."

„Wird über die Zulassung denn nicht abgestimmt?"

„Doch, aber die Punktzahl gibt den Ausschlag. Die Entscheidung fiel immer knapp aus, aber immer zu ungunsten jener Schüler, die schlechte Noten bei Dr. Rehberg hatten. Er ließ zusätzliche Arbeiten schreiben, offiziell, um den Leistungsschwachen eine Chance zu geben, inoffiziell, um ihren Notendurchschnitt weiter zu drükken."

„Was für ein Motiv hatte er?"

„Größenwahn. Er wollte ‚seine' Schule zur besten von ganz Münster, von ganz Nordrhein-Westfalen machen. Man sollte in der Zeitung nicht nur über den Stadtpolitiker oder Musiker schreiben, sondern auch über den genialen Pädagogen. Als bei einer Sitzung für das Prüfungsfach Deutsch ein Kollege es wagte, seine Noten zu streng zu finden, drehte er fast durch … Opposition gegen den Direktor! Zweifel an seiner Beurteilung! Er nahm aus einem Holzkästchen, das er vor sich auf dem Tisch stehen hatte, zwei Kugeln heraus und rollte sie in der Hand. Ich habe dieses metallische Klikken noch heute im Ohr. Dabei hat er von einem zum andern gesehen und unaufhörlich geklickt, und ich dachte: Der Mann ist nicht ganz richtig im Kopf!"

„Haben Sie das jemandem erzählt?"

„Wem denn?" fragte sie zurück. „Im Kollegium gab es dazu keine Kommentare. Und erzählen Sie mal der Schulbehörde, daß Ihr Direktor spinnt. Da sitzen Sie schneller in der Zwangsjacke als er."

„Er benutzte Quigong-Kugeln", sagte ich. „Zur allgemeinen Entspannung."

Sie zuckte die Schultern. „Entspannen kann man sich zu Hause. Jedenfalls wirkte es pathologisch."

Die Kellnerin kehrte zurück, um uns Kaffee und Tee zu bringen, und wir nippten eine Weile an unseren Tassen. Aber das Mädchen blieb, zog die Mitteldecken der übrigen Tische weg und stellte die kleinen Glasvasen mit rosafarbenen Spraynelken auf den Beistellwagen gleich neben dem Treppenabgang. Dann glättete sie die Tischtücher und begann, Bestecke auszulegen. Offenbar war der Raum für den frühen Abend reserviert. Damit unser Schweigen nicht zu auffällig wurde, wechselte ich das Thema.

„Diese Blattläuse machen mir jedes Jahr zu schaffen", klagte ich, und in Frau Bischofs Augen glomm ein amüsierter Funke auf. „Was man auch pflanzt. Ob Balkon oder Garten …"

„Haben Sie es mal mit Brennesseljauche versucht?" fragte sie.

„Die stinkt! Und die Pflanzen machen einem die Hände kaputt."

Ihre Augen lachten, aber ihre Stimme blieb ernst. „Man darf nur die ganz jungen Pflanzen nehmen, Anfang März, die brennen noch nicht. Aber diesen Termin haben Sie jetzt schon verpaßt. Und dann muß man die Tonne an die äußerste Grundstücksgrenze stellen."

„Dann sind die Nachbarn sauer", protestierte ich, während sich das junge Mädchen beim Decken allmählich der Treppe näherte.

„Die besten Erfahrungen habe ich noch immer mit Lavendel gemacht, zumindest in der Nachbarschaft von Rosen."

„Das habe ich noch nie gehört!" staunte Frau Bischof. „Lavendel!" Die Kellnerin war verschwunden.

„Schon nach der ersten Konferenz des Zentralausschusses", fuhr sie fort, „wurde im Lehrerzimmer darüber geredet, daß Rehberg eine bestimmte Taktik verfolge. Indem er selbst die Grundkurse übernahm, hatte er einen sicheren Zugriff auf schwache Kandidaten. Und da er die Leistungskurse mit Anfängern besetzt hatte, gab es niemanden, der ihm auf die Finger sah. Die waren mit sich selbst und ihren Stundenvorbereitungen beschäftigt. Was meinen Sie, wie oft Sie in der Oberstufe Schüler vor sich haben, die mehr wissen als Sie? Um Rehberg zu entkommen, drängten die Abiturienten in andere Grundkurse und in die Leistungskurse für Deutsch, Geschichte oder Geographie. Und wir haben sie darin unterstützt, so gut, wie es ging.

Allerdings blieben Rehbergs Kurse dadurch so klein, daß sie nicht geteilt werden mußten und unerwünschte Konkurrenz bekamen."

Wir schwiegen eine Weile, dann sagte sie:

„Vielleicht lag es an seinem Bekanntheitsgrad, daß die Oberste Schulaufsichtsbehörde nie einen Vertreter schickte. In all den Jahren führte Rehberg im Zentralen Abiturausschuß den Vorsitz, und das machte ihm die Sache natürlich noch leichter."

„Gab es auffällige Gemeinsamkeiten bei den Schülern, die nicht zugelassen wurden? Außer den schlechten Noten?"

„Was sie gemeinsam hatten, war ihre überdurchschnittliche Begabung in einem einzigen Fach, das wahrscheinlich auch ihre Berufs- oder Studienwahl bestimmt hätte. Mit einer etwas wohlwollenderen Beurteilung durch Dr. Rehberg hätten sie es schaffen können. Einmal fehlte nur ein einziger Punkt. Aber", sie zuckte die Schultern, „es war wahrscheinlich dieses Fachidiotentum, das ihn irritierte. Einer, der selbst so vielseitig talentiert war, hatte kein Verständnis, wenn jemand nur Chemie machen wollte oder ständig auf dem Sportplatz herumhing. Und so war es immer das Gleiche.

Drei Kandidaten mit guten Noten im ersten oder zweiten Abiturfach, und zwei, höchstens drei Punkte, die für ihre Zulassung fehlten."

Sie trank ihre Tasse aus. „Darin bestand also Rehbergs System. Ob der Mord damit zu tun hat, weiß ich nicht. Dafür kenne ich die augenblickliche Stimmung zu schlecht. Aber wenn Sie demnächst noch Fragen haben …" Sie kramte in ihrem Shopper, zog das Lesezeichen aus dem Buch und schrieb Zahlen auf die Rückseite. „Meine Telefonnummer."

Am Samstag vormittag kaufte ich mir ein Fahrrad, mit dem ich in Zukunft von der neuen Wohnung zum Präsidium fahren wollte. Nachdem Rehbergs politische Laufbahn ein gewaltsames Ende gefunden hatte, waren die Aussichten auf mehr Parkplätze in der Münsterschen Innenstadt weiter gesunken. Außerdem war es ein Witz, ein Auto am Prinzipalmarkt zu starten und am Friesenring schon wieder für einen ganzen Tag einzumotten, das fand sogar Kerstin, die im Heimatkundeunterricht bei Frau Voigt gelernt hatte, mit welchen Hexenkunststücken man „das schöne Münsterland" noch retten könne: „Mit Radfahrten und Wegen zu Fuß". Da schaffte man sich auch als Mutter Achtung und Autorität, wenn man das Auto im Präsidiumshof stehen ließ.

Die nächste Überlandfahrt stand allerdings gleich für den Dienstag auf dem Terminkalender. Frau Schneider, die alte Musiklehrerin des Clemens-August, hatte mich auf ihre Frage nach einem Vier-Augen-Gespräch zu sich nach Hause bestellt, weil man dort ungestörter reden könne. Sie wohnte am Rand der kleinen Ortschaft Gimbte, die hauptsächlich aus hübschen Gasthäusern bestand. Und sie lebte allein, wenn man die drei Katzen übersah, die sich auf dem zerkratzten Chesterfieldsofa breitmachten und völlig ungeniert ihre Polöcher leckten.

Frau Schneider hatte ihre „Sprechzeit" auf eine knappe Stunde festgelegt, denn um sechzehn Uhr gab sie eine Klavierstunde und um achtzehn Uhr Gitarrenunterricht, mit jeweils zwei Schülern. Die

Noten lagen griffbereit auf dem Flügel, gleich neben der mißlungenen Beethovenbüste aus karamelfarbenem Gips.

Sie servierte mir starken grünen Tee in angeschlagenen Steingut-tassen und dazu ältliche Kekse, und jedes Mal wenn sie sich erhob oder wieder setzte, wehte ein strenger Geruch aus ihrer Kleidung. Während unseres Gesprächs lösten sich mehr und mehr Strähnen aus ihrem grauen Haarknoten, die sie energisch zurück an den Kopf verbannte, ohne daß es viel genützt hätte. Im übrigen entpuppte sie sich als ein freundlicher, geduldiger Mensch und entwickelte genau die Gesprächsbereitschaft, die ich an ihren Kollegen so sehr vermißt hatte.

„Wissen Sie“, begann sie, nachdem sie schlürfend aus ihrer Tasse getrunken hatte, und der Dampf vorübergehend ihre Brillengläser beschlug, „der Dr. Rehberg hat's nicht leicht gehabt, bei den Schülern nicht und nicht im Kollegium.“

„Und woran lag das?“

Sie zupfte an den Fransen der grobwollenen Kaffeedecke. „Er hatte nicht immer eine glückliche Art.“

„Sie waren Mitglied des Fachprüfungsausschusses für Musik. Was hat sich bei den Sitzungen abgespielt?“

Und als Frau Schneider schwieg, sagte ich: „Sie können sicher sein, daß alles, was Sie sagen, absolut vertraulich behandelt wird.“ Die Musiklehrerin nickte so ergeben, als hätte ihr die Polizei das schon mindestens fünfmal gesagt.

„Von den drei Schülern, die nicht zugelassen worden sind, hatte ich nur den Hagedorn. Ich habe ihm sieben Punkte gegeben. Er kann zwar keine Noten lesen, dafür stört er aber auch nicht. Mehr konnte ich für ihn nicht tun. Und den beiden anderen konnte ich überhaupt nicht helfen. Die hatten Musik abgewählt.“

„Könnten Sie sich vorstellen, daß jemand an Ihrer Schule den Direktor umbringt wegen schlechter Zeugnisnoten, oder weil er nicht immer ‚eine glückliche Art‘ hatte?“

Frau Schneiders spitze Nase wurde noch länger.

„Zyankali hat er gekriegt, oder? Und was glauben Sie, woher der Mörder das Zyankali hatte?“

„Wenn man gut in Chemie ist, kann man es vielleicht selbst herstellen."

Frau Schneider warf mir einen fischäugigen Blick zu.

„Klingt das nicht ein bißchen nach Räubergeschichten?"

„Solange wir den Täter nicht haben, klingt vieles nach Räubergeschichten."

„Jetzt will ich Ihnen mal was sagen." Ihre Hand lastete plötzlich schwer auf meinem Unterarm, und erst jetzt sah ich, daß sie lange, krallige Fingernägel hatte, die nicht unbedingt sauber waren. Eine leise Gänsehaut zog mir über den Rücken, als ich mir vorstellte, wie diese Nägel hohl auf den Klaviertasten klapperten. „Danse macabre". Und erst auf Gitarrensaiten ...

„Wir alle haben Dr. Eggers nachgetrauert", sagte Frau Schneider, im Rhythmus ihrer Worte meinen Arm abklopfend, „aber deswegen bringt man niemanden um. Und irgendwo hatte Dr. Rehberg vielleicht sogar recht mit seinen strengen Noten. Das Leistungsniveau eines Gymnasiums darf nicht unter Schülern leiden, die keine Lust am Lernen haben. Er legte die Musikstunden zwar immer äußerst ungünstig. In die sechste oder siebte Stunde oder auf den Nachmittag, wenn meine Schüler müde waren oder anderweitig beschäftigt."

„Dabei war er doch selbst Musiker!"

„Eben drum", nickte Frau Schneider. „Er war ein begnadeter Bratschist. Sie haben ihn ja nie gehört!" Das klang wie ein Vorwurf. „Und er fand, daß jeder sich für Musik interessieren kann. Aber wer dafür zu bequem ist – oder zu blöd!"

Die Türglocke schrillte. Im gleichen Augenblick gab die im Stil eines unklaren Pseudobarock gehaltene Tischuhr unter dem Glassturz ein Geräusch von sich, als zerplatzte eine Flasche; immer wieder neu, viermal. Mit überraschender Behendigkeit löste sich Frau Schneider aus ihrem tiefen Sessel. „Meine Schüler! Wenn Sie mich jetzt vielleicht entschuldigen wollen!"

Auch Frau Ludwig, die Kunsterzieherin aus Sachsen, hatte für ein Gespräch in ihrer Wohnung plädiert, allerdings war sie bedeutend großzügiger, was den Zeitpunkt betraf: irgendwann zwischen drei und sechs. Sie wohnte im Ortsteil Kinderhaus, in einem der großen, etwas verwohnt wirkenden Häuserblocks, von denen Lenz erst kürzlich im Vorbeifahren behauptet hatte, dort würden Schweine auf den Balkons gehalten. Und vor einiger Zeit hätten die Kollegen vom Sittendezernat dort zu tun gehabt.

Ich erkannte sie wieder von einem Zeitungsfoto, das erst kürzlich mit einer lobenden Kritik ihrer Ausstellung farbiger Holzschnitte veröffentlicht worden war. Lückmann hatte es mir auf den Schreibtisch gelegt. Eine kleine, vollschlanke, noch junge Frau mit dunklem Kraushaar, in phantasievoller Kleidung: schwarze Pluderhosen, weites, lilabraunes Batikhemd, darüber ein wie aus Paketkordel gehäkeltes Gilet.

Die „Wende", so klagte sie, nachdem sie mich auf ihrem durchgesessenen Sofa untergebracht hatte, habe ihr auch nicht nur das Gelbe vom Ei beschert. In „Dräsden" hatte sie ein Haus mit Garten gehabt, gleich beim „Blauen Wunder".

„Und nu guggen Sie mal, wo ich hier, im Westen, gelandet bin: in der Subguldur! Globen Sie, ich bin hier im Haus die einzije, die Besuch von der Kribbo kriegt? Bloß, die anderen werden auf der Stelle abgeführd!"

„Vielleicht finden Sie ja bald etwas anderes!"

Frau Ludwig winkte ab. Bei den hohen Mieten müsse man froh sein, überhaupt ein Dach über dem Kopf zu haben. Und wenn es mal ein Schnäppchen gäbe, wären die Studenten immer schneller. Aber die Öffnung der Grenzen habe auch ihr Gutes. Endlich mal Venedig sehen, und Florenz!

Damit war man bei Rehberg angelangt, bei dem Schuldirektor ebenso wie dem Kunstsammler.

„Wie sind Sie mit ihm als Chef zurechtgekommen?"

„Nicht schlecht! Mein Budget für den Gunstunterricht war knabb, aber es reichde. Und besonders gude Schülerarbeiten durften in den Gorridoren ausgehängt werden, da war er sehr guland. Überhaubt hatte er für Gunst immer ein offenes Ohr."

„Einer der drei ausgeschlossenen Kandidaten war Notenbester in Ihrem Leistungskurs. Wäre es nicht möglich gewesen, ihn vor dem Ausschluß zu bewahren?“

Frau Ludwig schüttelte den Kopf. „Mit Engelszungen habe ich gereded. Weil der Ansbach doch an die Gunstagademie wollde. Der hädde mit Deutsch und Sozialwissenschaften gar nix im Sinn gehabt. Aber in der alden DDR war ich mit meinem Fach och en Oussenseider. Da gam och zuerst die Geschichte, dann Russisch oder Spord! Der Dr. Rehberg ist glashart geblieben!“

„Er sammelte selbst moderne Kunst!“

„Ja, wissen Sie,“ sagte die Kunstlehrerin beinahe andächtig, „in der alten DDR wäre es undenkbar gewesen, daß ein Brivadmann Bilder koufte. Drugge und Rebrodugtionen, ja! Da gab es sogar sehr gude Sachen! Aber Originale konnten sich allenfalls die hohen Barteibonzen leisten. Aber die wollden geene modernen Kleggser sondern Brominenz: Chagall, Miró, Bigasso, oder diesen scheußlichen Blut-und-Boden-Gitsch.“

„Wo kaufte Dr. Rehberg seine Bilder?“ fragte ich, und Frau Ludwig erzählte von Vernissagen im Ruhrgebiet, über die ihr Chef gelegentlich berichtet habe.

„Hatte er regelmäßigen Kontakt zu den Malern, die er unterstützte?“

Das möchte sie doch annehmen, sagte sie, zumindest, daß er die Rahmung mit ihnen besprochen und seinen Privatbesitz auch für Ausstellungen zur Verfügung gestellt habe. Denn nur so kamen die jungen Leute ins Geschäft. Wenn es um den Künstlernachwuchs ging, war er fast sentimental geworden. So eine Art Vaterfigur.

„Sein Sohn ist auf einer Schauspielschule in Österreich.“

„Och so!“ Frau Ludwig machte Kulleraugen. „Das wußte ich ja gar nicht. Von einem Sohn hat er nie erzählt!“

„Erzählte er überhaupt sehr viel?“

„Nein“, antwortete Frau Ludwig energisch. „Sein Privadleben war dabu!“

Mit dieser Auskunft schien das Thema „Dr. Rehberg“ auf einmal ausgelaugt, wenigstens in Frau Ludwigs vier Wänden. Ich verabschiedete mich mit der routinemäßigen Bitte, der Polizei jederzeit zur Verfügung zu stehen, und die Kunstlehrerin begleitete mich bis zu dem graffitiverschmierten Lift und beteuerte dabei ebenfalls ihre grundsätzliche Hilfsbereitschaft. „Weil, einen so gabitalistschen und gombetenten Gunstliebhaber unter die Erde zu bringen, das ist griminell!“

Nun blieb als Gesprächspartner an diesem Nachmittag nur noch René Willstädter. Er mähte gerade den Rasen seines großzügig bemessenen Grundstücks in Sankt Mauritz, einem Stadtviertel, in dem seit alters her ein Großteil jener Kundschaft zu Hause war, die den Nobelgeschäften in der Innenstadt ihr Überleben sicherte. Große, schattige Gärten, kompakte Backsteinvillen, meist aus der ersten Jahrhunderthälfte oder auch älter, deren Lichtarmut man, im Trend der Zeit, mit Wintergärten, großen Gauben oder Glaserkern abgeholfen hatte.

Es lag wohl am Knattern von Willstädters Mäher, daß ich am Gartentor unbemerkt blieb. Ich nutzte die Gelegenheit zu einem Gedächtnistraining der besonderen Art, das sich schon oft bezahlt gemacht hatte. Es bestand darin, sich eine bestimmte Person für Sekunden fest einzuprägen und sich dann, quasi mit geschlossenen Augen, an die wesentlichen Merkmale zu erinnern. Nicht nur der Installateur Kotte hatte uns durch seine präzisen Angaben und wertvollen Details überrascht, auch andere, vom zufälligen Passanten bis zum neugierigen Nachbarn, hielten Augen und Ohren offen. Die beste Methode, diese spontane und nutzbringende Aufnahmefähigkeit wachzuhalten, war das regelmäßige Training.

Der Zufall kam mir zur Hilfe, als sich Willstädter plötzlich zur Seite beugte, um das Stromkabel des Mähers aus dem Weg zu räumen. Ich sah sein Profil mit einer kräftigen, etwas aufgestülpten Nase und wurde auch auf die merkwürdige Verteilung der Haare auf seinem Kopf aufmerksam. Sein blanker, wie poliert wirkender Schädel wurde in der Höhe der Ohren von einem Kranz üppig wuchernder Locken eingefaßt. Sie gaben seinem Äußeren etwas Clownhaftes, und ich erkannte in ihm ein weiteres Mitglied aus

Frau Kempes konspirativer Tischrunde wieder. Er war einsachtzig bis einsfünfundachtzig groß, etwa Mitte Vierzig, hatte weder Bart noch Brille und trug – bei seiner Kleidung kam ich mit meinen „quasi geschlossenen Augen“ in Schwierigkeiten. Pullover oder Freizeithemd? Jeans oder eine Cordhose? Und welche Farben?

In diesem Augenblick hatte Willstädter – zum zweiten oder schon zum dritten Mal – die Tiefe seines Gartens erreicht, er wendete, um die nächste Schneise zu mähen, und dabei sah er mich. Er stellte den Motor ab und kam ans Tor.

„Ach, die Polizei! Jetzt werden wir wohl alle einzeln durch die Mangel gedreht.“

„Es tut mir leid, daß Sie Ihre Arbeit unterbrechen müssen.“

„Ja“, sagte er mit einem kurzen Blick nach oben. „Sieht ziemlich nach Regen aus, oder?“

„Ich werde versuchen, es kurz zu machen.“

„Gehen wir ins Haus“, schlug er vor. „Vielleicht hat meine Frau uns noch ein Täßchen Kaffee übriggelassen.“

Während er in der Küche nach Tassen, Zucker und Sahne kramte, sah ich mich im Wohnzimmer um. Die Einrichtung eines Menschen war für mich aufschlußreicher als sein Aussehen, seine Kleidung, seine Sprache, die man kurzfristig ändern konnte, wenn es die Situation erforderte. Und selbst wenn die meisten Wohnzimmer so langweilig aussahen wie dieses, in dem ich stand, so gab es doch Ausnahmen, in denen provoziert oder experimentiert wurde. In jedem Fall verriet eine Wohnung alles über den Lebensalltag einer Person, ihre finanzielle Lage und ihre Vorlieben, über sympathische ebenso wie über abartige. Nur deshalb hatte die Münchner Sittenpolizei erst vor kurzem einen wegen seiner Hilfsbereitschaft allgemein beliebten jungen Mann als den lang gesuchten Sittenstrolch identifizieren können; nicht so sehr wegen der Pornofilme im Videoschrank, sondern wegen der Strapse in seiner Besteckschublade. Es gab Psychologen, die den Farben der Bettwäsche, dem Fliesenmuster im „Kleinen Örtchen“ oder der Ordnung im Gemüsefach eines Kühlschranks mehr Beachtung schenkten als der Auswertung eines ausgeklügelten Persönlichkeitstests. Aber davon einmal abgesehen, hatte ich aus fremden Wohnungen auch schon manche kreative Anregung für mich selbst mit nach Hause genommen …

Der Kaffee, den Frau Willstädter übriggelassen hatte, war nur noch lauwarm, dafür schmeckten ihre Kekse frisch.

„Selbstgebacken?"

„Wie?" Willstädter, verwundert über soviel Naivität bei der Polizei, prustete Krümel über den Tisch. „Dafür hat meine Frau schon lange keine Zeit mehr. Seit sie in der Kommunalpolitik arbeitet und gleichzeitig an der Klinik."

Ich setzte meine Tasse ab. „Erzählen Sie mir nicht, daß Ihre Frau Rehbergs Gegenkandidatin ist!"

„Warum sollte ich Ihnen das nicht erzählen?"

„Aber der Name Willstädter …"

„Sie kandidiert unter ihrem Mädchennamen, Reinding-Uentrup. Sie kommt aus einer uralten Münsterschen Familie, die schon mehrfach den Bürgermeister gestellt hat. Wir Willstädters stammen aus dem Hessischen, mit diesem Namen kann sie in Münster keinen Rentner aus seiner Gartenlaube hervorlocken. Wissen Sie, die Leute wollen den Beweis, daß sie ihre Stimme einem echten Kind ihrer Stadt gegeben haben. Es klingt infantil, aber es ist so."

„Die Trauer der Partei über Rehbergs Tod hielt sich in Grenzen."

Er fuhr auf. „Wer behauptet das?"

„Seit Donnerstag hängen überall neue Plakate, mit dem Bild Ihrer Frau. Hätte man nicht die Beerdigung abwarten können?"

„Das würde ihn auch nicht wieder lebendig machen", entgegnete er überraschend scharf. „The show must go on. Oder: Le Roi est mort, vive le Roi. Wie Sie wollen! Jede Partei hätte das so gemacht. Schließlich sind wir mitten im Wahlkampf!"

„Begleiten Sie Ihre Frau bei ihren Wahlveranstalten?"

„Natürlich! Wenn mir mein Beruf Zeit dazu läßt. Auch wenn ich ein Hesse bin, der ‚Prinzgemahl' darf aus dem feindlichen Ausland kommen. Das ist doch sogar bei den Windsors üblich. Und auch im holländischen Königshaus." Er lachte übertrieben.

„Wie kam Ihre Frau mit Rehberg zurecht?"

„Wie kämen Sie mit jemandem zurecht, der Ihnen unbedingt die Karriere vermasseln will?"

„Welchen Slogan hatte er für seinen Wahlkampf?"

„Haben Sie die Plakate nicht gesehen? Sie hingen doch überall. Aber anders als Rehberg vermeidet meine Frau überflüssige Konfrontationen mit den anderen Parteien. Profiliert, aber nicht polemisch, so muß ihrer Meinung nach eine politische Gruppierung sein. Und vor allem bürgerorientiert. Mehr als eine Minderheitenbeteiligung ist derzeit sowieso nicht drin. Aber Rehberg schwoll ja schon der Kamm, wenn er nur zehn Zuhörer fand. Er war kleinkarierter als jeder private Redner im Hyde-Park. Man hatte immer den Eindruck, als trüge er Wollfäustlinge, und sobald man ihm die Hand gab, rollte er alle fünf Finger aus!"

„Dieser Vergleich ist mir neu! Kämpft Ihre Frau auch für mehr Parkplätze in der Innenstadt?"

Willstädter deutete einen „Vogel" an. „Das war mal wieder typisch Rehberg. Aber wie unser Parteiname schon sagt, engagieren wir uns für viele Anliegen unserer unzufriedenen Bürger. Und da Rehberg mit seinem Wahlkampfprogramm gut unterwegs gewesen ist, wird es erst einmal dabei bleiben. Was Ute auf die Dauer aber auch in Angriff nehmen wird, ist eine radikale Veränderung des Gesundheitswesens, und da kennt sie sich ja nun wirklich aus. Wollen Sie eine ganz offene Antwort zum Thema Rehberg?"

„Darauf warte ich schon die ganze Zeit."

„Hier in Münster wollte ihn niemand. Seine Spitzenkandidatur ist bei einem exklusiven Saunaschwitzen ausgekungelt worden, in Düsseldorf, in der Landesparteizentrale. In Münster hätte man ihn gern zur Strecke gebracht, aber das haben dann andere besorgt – einer oder mehrere."

Ich traute meinen Ohren nicht. „Und das nennen Sie eine offene Antwort? Das ist ja schon fast ein Geständnis!"

„Oh nein", widersprach er, „von Mord war in der Partei nie die Rede! Wir sind nicht bei der Mafia. Aber bitte! Wenn Sie Zweifel haben, die Parteisitzungen werden regelmäßig protokolliert. Lesen Sie sie nach! Man überließ ihm die Pole-Position, um ihn nach der

Wahl kaltzustellen. Aber dann kamen andere. Wie war das noch? Zyankali, in die Klimaanlage geschleust."

„Die Ermittlungen sind noch nicht abgeschlossen. Darf ich aus Ihren Aussagen schließen, daß Sie zu Rehberg ein eher gespanntes Verhältnis hatten, ein ..."

„Nein, das dürfen Sie nicht!" widersprach er überraschend versöhnlich. „Vielleicht habe ich mich falsch ausgedrückt. Rehberg und ich, wir waren keine Feinde, allerdings auch nicht immer einer Meinung. Vor allem in beruflichen Dingen nicht."

„Seit wann kannten Sie ihn?"

„Sie meinen, persönlich? Seit er Direktor unserer Schule war. Aber auch vorher war er kein Unbekannter, als Kommunalpolitiker, Musiker, ‚Sammler und Jäger'."

„War Ihr Kollegium mit seiner Ernennung zum Direktor eigentlich einverstanden?"

Willstädter verzog sein Gesicht zu einem Lächeln, das er offenbar für „diplomatisch" hielt. „In der Regel wird das Kollegium nicht gefragt. Die Entscheidung trifft der Kultusminister."

„Das ist mir bekannt. Aber wie war die Stimmung bei seiner Ernennung? Sie haben doch sicher darüber gesprochen?"

„Sie war geteilt", sagte Willstädter knapp.

„Und?"

Er dachte eine Weile nach, offenbar darüber, wie er die beiden Flügel, – oder waren es drei, wenn man die „Neutralen" miteinkalkulierte – die sich nach Rehbergs Ernennung im Kollegium gebildet hatten, aus persönlicher Sicht charakterisieren sollte.

„Die einen", sagte er dann, „fanden, daß ein Mann, der sich im politischen und kulturellen Leben der Stadt einen Namen gemacht hatte, unserer Schule am ehesten ihren guten Ruf zurückbringen würde. Die anderen befürchteten, daß ihm über seinen zahlreichen Nebenbeschäftigungen nicht genügend Zeit für seine eigentliche Arbeit bliebe. Das Clemens-August hat immerhin sechshundert Schüler."

„Das sind ja nun eher geschäftliche Interessen", wandte ich ein. „Wie wurde Rehberg denn als Privatmensch gesehen? Gab es Kollegen, die ihn nicht mochten?"

„Den meisten ging es wohl ähnlich wie mir. Sie unterschieden zwischen dem autoritären Chef, der alles tat, um sein Image als ‚Musterpauker' – übrigens ein Titel, den er idiotisch fand – zu bestätigen, und dem Kunstfreund. Seine Bildersammlung war imponierend und sein musikalisches Talent bemerkenswert."

„Und die Schüler?"

„Die müssen Sie wohl selber fragen", sagte er ausweichend.

„Haben Sie am Montag mittag, vor und nach der Konferenz, noch Schüler auf dem Gelände oder im Gebäude gesehen?"

„Für zwölf Uhr war eine Brandschutzübung angesetzt. Als die vorbei war, bin ich zurück in den Chemieraum gegangen und bis viertel vor eins dort geblieben. Von da aus kann ich den ganzen Schulhof überblicken. Er war leer. Und die Klassenräume, die ich gesehen habe, waren auch leer. Ich wüßte auch nicht, was einen Schüler veranlassen könnte, auch nur eine Sekunde länger als unbedingt nötig zu bleiben. Das war früher anders, als es noch Workshops gab, eine Theatergruppe, die Schülerzeitung oder die allerersten Informatikkurse. Aber so was zieht heutzutage nicht mehr. Um so erstaunlicher, daß ein Schüler manchmal freiwillig länger blieb, unser As in Chemie."

„Sie meinen Dirk Hagedorn? Er ist einer der drei ausgeschlossenen Abiturienten."

„Ja", nickte er. „Woher wissen Sie das?"

„So ganz untätig waren wir nicht in den letzten Tagen. Was hatte er nach Unterrichtsschluß noch in der Schule zu tun?"

„Zuerst hat er mit mir aufgeräumt und ab viertel nach eins, als ich zur Konferenz mußte, war er mit dem Kollegen Köhler zusammen. Unten, in dem Chemieraum im ersten Stock."

„Mit wem?"

„Das ist der neue Kollege, der die Sekundarstufe Eins in Chemie unterrichtet. Hagedorn hilft ihm manchmal, die Experimente vorzubereiten. Der Junge ist wie besessen. Schade, daß er seine Begeisterung nicht in ein Studium investieren kann."

„Was ich nicht begreife", sagte ich, „ist, daß er mir etwas ganz anderes erzählt hat. Er wollte um halb zwei bei seinen Großeltern zu Mittag gegessen haben. Warum hat er gelogen?"

„War seine Mutter bei Ihrem Gespräch dabei?"

Ich nickte.

„Dann hat er es wegen ihr getan", entschied Willstädter. „Ich kenne Frau Hagedorn! Die reagiert wie eine preußische Feldhaubitze. Kein Wunder, sie muß ihren Hof ganz allein bewirtschaften. Wenn sie gewußt hätte, daß ihr Sohn im Chemieraum gearbeitet hat, freiwillig und ohne Bezahlung, während ihn nur ein Stockwerk höher der Zentralausschuß fürs Abitur sperrte, dann hätte sie ihm die Ohren langgezogen."

„Und wie hätte er verhindern können, daß sie ihn sperrten?"

„Überhaupt nicht! Aber das machen Sie mal Frau Hagedorn klar. Die glaubt, alles läßt sich mit der Mistgabel regeln."

„Rechnete er damit, daß ihn das Kollegium nicht zulassen würde?"

„Er kannte seine Noten in Deutsch und Gemeinschaftskunde."

„Und warum hat er keine Leistungskurse in diesen Fächer belegt? Er hätte seine Punktzahl verdoppeln können."

Für ein paar Sekunden schien Willstädter irritiert. „Hagedorn im Leistungskurs Deutsch oder im Leistungskurs Geschichte! Oder in Erdkunde. Na ja, wenn Sie meinen? Allerdings liegt die Latte dort ein bißchen höher! Dafür hätte er den Vorteil gehabt, daß ihn nicht Dr. Rehberg benotet hätte, sondern die Kollegen Seyffert und Birkner. Andererseits ..." Er dachte einen Augenblick nach, dann sagte er schnell: „Ich nehme nicht an, daß Sie wegen Hagedorns Zeugnisnoten hergekommen sind. Was wollen Sie wissen?"

„Wo Hagedorn kurz vor Konferenzende gewesen ist."

„Ich sagte Ihnen schon, er war mit dem Kollegen Köhler zusammen. Gehen Sie zu ihm und fragen Sie ihn. Er wohnt nicht weit von hier." Er nannte eine Hausnummer in der Probsteistraße. „Die Dachwohnung ganz oben!"

„Sie sind Chemielehrer. Halten Sie es für möglich, daß sich ein Abiturient mit soliden Fachkenntnissen Zyankali beschaffen könnte?“

„Von wem stammt diese Vermutung?“

„Von mir. Ich habe sie mir von einem Chemiker bestätigen lassen. Er meinte, es sei nicht unmöglich.“

„Wo war das?“

„In der Universität.“

Er zögerte. „Hm ja, ganz unmöglich ist das sicher nicht. Aber es gibt ja nun viele Menschen, die beruflich mit gefährlichen Substanzen zu tun haben und trotzdem nicht als potentielle Mörder gelten. Das Wesentliche …“

„Ich weiß“, sagte ich und stand auf, „das Wesentliche ist immer das Motiv!“

Willstädter begleitete mich zum Gartentor.

„Und Sie bleiben bei Ihrer Aussage, daß Hagedorn bis zum Konferenzbeginn den Chemieraum nicht verlassen hat?“

„Ja“, sagte er.

Die ausgedehnte Rasenfläche lag im Dämmerlicht und mittendrin, nur schemenhaft zu erkennen, der verlassene Mäher.

„Ich habe Sie von Ihrer Arbeit abgehalten.“

Er lachte. „Macht nichts. Übrigens, meine Frau ist Anästhesistin am Franziskushospital. Wenn Sie Fragen haben, werden Sie sie eher dort, vor dem OP, erwischen als in ihrem Parteibüro.“

Ich fuhr zu Köhlers Wohnung, läutete am obersten Klingelknopf, und der Lehrer öffnete. Als er mich erkannte, wurde er rot wie ein junges Mädchen. Offenbar hatte er Besuch, und so redeten wir im Türrahmen. Er bestätigte Willstädters Vermutung, daß sich Hagedorn auch aus dem Chemiesaal der Unterstufe nicht entfernt habe, auch nicht für ein paar Minuten.

„Als mein Kollege und ich am Mordtag mit Ihnen geredet haben, waren Sie allein“, wandte ich ein.

Er dachte kurz nach. „Richtig! Hagedorn ist gegen halb drei gegangen. Jetzt weiß ich es wieder! Den Rest habe ich allein gemacht. Er hatte um halb vier eine Fahrstunde."

„Würden Sie das auch im Präsidium zu Protokoll geben?"

„Jederzeit!"

„Herbert, wo bleibst du denn?" fragte eine weibliche Stimme ärgerlich. Und er wandte sich um.

„Sofort, Mama!"

Auf dem Rückweg zum Präsidium dachte ich über einen radikalen Neubeginn unserer Recherchen nach. Der einzige Lichtblick, den ich in dieser neuesten Entwicklung der Dinge finden konnte, war der Beweis, daß Hagedorn mit dem Mord nichts zu tun hatte. Selbst wenn er in der Lage gewesen wäre, Zyankali herzustellen, sprach nichts dafür, daß er das Gift im Clemens-August in Rehbergs Wagen geschmuggelt hatte. Dafür gab es zwei Zeugen. Das Präsidium war illuminiert wie ein Musikdampfer, sogar oben beim „Pinguin" brannte Licht. Ich öffnete die Tür zum Büro des Morddezernats und prallte auf Lückmann, der mit finsterer Miene an der Kaffeemaschine hantierte.

„Sie sind noch da?"

„Stört es Sie?" fragte er gallig.

„Nein, es erspart mir einen Anruf bei Ihnen zu Hause."

„Ach, dann wissen Sie es schon?"

Ich warf meinen Mantel über den Schreibtischsessel von Lenz und setzte mich.

„Ganz egal, welche Neuigkeit Ihnen die Laune so verhagelt hat, von dem, was ich zu berichten habe, wird sie bestimmt nicht besser. Wir fangen wieder ganz von vorn an."

Statt einer Antwort schob er mir einen Schnellhefter hinüber, diesmal nicht rot, sondern hellgrau. Der Befund der Polizeiwerkstatt. Ich las die zwei Seiten Text und klappte den Deckel wieder zu. „Das überrascht mich gar nicht."

„Ach so?" Lückmann zog die Augenbrauen hoch. „Dann hat Ihnen wohl Ihr sechster Sinn eingegeben, daß Rehbergs Klimaanlage gar nicht funktioniert hat, oder? Jedenfalls ist unsere schöne Theorie im Eimer.“

„Bei mir wurde überhaupt nichts eingegeben, ich war heute nachmittag bei Willstädter. Dirk Hagedorn hat ein einwandfreies Alibi. Den können wir vergessen.“

Ich berichtete von meinen Gesprächen mit Willstädter und Köhler, während Lückmann nachdenklich an seinem Lieblingsbleistift herumspitzte. Also so war das? Rehbergs Abiturklassen fielen als Täterkreis aus, dafür fiel nun schlechtes Licht auf seine Partei. Oder war etwa das Musikertrio verdächtig, mit dem er so viele Erfolge gefeiert hatte?

Lückmann schüttelte den Kopf. Er hatte seinen Nachmittag damit zugebracht, die drei Tonkünstler, wie er sagte, „auszuquetschen“. Fassungslos seien sie gewesen über diesen heimtückischen Mord an einem so intelligenten, musischen und sympathischen Menschen. Beinahe noch größer sei allerdings ihre Ratlosigkeit darüber, wie es jetzt weitergehen sollte. Das „Rehberg"-Quartett drohte zu zerfallen.

„Zumindest unter diesem Namen“, sagte ich trocken.

„Finden Sie es eigentlich sympathisch, wenn der Bratschist eines Quartetts darauf besteht, daß man unter seinem Namen auftritt?“

„Woher wissen Sie, daß er darauf bestanden hat?“ fragte Lückmann.

„Wäre es nicht typisch für Rehberg? Normalerweise führt man einen Privatnamen nur, wenn Geschwister zusammen auftreten, Ehepaare, oder Verwandte. Sonst einigt man sich auf einen Fantasienamen.“

Aber war Rehbergs Mutter nicht Konzertgeigerin gewesen? Vielleicht besaß ihr Name noch so viel Flair, daß die vier Musiker gehofft hatten, unter ihm schneller ins Geschäft zu kommen?

„Unzutreffend, Euer Ehren!“ konterte Lückmann, dem langsam die gute Laune zurückkam. „Rehbergs Mutter ist unter ihrem Mädchennamen aufgetreten. Außerdem war sie eine Lokalgröße, mehr nicht. Da ist es schnell vorbei mit dem Flair!“

„Sie werden wohl noch Ersatz für ihren Rehberg finden. Waren die drei eigentlich zusammen, als Sie mit Ihnen geredet haben? Ich meine, haben Sie sie bei einer Probe erreicht?"

„Zusammen?" Lückmann verdrehte die Augen in stummer Verzweiflung. „Von Pontius zu Pilatus" habe er fahren müssen, um ihnen seine Fragen zu stellen! Am einfachsten war noch Hugo Niehus, der Cellist, zu finden gewesen, weil er an der Westfälischen Schule für Musik, in der Himmelreichallee, eine Celloklasse unterrichtete. Aber die beiden anderen! Der Erste Geiger war Zahnarzt und hatte ihn lange bei seinen Patienten im Wartezimmer sitzen lassen, bevor er zu einer Unterredung zwischen Tür und Angel bereit war. Und selbst diese knappe Information war „abgehört" worden von drei ständig herumschwirrenden, schnippischen Helferinnen, und in Bruchstücke zerfetzt durch einen Telefonapparat, der den Doktor in jedem zweiten Satz unterbrochen hatte.

„Aber trotz- und alledem: tiefe Betroffenheit über den Tod seines talentierten Freundes."

„Und der Zweite Geiger?" fragte ich und sah nervös auf die Uhr. Um halb acht lief die Arbeitszeit von Miss Li-Na ab.

„Ein Chirurg", stöhnte Lückmann. „Eine dreiviertel Stunde habe ich vor dem OP der Raphaelsklinik auf ihn gewartet. Wenn ich sehe, wie lange die brauchen, bis sie einem das Fell wieder zugenäht haben, dann werde ich lieber erst gar nicht operiert."

„Und was sagte er?"

„Genau das gleiche! Kopfschütteln und Empörung. Hätte ich sie nach ihren Alibis fragen sollen?"

Ich zuckte die Schultern. „Sie hatten ja eins. Der eine war am Montag mittag in seiner Praxis, der zweite im Krankenhaus, der dritte im Unterricht, allerdings nur hundert Meter von der Stelle entfernt, wo man Rehberg gefunden hat."

Lückmann nickte düster. „Nur noch elf Tage, und der Chef geht nach Köln!" rechnete er vor.

„Dann ermitteln wir eben allein weiter. Vergessen Sie nicht, daß es an diesem verdammten Montag, dem dreizehnten, dreißig Minuten in Rehbergs Leben gegeben hat, über die wir immer noch nichts wissen. Wir müssen weitersuchen, das ist alles!“

Der Inspektor nickte.

„Moment!“ sagte ich. „Hat die Funkstreife bei Rehberg denn keinen Terminkalender gefunden?“

Lückmann schüttelte den Kopf. „Nur seinen Führerschein und ein Adreßbuch, beides haben wir behalten. Seinen Schlüsselbund und die Brieftasche hat Frau Rehberg zurückbekommen, sie enthielt Scheck- und Kreditkarten, einen Clubausweis von Rotary und einen uralten Lottoschein.“

„Aber ein Mensch wie Rehberg hatte einen Planer“, beharrte ich, „der müßte ja ein Gedächtniswunder gewesen sein, wenn er jeden Termin im Kopf gehabt hätte. Ich fahre gleich morgen früh zu Frau Rehberg.“

Ich zog den Mantel an, blieb aber in der offenen Tür noch einmal stehen. Lückmann hatte seinen kantigen Schädel wieder über den Anspitzer gebeugt, und ich sah erst jetzt, daß sich sein rotblondes Haar genau auf der Mitte bereits zu einer Mönchstonsur lichtete. Dabei war er jünger als ich.

„Wenn wir schon so sehr im Dunkeln tappen“, sagte ich, „sollten wir uns vielleicht stärker solidarisieren. Kommt Ihnen diese ewige Siezerei nicht auch ziemlich dämlich vor? In München duzte man sich gleich am ersten Tag. Aber die Preußen schwärmten ja schon immer fürs Förmliche!“

Lückmanns sommersprossiges Gesicht strahlte. Wahrscheinlich hatte er schon länger auf dieses Angebot gewartet. Ob man das Ereignis nicht begießen könne, schlug er vor, gleich an diesem Abend? Seine Kehle sei wie ausgedörrt. Diese trockene Heizungsluft!

„Wenn mein Babysitter mitspielt?“ Ich nahm den Telefonhörer auf und rief zu Hause an. Li-Na schien eher erfreut, ein paar Überstunden zulegen zu können, ich wußte, daß sie für ein Fahrrad sparte und jede Mark eisern sammelte.

„Okay“, sagte ich zu Lückmann. „Wohin gehen wir?“

Seine Trübsinnigkeit schmolz wie Schnee in der Sonne. Er schlug ein „typisch westfälisches Lokal“ am Stadtrand vor, „urig und gemütlich und immer proppevoll.“

Wir fuhren mit seinem Wagen, und unterwegs erkundigte sich Max heiter und aufgeräumt, wie mein Umzug verlaufen sei. Und ich sagte, viel sei ja nicht zu transportieren gewesen. Nur das Auspacken ziehe sich jetzt in die Länge. Ein Turm aus Bücher- und Geschirrkisten verbarrikadierte das Treppenhaus, und jedesmal, wenn etwas notwendig gebraucht wurde, gab es lästige Suchaktionen. Außerdem hatte Kerstin abends über den „verschneiten“ Fernsehempfang gejammert. Mit einer Zimmerantenne ließ sich da wohl überhaupt nichts ausrichten. Aber im großen und ganzen lebten wir nicht schlecht.

Ich hatte mich daran gewöhnt, einfach wegzuhören, wenn Kerstins Füße beim Essen an den kunstvoll gedrechselten Stuhlbeinen der Vermieterin schabten. Sehr viel aufreibender wurde das Familienleben, wenn sie aus einer spontanen Laune heraus nach irgendeinem Nippes verlangte, der nicht in den Umzugskisten steckte, sondern im Möbellager am Stadtrand geblieben war. Dann zeterte sie so lange herum, bis ich das Fahrrad aus dem Hausflur zog und zum Präsidium fuhr, um dann mit dem Auto das so temperamentvoll herbeigesehnte Teil zu holen.

Aber es hatte auch schon kleine Lichtblicke gegeben. Die ersten „Reiberdatschi“, die wir gemeinsam gebacken hatten, bei weit geöffneten Fenstern, weil sonst der Fettgeruch tagelang in der engen Wohnung hängengeblieben wäre. Das Glockenspiel von der Rothenburg, das Kerstin Big-Ben-mäßig in den Schlaf wiegte. Und, gleich am ersten Sonntag, einen Kindergeburtstag auf dem Lande, zu dem ein gewisser „Cookie“ aus ihrer Klasse eingeladen hatte.

„Irgendwie hatte Kerstin ausbaldowert, daß einer der Gäste Cindy hieß, und daraufhin mußte sie unbedingt auch eingeladen werden.“

Lückmann nickte teilnahmsvoll. „Wenn einer diese dramatischen Dreierbeziehungen kennt, dann ich. Ich war schon in der Sandkiste immer der Loser.“

Ich wollte weitererzählen, aber da bog Lückmann unvermittelt auf einen Parkplatz an der rechten Fahrbahnseite ein und stellte den Motor ab.

„Wir sind da!"

Er hatte nicht übertrieben, das Lokal war wirklich „proppevoll" und die Luft schwer und warm von Tabak und einem gemütlich knisternden Herdfeuer. Lückmann kannte den Wirt persönlich, und der rückte und schob so lange, bis wir zwei passable Plätze direkt am offenen Kamin hatten.

Er legte die Speisekarte vor uns auf den Tisch.

„Wieder mal auf Banditenjagd, Inspektor?"

„Nee, heute abend nicht", sagte Lückmann gut gelaunt. „Irgendwann wollen auch die Banditen mal in Ruhe gelassen werden!"

„Manchen Fang macht man ja auch nebenher, in der Freizeit", brummte der Wirt und kehrte hinter seinen Tresen zurück, um Gläser zu spülen.

„Er war früher Schriftführer beim Anglerverband Westfalen-Lippe", sagte Lückmann, „da hat er wohl auch so manchen Fang gemacht. Seine Speisekarte ist keine abendfüllende Lektüre, aber was er hat, ist ausgezeichnet. Dieser Speckpfannkuchen, zum Beispiel, mit Preiselbeeren, oder die Aalschnittchen mit Salat ... Und dann die Altbierbowle!"

In diesem Augenblick öffnete sich die Eingangstür, und hinter dem dicken, weinroten Filzvorhang, der die Abendkühle zurückhielt, tauchte Frau Rehberg auf. Sie war in Begleitung eines sehr gutaussehenden jungen Mannes, der neben dem hemdsärmeligen Publikum, das sich größtenteils aus Schülern und Studenten zusammensetzte, übertrieben gut angezogen wirkte. Elegantes Sakko, dunkle Hose und statt einer Krawatte ein farblich abgestimmtes Kaschmirtuch im offenen Hemdkragen. Er war blond und trug eine randlose Brille. Rehbergs Sohn, der überraschend geheilt worden und zur Beerdigung gekommen war?

Lückmann, dem meine plötzliche Aufmerksamkeit für die Eingangstür nicht entgangen war, drehte sich um, er saß mit dem Rükken zur Tür. Aber er konnte die beiden nicht sehen, weil sie, auf der

Suche nach einem Platz, stehengeblieben waren und von anderen Gästen verdeckt wurden.

„Frau Rehberg!“ artikulierte ich mit lautlosen Lippen.

„Allein?“

Ich schüttelte den Kopf.

Der Wirt hatte seinen Platz hinter dem Ausschank verlassen, um den Gästen zur Hilfe zu kommen. Er plazierte sie an ein Zweiertischchen, das gerade frei wurde, und tauschte ein paar Sätze mit Frau Rehberg, ehe er zum Tresen zurückging, um die Speisekarte zu holen. Die beiden setzten sich so, daß nur der junge Mann mich sah, und da er mich nicht kannte, hatte ich Gelegenheit, sie zu beobachten. Offensichtlich gaben sie sich alle Mühe, ein schwerwiegendes Mißverständnis, wenn nicht gar einen Streit aus der Welt zu schaffen. Erst jetzt fiel mir auf, daß Frau Rehberg wieder die Indiobrosche trug, am Revers ihrer dunklen Kostümjacke. Trotz der Wärme im Gastraum hatte sie sie anbehalten, als wollte sie nicht lange bleiben.

Ich dachte noch darüber nach, ob es sinnvoll wäre, sich auf der gegenüberliegenden Straßenseite nach einem neu hinzugekommenen Wagen umzusehen, als Lückmann aufstand und murmelte: „Ich gehe mal eben zum Auto!“ Und ich lachte, weil ich wußte, daß er die gleiche Idee gehabt hatte.

Er ging ohne Eile hinaus und kehrte ganz gemächlich zurück. „Keine exotische Nummer,“ sagte er, nachdem er sich gesetzt hatte, „nur Eingeborene!“

„Ist der neu angekommene Wagen ein Porsche-Coupé?“

Er nickte und nannte ein unauffälliges städtisches Kennzeichen.

„Dann sind sie mit ihrem Auto hergefahren“, sagte ich und fand, daß ich nun noch einen zweiten Grund für einen Besuch bei Frau Rehberg hatte: das Foto ihres Stiefsohns, das, wenn meine Prognose stimmte, seit einigen Tagen die Ahnengalerie auf dem Sekretär vervollständigte.

Fünftes Kapitel

Eva Rehberg hatte sich mit einem Termin am späten Vormittag einverstanden erklärt. Nachmittags sei sie mit Besorgungen in der Stadt beschäftigt. Sie fragte, ob ich Kaffee wolle, und obwohl man ihr anmerkte, daß ihr eine ablehnende Antwort lieber gewesen wäre, nahm ich ihr Angebot an. Nicht wegen des Kaffees, den ich schlecht vertrug, sondern wegen der drei, vier Minuten, die ich allein im Wohnraum verbrachte, während sie ihre Maschine in Gang setzte und das Geschirr zusammenstellte. Ich hatte das zusätzliche Foto auf dem Sekretär sofort gesehen. An den äußersten Rand der Bildersammlung hatte sie es gestellt und in die vorderste Reihe. Es zeigte einen hübschen Jungen mit dunkeln Augen und kräftigen schwarzen Locken, der einen Tennisschläger in der Hand hielt. Das Foto war im Freien gemacht worden, und es wirkte, als wäre es aus einer Gruppenaufnahme herausgeschnitten worden. Auf der linken Schulter des Jungen lag die Hand einer Person, die die Schere abgetrennt hatte, und sein rechter Ellbogen befand sich in Tuchfühlung mit dem Arm eines weiteren unsichtbaren Nachbarn.

Frau Rehberg kam zurück und setzte das Kaffeetablett auf dem Couchtisch ab.

„Ist das Ihr Stiefsohn?"

„Ja, das ist Christian."

„Und ich dachte schon, der junge Mann, mit dem Sie gestern im ‚Tollen Bomberg' waren, wäre Ihr Stiefsohn!"

„Mit wem soll ich wann und wo gewesen sein?"

„In dem Lokal ‚Zum Tollen Bomberg'. Gestern abend."

„Ach so, natürlich! Das war einer von Rolfs Künstlern. Mein Mann wollte ihm ein Bild abkaufen, aber sie konnten sich nicht über den Preis einigen. Jetzt muß ich mich damit herumschlagen. Und um die Sache in einem freundlichen Rahmen abzuwickeln, habe ich ihn zu einem Bier eingeladen. Ist das so unmoralisch?"

„Nein! Aber wir müssen den Personenkreis um Ihren Mann im Auge behalten. Sein Mörder ist wahrscheinlich kein Zufallstäter, sondern jemand, der ganz bewußt gehandelt hat, aus Neid, aus Rache, aus Wut …“

Sie nestelte an ihrer Brosche, die sie diesmal an einem Seidentuch befestigt hatte, das locker und ein wenig schräg gebunden, den Ausschnitt ihrer Bluse überdeckte.

„Sie können sich nicht vorstellen, mit wie vielen unvorhergesehenen Problemen ich zu kämpfen habe.“

„Wie heißt der Maler?“

Sie zögerte. „Ist das wichtig?“

„Vielleicht. Hatte Ihr Mann schon länger Kontakt zu ihm?“

„Nein, er war eine Neuentdeckung. Er heißt Ingo Schneider. Seine Adresse habe ich nicht, nur seine Telefonnummer.“

„Würden Sie sie mir bitte geben? Sie wissen, wir müssen jeden Kontakt überprüfen, den Ihr Mann in letzter Zeit hatte.“

Frau Rehberg nannte einen Privatanschluß in Köln, den sie auswendig im Kopf hatte.

„Wie hat Ihr Mann ihn kennengelernt? Über eine Galerie?“

„Wahrscheinlich. Aber ich weiß nicht, über welche. Mein Mann wurde oft nach auswärts zu Vernissagen oder Museumsausstellungen eingeladen. Da kam er mit allen möglichen Leuten zusammen.“

„Wann war er das letzte Mal in Köln?“

„Mitte Februar, glaube ich. Nein, um den 20. Februar. Ich erinnere mich, es war die Karnevalswoche, und er brachte mir Muzemandeln mit, ein Gebäck, das es nur in dieser Zeit gibt.“

„Und die Kunsthändler hier in Münster?“

„Nein, das war nicht seine Kundschaft.“

„Ihre Putzhilfe hat uns erzählt, daß Sie hier in Münster in einer Galerie arbeiten.“

„Das stimmt! Aber was hat mein Mann damit zu tun? Er sammelte abstrakte Kunst, die Galeristin, mit der ich befreundet bin, verkauft Aquarelle. Und das ist eine Technik, mit der sich Rolf überhaupt nicht anfreunden konnte. Er behauptete, sie ließe sich nicht revolutionieren, weil man nie andere Materialien benutzen könne als Papier und Wasserfarben. Nie in seinem Leben hätte er ein Aquarell gekauft, ich habe in meinem Schlafzimmer gleich drei hängen: einen Panzenberger und zwei Arbeiten von Hatta Gollwitzer."

„Warum kaufen Sie das Bild dieses Malers, wenn es Ihnen nicht gefällt?"

„Es ist nicht so, daß es mir nicht gefällt! Außerdem war es Rolfs letzte Option, ich möchte es in seinem Studio aufhängen. Aber der verlangte Preis ist mir zu hoch."

„Und haben Sie sich einigen können?"

„Er ruft mich in zwei Tagen wieder an."

Ich zeigte auf das Foto von Rehbergs Sohn.

„Wann ist es gemacht worden?"

„Vor zwei Jahren, im Internat."

„Wie geht es ihm?"

Sie seufzte. „Ich habe gestern in Wien angerufen, im Allgemeinen Krankenhaus. Sie haben jetzt auch noch einen Tropenmediziner hinzugezogen. Ist es nicht furchtbar, daß die Ärzte so hilflos sind?"

„Haben Sie nie daran gedacht, ihn herzubringen? In die Uniklinik? Oder nach Hamburg, ins Tropenkrankenhaus?"

„Man hat mir davon abgeraten. Weil er so schwach ist. – Bitte!" Sie wies auf die Kaffeetassen auf dem gläsernen Couchtisch und drehte wieder an ihrer Goldbrosche, die offenbar wie ein Talisman ständig irgendwo an ihrer Kleidung steckte. „Ich nehme nicht an, daß Sie gekommen sind, um über meinen Stiefsohn zu reden. Gibt es noch Fragen zum Tod meines Mannes?"

„Wir suchen seinen Terminkalender. Im Wagen haben wir nichts gefunden, aber er hatte doch sicher einen? Eine Art Notizbuch, einen Planer."

Frau Rehberg zögerte. „Möglich, daß er so etwas in der Schule benutzt hat. Hier, in seinem Studio, gibt es nur einen großen Wandplaner. Wenn Sie ihn sehen wollen?"

Ihre Stimme klang erschöpft, verdrossen. Und ich dachte daran, daß sich diese Frau, während in Wien ratlose Ärzte das Bett ihres schwerkranken Stiefsohns umstanden, mit dem Problem herumschlug, eine Beerdigung vorzubereiten, die zum Stadtereignis zu eskalieren drohte, mit Pressefotos, taktlosen Fragen und einer Trauergemeinde, die ihre sensationslustige Rolle nur zu gern spielte. Allein dieser Umstand verpflichtete jeden, der mit Rehbergs Witwe zu tun hatte, zu Verständnis und Geduld.

„Das Dienstzimmer Ihres Mannes haben wir untersuchen lassen, der einzige Planer, den wir finden konnten, war der Stundenplan für die gesamte Schule. Seine Schreibtischgarnitur und ein paar andere persönliche Dinge liegen im Präsidium. Wir mußten sie auf Fingerabdrücke untersuchen lassen. Wenn Sie sie haben möchten, schikken ich sie mit einem Beamten vorbei."

„Was meinen Sie mit ‚persönlichen Dingen'?"

„Einen Farbdruck, der über dem Schreibtisch hing, ein Stuhlkissen, eine Kaffeetasse, drei Kleiderbügel ..."

Sie machte eine Handbewegung, die bedeutete: „Genug! das Zeug kenne ich!" und stand auf. „Frau Kempe wird den Raum ja wohl übernehmen, zumindest vorübergehend. Dann kann sie diese Sachen sicher gut gebrauchen."

Sie ging vor mir her, einen schmalen Gang hinunter und schloß an seinem Ende eine Zimmertür auf.

Das „Studio" lag im Dämmerlicht zweier herabgelassener Jalousetten, von denen sie die eine hinaufzog. Die Luft wirkte abgestanden, so als hätte Frau Rehberg den Raum gleich bei ihrer Rückkehr aus Villach zugeschlossen. Sie stellte sich in den offenen Türrahmen und sagte: „Der Planer hängt an der rechten Wand. Ich glaube nicht, daß er Ihnen etwas Neues bringen kann."

Ich zog einen Notizblock aus der Umhängetasche und machte mich daran, die mit Bleistift eingetragenen Termine zu entziffern. Rehberg hatte nicht nur eine phantasievolle Paraphe, sondern auch eine fast unleserliche Handschrift. Ich suchte als erstes das Rechteck für den 13. März, es war völlig leer. Dafür gab es für den Samstag davor den knappen Vermerk: „Tennis mit René, 15 Uhr."

Ich kehrte zurück zur ersten Februarwoche und fand für den Donnerstag nachmittag um drei einen Termin zur Zahnbehandlung, wahrscheinlich bei dem Ersten Geiger, und in den folgenden drei

Wochen jeden Montag, Mittwoch und Donnerstag um neunzehn Uhr einen Termin, der mit PS abgekürzt war. Wie Frau Rehberg bestätigte, handelte es sich um Parteisitzungen. Auch die Reise nach Köln war eingetragen: vom 18. bis 20. Februar. Drei Termine bei einem gewissen Klaus Holzer, ein Konzertabend, an dem Rehberg als Zuhörer teilgenommen hatte, eine Aufführung des Stadttheaters am letzten Sonntag im Februar, und dann am Samstag, dem 4. März, eine letzte, einsame Notiz: „Abreise von Eva".

„Wer ist Klaus Holzer?"

„Sein Masseur, seit sieben Jahren. Er war mal Judolandesmeister, aber er könnte keine Fliege totschlagen!"

Ich nickte und versuchte, den unbarmherzigen Spott in ihrer Antwort zu überhören.

Die folgenden Rechtecke des Planers waren leer geblieben, bis auf die Parteibesprechungen, die sich auf ein Mal pro Woche reduzierten. Dann, am 20. März, war wieder eine Zahnbehandlung vorgesehen, und auch die Massagetermine setzten sich fort. Für den 25. März gab es die Eintragung „Rückkehr von Eva", am Abend des 30. März wäre Rehberg zu einer Vernissage in Bochum eingeladen gewesen, und in den beiden ersten Aprilwochen waren mehrere Proben mit dem Quartett vorgesehen. Genug Abwechslung für einen künstlerisch interessierten Menschen, dem auch seine Gesundheit nicht gleichgültig war, aber für einen Spitzenkandidaten mitten im Kommunalwahlkampf? Gab es einen Extrakalender für seine Wahlkampfaktivitäten?

„Um ehrlich zu sein, ich hätte mir das Arbeitsprogramm Ihres Mannes anders vorgestellt, etwas hektischer!"

„Der Eindruck täuscht! Wenn er keine Probe mit seinem Quartett hatte oder wir beide eingeladen waren beziehungsweise selbst Gäste erwarteten, ging mein Mann jeden Abend zu einer Wahlveranstaltung. In Kneipen, Altersheime, Turnsäle. Das war so selbstverständlich für ihn, daß er es sich nicht notieren mußte."

„Sind Sie mitgegangen?"

„Nein, das wollte er nicht. Er versuchte, Berufsleben und Privatsphäre so weit wie möglich zu trennen. Für die amerikanischen

Präsidentschaftskandidaten, die mit Ehefrau, Kindern, Katze und Kanarienvogel durch die Staaten tingeln und mit ihren untadeligen Familienverhältnissen auf Wählerfang gehen, hatte er nur Spott und Hohn. Sein Statement lautete: Ein Politiker hat intelligent und gesund zu sein, interessiert am Wohlergehen seiner Mitbürger und am Ansehen seines Staates. Was er zu Hause treibt, geht niemanden etwas an."

„War das auch Ihre Meinung?"

Ihr Lächeln wirkte etwas steif. „Es wäre mir natürlich nicht egal gewesen, was er zu Hause treibt. Allerdings war ich seine Frau und nur in zweiter Linie seine Wählerin."

„Aber Sie haben ihm vertraut."

„Selbstverständlich", sagte sie, und in dieser Antwort lag soviel Abwehrhaltung, daß ich beschloß, das Thema fallenzulassen, vorläufig.

„Ist Ihr Mann bei diesen Wahlveranstaltungen jemals bedroht oder beschimpft worden?"

„Nein. Das hätte er mir erzählt. Natürlich gab es oft hitzige Debatten, aber das hing mit dem Programm seiner Partei zusammen, nicht mit seiner Person."

„Aber er repräsentierte das Programm seiner Partei."

„Ja, und er repräsentierte es gut. Er bemühte sich, Mißverständnisse aufzuklären oder Widersprüche zu beseitigen. Die gibt es nun einmal in jedem Parteiprogramm."

Für den Monat Mai waren die Spalten des Planers völlig unbeschriftet geblieben, ebenso für alle restlichen Monate. Nur im Juni gab es eine Notiz, rot eingekreist und unterstrichen: der Sonntag der Kommunalwahlen. Würden nach dem Bekanntwerden der Abstimmungsergebnisse die ortsansässigen Journalisten und Meinungsforscher Rehbergs Tod in ihre Analysen, Interviews und Bilanzen einbeziehen? Vermutungen aufstellen, wie das Ergebnis ausgesehen hätte, wäre der Spitzenkandidat der Unzufriedenen nicht einem heimtückischen Anschlag zum Opfer gefallen? Eine der beiden Lokalzeitungen hatte in der Wochenendausgabe Umfragen von Anfang März abgedruckt, aus denen hervorging, daß ein

Stimmenanteil von fünfeinhalb Prozent nicht unwahrscheinlich gewesen wäre.

Die Wahlveranstaltungen der vergangenen Tage hatten unter der Regie von Frau Reinding-Uentrup stattgefunden, von der böse Zungen behaupteten, sie bekäme, wenn sie laut sprechen müßte, eine schneidende Stimme, die Glas zum Zerspringen brächte. Im entsiegelten Direktorenzimmer des Clemens-August thronte Frau Kempe. Die schnippischen Helferinnen des Ersten Geigers hatten wahrscheinlich schon die Weisung bekommen, den Patienten Rehberg im Computer zu löschen, während Herr Holzer, der vielleicht keinen Computer hatte, seine handgeschriebene Karteikarte in den Papierkorb warf. Oder war etwa noch eine Rechnung mit dem Verstorbenen zu begleichen? Nein, man war quitt ...

Was blieb, waren die gedrechselten Nachrufe in der Lokalpresse und – dauerhafter, weil in Granit gehauen – die hochglanzpolierte Grabplatte auf dem Zentralfriedhof mit dem eingemeißelten Namenszug der Familie Rehberg. Nur zwei Wochen, und die blumigen Reden vor dem offenen Grab würden verhallt, die Taftschleifen auf dem Riesenberg pomphafter Kränze verblichen, die Blumen verfault oder erfroren sein; ein Fall für den Friedhofsgärtner. Und Frau Rehberg würde nach Wien fahren, um Christian zu besuchen.

Auch wenn es eine Witwe gab, die um ihn trauerte, einen Sohn, der ums Überleben kämpfte, diejenigen, die den unbeliebten „Wunderknaben“ ersetzten, verdrängten, vergessen machten, würden in der Mehrzahl sein: die lebenstüchtigen Kempes, Reinding-Uentrups, der oder die Bratschist/in, welche/r wahrscheinlich schon bald im ehemaligen „Rehberg-Quartett“ seinen Platz einnahm. Was in der nächsten Zeit geschehen würde, war überschaubar. Aber auch weiterhin gab es nicht den geringsten Hinweis auf den vergangenen Montag, bis auf die Anhaltspunkte, die hinlänglich bekannt waren: der normale Unterrichtsvormittag, die Konferenz und Rehbergs Heimfahrt bis zur zweiten Ampel an der Himmelreichallee.

Ich steckte mein Notizbuch wieder ein. So leicht gab ich mich nicht geschlagen.

„Hat Ihr Mann ein Testament hinterlassen?"

„Selbstverständlich. Er hat schon kurz nach unserer Hochzeit alles geregelt."

„Ich nehme an, daß Sie und sein Sohn die Haupterben sind."

Sie nickte. „Seine größte Sorge war, daß die Bildersammlung in der Familie bleibt. Ich mußte mich verpflichten, sie nicht einmal als Leihgabe zur Verfügung zu stellen, obwohl er selbst das tat. Von mir soll sie dann auf Christian übergehen. Unter derselben Bedingung."

„Ihr Mann hatte einen älteren Bruder."

Sie nickte. „Stefan. Er ist Anfang der sechziger Jahre nach Toronto ausgewandert und hat dort geheiratet. Mein Mann hatte wenig Kontakt zu ihm, obwohl einer der Söhne sein Patenkind ist. Eine Karte zu Weihnachten, ein Urlaubsgruß, ab und zu ein Telefongespräch, das genügte den beiden offensichtlich."

„Verstanden sie sich nicht gut?"

„Es lag wohl am Altersunterschied. Stefan ist neun Jahre älter."

„Spielt das in diesem Alter noch eine Rolle?"

„Nein, aber die Entfremdung zwischen ihnen reicht sehr weit zurück. Dazu kam die große räumliche Entfernung und – sagen wir – die Mentalität. Mein Mann fand, daß sein Bruder ein typischer Nordamerikaner geworden war – ein Business-Mensch ohne Gespür für Kultur und Geschichte. Rolf sammelte Kunst, sein Bruder sammelte Banknoten."

„Ist das nicht ein bißchen polemisch?"

„Sie hatten wohl beide ihre Vorurteile." Man merkte ihr an, daß sie das Thema gern beenden wollte.

„Kommt Ihr Schwager zur Beerdigung?"

„Natürlich! Rolf hat seinem Patenkind eins seiner Bilder vermacht. Kulturgut aus der Alten Welt! Das muß er doch abholen, oder?" Ihre Stimme klang boshaft, obwohl ihre Miene unverändert blieb.

„Sagten Sie nicht eben, Ihr Mann habe seine Sammlung zusammenhalten wollen?"

„Das Erbstück für Kevin gehört nicht zur Sammlung. Es handelt sich um ein kleines Stilleben, halbgeschälte Äpfel und ein plumper Tonkrug, Sie wissen schon! Eine unbedeutende Arbeit von einem Straßenkünstler der Nachkriegszeit. Rolf hatte es von seinen Eltern geerbt und nie gemocht."

„Werden Sie weitersammeln?"

Frau Rehberg zögerte. „Sicherlich nicht mit dem finanziellen Aufwand, den mein Mann betrieben hat. Außerdem ist der Platz hier im Haus begrenzt. Aber ich werde die Augen offenhalten."

„Wo hängt die Sammlung Ihres Mannes?"

„Oben, im Dachgeschoß, in einem eigenen Raum. Das hier", sie machte eine Handbewegung in Richtung Wohnzimmer, „ist nur seine monatliche Auswahl. Er wechselte gern oder änderte die Anordnung der Bilder. Man kann ohne Übertreibung behaupten, daß er mit ihnen lebte wie andere mit ihrem Klavier oder mit ihrem Garten."

„Stimmt es, daß Sie nicht mehr berufstätig sind?"

„Ja", sagte Frau Rehberg, „mit meiner Heirat habe ich meine Arbeit in Köln aufgegeben. Wir wollten keine Wochenendehe."

„Und was haben Sie in Köln gemacht?"

„Ich bin Kunsthistorikerin und habe freiberuflich für die „Pléiade" gearbeitet; eine Vereinigung von sieben rheinischen Galeristen. Außerdem habe ich Artikel für Ausstellungskataloge geschrieben. Aber in Münster bekam ich diese Möglichkeit nicht mehr. Und die Arbeit in der Galerie meiner Freundin ist ein Hobby. Dafür würde ich nie Geld verlangen."

„Haben Sie diese Freundin hier in Münster kennengelernt?"

„Ja, als ich ihr das erste Aquarell abkaufte."

„Könnte ich die Adresse dieser Galerie haben?"

„Aber ich sagte Ihnen doch schon …", wehrte sie ab.

„Ich möchte sie trotzdem haben."

Frau Rehberg nannte ein Hausnummer am Rosenplatz. „Meine Freundin ist zur Zeit in Lateinamerika. Sie kommt erst nach Ostern zurück."

„Trotzdem Danke! Darf ich Sie um einen weiteren Gefallen bitten? Würden Sie mir den Schriftwechsel zeigen, den Ihr Mann über seine Bilderkäufe geführt hat?“

Frau Rehberg löste sich widerstrebend vom Türrahmen, um eine Schublade im Schreibtisch aufzuschließen. Sie nahm einen umfangreichen Aktenordner heraus, öffnete die schwere Klammer, die die Seiten zusammenhielt und zog die zweite Jalousie herauf, um mehr Licht zu machen.

„Bei der Mehrzahl der Briefe handelt es sich um Rechnungen oder Zertifikate. Ich wüßte nicht, was die Polizei daran so interessieren könnte. Aber bitte!“

Ich blätterte Seite um Seite durch. Die wenigen Briefe, die zwischen den Rechnungen steckten, waren meist kurz und sehr persönlich gehalten. Sie trugen die mehr oder weniger phantasievollen Namen von Galerien aus dem Ruhrgebiet, aus Düsseldorf und Köln, begannen meist mit der Anrede: „Lieber Rudolf“ und enthielten Auftragsbestätigungen oder Angebote, die die Rahmung eines Bildes betrafen, Einladungen zur nächsten Vernissage oder Berichte über Ausstellungen. Dazwischen steckten Kopien von Briefen des Toten, in denen er um ein Angebot bat oder sich für die Sendung einer fertig gerahmten, ins Haus gelieferten Arbeit bedankte.

Die letzten Blätter des Ordners brachten etwas Neues. Es war ein Personenverzeichnis in alphabetischer Reihenfolge, mit Geburtsdaten, Adressen und handschriftlichen, sehr verschlüsselt wirkenden Anmerkungen.

„Das ist seine Künstlerkartei,“ sagte sie. „Was er mit seiner Bildersammlung erreichen wollte, war nicht nur ein Überblick über die abstrakte Kunst der zweiten Jahrhunderthälfte – in ausgewählten Beispielen, wie man bescheidenerweise dazusagen muß – sondern auch eine Chronik, eine Dokumentation über die Künstlergeneration unserer Zeit. Er sammelte die Daten ‚seiner‘ Maler, interessierte sich für ihr Milieu, für ihre Lebensgewohnheiten und für die Frage, ob sie Autodidakten waren oder studiert hatten, und welche Inhalte ihren Arbeiten zugrundelagen, welche Phantasien, Lebensängste, Hoffnungen. Er nannte es ihre Philosophie. Es gibt eine ganze Schublade mit Briefen, die er von Malern bekommen hat, und gelegentlich hat er davon geredet, daß er sie in einem Buch herausgeben wolle. Nun werde ich es vielleicht tun."

„Hätte er das Bild eines Malers gekauft, dessen Lebenswandel ihm nicht gefiel?"

„Und aus welchem Grund sollte er ihm nicht gefallen?"

„Zum Beispiel aus moralischen Gründen. Jemand, der malt, schauspielert oder schreibt, entblößt vor der Gesellschaft sein Intimleben. Und um mit diesem Exhibitionismus fertigzuwerden, brauchen manche Künstler Drogen, Alkohol, sexuelle Freiheiten."

„Das hätte er vom Einzelfall abhängig gemacht", sagte sie ausweichend.

„Und die ‚Neuentdeckung'? Der Mann, mit dem Sie sich gestern getroffen haben?"

„Der ist noch nicht in der Kartei", sagte sie, klappte den Ordner zu und schob ihn zurück in die Schreibtischschublade. „Möchten Sie sonst noch etwas wissen?"

„Haben Sie keine Alarmanlage?" Angesichts der geballten Potenz zeitgenössischer Malwut in diesem sehr konventionell geschützten Haus hatte mir die Frage schon länger auf den Lippen gelegen.

„Nicht an der Hausfassade. So etwas finden die Ganoven ja auf Anhieb! Rolf zog es vor, die Bilder einzeln zu sichern, wenigstens die wertvollen. Es gibt in seiner Sammlung ja nun auch einige – sagen wir – eher experimentelle Dinge."

„Interessierte sich sein Freundeskreis für die Bilder?"

„Oh ja!" Die Erinnerung daran hellte ihr Gesicht auf. „Von Zeit zu Zeit gaben wir einen kleinen Empfang, dann stellte er eine Neuerwerbung vor. Eine Art Privatvernissage. Das machte ihm Spaß."

„Wer kam zu diesen Empfängen?"

„Seine drei Musiker, zwei Parteifreunde, mit denen er sonntags morgens joggte, deren Frauen, René Willstädter und Dr. Bäcker vom Clemens-August und natürlich der eine oder andere Galerist aus dem Rheinland und dem Ruhrgebiet."

„Willstädter war sein Freund?"

„Hat er Ihnen etwas anderes erzählt?"

„Das möchte ich nicht behaupten, aber als es um den Ausschluß von drei leistungsschwachen Schüler ging, waren die beiden sich ja wohl nicht ganz einig."

Sie lachte verlegen. „Also gut, wenn Sie schon so gründlich informiert sind: es gab den Kollegen Willstädter und es gab den Freund René. Wir haben Radtouren miteinander gemacht, aber in der Schule war mein Mann ihm wohl oft etwas zu eigenwillig."

„Wie vertrug sich Ihr Mann denn mit Frau Willstädter?"

„,Ein ,Flintenweib' hat er sie genannt, ,chaotisch und ohne Perspektiven. Als Spitzenpolitikerin völlig ungeeignet.' Aber er war nicht der einzige, der so dachte. Frau Reinding-Uentrup war sehr umstritten und ist es noch. Sie hat den Spitznamen ,die Kreissäge'. Daß er ihr die Kandidatur streitig machen konnte, war einer seiner größten persönlichen Erfolge. Sie wiederum fand meinen Mann offenbar spießig und langweilig. Sie hat auch nie an unseren Radtouren teilgenommen. Angeblich hatte sie Wichtigeres zu tun!"

„Und wer ist Dr. Bäcker?"

„Er unterrichtet Englisch und Philosophie. Rolf und er kannten sich schon in Köln."

„Es ist eine schlechte Angewohnheit der Polizei, aufdringliche Fragen zu stellen und auch noch ehrliche Antworten zu erwarten. Wie gut oder schlecht war Ihre Ehe?"

Mit Sicherheit hatte Eva Rehberg auf diese Frage gewartet und sich wahrscheinlich schon längst eine Antwort zurechtgelegt. Die zerstreut wirkende Handbewegung hinauf zu der Goldmaske auf ihrem Kleid blieb aus, ihre Hände blieben völlig ruhig, während sie sagte:

„Ich habe meinen Mann geliebt. Wir hatten nicht immer die gleichen Ansichten, in der Erziehung nicht, sonst wäre mein Stiefsohn nicht im Internat geblieben, in der Kunst nicht, sonst hingen in unserem Wohnzimmer andere Bilder, aber im Grunde haben wir uns sehr gut verstanden. Wir waren gern zusammen, und wir haben immer miteinander geredet, manchmal im Streit, in heftigem

Streit, meist aber in guter Freundschaft. Vielleicht hat es damit zu tun, daß wir spät geheiratet haben und jeder einen Lebensabschnitt ohne den anderen verbracht hatte. Aber die Sprachlosigkeit, die heute so viele Ehen kaputtmacht, war für uns ein Fremdwort."

„Und Ihre sexuellen Beziehungen?"

„Normal!" Auch mit dieser Frage hatte sie offenbar gerechnet, die Antwort folgte wie eine Selbstverständlichkeit. Und doch kam mir im gleichen Augenblick der Gedanke, wie dieses Gespräch wohl mit einem Mann verlaufen wäre: mit dem leicht verklemmten Lückmann oder mit Lenz, der selbst in heiklen Fällen noch aggressiv wirkte. Aus Pflichteifer, verstand sich. Aber Eva Rehberg hatte eine Geschlechtsgenossin vor sich, und das machte es ihr offenbar leicht, denn sie fuhr nach kurzer Pause fort:

„Normal für ein Ehepaar, das über fünfzig ist."

„Halten Sie es für möglich, daß Ihr Mann Ihnen jemals untreu war?"

„Wenn ja, würden Sie es in Verbindung mit seinem Tod bringen?"

„Vielleicht! Auch Eifersucht ist ein Motiv, das man immer im Hinterkopf haben sollte, oder?"

Sie lächelte amüsiert. „Sie können sicher sein, daß das nicht der Fall ist. Ich weiß, Politiker haben einen schlechten Ruf, und er stand gern im Mittelpunkt, er brauchte das Gefühl, umschwärmt und bewundert zu werden. Ich bin da völlig anders, ich habe lieber meine Ruhe. Aber ich sagte Ihnen schon, daß ich ihm vertrauen konnte. Er war ein konservativer, ein altmodischer Mensch und nahm sein Familienleben sehr ernst. Auf eine hübsche, gut angezogene fremde Frau wurde er trotzdem immer aufmerksam. Und warum auch nicht?"

„Wo haben Sie ihn kennengelernt?"

„Auf einer Kubismus-Ausstellung in Köln, im April 1990. Wir standen zufällig vor dem selben Bild, einer von Picassos Studien zu den ‚Demoiselles d'Avignon', die Leihgabe einer Pariser Privatsammlung. Es zeigt, banal ausgedrückt, ein nacktes Strichmädchen. Aber Picasso wäre nicht Picasso, wenn er nicht eine Sensation daraus gemacht hätte. – Wie gesagt, Rolf stand neben mir und, ganz so, als kennten wir uns schon seit Jahren, sagte er plötzlich zu mir: ‚Dies ist eins der wenigen Bilder von ihm, zu denen ich absolut keinen Zugang finde.‘

‚Es ist eins seiner revolutionärsten‘, widersprach ich. ‚Er war keine sechsundzwanzig, als er es malte. Er hatte beschlossen, alle herkömmlichen Kompositionsprinzipien, alle gängigen Schönheitsideale über Bord zu werfen und etwas ganz Neues zu machen. Das Ergebnis waren Bilder wie dieses.‘

Er fragte: ‚Sind Sie vom Fach?‘. Und ich sagte: ‚Ja, ich bin Kunsthistorikerin‘ und ließ ihn stehen. Schließlich hätte er sich einer der Führungen anschließen können. Ich war in die Ausstellung gekommen, um mir selten gezeigte Bilder anzusehen, nicht, um zu diskutieren, schon gar nicht mit Fremden. Am nächsten Tag ging ich noch einmal in das Museum, und der Zufall wollte es, daß er auch da war. Er lud mich zum Kaffee ein, und wir redeten nicht mehr über Picasso, sondern über uns selbst. Ein dreiviertel Jahr später waren wir verheiratet.“

„War es die erste Ehe für Sie?“

„Ja. Ich war nie zum Heiraten gekommen. Ich hatte Freunde, aber immer, wenn ich eine Arbeit im Ausland annahm, ging die Freundschaft in die Brüche. Ich weiß nicht, warum. Ein Therapeut hat einmal behauptet, daß ich vor jeder festen Bindung Reißaus nähme. Mit anderen Worten, daß meine Freundschaften nicht deshalb scheiterten, weil ich ins Ausland ging, sondern daß ich ins Ausland ginge, um die Freundschaften zum Scheitern zu bringen.“

Ihre mürrische Art schien verflogen, offenbar tat es ihr gut, über ihre Ehe zu sprechen, so wie es ihr anfangs nicht gutgetan hatte, über den toten Ehemann zu reden. Aber waren es wirklich nur Trauer und Verbitterung, die sie so wenig mitteilsam gemacht hatten? Nach ihrer Aussage hatte sich ihr Mann in einer stabilen Ellipse aus Freunden oder Bewunderern bewegt, aus sehr nahestehenden und etwas distanzierteren, hatte sich allem Widerstand, auch aus den eigenen Linien, erfolgreich zur Wehr gesetzt, ein heiles Familienleben zur Schau gestellt und einen bunten Strauß aus Talenten. Wie hatte ihre Antwort auf die Nachricht gelautet, daß man ihren Mann tot im Auto gefunden hatte? „Man mochte ihn doch. Er hatte doch nur Freunde.“ Aber das stimmte nicht, und sie wußte es. Sie hatte einen Selbstmord ausgeschlossen und sofort an Fremdverschulden geglaubt.

Wir waren unter dem Rundbogen stehengeblieben, der das Studio und den Korridor miteinander verband, unter einem Relikt deutscher Gemütlichkeit, wie man sie in den fünfziger Jahren geschätzt hatte. Zwei korinthische Säulen hätten uns zu antiken Heldinnen gemacht: hier die trauernde, rachedurstige, in Schwarz gehüllte Witwe, dort die weißverschleierte Erinnye, die den Namen des Schuldigen kannte. Wenn es doch so gewesen wäre! Aber der Schuldige konnte sich noch immer in Sicherheit wiegen, ich wußte seinen Namen nicht. Und der Rachedurst der Witwe? Sie schien sich immer mehr in den Kokon der Erinnerungen einwickeln und die feinen Haarrisse übersehen zu wollen, die es in Rehbergs beruflichen, künstlerischen oder freundschaftlichen Beziehungen gegeben haben mußte.

„Als ich ihn kennenlernte“, sagte Eva Rehberg nach kurzem Schweigen, „litt er noch immer unter dem Tod seiner ersten Frau. Seine Freunde hatten ihn mit allen möglichen Frauen zusammengebracht, die nur im Entferntesten Ähnlichkeit mit Carola hatten. Die Erwachsenen sind oft so kindisch! Ich hatte absolut keine Ähnlichkeit mit ihr, und deshalb betrachtete er mich nicht als ihr Double, sondern als einen eigenständigen Menschen. Das war sehr wichtig für unsere Beziehung. Ich hatte das Gefühl, daß er mich brauchte.“

„War die Tatsache, daß er schon einmal verheiratet war, für Sie ein Problem?“

„Natürlich! Carola war eine sehr hübsche Frau, geistreich und beliebt bei seinen Freunden. Und sie hatte ihm ein Kind geschenkt. Ich habe in einem Alter geheiratet, in dem man keine Kinder mehr bekommen kann. Er redete oft von ihr, seine Freunde redeten von ihr, ihre Fotos hingen im Haus. Hätte ich verlangen sollen, daß man sie verschwieg, vergaß, weghängte?“

Diesmal schrieb ich meine Notizen ein Stück von Rehbergs Haus entfernt, an der Ecke zur Sentruper Straße. Es wäre mir unangenehm gewesen, von seiner Witwe beim Schreiben durch die Gardine beobachtet zu werden. Und auf dem Rückweg in die Innenstadt kontrollierte ich meine Fahrzeit: genau siebzehn Minuten bis zur Engelenschanze! Es war später Vormittag, wahrscheinlich war Rehberg am Mordtag unter ähnlichen Bedingungen gefahren. Der Stadtverkehr war dicht, aber flüssig, und die Warteschlangen an den Ampeln hielten sich in Grenzen. Nach zwanzig Minuten bog ich in die Piusallee ein, parkte im Hof des Clemens-August-Gymnasiums und ging ins Lehrerzimmer, um nach Dr. Bäcker zu fragen.

Ein alter Freund aus Rehbergs Kölner Tagen, der über seine erste Stelle, seine erste Ehe Bescheid wußte? Möglicherweise konnte er Informationen beisteuern, die neues Licht auf den Mordfall warfen. Meine Gedanken gingen zurück zu dem gerade beendeten Gespräch. War es Absicht oder Zufall gewesen, daß Eva Rehberg so fein unterschieden hatte? Sie liebte ihren Mann, er dagegen hatte sie „gebraucht“.

Die Gelegenheit war günstig, Dr. Bäcker hatte gerade eine Freistunde, die er eigentlich zum Korrigieren eines mächtigen Stapels von Englischdiktaten hatte nutzen wollen. Gutmütig schloß er seinen spitzfedrigen Füllfederhalter mit roter Tinte, um seine Zeit mir zu widmen. Als ich den mittelgroßen, mageren Mann mit dem kurz geschorenen grau-weißen Haar und dem gleichfarbigen Kinnbart sah, erkannte ich in ihm den zweiten der beiden männlichen Teilnehmer an der Runde des Lehrerrats wieder, die Frau Kempe am vergangenen Donnerstag um diesen Tisch versammelt hatte. Die Brille mit der dünnen Metallfassung, die er damals getragen hatte, lag jetzt neben den Schülerheften, seine Hände spielten mit den beiden Bügeln.

Auch er hatte sich für die Zulassung der Schüler Hagedorn, Ansbach und Vanderfluth eingesetzt, obwohl er nur Ansbach unterrichtet hatte. Der sei recht gut in Englisch gewesen. Im Leistungskurs!

„Auch wenn er sein Vokabular hauptsächlich aus den Songs irgendwelcher Rock- und Popgruppen bezog."

„Die ihm die Redewendungen der Alltagssprache beibrachten", ergänzte ich.

„Da haben Sie recht!"

„Sie sind der zweite aus Dr. Rehbergs Kollegium, der mit seinen Methoden nicht einverstanden war. Sie beide sind im Lehrerrat, und trotzdem konnten Sie sich nicht durchsetzen?"

„Der Lehrerrat hat keinen Einfluß auf pädagogische Maßnahmen", entgegnete er kühl. „Wenn zu streng oder zu lasch zensiert wird, schaltet sich der Direktor ein. Er entscheidet, ob Klausuren neu geschrieben werden, und hat bei Abstimmungen mit Stimmengleichheit das letzte Wort. Gegen ihn zu intervenieren ist so gut wie unmöglich."

„Eine dritte Person aus Ihrem Kollegium – eine Frau diesmal – hat mir bestätigt, daß Rehberg regelmäßig zwei Grundkurse der 13 übernahm, um, so ihre wörtliche Diktion, einen besseren ‚Zugriff' auf Abiturienten zu haben, die seinen Leistungsvorstellungen nicht entsprachen. Er drosselte seine Noten, bis das Punktelimit unterschritten wurde."

„Wer war das?"

„Spielt das eine Rolle? Stimmt die Behauptung oder stimmt sie nicht?"

Für den Bruchteil einer Sekunde bildete sich über Dr. Bäckers Nasenwurzel eine Falte. „Diese Frage kann ich so, wie sie gestellt ist, nicht beantworten. Dr. Rehberg hatte langjährige Erfahrung. Nicht umsonst hat man ihm die Leitung dieses Gymnasiums anvertraut, als es in Skandale verwickelt war."

„Skandale?" Ich betonte die Pluralendung. „Wenn ein verkannter Lyriker durchknallt, ist das eine bedenkliche Sache, aber noch keine Serie von Skandalen!"

„Kompliment! Sie haben sich gut umgehört!"

„Könnte es sein, daß in den letzten Jahren in Ihrem Gymnasium regelmäßig mehrere Schüler von der Reifeprüfung ausgeschlossen wurden?"

Bäcker zögerte. „Unter Eggers Leitung nicht, unter Rehbergs schon."

„Er frisierte die Bilanzen, oder?"

„Ich fürchte, ich habe Sie wieder nicht ganz verstanden."

„Er verglich die Erfolgsquoten der anderen Schulen mit seiner und schnitt jedesmal besser ab."

Bäcker lächelte mühsam. „So orthodox dürfen Sie das nicht sehen. Jede Anstalt hier in der Stadt hat den Ehrgeiz, in der Reifeprüfung einen guten Notendurchschnitt zu erreichen. Die Eltern, die neu einschreiben wollen, haben die Qual der Wahl. Und der Ruf, hohe Anforderungen zu stellen, hat bisher noch keinem Gymnasium geschadet. Ganz im Gegenteil."

„Jedes Jahr also", wiederholte ich. „Wird sich durch seinen Tod am Ausschluß der drei Schüler etwas ändern?"

„Nein. Der Beschluß des Zentralen Abiturauschusses ist von der Obersten Schulaufsichtsbehörde angenommen worden."

„Eine persönliche Frage: Halten Sie die Benotung, die Dr. Rehberg über die drei Schüler, ich möchte fast sagen, ‚verhängt' hatte, für gerecht?"

„Nein", antwortete er fest.

„Und die Punktzahl in Ihrem Englischkurs hätte Ansbach nicht retten können?"

Er schüttelte den Kopf. „Die Leistungen des letzten Halbjahres werden nicht auf die Gesamtqualifikation angerechnet, wenn das betreffende Fach als Abiturfach gewählt wurde. Man schreibt sie für den Abiturbereich gut. Ansbach hatte sich im letzten Vierteljahr gehörig auf den Hosenboden gesetzt. Aber für die Zulassung nützte ihm das nichts."

„Hätte er statt Englisch ein anderes Abiturfach wählen können?"

Diesmal wirkte Bäckers Lächeln maliziös. „Freilich. Nur hätte er dann vielleicht die Reifeprüfung nicht bestanden."

„Ich verstehe."

„Das Problem der drei Kandidaten lag darin, daß sie sich auf ihr Lieblingsfach beschränkten und hofften, mit dieser „Schokoladenseite" allein das Abitur zu bestehen. Das trifft auch auf die früheren Fälle zu. Doch so einfach kann man es sich nicht machen. Nach der Prüfung kann jeder anstellen, was er will. Aber für ein Reifezeugnis braucht es mehr als flüssiges Englisch."

„Und Ansbachs Leistungen in Kunst?"

„Kunst war sein zweites Abiturfach", entgegnete er knapp. „Sie kannten Dr. Rehberg aus Köln?"

„Richtig!" nickte er. „Wir unterrichteten beide am Albertus-Magnus-Gymnasium. Seine erste Frau machte unser Freundestrio komplett. Ich bin leider immer Junggeselle geblieben."

„Hatte seine erste Frau Ähnlichkeit mit Eva Rehberg?"

„Überhaupt nicht! Sie war zwar auch dunkelhaarig, aber klein und zierlich. Und sie hatte sehr schöne Augen. Ein reizender Mensch! Ich möchte seiner zweiten Frau nicht unrecht tun, aber ihr fehlen Carolas Herzlichkeit und ihr umwerfender Humor! Man mußte sie einfach gern haben." Er lachte verlegen. „Mein Gott, ich war ein bißchen verliebt in sie."

Also gehörte Dr. Bäcker zu jenen Freunden, die Rehberg mit einer Doppelgängerin hatten wiederverheiraten wollen? Dann war es kein Wunder, wenn er seiner zweiten Frau Herzlichkeit und Humor absprach.

„Auch die Art, wie sie gestorben ist, paßt bei aller Tragik zu ihrem Naturell, sie war immer so sorglos! Man hat sie noch ins Krankenhaus gebracht, aber es war zu spät. Nach ihrem Tod war Rehberg wie ausgelöscht. Eine Zeitlang dachte ich, er verkraftet es nicht."

„Er hatte einen Sohn!"

„Das hat ihn eher belastet. Ohne die Mutter konnte er mit dem Kind nichts mehr anfangen."

„Als Pädagoge?"

„Ach, wissen Sie“, sagte Bäcker, „mit den Pädagogen ist es so wie mit den Psychologen, den Musikern oder den Schauspielern. Fremden Kindern können sie ihre Begabung und ihr Wissen mitteilen, den eigenen nicht. Die schlagen dann völlig aus der Art.“

„Rehbergs Sohn ist aus der Art geschlagen? Habe ich Sie da richtig verstanden?“

Einen Augenblick lang schien Bäcker aus dem Konzept gebracht. „Unsinn! Ich habe mich schlecht ausgedrückt. Natürlich ist mit Christian alles in Ordnung. Nur damals, kurz bevor Carola starb, war er ausgesprochen schwierig. Er stand am Beginn der Pubertät! Wohl deshalb hat sie ihre eigene Krankheit ignoriert. Weil sie ihn nicht alleinlassen wollte.“

„Und nach ihrem Tod hat Dr. Rehberg ihn ins Internat gesteckt!“

„Es sprach einiges dafür, es zu tun“, sagte Bäcker, „das Haus hatte einen ausgezeichneten Ruf und hat ihn noch. Andererseits war der Junge ausgesprochen sensibel und durch den Tod der Mutter zusätzlich verunsichert. Ich zum Beispiel hätte ihn nicht weggegeben.“

„Das sagt Eva Rehberg auch.“

„Nachher ist man immer klüger“, sagte Bäcker schroff. „Sie hat keine Erfahrung mit Kindern.“

„Ihre Kollegen haben mir erzählt, daß Dr. Rehberg so gut wie nie von seinem Sohn gesprochen hat. Seine Frau sagt, daß ihm seine Familie sehr wichtig gewesen sei. Wer hat recht? Der Sekretär in Rehbergs Wohnzimmer steht voll von Fotografien, aber von Christian war nichts dabei. Erst nach Rehbergs Tod hat seine Frau sein Foto dazugestellt. Können Sie sich das erklären?“

Bäckers Finger strichen über die Bügel seiner Brille, er klappte sie zu, öffnete sie wieder, dann legte er sie mit einer energischen Geste auf den Tisch.

„Christian mußte vor zwei Jahren das Internat in Königstein verlassen, in der dreizehnten Stufe. Ohne sein Abitur machen zu können.“

„Warum?“

Er sah sich im Lehrerzimmer um, aber außer uns war niemand da. „Wenn er eine Freundin gehabt hätte, aus dem Mädchengymnasium oder aus dem Ort, hätte man es wahrscheinlich kaum erfahren, auch ein achtzehnjähriger Internatsschüler hat seine Freiheiten. Aber Christian hatte einen Freund; es war ein Klassenkamerad. Er wollte von Mädchen nichts wissen, verstehen Sie? Und diese Art von Beziehungen war in der Schule nicht tolerierbar. Auch wenn das Internat indirekt die Schuld daran trug."

„Wie darf ich das jetzt verstehen?"

„Haben Sie nie Peyrefittes ‚Heimliche Freundschaften' gelesen? Dann sollten Sie es tun. Das Internat als Brutstätte der Knabenliebe. Bei Peyrefitte ist es sogar eine Klosterschule. Nicht umsonst hat das Buch so lange auf dem Index gestanden."

„Ich verstehe", sagte ich, „und für Christians Vater war diese Art von Beziehungen auch nicht tolerierbar. War das im Kollegium bekannt?"

„Er glaubte, wir wüßten es nicht. Dabei hatte es sich längst herumgesprochen. Er redete wenig über seine Familie. Nur Willstädter und ich, die auch privat mit ihm zusammenkamen, kennen seine Frau und wissen, wo sein Sohn ist."

Es schellte zur Fünfminutenpause. Die Tür des Lehrerzimmers öffnete sich, und nach und nach bevölkerten Bäckers Kollegen den Raum. Ich verabschiedete mich, und er kehrte zu seinen Diktaten zurück.

Als ich auf dem Rückweg ins Präsidium in der Nähe der Hauptpost, an der Südseite des Domplatzes, ganz überraschend eine Parklücke entdeckte, stellte ich den Wagen hinein, ging in die Schalterhalle, nahm aus der langen Reihe kopfüberhängender bundesdeutscher Telefonbücher den Band für den Raum Frankfurt heraus und begann zu suchen. In Königstein gab es ein Mädchengymnasium, das St. Angela hieß, und das Jungeninternat Theodor Heuss, mit der bemerkenswerten Adresse „Auf dem Fuchstanz". Ich notierte mir den Straßennamen und die Telefonnummer, ohne sicher zu sein, ob ich sie jemals brauchen würde. Ein Sohn, der männliche Freundschaften bevorzugte und sich damit seine Schulkarriere verdarb! War es dieses persönliche Dilemma, das Rehberg dazu veranlaßt hatte, jedes Jahr ein paar Abiturienten von der Reifeprüfung auszuschließen? Gab es doch einen Zusammenhang zwischen dieser umstrittenen Auslesemethode und seinem Tod? Das bedeutete, daß Hagedorn und seine Jahrgangskameraden in den Kreis der Verdächtigen zurückkehrten, und daß man auch Frau Kempes Alibi würde überprüfen müssen.

Wenn sich der Mordfall in München ereignet hätte, wäre es eine Kleinigkeit gewesen, übers Wochenende nach Wien zu fahren und Christian Rehberg ein paar Fragen zu stellen. Aber so? Oh doch! Es gab eine Möglichkeit! Ich fuhr zum Präsidium zurück, um Lückmann an den Gedanken zu gewöhnen, den ich gerade ausgebrütet hatte. Vielleicht war es nicht fair, ihn im Stich zu lassen, während Frieder Lenz seinen Schreibtisch räumte. Und doch war es wahrscheinlich die einzige Gelegenheit, mehr von und über Rehbergs Sohn herauszubekommen. Nach seiner Entlassung aus dem Krankenhaus würde man ihn in eine Rehabilitationsklinik schicken, zur Kur oder ganz einfach in einen Erholungsurlaub, und ihn dort ausfindig zu machen, wäre sehr viel komplizierter.

Lückmann kehrte gerade aus der Mittagspause zurück und schien gut gelaunt. Er gehörte zu den wenigen, die nicht ständig am Kantinenessen herummäkelten. Ich beschloß, seine gute Stimmung zu nutzen.

„Mein Mann und ich“, begann ich, „wir haben uns darauf geeinigt, daß Kerstin die Ferien bei ihm verbringt. Anfang nächster Woche beginnen die Osterferien, und ich müßte sie am Samstag nach Altötting bringen.“

Der Inspektor gab mit einer großzügigen Handbewegung zu verstehen, daß ihn diese Wochenendpläne absolut nicht störten. Aber ich war noch nicht am Ende:

„Ich werde die Gelegenheit nutzen und in Wien Informationen von und über Christian Rehberg einholen. In seiner Schauspielschule, im Krankenhaus, bei seinen Freunden oder bei dem Lehrer, der Eva Rehberg in ihrem Kurhotel angerufen hat, als ihr Sohn krank wurde."

Wie zu befürchten war, zogen auf Lückmanns Stirn Gewitterwolken auf.

„Christian war nicht da, als Rehberg starb, er kann unmöglich wissen, was am Montag mittag passiert ist."

„Ich habe auch nicht behauptet, daß er das weiß!" Lückmanns bockige Art, mit unsachlichen Einwänden vernünftige Vorschläge abzublocken, hatte mich schon öfter auf die Palme gebracht. Je schwieriger die Lage, desto kindischer seine Einwände! Irgendwas war dran an der Behauptung, die Westfalen seien entsetzlich stur. Ich zog mein letztes As aus dem Ärmel:

„Das Neueste, was ich über den jungen Rehberg erfahren habe, ist, daß er homosexuell ist. Jawohl! Nicht, daß ich persönlich das bedenklich fände! Ich habe in München Tür an Tür mit einem Männerpaar gewohnt, und die beiden waren gute Nachbarn. Jedenfalls angenehmer als der Typ, der mir im Lift immer in die Bluse starrte. Aber für meinen Mann war dieser Umgang schon wieder ein Anlaß, mir das Sorgerecht für Kerstin streitig zu machen. Und jetzt stell dir Rehberg vor, den Musterpädagogen, den Saubermann der Politik, den Freund des Bischofs von Münster."

„Von wem hast du das erfahren?"

„Ich war gerade bei Dr. Bäcker, Rehbergs langjährigem Kollegen aus Köln. Er hat auch die erste Frau Rehberg gekannt."

Lückmann griff nach Anspitzer und Lieblingsbleistift, um daran herumzuschnitzen.

„Bäcker", fuhr ich fort, „behauptet mehr oder weniger direkt, die Schule habe den jungen Rehberg zum Homo gemacht. ‚Das Internat als Hort der Knabenliebe', so oder ähnlich hat er sich ausgedrückt. Jedenfalls schwülstig!"

„Das ist nicht nur schwülstig, sondern auch ziemlich stark!"

„Sie haben Rehberg gefeuert, mitten in der dreizehnten Jahrgangsstufe, ohne daß er sein Abitur machen konnte."

Lückmann pfiff überrascht durch die Zähne und legte den Bleistift zurück. „Das ist allerdings ein echter Schuß! Das sieht ja ganz so aus, als wäre Rehbergs Zensurenhorror eine private Retourkutsche gewesen. Und seine Jungs haben das gewußt."

„Es sieht so aus, aber Sicherheit bekommen wir erst von seinem Sohn."

„Hast du die Adresse des Internats?"

„Ja, aber die Fahrt nach Wien scheint mir sinnvoller."

„Wir sind hier demnächst nur noch zu zweit!" sagte er starrköpfig. „Wenn du jetzt eine ganze Woche wegbleibst, schließen wir den Fall nie ab! Der Pinguin kriegt einen Tobsuchtsanfall, wenn wir ihm nicht endlich Ergebnisse auf den Tisch legen."

„Deshalb fahre ich ja nach Wien, Max! Wir brauchen mehr Informationen über Rehbergs Person, sein Familienleben, seinen Freundeskreis, seine Vergangenheit. Und auch über seine Frau hätte ich gern mehr Informationen, als sie mir zu geben bereit ist. Hier kommen wir doch nicht weiter. Gut, viele haben ihn nicht gemocht, aber zwischen Nichtmögen und Umbringen liegen galaktische Systeme!"

Ich sah wieder den konspirativen Tisch des Lehrerrats vor mir, diese aufgescheuchten Mienen, als ich zur Tür hereingeplatzt war. Hatten sie wirklich nur über die neue Regelung der Vertretungsstunden gesprochen?

„Vielleicht hat jemand versucht, Rehberg zu erpressen", sagte ich. „Jemand in der Partei, im Kollegium oder in der Malerszene. Jemand, der Bescheid wußte über seinen Sohn. Ein Kommunalpolitiker, der mitten im Wahlkampf steckt, ist erpreßbar. Aber er ist ermordet worden! Und wir haben im Grunde immer noch verdammt wenig Fakten über sein Privatleben. Zum Beispiel über den älteren Bruder."

„Ja", nickte Lückmann mit gespielter Unschuld. „Wir wissen nur, daß er zur Tatzeit in Toronto war!"

„Himmelnochmal!" Jetzt reichte es mir mit seiner Sturheit. Ich knallte den Aktenordner, der vor mir lag, auf die Schreibtischplatte. „Kann mich in diesem verdammten Macho-Laden endlich mal einer ernstnehmen?"

Einen Augenblick lang war er sprachlos.

„Okay! Okay!“ stotterte er. „Ich finde, du solltest fahren. Wirklich! Ich komme hier schon allein zurecht. Wenn der Pinguin zustimmt.“

Die Teilnahme an Rehbergs Beerdigung war die letzte Amtshandlung von Frieder Lenz. Seit dem frühen Morgen peitschte ein eisiger Nieselregen über die Stadt, und so hatten wir unseren scheidenden Chef wählen lassen zwischen der Seelenmesse in Rehbergs Pfarrei und seiner Beisetzung auf dem Zentralfriedhof. Und das miserable Wetter hatte Lenz die Entscheidung leicht gemacht: für die trockene, beheizte Kirche und gegen den windigen, stellenweise wieder schneeverkrusteten Friedhof, dessen Besuch folglich mir und Lückmann überlassen blieb. Am Spätnachmittag würde man einander dann im Morddezernat bei einem Glas Abschiedssekt Bericht erstatten.

Wenn Eva Rehberg gehofft hatte, das schlechte Wetter würde wenigstens die Schaulustigen zu Hause halten, so kannte sie die Stadt noch immer nicht. Wer keinen Platz mehr in der überfüllten Trauerhalle gefunden hatte, wartete unter tropfenden, sich ineinander verkeilenden Schirmen draußen auf dem kiesbestreuten Platz. Im vorderen Drittel des Innenraums stand, von zwei Reihen eingetopften Buchsbaums flankiert, der massige Eichensarg, um den herum zwei Friedhofsbedienstete Kränze und Gestecke ablegten, wobei sie sorgfältig darauf achteten, daß die Aufschrift auf den Taftschleifen gut zu lesen war. Die „Parteifreunde“ grüßten ein letztes Mal mit einem extragroßen Kranz voll weißer und roter Nelken, und auch das Clemens-August hatte zum Abschied tief in die Tasche gegriffen: mit Amaryllisblüten in Lachsrosa und weißen Lilien. Berührend wirkte eigentlich nur der Abschiedsgruß der drei Musiker. Sie hatte ihrem Mitstreiter um künstlerische Erfolge ein eher bescheidenes Frühlingsgesteck binden lassen, als wollten sie zu verstehen geben, daß sich die Trauer um einen Freund nicht an der Höhe einer Gärtnereirechnung ablesen ließ.

Lückmann erkannte die drei sofort wieder, als sie die Aufbahrungshalle betraten. Auch Frau Rehberg war leicht zu entdecken.

Sie saß in der Mitte der ersten Bankreihe; neben sich ein grauhaariges, dezent gekleidetes Ehepaar, in dem ich ihren Schwager und die Schwägerin aus Toronto vermutete. Der Harmoniumspieler hatte leise und unauffällig plätschernd improvisiert, als müsse er sich warmspielen oder seine Tastatur geschmeidig machen. Er brach ab, als ein Geistlicher die Halle betrat und eine Ansprache hielt, die Lückmann „ziemlich larifari" fand. „Ein bißchen persönlicher hätte er schon werden können, oder?" murrte er. Schließlich war Rehberg Mitglied des Kirchenvorstands seiner Pfarrei St. Theresia gewesen und hatte mit Sicherheit regelmäßig seine Kirchensteuer gezahlt.

Ein Chor aus sechs Männerstimmen brachte das Lied der Gefangenen „Flieg, Gedanke!" aus Verdis Nabucco. Es folgten Fürbitten für den Verstorbenen, eine Rede des Parteisekretärs der Unzufriedenen, der extra aus Düsseldorf eingeflogen war, und eine weitere Rede, diesmal von Dr. Bäcker, der für das Kollegium des Clemens-August sprach.

Niemand brachte die Tatsache zur Sprache, daß Rehberg keines natürlichen Todes gestorben war. Man redete von „dramatischen Umständen", von einem „tragischen Verlust", von einem „viel zu frühen Ableben", so als wäre er verunglückt. Und währenddessen saß die Witwe unbeweglich in der ersten Bank, den unverhüllten Kopf nach vorn gerichtet wie eine Säulenheilige, die Hände regungslos im Schoß. Ich ließ den Blick über die Anwesenden wandern. Der Gedanke, daß sich Rehbergs Mörder unter die Trauergäste gemischt hatte, schien makaber und trotzdem nicht unrealistisch. Viele Täter kehrten an den Ort ihres Verbrechens zurück oder nahmen an der Beerdigung des Opfers teil, die sie als offiziellen Schlußakt der von ihnen so erfolgreich inszenierten Tragödie betrachteten.

Zweifellos gab es in dieser Stadt Menschen, die mit ihrem rechten Fuß in vorzeigbaren Verhältnissen standen, mit dem linken dagegen in der Illegalität, auf unsolidem, feucht federndem Boden wie der „Knabe im Moor", die Hauptperson eines Gedichts der Droste-Hülshoff, das so berühmt war, daß auch ich im fernen Bad

Tölz es als Schülerin hatte auswendig lernen müssen. Aber es gab auch wachsame Nachbarn und hellhörige Passanten, auf deren Mithilfe die Polizei zählen konnte. Gleich am Mittwoch, einen Tag, nachdem die Zeitungen über Rehbergs Tod berichtet hatten, war der Wochenmarkt abgehalten worden. Da hatte es vielleicht Gerede gegeben, in der Schlange am Reibekuchenstand, beim Fischbräter oder vor der Waffelbude. Da hatte möglicherweise jemand Vermutungen aufgeschnappt, während er sich auf dem Steinmäuerchen in der Nähe der Dritte-Welt-Stände, mit ihren Silberringen, Batiktüchern und anderem Krimskrams, von seinen Einkäufen ausruhte. Oder hatte man etwa bei den Kleintierhändlern gemunkelt, zwischen Kaninchen, Gänsen und Entenküken? Aber das wäre dann auf dem Samstagsmarkt gewesen! Und vielleicht in münsterländischem Platt: „Also dat mit den Rehberg, dat was chanz bestimmt …! De hätt doch sien Niäse allerwägen drin." Und dann Getuschel. Die Spekulationen über seinen Tod würden für die nächste Zeit die Gespräche der Stadt beherrschen. Erinnerungslücken würden sich schließen und Unwahrscheinliches würde glaubhaft werden. Und jede Aussage, jede Antwort auf unsere Fragen wäre ein weiterer winziger Stein in einem großen, noch unbekannten Mosaik. Manche Steinchen würden sich auf Anhieb aneinanderfügen lassen, andere bei näherem Zusehen ihren Platz wechseln oder das Feld völlig räumen müssen, weil es sich um eine Falschmeldung oder Fehldeutung handelte. Das Wesentliche war, daß sich das Feld füllte, bis man glaubte, das Muster zu kennen, und es zum konkreten Verdacht kam, zu noch gezielteren Fragen und zum Verhör.

Mein Blick glitt weiter, um den blonden Maler zu suchen, der Rehbergs „letzte Option" geschaffen hatte, und fand ihn nicht. Statt dessen sah ich Frau Kempe und Willstädter, der seine Frau mitgebracht hatte. Sie hatte sich zum dunkelgrauen Mantel einen kräftigroten Hut aufgesetzt, ganz so, als wollte sie zeigen, daß sich ihre Trauer um den politischen Kontrahenten sehr in Grenzen hielt. Ich sah Dr. Bäcker, die Kunst- und die Musiklehrerin und eine Menge junger Leute, in denen ich die Klassensprecher vermutete.

Während für das Gros der Schüler des Clemens-August der Unterricht ausfiel, hatte man diese zur Beisetzungsfeier herzitiert.

Es paßte zu Rehbergs schillernder Persönlichkeit, daß er um seinen Sarg so viele unterschiedliche Menschen versammelte: Maler und Musiker, Traditionalisten und „Experimentelle“, Studienräte und Schüler, Politiker und Wähler, Alte und Junge, Bewunderer, vor allem aber Gegner, die ihn kritisiert, beargwöhnt, abgelehnt hatten und von denen jetzt beinahe jeder eine rote Rose in der Hand hielt, erstens, weil es sich so gehörte, und zweitens, weil man nie wußte, wie weit der Rosenvorrat des Totengräbers reichte, der einem dann statt dessen am offenen Grab eine Schaufel schmutziger Erde in die Hand drückte.

Mit dem unvermeidlichen Gounod'schen „Ave Maria“, vom Männerchor gefühlvoll intoniert, war die Trauerfeier zu Ende. Man drängte zur Tür, deren zweiter Flügel ebenfalls geöffnet wurde, und hinaus in Schneegestöber und scharfen Wind. Und während die Zaungäste von draußen neugierig hineinsahen, um wenigstens den Nachhall der Zeremonie mitzubekommen, wurde der Karren bereitgestellt, der den Sarg zur Familiengruft der Rehbergs rollen sollte.

Als die Witwe in der offenen Tür erschien, begleitet von ihren kanadischen Banknachbarn, flackerten die Blitzlichter der Lokalpresse auf. Sie ließ es mit abweisendem Gesicht über sich ergehen, und man formierte sich zum Trauerzug, während die Glocke der Aufbahrungshalle zu einem scheppernden Läuten ansetzte. Die Räder des Karrens, auf dem der Sarg unter einem Berg aus Kränzen und Gestecken weggebracht wurde, begannen in der nassen Erde zu drehen und zu knirschen, der Wind zerrte an den Taftschleifen, und der Zug unter den tropfenden Schirmen setzte sich in Bewegung, vorbei an dem langgestreckten, unscheinbaren Raster der Nonnengräber, aus dem sich nur die blumengeschmückte und immer beleuchtete Ruhestätte von Schwester Euthymia abhob, die als wundertätig galt. Trotz schlechten Wetters hockten ein paar hartnäckige Bittsteller davor und verfolgten den Sarg des ermordeten Politikers mit unfreundlichen Blicken. Man fühlte sich gestört!

Es war eine Beerdigung, wie sie auf diesem in exquisiter Nähe zum Aasee gelegenen Friedhof der Legendären, Alteingesessenen, Etablierten schon oft stattgefunden hatte. Wer hier zur letzten Ruhe begleitet worden war, hatte den Zweiten Weltkrieg miterlebt wie Rehberg, meist auch noch den Ersten, hatte sich, wie Rehberg, in irgendeinem angesehenen Beruf für seine Stadt verdient gemacht, und wie er ihrem täglichen Klatsch bereitwillig Stoff geliefert, ihren Zeitungen gepfefferte Schlagzeilen. Rehberg allerdings war ermordet worden. In seinem speziellen Fall hatte der Begriff „letzte Ruhe" einen hohlen Klang, mit der Beisetzung war die Zeit der Gerüchte und Schlagzeilen über ihn noch längst nicht vorbei.

Bei der nachmittäglichen Abschiedsfeier, die Lenz im Morddezernat inszenierte, kam keine rechte Stimmung auf. Das lag nur zu einem Bruchteil daran, daß sich auch der „Pinguin" eingefunden hatte. Die Ereignisse des Vormittags gaben dem Sekt einen schalen Beigeschmack, und Lenz verbreitete Nervosität und Unruhe. Er hatte zu Hause noch einige persönliche Dinge zu packen, die Spediteure waren für sechs Uhr früh angekündigt. Doch sobald dieser Umzug überstanden wäre, so verkündete er mehr als einmal, könne alles nur noch besser werden. Im Kölner Vorort Rodenkirchen erwartete ihn ein bequemes Haus mit Garten. Seine Frau Elfriede hatte einen Hund angeschafft, mit dem man spazierengehen, radfahren und joggen würde – Zwiegespräche mit der Natur! Und ich dachte, als ich ihn so reden hörte, daß es gerade diese Zwiegespräche in ihrer zunehmenden Einsilbigkeit gewesen waren, vor denen ich zurück in die Stadt geflohen war. Fort aus dem ländlichen Paradies mit seinen hohlen Früchten! Seitdem ich am Prinzipalmarkt wohnte, beschränkte sich meine Kommunikation mit der Natur auf die Streitgespräche mit Obst- und Gemüsefrauen, wenn ich am Samstag auf dem Domplatz einkaufte.

Sechstes Kapitel

Du siehst gut aus!“ sagte Franz. „Geht es dir auch gut?“ „Ich nehme an, daß es mir gut geht“, antwortete ich. „Die Arbeit ist interessant, die Wohnung passabel, ich habe mich eingelebt.“ Ich fand, daß das genug Auskunft über mein neues Leben war. Von Franz konnte man nicht behaupten, daß er gut aussah. Er hatte abgenommen, Schatten lagen unter seinen Augen, und er war schlecht rasiert.

„Läßt du dir etwa einen Bart wachsen?“

Er rieb sich über die knisternden Stoppeln, die um Mund und Kinn wucherten, und ich schreckte zurück bei dem Gedanken, daß ich diese kratzigen Partien einmal geküßt hatte. Aber da hatten sie sich noch angenehm angefühlt.

„Sollte ich?“

„Es sähe besser aus als jetzt! Aber die Übergangszeit ist ja immer schwierig.“

„Die Übergangszeit? Die bekommen allenfalls meine Bauern mit und ihre Schweine und Kühe.“

Wir saßen im Café Rischart, am Marienplatz. Der Vorschlag, sich in München zu treffen, war von Franz gekommen, obwohl ich das Bauernhaus in Altötting gern wiedergesehen hätte. Aber Franz konnte die Fahrt mit einem Termin in Unterhaching, bei einem Hundezüchter, verbinden. Cox, der alte Dackel, war gestorben.

„Kerstin soll den neuen Hund aussuchen“, sagte er, „und dann fahren wir heim.“

„Hast du jemanden, der dir den Haushalt macht?“

Franz erzählte, daß er die linke Hälfte des Bauernhauses an ein Künstlerehepaar vermietet habe, er komponierte, sie töpferte, und gelegentlich gab es ein Konzert oder eine Ausstellung in der Tenne. Betriebskosten und Putzfrau teilte man sich.

„Und was bleibt dir?“

„Viel Arbeit.“ Er gähnte verstohlen. „Der Tierarzt in Mühldorf hat das Handtuch geworfen, ich bin oft nächtelang unterwegs. Aber keine Sorge! Kerstin wird gut betreut.“

Ich sah sein müdes, fremdgewordenes Gesicht noch vor mir, als ich schon über die Autobahn nach Salzburg brauste. Ich begriff, daß er sich seit unserer Trennung in seiner Arbeit verkroch und ohne engere Bindungen lebte. Ein neuer Hund, neue Nachbarn, neue Patienten – das war alles. Ich hatte gezögert, als er fragte, ob Kerstin bis zum Ferienende bei ihm bleiben könne, dann aber eingewilligt. Es gab keinen plausiblen Grund, dem Vater die eigene Tochter vorzuenthalten.

„Nimm dir Zeit für sie! Sie ist es gewohnt, daß man sich mit ihr beschäftigt.“

„Sie kann mit mir übers Land fahren. Und wenn sie nicht mitfahren will, sind immer noch Hartmut und Rita da.“

„Wer?“

„Das Künstlerpaar, mit dem ich zusammenwohne.“

„Natürlich! Ja!“

In Wien übernachtete ich bei einer Cousine zweiten Grades, die vor fünfzehn Jahren in die österreichische Hauptstadt geheiratet hatte. Sie lebte an der Mariahilfer Straße in einer Altbauwohnung, die für ein kinderloses Ehepaar viel zu groß schien. Auf meine Frage, ob mein Besuch auch nicht störe, hatte Carla nur gelacht und gesagt, sie könne sich nichts Schöneres wünschen als die Gesellschaft einer Polizistin. Ihr Mann war für längere Zeit verreist, und sie schien unter ähnlichen Alpträumen zu leiden wie Frau Gravensteiner. Auch die Antiquitäten, die täglich von einer kleinen, verhuschten „Bedienerin“ abgestaubt wurden, erinnerten mich an meine Vermieterin in Münster.

„Trägst du deine Pistole immer bei dir?“

Wir saßen nach einem ausgedehnten „Nachtmahl“, wie Carla das Abendessen im ortsüblichen Sprachgebrauch nannte, im Wohnzimmer, tranken steirischen Schilcher und knabberten Nüsse.

„Erzähl mir von Kerstin! Ich habe die Hoffnung auf Kinder aufgegeben!"
„Red keinen Blödsinn!"
„Ich werde vierzig!"
„Dafür bist du glücklich verheiratet!"
„Ich nehme an, daß ich glücklich verheiratet bin. Obwohl – wenn ich manchmal wochenlang ohne ihn hier sitze, schaffe ich die Flasche Wein am Abend auch allein!"
„Carla!"
„Ach, laß mich doch! Wenn ich die Männer mit ihren erotischen Abenteuern auf Dienstreisen prahlen höre ... Jedesmal, wenn er zurückkommt, bin ich noch mißtrauischer."
„Du mußt ihm vertrauen, sonst machst du dich verrückt! Hast du keine Freunde?"
Carla nannte ein Ehepaar aus dem Haus, mit dem sie ihre Abonnement-Abende im „Burgtheater" verbrachte, und eine Freundin, mit der sie sich gelegentlich in der Stadt traf. Aber nach jedem dieser Treffen sei sie noch mehr davon überzeugt, daß sie keine wirklichen Freunde waren.
„Sie wollen einen nur aushorchen oder ihren eigenen Kram loswerden! Ist Eure Ehe eigentlich völlig kaputt?"
„Wir haben uns mit der Trennung abgefunden", sagte ich. „Franz hat seine Arbeit und ich habe meine, er hat sein Bauernhaus und ich meine Stadtwohnung, und das Kind teilen wir uns."
Carla erzählte, daß über den Mord an Rehberg sogar in der Wiener Presse berichtet worden sei.
„In einem winzig kleinen Artikel, auf der letzten Seite. Ich habe natürlich sofort an dich denken müssen, als ich es las. Glaubst du, daß es seine Frau gewesen ist?"
„Sie war zur Tatzeit nicht in Münster, und im Grunde hat sie auch kein Motiv. Ihre Ehe sei gut gewesen, sagt sie. Und trotzdem habe ich kaum einen widersprüchlicheren Menschen als sie gesehen. Sie reagiert schroff und unhöflich, dann wirkt sie plötzlich theatralisch, und im nächsten Augenblick erzählt sie mehr, als man wissen will, so, als hätte sie ihre beste Freundin vor sich. Und dann

ist da der Stiefsohn ..." Ich überlegte einen Augenblick, wie weit ich Carla in die Ermittlungen hineinziehen durfte, und beschloß dann, die Begegnung mit dem jungen Rehberg abzuwarten.

„Zum Allgemeinen Krankenhaus fährst du mit der U-Bahn", hatte Carla bestimmt. „Nach Laxenburg bringe ich dich mit dem Wagen. Und während du deine Fragen stellst, geh' ich derweil im Park spazieren. Ich habe so lange nichts Grünes mehr gesehen."

Die Intensivpflege der Inneren Medizin befand sich im „Roten Bettenhaus" der Universitätskliniken, auf Ebene 13. Zimtrot die Fußböden und Türen, fleischfarben alle Wände und Decken. Und unmißverständlich die Aufforderung an jeden Besucher, sich bei der „Leitstelle" zu melden. Man konnte sie kaum verfehlen; eine Glaskabine in der langen Wand zwischen den beiden Stationseingängen. Der junge Mann, der dort saß, ließ seinen Computer im Stich, um sicherzustellen, daß ich berechtigt war, die Station zu betreten.

„Deutsche Kriminalpolizei, Morddezernat Münster. Ich hätte ein paar Fragen an Herrn Rehberg!"

„Rehberg?" wiederholte er unsicher. „Einen Augenblick, bitte." Er schaltete die Gegensprechanlage auf seinem Tisch ein, wechselte ein paar Worte mit seinem unsichtbaren Gesprächspartner und war dann wieder an der Scheibe. „Wenn Sie sich einen Augenblick gedulden wollen? Es kommt gleich jemand."

Ich setzte mich in eine der weißen Sitzschalen vor der langen Liftreihe und machte mich auf ein zermürbendes Warten gefaßt. Gestärkte Mäntel wehten an mir vorbei, Gesundheitslatschen federten über den roten Kunststoffboden oder lautlose weiße Nappaschuhe. Eine leise, aber stetige Mobilität herrschte in diesem gedämpften Geräuschpegel, eine vibrierende Nervosität.

Unerwartet schnell erschien eine Krankenschwester: „Kommen Sie!" Ich folgte ihr einen schmalen Gang hinunter, vorbei an streng geschlossenen Krankenzimmertüren. Genau im rechten Winkel, den der Korridor nahm, lag ein Raum mit weit offenstehender Glastür und großen Fenstern: der „Schwesternstützpunkt". Trotz seiner gläsernen Transparenz wirkte er vollgestellt, mit Rollschränken, Schreibtischen und Instrumentenwagen. An einem Schreibtisch direkt neben der Tür saß eine junge Frau im weißen Mantel, das hellblonde Haar igelkurz geschnitten. „Dr. Moser" stellte sie sich knapp vor und zog vom Nachbarschreibtisch einen Drehsessel herüber.

„Nehmen Sie Platz. Was kann ich für Sie tun?" Die Krankenschwester schloß die Tür mit übertriebener Festigkeit und entfernte sich.

„Ich untersuche den Mordfall Dr. Rehberg. Sie wissen vermutlich, daß in Münster der Direktor eines Gymnasiums ermordet wurde. Sein Sohn liegt hier, auf Ihrer Station. Ich hätte ein paar Fragen an ihn. Wenn Sie vielleicht ..."

„Nein", sagte die Ärztin.

„Geht es ihm so schlecht?"

„Christian Rehberg ist am vorletzten Dienstag gestorben, am –", ihr Blick streifte den Kalender, der links von ihr an die Wand genagelt war, das Werbegeschenk einer pharmazeutischen Firma, „am 14. März."

Ich sah ihren Mund, der sich öffnete und wieder schloß, die rechte Hand, die nach irgend etwas auf dem Schreibtisch zu suchen schien und nichts fand. Ich sah den Kalender, das Foto mit der munteren Schar pickender Küken, das die Pharmafirma für den Monat März ausgesucht hatte, und las, eine nach der anderen, die rotgedruckten Zahlen darunter, von denen jede einzelne für einen Tag stand, den ein zwanzigjähriger junger Mann nicht mehr erlebt hatte, die erste Woche, die zweite. – So lange schon?

„Ein unbekannter Virus, nicht wahr?"

Die Ärztin schüttelte den Kopf, langsam, verwundert: „Ich bin nicht ganz sicher, ob wir von demselben Patienten sprechen. Christian Rehberg ist an den Folgen eines Selbstmordversuchs gestorben."

Ich wollte sie bitten, das noch einmal zu sagen, damit ich begriff, was sie in Wirklichkeit meinte. Dann sah ich ihr Gesicht, ihre hellbraunen Augen, die meinem Blick auswichen und statt dessen den Chromständer mit Infusionsflaschen betrachteten, der die Mitte des Raums verbarrikadierte, und ich brauchte keine Wiederholung. Ich hatte sie richtig verstanden. Eine Weile saßen wir stumm da und schwiegen. Die Bildschirmschoner der beiden Computer vor und neben uns zogen ihre Bahnen, und jenseits der Glaswand bewegten sich Menschen, in weißen Kitteln, Bademänteln, wie in einem Stummfilm. Ich fühlte mich abgetrennt von der Wirklichkeit jenseits der Scheibe.

„Er hat Salzsäure geschluckt", sagte die Ärztin endlich. „Ich habe das noch nie gesehen, es war das erste Mal. Es war ..."

„Können Sie mir Genaueres sagen?"

Sie suchte kurz in der offenen Karteischublade neben sich und zog einen Aktenordner heraus. „Eingeliefert am 10. März", las sie vor, „morgens, um acht Uhr dreißig. Schwere Verätzungen von Speiseröhre und Magen und ein Kreislaufkollaps. Ein paar Tage lang haben wir geglaubt, er schafft es. Aber – der ganze Organismus hat versagt."

„Wissen Sie, wer ihn hergebracht hat?"

„Er kam mit der Rettung. Ob jemand bei ihm war, kann ich nicht sagen. Wir wurden von der Notfallaufnahme verständigt, und man hat ihn heraufgebracht."

„Hat er Besuch gehabt?"

„Seine Mutter war da." Sie verbesserte sich: „Seine Stiefmutter. Ob sonst jemand zu ihm wollte, weiß ich nicht."

„Sein Freund?"

Sie schüttelte energisch den Kopf: „Nur seine Stiefmutter!" wiederholte sie.

„Erinnern Sie sich an sie?"

Sie zögerte. „Groß, dunkelhaarig, etwa Ende Vierzig. Kein sehr einprägsamer Typ."

„Wußte sie schon von seinem Selbstmordversuch?"

„Das weiß ich nicht. Sie wurde von draußen angemeldet, irgendwann am frühen Samstag nachmittag, und wollte ihn sehen. Wir haben versucht, sie vorzubereiten, aber es war wohl schlimmer, als sie gedacht hatte, der verätzte Mund, die abgeplatzte Haut.

Sie rannte aus dem Zimmer und stand dann draußen auf dem Flur. Wir haben versucht, sie zu beruhigen, aber sie lehnte jede Hilfe ab. Wir wollten ein Taxi für sie kommen lassen, aber da war sie schon weg."

„Ist sie wiedergekommen?"

„Sie hat jeden Tag angerufen", sagte die Ärztin, „zum letzten Mal am Dienstag morgen, ein paar Stunden, bevor er starb."

„Wirkte sie bei diesem letzten Anruf in irgend einer Weise verändert? In ihrer Stimme? Ihrer Art, Fragen zu stellen?"

„Warum sollte sie?" fragte Dr. Moser.

„Weil am Tag vorher ihr Mann ermordet wurde. Er wurde im Auto vergiftet. Wir hatten sie abends benachrichtigt."

Sie schüttelte den Kopf, wobei es offenblieb, ob sie damit die Mordtat meinte oder auf meine Frage antwortete. Erst dann sagte sie:

„Mir ist keine Veränderung an ihr aufgefallen. Aber unsere Gespräche waren sehr kurz; sie fragte, wie es ihm ginge, und wir gaben ihr Auskunft. Am Dienstag morgen rief sie noch einmal an und gab uns ihre Telefonnummer in Deutschland, aber ohne jede Begründung, weshalb sie nach Hause fuhr."

„Und wann hat sie von Christians Tod erfahren?"

„Gleich am Dienstag abend. Daß ihr Mann ermordet wurde, haben wir da noch nicht gewußt. Ich habe davon erst später in der Zeitung gelesen. Zuerst der Mann, dann der Sohn ... Die Frau kann einem wirklich leid tun."

„Ja, sie kann einem leid tun. Aber was ich nicht begreife, ist ihre Version von Christians Krankheit, dieses Märchen vom unbekannten Virus!"

„Eine eingebildete Viruserkrankung mit tödlichem Ausgang", sagte die Ärztin, „ist für Eltern oft leichter zu ertragen als ein tatsächlicher geglückter Selbstmordversuch. Bitte verstehen Sie das Wort 'geglückt' so, wie es gemeint ist! Und so erzählen sie nicht nur Freunden und Verwandten ihre Version, sondern glauben auch selbst daran. Wir haben das schon öfter erlebt. Für einen Virus muß man sich als Angehöriger nur selten verantwortlich fühlen, für einen Selbstmord schon eher."

Wieder saßen wir eine Weile stumm da.

„Haben Sie die Adresse von Christian Rehberg?"

Die Ärztin nahm noch einmal den Aktenordner zur Hand.

„Judengasse 15, im ersten Bezirk. – Nein, kein Telefon."

„Und Sie wissen nicht, wer ihn hergebracht hat?"

„Fragen Sie in der Ambulanz. Manchmal nimmt man die Personalien von Begleitpersonen auf, manchmal nicht."

„Und haben sie sie aufgenommen?" fragte Carla.

„Nein!"

Wir hatten einen Treffpunkt in der Innenstadt ausgemacht, ein Café in der Nähe der Staatsoper, und Carla war ungeduldig. Sie hatte Schuhe gekauft und einen Pullover, und nun gab sie den beiden Taschen neben sich von Zeit zu Zeit einen gekränkten kleinen Knuff.

„Du kommst spät. Hat man dich im AKH so lange warten lassen?"

„Nein. Ich komme so spät, weil ich ein längeres Telefongespräch mit meinem Kollegen in Münster hatte. Es gab ein paar unangenehme Überraschungen!"

„So?"

Das Schöne an Carla war, daß sie nicht zu jenen gehörte, die unbedingt an jeder Neuigkeit partizipieren mußten. Wie jede Frau war sie neugierig oder, wie sie es nannte, „grundsätzlich interessiert", aber sie konzentrierte ihr Interesse auf Dinge, über die zu reden es ihr wirklich lohnend schien. Der Argwohn, den ihr der vielreisende Ehemann eingeflößt hatte, ohne daß sie ihn in fünfzehn Jahren zu einer eindeutigen Aussage hätte verleiten können, hatte sie zermürbt. Sie schien sich damit abgefunden zu haben, daß es Tatsachen gab, über die man sie nicht informierte, und Fragen, auf die sie keine Antworten erhielt. Und außerdem konnte sie sich offenbar etwas Mitreißenderes vorstellen als diesen Mordfall Rehberg.

Sie zog unter erheblichem Schlürfen den Rest lauwarmer Schokolade, mit der sie sich die Langeweile vertrieben hatte, durch einen Strohhalm und winkte der Kellnerin, damit sie die Speisekarte brachte.

„Was würdest du sagen, wenn jemand Selbstmord begangen hat, aber seine Verwandtschaft behauptet, daß er von einem heimtückischen Virus befallen wurde?"

„Hat es mit deinem Fall zu tun?"

„Nein", log ich. „Ich habe es zufällig mitbekommen, als ich vor der Intensivstation auf die Ärztin wartete."

„Ich würde sagen", begann Carla mit der Zerstreutheit eines Feinschmeckers, der gerade eine Drei-Hauben-Speisekarte in die Hand bekommen hat, obwohl sie doch nur das unspektakuläre Angebot eines typischen Plüschcafés vor sich hatte: Hühner- und Leberknödelsuppe, Toast Hawaii und Ragout fin, Schinkenbrot und Käseschnitte:

„Die Verwandtschaft will eben nicht zugeben, daß ein Familienmitglied in ihrer Mitte gescheitert ist. Und ein exotischer Virus, dem die besten Ärzte nicht gewachsen sind, ist allemal gesellschaftsfähiger als ein Selbstmord. Ich nehme die Hühnersuppe", sagte sie völlig übergangslos zu der Kellnerin. „Da ist ein Gebäck dabei, oder? Hast du den jungen Mann sehen können?"

„Welchen jungen Mann?"

„Na, den du sprechen wolltest, den Sohn des Mordopfers."

„Nein", sagte ich und beschloß, das Mittagessen auf eine Tasse Kaffee zu beschränken. Ich hatte plötzlich den schwarzen Lockenkopf von Christian Rehberg vor Augen: verätzter Mund und abgeplatzte Haut.

Das „Blaue Palais" der Schloßanlage von Laxenburg lag siebzehn Kilometer südlich von Wien, am Eingang eines großen Parks. Ein zweistöckiges Gebäude in Ockergelb, mit weißen Sprossenfenstern und grünen Holzläden, das sich rechtwinklig um einen großen Innenhof schloß.

Ich drückte die Klinke der schweren Holztür herunter und trat in eine Eingangshalle mit niedrigem, von quadratischen Säulen getragenen Kreuzrippengewölbe und, als markantem Gegensatz dazu, deckenhohen Trennwänden aus Glas. Dem Eingangsportal gegenüber standen hinter einer offenen Glastür zwei Schreibtische. Der eine war leer, an dem anderen saß ein geschlechtslos wirkendes, sehr junges Wesen, das orange eingefärbte Haar mit Hilfe von Gel steil aufwärts dressiert. Es erinnerte mich entfernt an den Titelhelden einer Kinderfernsehserie, über die Kerstin so herrlich hatte kichern können, bevor ihr die Zimmerantenne am Prinzipalmarkt das Programm verschneite.

Das undefinierbare Wesen legte sein Textheft – es war nicht der „Sommernachtstraum", auf den ich spontan getippt hatte, weil ich mir so etwa die Besetzung des Puck vorstellen konnte, sondern „Romeo und Julia" – zur Seite und sah mir selbstbewußt ins Gesicht. Es hatte nicht den Anschein, als würde man im Ferdinand-Raimund-Seminar nichtangemeldete Gäste ungehindert passieren lassen.

„Zu wem möchten Sie denn?" Ihre angenehm durchtrainierte Stimme entlarvte sie einwandfrei als weiblich und als angehende Schauspielerin.

„Ich ermittle im Mordfall Rehberg."

Das Mädchen schüttelte resolut den Kopf.

„Der Christian wurde nicht ermordet! Sie sind von der Presse, stimmt's? Einer von diesen neugierigen Schnüfflern! Schon vorige Woche war jemand hier! Aber wir sagen nichts mehr!"

„Ich bin von der deutschen Kriminalpolizei, und ich rede von Christians Vater, der in Münster ermordet wurde."

Das Mädchen gab einen fast animalischen Schreckenslaut von sich, der absolut nicht einstudiert klang.

„Ermordet? Der Vater von Christian? Wie denn? Das ist ja furchtbar! Hat der Christian das noch erfahren?"

„Nein. Aber Sie fragten eben, zu wem ich möchte. Als Christian ins Krankenhaus gebracht worden war, wurde seine Mutter von einem seiner Freunde benachrichtigt. Haben Sie eine Ahnung, wer das gewesen sein könnte?“

„Oh je! Der hatte viele Freunde! Wußte seine Mutter denn nicht wenigstens den Vornamen?“

„Nein, sie war so erschrocken über die Nachricht, daß sie sich überhaupt keinen Namen gemerkt hat.“ In diesem Augenblick erinnerte ich mich, daß Christians Freund gleichzeitig auch sein Lehrer gewesen war.

„Er hatte auch viele Lehrer“, sagte das Mädchen eigensinnig. „In Stimmbildung und Atemtechnik, im Bewegungstraining und in der Pantomime, in Kostümkunde, Literatur- und Kunstgeschichte, im Fecht- und Schminkkurs. Aber warten Sie mal, vielleicht kann Ihnen die Isolde weiterhelfen.“

Sie kam hinter ihrem Schreibtisch hervor, eine kleine, dralle Person, in weißer Anstreicher-Latzhose und kariertem Hemd. Ihre nackten Füße auf den hellen Steinplatten erinnerten mich an Frau Rehbergs portugiesische Putzfrau. Offenbar handelte es sich bei diesem Barfußgang um einen weitverbreiteten Modefimmel unter asketischen jungen Leuten.

Wir gingen die breite Steintreppe hinauf und einen langen, weißgetünchten Korridor hinunter, dessen Fenster auf den Innenhof und die Mauern des Schloßkarrees sahen. Hinter den Türen des Korridors wurden eigenartig klingende Übungen abgehalten. Hinter der ersten trainierte man offenbar im Chor komplizierte Konsonantenfigurationen, aus der zweiten klang es wie Hundegebell, ein Geräusch, das mir unseren Altöttinger Hauszoo ins Gedächtnis zurückrief. Eine dritte Gruppe hatte scharfen Rap auf dem Programm, allem Anschein nach, um den jungen Leuten die nötige Körperbeherrschung anzuerziehen, für den klassischen „hinkenden Boten“ oder den heldenhaften Duellanten.

An einer halboffenen Tür, hinter der nicht geübt wurde, blieb ich stehen und warf einen Blick hinein: der Saal hatte schöne Stuckdecken, hohe, schmale Sprossenfenster, zwei ausladende Kristalluster mit blankgeputzten Facetten. Er war völlig leer, vielleicht wirkte er deshalb so groß. Die hellen Reflexe des Lusterglases und der Fenster spiegelten sich in dem dunklen, glattpolierten Parkett. Es tat gut, einfach dazustehen und diese Verbindung von schlichter, strenger Ordnung und leicht verblichener, aber nicht verlorengegangener Pracht in sich aufzunehmen.

Das Mädchen war weitergegangen und wartete am Ende des Korridors. Wir gingen an einer langen Flucht aus Bücherregalen vorbei, an deren Ende ein Schreibtisch stand, umgeben von Aktenschränken und einem Dschungel aus Kübelpflanzen. Hinter dem Schreibtisch saß eine dünne Frau mit grauen, strähnigen Haaren. Ihr Gesicht erinnerte an einen Raubvogel, die Nase war klein und scharf gebogen, der Mund schmal und fast lippenlos, und sie hatte runde, merkwürdig helle, braune Augen.

„Hallo, Isolde", sagte das Mädchen. „Diese Dame ist von der deutschen Kripo. Es geht um Christian Rehbergs Vater. Er ist ermordet worden. Aber vielleicht erzählt sie dir das selber. Ich muß zurück zum Eingang."

Die Sekretärin befreite einen alten, fleckigen Sessel von einem Stapel bedruckten Papiers und forderte mich zum Sitzen auf. Es hatte den Anschein, als käme ihr dieser überraschende Besuch sehr gelegen. Als willkommene Gelegenheit, die alten, vom Computerbildschirm überanstrengten Augen wieder einmal auf einen Menschen zu richten, der womöglich etwas Hochbrisantes zu erzählen hatte.

„Möchten Sie vielleicht einen Kaffee?"

„Nein, danke!" Ich hatte Mühe, mich an dieses kuriose Ambiente zu gewöhnen, in das ich so unvorbereitet geraten war, während Carla mit dem für sie typischen eckigen Schritt eines Landbriefträgers den weitläufigen Park durchmaß. An seinem Ende gab es die romantische Franzensburg, vor der wir uns zum Mittagessen verabredet hatten.

Ein Schloß wie aus einem Kindertraum, in dem junge Leute lernten, intensiv und überdeutlich zu artikulieren, nach verdauungshemmenden Rhythmen zu turnen, Liebesszenen zu spielen, die nicht aus dem Herzen kamen, und einander in Duellen zu attackieren, die unblutig verlaufen und doch echt aussehen mußten.

„Es geht nicht nur um Christians Vater", sagte ich, „sondern auch um ihn selbst. Seine Stiefmutter hat von einem Freund oder befreundeten Lehrer gesprochen, der sie von einer angeblichen Virusinfektion ihres Sohnes benachrichtigt hat. Haben Sie eine Ahnung, wer da gemeint sein könnte?"

Isoldes erschrockene, hellbraune Vogelaugen wanderten von meinem Gesicht über die Wand links von meinem Kopf, wo ein Kalenderbild das Schönbrunner Schloß in sonnigem Ockergelb zeigte, und zurück auf ihren Schreibtisch. Nach einer Weile sagte sie:

„Diese Virusinfektion hat es natürlich nicht gegeben. Ich nehme an, Sie wissen, was tatsächlich passiert ist." Und als ich nickte, fuhr sie fort:

„Wir sind hier eine große Familie. Und wie in jeder Familie gibt es Eifersucht, Liebeskummer, Neid. Wer unsere Aufnahmeprüfungen bestanden hat, weiß, daß er mehr kann als andere, die es nicht geschafft haben. Und wie in so mancher Schule haben wir gelegentlich Probleme mit Alkohol, Drogen und Aggression. Aber wenn es jemandem schlecht geht, kann er zu mir kommen und reden. Mit anderen Worten: es gibt kein Problem, von dem ich nicht früher oder später erfahren würde."

„Einer in Ihrer großen, hilfsbereiten Familie hat sich umgebracht."

„Ja! Und wir wissen nicht, warum! Sein Vater wurde ermordet?"

„Ja, aber erst nach Christians Selbstmordversuch. Er wurde im Auto mit Zyankali vergiftet. Über einen möglichen Zusammenhang bin ich mir noch nicht klar. Hatten Sie den Eindruck, daß Christian – nun, sagen wir mal, sich aus Mädchen nicht sehr viel machte?"

„Sie meinen, er war homosexuell? Nein, das ist mir nicht aufgefallen, und ich habe auch nie darüber reden gehört. Wenn es stimmte, müßte ich es wissen. Daß in diesem Haus eine solche Transparenz herrscht, geht mehr oder weniger auf mein Konto. Ich bin seit der Gründung dieser Schule mit dabei. Man nennt mich die

‚Mutter Courage', was allerdings weniger mit Brechts Kriegsgewinnlerin zu tun hat. Ich habe eher mit Friedensverhandlungen zu tun. In meine Bücherei kann jeder kommen, ich rede mit ihm, es gibt Kaffee oder wenn es unbedingt sein muß, auch einen Cognac, und meist renkt sich die Sache dann ein. Arbeiten Sie mit Interpol zusammen?"

„Bisher hatten wir dazu keinen Anlaß. Es gibt im Fall des Dr. Rehberg keine Spuren, die ins Ausland führen." Und am liebsten hätte ich hinzugefügt: „Es gibt überhaupt keine Spuren!", aber ich schluckte meinen Ärger über den zähen Fluß der Ermittlungen hinunter. Diese Frau, die mit fast missionarischem Eifer eine Theaterinstitution verteidigte, für deren Literaturvorrat und Datenbank sie sich abrackerte, schien mir nicht der richtige Ansprechpartner für die Zweifel am eigenen Beruf.

„Kam Christian auch zu Ihnen?"

„Zu Beginn ist er mal vorbeigekommen. Er bestand die Aufnahmeprüfung mit Auszeichnung, und gleich am nächsten Tag saß er hier. Ganz so, als bereute er seinen Erfolg. Ich glaube, er vermißte seine Eltern. Vor allem seinen Vater."

„Er kam frisch vom Internat. Er war wohl daran gewöhnt, seinen Vater zu vermissen. Hat er viel von ihm geredet?"

„Ja. Ich hatte den Eindruck, daß er ihn sehr bewunderte. Und das ist ja nun heutzutage keine Selbstverständlichkeit. Die meisten jungen Leute lassen an ihren Eltern kein gutes Haar. Aber Christian …"

„Hat sein Vater ihn jemals besucht?"

„Seine Mutter war da, mehrmals sogar. Er hat dann immer so stolz erzählt, daß sie mit ihm essen gegangen sei und natürlich ins Theater." Sie brach ab, und ihr unruhiger Blick schweifte wieder ins Ziellose. Dann sah sie auf ihre Kaffeetasse und nahm einen Schluck. Es war ein zierliches Täßchen, mit schmalem Goldrand und mehrfarbigem Blumendekor. Wiener Biedermeier, nicht eins von diesen bauchigen Ungetümen, denen Carla mit der Bezeichnung „Häferl" auch noch den allerletzten Charme raubte … Isolde hatte meinen Blick aufgefangen und mißverstanden.

„Möchten Sie vielleicht einen Tee?“

„Nein danke, wirklich nicht! Ich nehme an, man hat ihn inzwischen überführt und beerdigt.“

„Gestern“, sagte Isolde. „In Münster. Daher stammte er ja wohl. Eine Einäscherung. Wer das verfügt hat, er selbst oder seine Stiefmutter, das weiß der Himmel! Leute in meinem Alter haben ja in der Regel ihren ‘Letzten Willen’. Aber so ein junger Mensch! Der denkt doch nicht ans Verfügen oder Vererben! Seine Stiefmutter ist übrigens allein hergekommen, um ihn überführen zu lassen. Wir hatten vormittags hier im Haus eine kleine Trauerfeier. Sein Vater ...“ Der Rest des Satzes erübrigte sich.

„Wie die Frau das psychisch durchgehalten hat, psychisch und physisch, ist mir ein Rätsel!“ fuhr sie nach einer Weile fort. „Erst der Mann, dann das Kind! Diese Aufregung und der Streß! Sie ist nicht mal zu unserer Gedenkstunde gekommen. Da war sie schon wieder auf dem Heimweg. Man hätte doch mit ihr reden wollen, ihr kondolieren. Sein Tod war ja auch für uns ein harter Schlag!“

„War er begabt?“

„Absolut!“ sagte Isolde. „Wissen Sie, unsere Schule wird nicht subventioniert, deshalb haben wir auch nicht ganz so strenge Auswahlkriterien wie zum Beispiel das Reinhardt-Seminar. Bei uns kann sich jeder zur Prüfung melden. Obwohl auch wir natürlich nicht jeden aufnehmen, nur weil er zahlen kann. Manchmal bekommen wir junge Leute, die sich eine große Karriere in den Kopf gesetzt haben, ohne das nötige Talent mitzubringen. Was man bei uns lernt, sind handwerkliches Können, Geschicklichkeit, Erfahrung, aber die Begabung, das Urtalent können wir nicht vermitteln. Man hat es oder hat es nicht. Deshalb sind unsere Lehrer gezwungen, die eingebildeten von den wahren Talenten zu trennen, und dann gibt es Enttäuschungen und persönliches Gekränktsein. Aber Christian gehörte nicht dazu. Sie hätten ihn sehen sollen auf der Bühne, wenn er seine schwarzen Locken zurückwarf und seinen Text spielte. Andere Schauspielschüler sagen ihn her, man lobt ihr gutes Gedächtnis und ihre angenehme Stimme, aber Christian hatte mehr als das; er spielte jedes einzelne Wort. Die Meisterklasse von

Professor Frohwein probt gerade 'Romeo und Julia', für die Abschlußfeier des Semesters im Juni. Und obwohl Christian noch nicht einmal die Zwischenprüfung abgelegt hat, hat man ihm die Rolle des Mercutio gegeben, und ich muß sagen, er war hinreißend." In der Erinnerung an diese Auftritte geriet ihre Stimme ins Schwanken. „Ich bin sicher, daß man ihn sogar ins Reinhardt-Seminar aufgenommen hätte", flüsterte sie. „Oder in die Falckenberg-Schule in München."

„Hat er in der letzten Zeit auf Sie in irgendeiner Weise verändert gewirkt?"

„Das habe ich mich natürlich auch gefragt, als ich erfuhr, welch unbeschreibliche Dummheit er begangen hat. Ich kann nur antworten: nein! Noch am Donnerstag nachmittag, am Tag vor seinem Selbstmordversuch, haben wir hier meinen sechzigsten Geburtstag gefeiert. Wissen Sie, dies sind Räume mit historischer Bedeutung. Der unglückliche Kronprinz Rudolf und seine Frau Stefanie wohnten hier, bevor er sich in Mayerling das Leben nahm. Seine Witwe blieb auch danach weiter da. Für unsere Schüler hat der Ort fast etwas Rituelles. Man kommt gern hier zusammen. Zu meinem Geburtstag hatte jeder etwas mitgebracht, eine Sachertorte, Liptauer- und Eibrötchen, Geselchtes und Russen."

Sie machte eine Pause, als müßte sie darüber nachdenken, welche einheimischen Spezialitäten sie noch aufzählen konnte, auch wenn sie auf ihrem Partytisch nicht vertreten waren. Aber es fiel ihr offensichtlich nichts mehr ein, und so fuhr sie fort:

„Der Sekt war kaltgestellt, und es kamen so viele, daß wir wie die Heringe standen." Und ich fragte mich, warum Heringe immer und überall standen, obwohl sie Fische waren und allenfalls gerollt oder gestreckt in Konserven lagerten?

Aber Isolde redete angeregt weiter, wie gut die Stimmung gewesen sei, und wie „lieb" das ganze Fest. Trotzdem glaubte man dem Blick ihrer erschrockenen Vogelaugen nur schwer, daß sie von einer ausgelassenen Geburtstagsfeier erzählte.

„Was Ihren Verdacht auf seine Neigungen angeht", fuhr sie nach einer Weile fort, „so ist es ja möglich. Ich jedenfalls habe ihn hier im Schloß immer nur mit hübschen Mädchen zusammen gesehen. Er war ja selbst ein hübscher Bursche. Aber das Schauspielerleben ist in dieser Hinsicht verwirrender, als sich ein Außenstehender vorstellen kann. Da spielt jemand einen Homosexuellen auf der Bühne, monatelang, Abend für Abend, und plötzlich empfindet er auch so. Oder er verliebt sich Hals über Kopf in das Mädchen, das im Stück seine Geliebte ist, und das er vorher nicht einmal zur Kenntnis genommen hat."

„Aber deshalb bringt man sich nicht um!"

„Ich habe auch nicht behauptet, daß er sich aus Liebeskummer umgebracht hat. Aber noch weniger glaube ich, daß er mit seinem Studium nicht zurechtkam. Wenn Sie mich nach einem plausiblen Grund für seinen Selbstmord fragen, kann ich nur sagen: ‚Ich weiß es nicht!'"

„Wie hat die Schulleitung reagiert?"

„Genauso wie ich jetzt reagiere: Man begreift es nicht. Leider ist unsere Leiterin, Frau Professor Nemeth, nicht da. Sie ist zu den Osterfestspielen nach Salzburg gefahren und kommt erst nach den Feiertagen zurück."

„Wie haben Sie es erfahren?"

„Die Notfallaufnahme des AKH in Wien hat uns angerufen. Man suchte nach Angehörigen und Freunden und geriet an unsere Adresse."

„In der Notaufnahme hat man mir gesagt, ein junges Mädchen hätte ihn ins Krankenhaus begleitet, eine Nachbarin. Allerdings wußte man den Namen nicht."

Isolde nickte. „Anna Lunati! Sie hat ihn gefunden. Sie wohnt im gleichen Haus wie Christian, unmittelbar nebenan, und hat sich um ihn gekümmert. Das heißt, wenn sie Zeit hatte; sie ist ja selbst sehr beschäftigt."

„Eine Schauspielerkollegin?"

„Nein, sie studiert, Psychologie, glaube ich. Christian hat gelegentlich von ihr erzählt. Zu meiner Geburtstagsparty hatte er Liptauerbrötchen mitgebracht. Und als ich ihm dafür danken wollte, sagte er, Anna hätte sie für ihn gemacht."

„Kennen Sie das Mädchen persönlich?“

„Am Tag, nachdem er gestorben war, ist sie zu uns gekommen. Auf Ihrem Sessel hat sie gehockt. Am liebsten, sagte sie, würde sie die Wohnung wechseln, um nicht mit der ständigen Erinnerung an diese schreckliche Geschichte leben zu müssen. Aber das Haus gehört ihren Eltern. In jeder anderen Wohnung müßte sie Miete zahlen. Und so wird sie wohl bleiben … Nachdem Christian gestorben war, ist die Kriminalpolizei bei ihr gewesen und hat sie verhört. Schließlich könne man einen Selbstmord auch vortäuschen oder jemanden dazu zwingen, haben diese Barbaren behauptet und taktlose Fragen gestellt. Glücklicherweise war ein Abschiedsbrief da. Nur deshalb konnte sie dieses schamlose Pack vor die Tür setzen.“

„Ich nehme an, daß die Wiener Kollegen auch nur ihre Pflicht getan haben!“ Hatte diese Frau denn keine Vorstellung davon, was es bedeutete, die geschockten, oft widerspenstigen Zeugen von Mord- oder Selbstmordopfern zu vernehmen?

„Wissen Sie, an wen der Abschiedsbrief adressiert war?“

„Nein! Die Polizei hat ihn gleich mitgenommen. Christians Wohnung wurde versiegelt und später von der Spurensicherung durchwühlt. Sie haben alles auf den Kopf gestellt.“

„Das mußten sie wohl!“ sagte ich und stand auf. Ein knapper Händedruck beendete unser Gespräch, das beinahe freundschaftlich begonnen hatte und nun mehr und mehr auf Feindseligkeiten gegen die Wiener Polizei hinauslief.

„Das beste ist wahrscheinlich, wenn ich mit dieser Anna rede. Sie wird ja auch wissen, für wen der Brief bestimmt war.“

Isolde nickte. „Tun Sie das!“

In den Korridor, der von ihrem Büro zur Pforte des Schlosses zurückführte, drangen jetzt außer dem Chor, der noch immer zungenbrecherische Konsonanten skandierte, auch markerschütternde Theaterschreie und ein temperamentvoller Steptanz.

An der Anlegestelle der Bootsfähre hinüber zur „Franzensburg“ wartete Carla. „Wo bist du so lange geblieben?“

Siebtes Kapitel

Im Gegensatz zu manch anderer, repräsentativer Straße in Wien, die ebenfalls unter die bescheidene Kategorie der „Gasse“ fiel, trug die Judengasse, schmal und verwinkelt, wie sie war, ihren Namen zu recht. Engbrüstige alte Häuser begrenzten sie auf beiden Seiten, und die sperrigen Kleiderständer der Second- und First-Hand-Boutiquen, die man in die lichtarmen Erdgeschosse gepfercht hatte, zwangen die Passanten vom flachen Trottoir auf die grobgepflasterte Fahrbahn, die längst nicht mehr befahren wurde. Als kapitulierte dieses bescheidene Sträßchen vor dem angeberisch-hektischen Großstadtverkehr unten am Donaukanal, endete es abrupt an einem Treppenabgang, der hinunter zum Franz-Josefs-Kai führte, während sich zur rechten Hand vor der flach unter den schäbigen Resten eines alten Efeupelzes geduckten, romanischen Ruprechtskirche das Pflaster zu einem kleinen Platz verbreiterte, der dörflichen Charakter hatte. Eine Kunstgalerie, ein koscheres Restaurant, Wohnhäuser aus dem Biedermeier. Gegenüber der grüngestrichenen Haustür der Nr. 11 zweigte, einem leichten Gefälle folgend, die Seitentettengasse ab, in der sich die Wiener Synagoge befand, schmucklos, sich nahtlos in die Häuserzeile einfügend und doch nicht unauffällig. Seitdem vor dreizehn Jahren ein brutaler Terroranschlag mitten in einem Gottesdienst Tote und Schwerverletzte gefordert hatte, wurde der „Stadttempel“ ständig durch Polizisten mit Maschinenpistolen geschützt. Sie standen neben dem Eingang, oft auch schräg gegenüber, als bewachten sie irrtümlich eines der In-Lokale, aber sie waren präsent.

In ihren frühen Wiener Jahren war Carla in diesem Viertel häufig unterwegs gewesen – allein und mit dem schmalen Geldbeutel der jungen Ehefrau, um bei den Kleider-Trödlern nach Schnäppchen zu suchen. Oder zusammen mit Ehemann und Freunden, um in den Lokalen des „Bermuda“-Dreiecks einen zwanglosen Abend zu verbringen.

„Irgendwann", erzählte sie, „fühlten wir uns zu alt. Ich für all die ausgefransten, knallbunten Fummel, und Herbert für die schräge Szene. Mit vierzig und als Chefeinkäufer einer alteingesessenen Firma kam er sich deplaziert vor."

Ich fragte nach Fräulein Lunati und erfuhr von der Hausbesorgerin, daß sie nie vor neunzehn Uhr nach Hause kam und seit dem tragischen Unglücksfall der vorvergangenen Woche oft noch später. Um essen zu gehen, war es mir noch zu früh, und so folgte ich dem in Carlas Reiseführer empfohlenen Fußweg durch die Innenstadt. Als ich gegen halb acht in die Judengasse zurückkehrte, brannte oben im dritten Stock des Hauses Nr. 15, wo nach Auskunft der Hausmeistersfrau die Wohnungen der beiden jungen Leute lagen, Licht.

Mein Besuch traf Anna nicht unvorbereitet:

„Sie sind von der Polizei? Können Sie mich nicht endlich in Ruhe lassen? Ich habe alles gesagt, was ich weiß!"

Es knackte, dann blieb die Gegensprechanlage stumm. Zum Glück verließ in diesem Augenblick eine Bewohnerin das Haus und hielt mir die Tür auf, und so stieg ich die bucklige, ausgetretene Steintreppe hinauf, um es noch einmal zu versuchen.

Zu meiner Überraschung öffnete Anna die Tür, nicht nur auf Spaltbreite, sondern weit. Offenbar war ihre Neugier stärker als ihre Abneigung gegen die Polizei. Sie mochte Mitte zwanzig sein, war schlank und gut einen Kopf größer als ich. Sie hatte grüne Augen, eine schmale, sommersprossige Nase und stark gelocktes, kupferfarbenes Haar, das ihr bis auf die Mitte des Rückens hinunterloderte.

„Was wollen Sie noch von mir?" Ihr Stimme klang nun doch wieder nach Türspalt.

„Ich arbeite nicht für die Wiener Kriminalpolizei, sondern für das Morddezernat Münster. Ich leite die Recherchen zum Mord an Christians Vater. Sie wissen, daß man ihn vergiftet hat?"

„Ich habe es in der Zeitung gelesen", sagte Anna. „Warum kommen Sie zu mir? Ich kann Ihnen auch nicht weiterhelfen."

„Vielleicht doch! Es wäre auf jeden Fall wichtig zu wissen, warum sich sein Sohn das Leben genommen hat. Und wenn Sie ..."

„Hören Sie zu! Ich bin gerade erst nach Hause gekommen! Ich habe noch nicht einmal zu Abend gegessen."

„Ich auch nicht!" sagte ich. „Warum essen wir nicht zusammen? Ich gehe nicht gern allein ins Restaurant, und beim Essen redet es sich leichter."

„Mit den Bullen essen gehen! Das habe ich ja noch nie gemacht!"

„Dann ist es das erste Mal! Also, wohin gehen wir?"

Anna zögerte. Vielleicht lag es an dem geringen Altersunterschied zwischen uns, vielleicht daran, daß wir beide Frauen waren, und daß ich nichts zu tun hatte mit den angeblich so präpotenten Beamten, die Christians Wohnung durchsucht hatten. Sie trat zur Seite, um mich auf einen Schritt hereinzulassen, und murmelte: „Ich hole nur gerade meinen Mantel."

Sie schlug ein italienisches Selbstbedienungsrestaurant an der nahegelegenen Rotenturmstraße vor. „Dahin gehe ich meist, wenn ich abends zu kaputt bin, um mir noch etwas zu kochen. Es ist anonym, und trotzdem ist man nicht allein."

Das Lokal war überfüllt mit jungen Leuten, italienischen Touristen und „Eingeborenen", wie Lückmann gesagt hätte. Es war sehr warm, wie vor Wochen im „Tollen Bomberg", aber auch jetzt hatten wir Glück. Wir fanden ein Zweiertischchen in einer etwas ruhigeren Ecke.

Wir aßen schweigsam, Anna mit unruhigen, aber müden Augen und ich auf der Suche nach einem unverfänglichen Einstieg in unsere Unterhaltung. Aber jede Frage, die mir einfiel, hätte auf Anna wie Zündstoff gewirkt. Ich sah ihr zu, wie sie die letzten Salatblätter auf die Gabel spießte und das herbe Dressing mit einem kräftigen Schluck aus dem Rotweinglas herunterspülte.

„Wie gut waren Sie mit Christian befreundet?"

Schlagartig wurde ihr Gesicht mürrisch. „Also wirklich! Jeder tut so, als wären wir miteinander ins Bett gegangen. Sie interessiert das doch sicher auch brennend, oder? Erstens war er überhaupt

nicht mein Typ, zweitens bin ich fünf Jahre älter als er, und drittens ..." Sie brach ab und fuhr sich mit den gespreizten Fingern der linken Hand nervös durch die rote Mähne.
„Und drittens hatte er einen Freund", ergänzte ich.

Annas Hand sackte zurück auf den Tisch, neben das unbenutzte Messer an ihrem Tellerrand. „Sie wußten, daß er ..."

„Warum reden wir um den heißen Brei herum? Er war homosexuell."

Anna nickte. „Mich hat das nicht gestört, im Gegenteil. Mir war es ganz angenehm, mit jemandem befreundet zu sein und dabei zu wissen, daß die Geschichte nicht im Bett endet. Auf dieser Basis haben wir uns ganz gut verstanden. So ein bißchen wie jüngerer Bruder und ältere Schwester, oder Cousin und Cousine."

„Kannten Sie seinen Freund?"

„Nein, ich habe ihn nie gesehen. Wenn er abends kam, um Christian abzuholen, hat man drüben, in seiner Wohnung, Stimmen gehört. Dieser Mann brachte ihn manchmal auch wieder zurück, und auch dann waren sie ziemlich laut. Ich kenne seine Stimme, wie er aussieht, weiß ich nicht."

„Könnten Sie nach seiner Stimme auch sein Alter bestimmen?"

„Er klang jung, anders als Christian natürlich, aber eben jung."

„Ist er auch schon mal über Nacht geblieben?" fragte ich und wußte, daß ich damit explosives Gelände betrat. Schließlich unterstellte ich ihr voyeuristische Absichten. Die Antwort war erwartungsgemäß spröde.

„Das weiß ich doch nicht! Bin ich moralisch verpflichtet, ihn zu überwachen? Er war schließlich alt genug, oder?"

„Und in der Nacht vor seinem Selbstmord?

„Da war er allein."

„Sind Sie sicher?"

„Ganz sicher. Moment!" Sie trank ihr Rotweinglas leer und stand auf, um sich ein neues zu holen.

„Für Sie auch eins?"

„Nein, danke." Ich sah ihr nach, wie sie im Gewühl der Gäste verschwand. Womöglich war das Restaurant inzwischen noch voller geworden, und Anna brauchte lange, um ihr Glas an der Kasse zu bezahlen. Sie setzte sich, nahm einen kräftigen Schluck und begann ganz unvermittelt, in den kaltgewordenen Ravioli auf ihrem Teller herumzustochern. Sie beugte sich darüber, als wollte sie die kleinen, prallgefüllten Teigtaschen sezieren. Es lag etwas Zwanghaftes in dieser Operation, etwas, das sie, die Psychologiestudentin im fortgeschrittenen Semester, an einem Fallbeispiel wahrscheinlich hätte erklären können. Da es an ihr selbst passierte, wurde es ihr offenbar nicht bewußt. Sie sah mich nicht an, sondern blickte unentwegt auf ihren Teller. Erst als sie mit der letzten Nudeltasche fertig war, hob sie den Blick, ihre Augen schwammen:

„Am Donnerstag abend kam er ziemlich spät nach Hause. Und er kam allein."

„Sind Sie da sicher?"

Sie nickte und wischte sich mit dem Handrücken unter der Nase her.

„Was nennen Sie spät?"

„Halb neun", sagte sie mit einer Stimme, die in Schluchzen überging. „Normalerweise war er gegen sieben, halb acht aus Laxenburg zurück. An diesem Abend kam er später. Ich hatte gerade den Fernseher abgeschaltet, weil ich am nächsten Tag eine Prüfung hatte und lernen mußte. Ich hörte seinen Wohnungsschlüssel und kurz danach die Klospülung. Das Haus ist sehr hellhörig."

„Und dann?"

„Er klopfte bei mir. Zweimal, ganz leise, das war das verabredete Zeichen. Die Schelle hätte das ganze Haus aufgescheucht. Ich habe aufgemacht, und da stand er und sah ganz miserabel aus. Zuerst dachte ich, es läge an unserer Treppenhausbeleuchtung, dieser Funzel! Jeder der unter ihr steht, bekommt eine Gesichtsfarbe, als wäre er scheintot. Und dann glaubte ich, er wäre betrunken."

„Er kam von einer Geburtstagsfeier. Die Sekretärin der Schauspielschule war sechzig geworden."

„Ich weiß. Christian trank keinen Alkohol! Er meinte, er hätte einen Virus gefangen oder sich den Magen verdorben. Ich gab ihm ein Aspirin, und er versprach, es zu nehmen." Sie brach ab und sah mir voll ins Gesicht.

„Und dann hat er statt dessen ..." Sie warf plötzlich beide Arme auf die Tischplatte und begann zu schluchzen. Der hilflose Laut ging im heiteren Getöse des Lokals unter. Nicht einmal die Gäste am Nachbartisch wandten sich um.

„Den Selbstmordversuch hat er am folgenden Morgen unternommen", wandte ich ein.

Anna schneuzte sich. „Er klopfte an diesem Abend noch einmal. Ich war müde und habe ihn rausgeschmissen. Er gab mir einen Brief, den ich am nächsten Morgen am Schwedenplatz in den Kasten werfen sollte. Er wußte, daß ich immer früh aus dem Haus muß, sonst kriege ich keinen Platz im Hörsaal. Ich nahm das Couvert und versprach, es mitzunehmen. Und er versprach, das Aspirin zu schlucken und den Virus auszukurieren."

„Für wen war der Brief?"

„Till Nederburg, stand auf dem Umschlag. Franziskanerplatz 12."

„War er dieser Freund?"

„Ich weiß es nicht! Es kann auch ein Kollege von der Schauspielschule gewesen sein. Vielleicht kam er mit seinem Studium nicht zurecht?"

„Die Sekretärin hält das für ausgeschlossen. Er galt als überdurchschnittlich begabt."

„Trotzdem", sagte Anna hart. „Diese Schauspieler-Mimosen nehmen doch gleich alles tragisch. Ein schiefes Wort, eine kritische Bemerkung, und schon glauben sie an den Weltuntergang. Warum hat er nicht geredet? Entschuldigen Sie, aber wenn sich jemand das Leben nimmt, dann fühlt man sich so hilflos! So schuldig!"

„Haben Sie den Brief aufgemacht?"

„An dem Abend doch nicht!" Wieder hatte Anna den Boden ihres Weinglases erreicht. Sie stellte es mit einer unsicheren Handbewegung ab, die es beinahe vom Tisch gefegt hätte, und die mich davon abhielt, ihr ein drittes Glas zu besorgen.

„Am nächsten Morgen steckte ich den Umschlag in die Manteltasche und klopfte bei Christian, um zu fragen, wie es ihm ginge. Er machte nicht auf, ich klopfte ein zweites, ein drittes Mal, und dann ging ich zurück in meine Wohnung, um seinen Zweitschlüssel zu holen. Er hat ihn mir gegeben, weil er seinen so oft vergaß. Ich war sauer auf ihn. Um Punkt acht begann meine Prüfung, und wer zu spät kommt, bleibt draußen. Und ich wollte nicht sechs Wochen lang gepaukt haben, um dann wegen den Allüren eines Schmierenkomödianten durchzufallen! Ich habe meine eigene Karriere!" Ihre Stimme war schrill geworden, und prompt drehten sich die Tischnachbarn um. Sie schlug die Hände vors Gesicht, ihre rote Mähne schloß sich über ihr.

„Ich ging in die Wohnung", sagte sie nach einer Weile, „und fand ihn in der leeren Badewanne. Er hatte noch die Sachen vom vergangenen Abend an. Ich dachte, er wäre tot!"

Ihre Stimme unter den vorgehaltenen Händen klang dumpf, als spräche sie in ein Kissen. „Ich habe das Couvert aus meiner Manteltasche gezogen, aufgerissen und die ersten drei Sätze gelesen – das genügte! Der Brief war bedeutend länger. Er ging über mehrere Seiten. Und dann fand ich mich zähneklappernd in meiner Wohnung am Telefon wieder, um die Rettung anzurufen. Ich weiß gar nicht mehr, was ich denen gesagt habe. Er hatte es genauso gemacht wie im Brief angedroht."

„Haben Sie den Brief später zu Ende gelesen?"

Sie schüttelte heftig den Kopf. „Er lag doch drüben in seiner Wohnung, und ich wollte nicht noch einmal hinübergehen, bevor der Notarzt kam. Ich wollte Christian nicht mehr sehen, aber im Krankenwagen mußte ich ihn sehen, mit all den Kanülen und Schläuchen, sein verätzter Mund, dieses schreckliche Röcheln! Bitte! Können wir das Gespräch jetzt beenden?"

„Natürlich!" Ich stand auf. „Ich bringe Sie zurück zu Ihrer Wohnung. Möchten Sie, daß ich bei Ihnen bleibe?"

„Nein", sagte Anna grob. „Gehen Sie! Ich habe Ihnen gesagt, was ich weiß. Und ich finde allein nach Haus."

Achtes Kapitel

Für die zweite Fahrt nach Laxenburg am nächsten Vormittag nahm ich den Bus. Es regnete, und bei Regenwetter fuhr Carla nicht gern. Und mir war der Gedanke angenehm, auf der Heimfahrt allein zu sein mit den neuen Auskünften, die ich mir vom Raimund-Seminar versprach, jetzt, nachdem ich den Namen des Briefadressaten erfahren hatte. Ich verabredete mich mit Carla für den frühen Nachmittag in einem Café an der Kärntner Straße.

Wieder saß der „Puck“ mit den orangefarbenen Haaren hinter der Glasscheibe der Schloßpforte und lernte seinen Rollentext.

„Spielen Sie bei ‚Romeo und Julia‘ mit?“ fragte ich sie, während sie mich zu Isoldes Bücherei begleitete. Fremden war, wie die altertümliche Hausordnung am Eingang bekanntgab, das „Umherschweifen strengstens untersagt“. Dieses pummelige Astralwesen gab mir auch heute wieder Rätsel auf. Wie gesagt, im „Sommernachtstraum“ hätte ich sie mir vorstellen können oder als quirligen Gärtnerjungen in einer Nestroy-Posse. Ihre Antwort war eine echte Überraschung:

„Ich bin die zweite Besetzung der Julia. Das wundert Sie, nicht wahr? Aber wo steht geschrieben, daß Julia wie ein Model aussah? ‚Wie in dem Ohr des Mohren ein Rubin, so hängt der Holden Schönheit an den Wangen‘“, deklamierte sie. „Aber Romeo ist verliebt, und Verliebte sind nicht objektiv! Professor Frohwein plant eine total revolutionäre Inszenierung, mit Straßenkleidung und ganz moderner Kulisse. Julias Balkon ist ein Null-Acht-Fünfzehn-Erkerchen an einem Gemeindebau, mit Wäschespinne und gammeliger Markise. Vielleicht bringt er das Ganze auch vor dem Hintergrund des Golfkriegs. Wäre doch echt cool, oder?“

„Vorher muß er die Rolle des Mercutio neu besetzen“, erinnerte ich.

Sie sah mich scheu an. „Gestern ging jemand vor mir die Treppe rauf, und ich dachte prompt, es wäre der Christian. Aber dann fiel mir wieder ein: Mercutio ist tot. Nicht nur bei Shakespeare.“

Wir erreichten den Eingang der Bücherei, und sie trompetete hinein: „Isolde! Besuch für dich!“

Nichts in Isoldes Betragen erinnerte daran, daß wir uns am Vortag ziemlich frostig voneinander verabschiedet hatten. Sie stellte sogar ihren Computerbildschirm ab, faltete die Hände auf ihrem Schreibtisch und sah mich aus immer noch sorgenvollen Vogelaugen an.

„Haben Sie mit Anna gesprochen?“

Ich nickte. „Der Adressat von Christians Abschiedsbrief hieß Till Nederburg. Sagt Ihnen der Name etwas?“

„Natürlich. Er ist einer unserer Lehrer hier im Haus. Ich hatte mir schon gedacht, daß der Brief für ihn bestimmt war, aber ich wollte nicht vorgreifen.“

„Sie hatten es sich gedacht?“

„Nun, es überrascht mich jedenfalls nicht. Herr Nederburg ist eine Autorität, ein Vorbild, er hat das volle Vertrauen seiner Schüler, obwohl er nicht viel älter ist als sie.“

„Was unterrichtet er?“

„Klassisches Ballett, Pantomime und Jazz Dance“, sagte Isolde. „Eigentlich wollte er nur für eine Saison kommen, schließlich trägt man ihm die Engagements hinterher, aber dann konnte er einen Vertrag für die Hauptrolle in einem neuen Musical abschließen, und nun ist er schon eineinhalb Jahre bei uns, spielt auf der Bühne und unterrichtet. Er brauchte nur wenige Wochen, um sogar die Anfängerkurse auf Weltklasseniveau zu bringen. Er ist ein Genie und –“ ein Lächeln hüpfte über ihr Gesicht, „ein hinreißender Mensch.“

„Wo war er vorher?“

„In Hamburg!“ sagte sie triumphierend. „Und es war überhaupt kein Problem, ihn nach Wien zu bekommen. Das Wiener Publikum gilt als das dankbarste und kompetenteste der Welt. In Hamburg hat man ihm im Congress Centrum zu Füßen gelegen, und jetzt spielt er im Ronacher in Wien! Ich würde Ihnen gern eine Karte besorgen, aber sie sind hoffnungslos ausverkauft. Sie wissen sicher, in welchem Musical er spielt?“

„In ‚Romeo und Julia‘?“ Plötzlich erinnerte ich mich an das schrillaufgemachte Plakat an einer Litfaßsäule der Mariahilferstraße. Die Namen der Solisten hatte ich längst vergessen.

„Ich nehme an, er spielt den Romeo.“

Isolde nickte in stummer Bewunderung.

„Und wer spielt den Mercutio?“

„Das weiß ich nicht mehr. Ich war in der Premiere, aber das ist ein Jahr her. Ich müßte das Programmheft noch zu Hause haben. Alles, was ich weiß, ist, daß die Julia von einer bildschönen Wienerin gegeben wird – ein Stimmwunder. Wo kämen wir schließlich hin, wenn wir unser Kulturleben nur mit Ausländern bestreiten könnten!“

„Darf ich Ihnen eine Frage stellen, auch wenn Sie vielleicht schockiert sind? Ich weiß, Sie mögen die Kriminalbeamten nicht wegen ihrer barbarischen Fragen, deshalb mache ich es kurz! Halten Sie es für möglich, daß Herr Nederburg homosexuell ist?“

Isoldes Augen schwenkten ab auf den ausgeschalteten Bildschirm. Ihr Blick blieb kurz auf der Tastatur des Computers haften, als stände dort eine brauchbare Antwort, dann sagte sie:

„Nein, ich glaube nicht! Wissen Sie, man liest die Klatschspalten in den Zeitschriften und sieht die VIP-Spots im Fernsehen, und da wurde er ja nun in einer Weise aufs Korn genommen, daß er einem schon leid tat. Seien Sie mal Shootingstar in Wien! In Sekundenschnelle weiß man alles über Sie. Aber von Homosexualität war nie und nirgendwo die Rede. Glauben Sie mir, ich hätte auch ohne die Regenbogenpresse herausgefunden, was er gerne ißt, welche Schuhgröße er hat und mit wem er befreundet ist. Und soviel ich weiß, lebt er mit einer Musikerin zusammen. Einer echten Wienerin! Das freut einen natürlich ganz besonders.“

„Ich würde gern mit ihm sprechen.“

„Till Nederburg? Sie wollen ihn verhören?“

„Nicht verhören! Aber der Abschiedsbrief des jungen Rehberg ist nun einmal an ihn adressiert!“

„Abschiedsbrief? Maturantenallüren!“ sagte Isolde überraschend schroff. „Damit behelligt man einen Star wie Nederburg doch nicht! Christian hätte mit uns reden können, mit mir! Na ja, wenn Sie darauf bestehen. Ich kann natürlich jeden Besucher zu ihm bringen, wenn ich es für angebracht halte."

„Also gehen wir!"

„Ich muß erst sehen, wo er unterrichtet", sagte sie.

„Wenn er gerade die Meisterklasse hat ..."

Sie reckte den Kopf hinauf zu dem großen Wandplaner neben dem Fenster.

„Ach nein, ich sehe, er ist bei den Anfängern, oben im Belvedere. Nun, wir werden es versuchen."

Ich folgte ihr an der langen Reihe der Bücherregale vorbei und den Gang hinunter, bis sie vor einer Aufzugstür stehenblieb, die in diesem historischen Gebäude wie ein Anachronismus wirkte. Als hätte sie meine Gedanken gelesen, sagte sie:

„Wir könnten die alte Wendeltreppe benutzen, aber mein Kreislauf ist nicht mehr der beste. Mir wird leicht schwindelig." So fuhren wir zwei Stockwerke hinauf und fanden uns in einem engen, grüngestrichenen Korridor wieder. Nach den hohen, hellgetünchten Fluren der unteren Etagen wirkte er schummrig, trotz der geschickten Trompe-l'oeil-Malerei an der Stirnseite, die zwei halbgeöffnete weiße Spaliergitter als Eingang zu einem Garten vortäuschte. Eine Treppe führte noch höher hinauf, wo irgendwo ein Klavierspieler saß und auf einem leicht verstimmten Instrument spielte. Pralle Akkorde wurden angeschlagen, dann perlten ein paar Triolen und die kräftigen Akkorde wiederholten sich.

„Das Belvedere", sagte Isolde, indem sie sich auf den Stufen halb zu mir zurückwandte, „war das Spielzimmer für Maria-Theresias Kinder und natürlich für alle nachfolgenden Kaiserkinder. Unsere Anfangssemester lieben es ganz besonders. Man fühle sich so ganz anders da oben, sagen sie immer."

Die Akkorde wurden lauter, es folgte eine weitere kurze Stiege, und über unseren Köpfen öffnete sich völlig überraschend ein großes, quadratisches Turmzimmer. Auch hier war ein Maler mit talentierter Pinselführung und viel grüner Farbe am Werk gewesen. Die hohen Fenster wurden von schlanken, grünen, blumengeschmückten Säulen eingerahmt, deren Anordnung räumliche Tiefe suggerierte. Der hohe Deckenfries war von einem schnörkelig gemalten Spaliergitter überzogen, und die gewölbte Decke täuschte einen Himmel mit Vögeln und Blumen vor. Statt einer Deckenbeleuchtung waren in jeder der vier halbrunden Wandnischen Stehlampen mit weißen Glaskuppeln aufgestellt, die den parkähnlichen Eindruck verstärkten. Zwei der Nischen hatte man mit einem romantischen Gebirgspanorama in fein abgestufter Fernsicht ausgefüllt, die beiden übrigen waren weiß wie die Wandflächen zwischen den Fenstern. Vor der Nische, in die der Treppenaufgang mündete, saß an einem Stutzflügel eine ältere Frau mit dunklem Haar und dunkler Brille und spielte, den Blick fest auf ihren Noten.

„Till?“ Isolde war auf der obersten Stufe stehengeblieben, die linke Hand auf dem grünen Eisengeländer, in dem sich die Ornamente des rundumlaufenden Wandsockels wiederholten. Sechzehn Elevinnen, die in der Mitte des Raums eine kompakte quadratische Gruppe gebildet hatten, brachen ihre Übung ab und wandten neugierig die Köpfe. Die Musik brach ab, und von einem der Fenster auf der rechten Seite, an dem er entspannt gelehnt hatte, löste sich ein junger blonder Mann in schwarzem Trikot und kam auf uns zu.

„Isolde!“ Es klang fast ein wenig zu liebenswürdig, als hätte Nederburg den ganzen Vormittag nichts sehnsüchtiger erwartet als diese Unterbrechung. Er drehte sich zu seiner Klasse um, klatschte in die Hände und rief:

„Fünf Minuten Pause, dann machen wir weiter!“

Ein zufriedenes Gemurmel ging durch die Tänzergruppe. Mehrere Mädchen setzten sich auf den Parkettboden, ließen den Oberkörper zurücksinken und verschränkten die Arme unter dem Kopf, während sie, bei angewinkelten Beinen, ihre Fußknöchel gegen die Wand stemmten. Dunkle Spuren auf den Glasscheiben, die man vor die historische Wandmalerei geschraubt hatte, zeigten, daß dies eine beliebte Erholungsübung war. Andere öffneten die hohen Sprossenfenster und lehnten sich hinaus. Wieder andere stützten einen Fuß auf die umlaufende Ballettstange. Die Klavierspielerin stieß ihre Noten auf den Instrumentendeckel und ging ins Untergeschoß, wo sie sich eine Zigarette anzündete All das sah ich, ohne es wirklich wahrzunehmen. Ich hörte Isolde und Nederburg miteinander reden, verstand aber kein Wort ihrer Unterhaltung. Wie hieß der Maler, mit dem Frau Rehberg im Tollen Bomberg über den Preis eines Bildes gestritten hatte? Ingo Schneider? Aus Köln?

Zuerst hatte ich das eigenartige Gefühl empfunden, das einen befällt, wenn man einen Menschen an einem Ort findet, wo er absolut nicht hingehört. Dann hatte ich mir eingeredet, daß es unwahrscheinliche Ähnlichkeiten gibt. Als auch das nichts half, beschloß ich zu glauben, was ich sah. Die randlose Brille fehlte, das Trikot wirkte verfremdend, aber dieser blonde Kopf mit dem enganliegenden, leicht gekrausten Haar, diese gerade, scharf geschnittene Nase, der Mund, der eine leicht weibliche Note hatte – Till Nederburg und Frau Rehbergs Maler waren ein- und dieselbe Person.

„Aber hier und jetzt können wir das unmöglich besprechen", hörte ich den Tänzer protestieren. Und dann: „Das Beste ist, wir bereden das ganz zwanglos bei einem Essen. Wir machen etwas aus für – heute abend habe ich Vorstellung, aber wie wäre es mit morgen? Sagen wir gegen acht? Würden sich das einrichten lassen? Gut!"

Er hatte einen ganz leichten Akzent, den ich nicht einordnen konnte, nur daß er weder mit dem breiten American English zu tun hatte noch mit dem näselnden Singen der Franzosen.

„Und wo treffen wir uns?" fragte ich und wunderte mich, daß mir dieses Wort „Wir", da es mich und Nederburg betraf, unsolide erschien, unseriös. Und war es Einbildung, oder machte Isolde tatsächlich schon wieder schockierte Vogelaugen?

„Kennen Sie das Haas-Haus am Stephansplatz? Wir treffen uns im Eingangsbereich, vor dem Lift. Einverstanden?"

Ein angenehm warmer Händedruck lag plötzlich auf meinem Oberarm, gleichzeitig sah ich, daß die Pianistin die Treppe hinaufkam, hörte, wie die Unterhaltung der jungen Mädchen lauter wurde. Es war Zeit, den Unterricht wieder aufzunehmen, das fand auch Nederburg. Ohne ein weiteres Wort ging er federnd zu seiner Klasse zurück. Und geräuschlos, mit gekräuselter Nase trat Isolde den Rückzug an. Die hämmernden Klavierakkorde folgten uns hinunter bis zur Aufzugstür.

Wieder ließ ich Carla warten. Von der Endhaltestelle der Autobuslinie am Hilton fuhr ich nicht zur Kärntnerstraße, wo sie sich an ihrem Kaffeehaustisch langweilte, sondern zur Wiener Hauptpost am Schwedenplatz. Ich ließ mir am Schalter für Auslandsgespräche das Kölner Telefonbuch geben, suchte das über mehrere Seiten reichende Bataillon rheinländischer Schneiders auf den Vornamen Ingo ab und identifizierte ihn als Kunsthändler mit einer Galerie in der Komödienstraße.

Carla war pikiert über die Verspätung, doch ihr Ärger schmolz, als sie hörte, mit welchem Ergebnis ich aus Laxenburg zurückgekehrt war. Sie hatte sich das Musical „Romeo und Julia“ im Ronacher angesehen, am Ersten Weihnachtstag, hatte danach geduldig für ein Autogramm Schlange gestanden, bis die Nachricht durchsickerte, Nederburg sei längst nach Hause gegangen. Und nun, da ihr ganz unverhofft eine neue Möglichkeit winkte, in die Nähe dieses von den Göttern nicht nur mit Schönheit, sondern auch mit Talenten aller Art reich beschenkten Menschen zu kommen, brütete sie die abenteuerlichsten Vorschläge aus, wie sie meine Einladung vorteilhaft für sich selbst nutzen könnte. Daß sie mich mit dem Wagen zu dem vereinbarten Treffpunkt fahren wollte, war noch der harmloseste. Daß ich ihr ein Autogramm von ihm mitbringen sollte, vielleicht der unspektakulärste.

„Ich gebe dir mein Programmheft von der Aufführung mit, damit er etwas hineinschreibt.“

„Und für wen soll er schreiben? Für meine vierzigjährige Cousine oder meine siebenjährige Tochter?“

Ich hatte sie in den vergangenen vier Tagen gut genug kennengelernt, um sie richtig einzuschätzen. Sie war einfach nicht abzuschütteln. Sie fuhr die Goldschmiedgasse hinunter und parkte den Wagen vor einer Bäckerei, die um diese Zeit geschlossen war. Das große Gebäude gleich auf der Ecke war das Haas-Haus, ein modernes Geschäftszentrum aus Glas und Marmor, von dem Carla behauptete, es ziehe eher architektonisch interessierte Touristen an als die einheimische Kundschaft. Wegen der hohen Mieten wechselten die Läden häufig.

Wir waren zwanzig Minuten zu früh, und Carla, die das Warten haßte, schlug einen Bummel über den Graben vor, aber ich lehnte ab, obwohl sie vor Schaufensterauslagen wahrscheinlich leichter zu ertragen gewesen wäre als neben mir im Auto. Sie hörte nicht auf, in unbedarfter Fanclubseligkeit von Nederburg zu schwärmen, und ich fragte mich, was ein Ehemann wohl falsch gemacht haben konnte, wenn seine vierzigjährige Angetraute sich so unverblümt für einen anderen begeisterte, der singend und tanzend auf der Bühne herumhüpfte. Den ganzen Vormittag hatte sie damit zugebracht, alle Fotos und Zeitungsartikel wiederhervorzusuchen, die sie nach ihrem Musical-Besuch gehamstert hatte. Nur das Foto von ihm und seiner angeblichen Freundin, Carla sagte „Geliebte", was der Verbindung zwischen den beiden etwas unerhört Lasterhaftes gab, hatte sich nicht wiederfinden lassen. Aber sie erinnerte sich, sie in einer Featureserie des ORF gesehen zu haben, die allabendlich den neuesten Gesellschaftstratsch zusammentrug.

„Irgend so ein blondes Dummchen!" sagte sie. „Hoffentlich bringt er sie nicht mit! Das würde dir doch den ganzen Abend verderben, oder?"

„Wie mitfühlend du bist, Carla!"

Wir sahen eine Weile wortlos auf den im Dämmerlicht vor uns liegenden Stephansplatz. An einem Abend wie diesem, kühl, windig und mitten in der Woche, war die Innenstadt nicht sehr belebt. Ein paar dunkelgekleidete, krummbeinige alte Damen führten widerstrebend ihre ebenso krummbeinigen Hunde aus, ein schwarzhäutiger Zeitungsverkäufer schleppte die Last der frischgedruckten Abendausgabe vorbei, ein anderer Ausländer, braunhäutig diesmal, wuchtete einen gewaltigen Busch roter Rosen, die er wohl in den Innenstadtrestaurants loszuwerden hoffte, dann kam lange niemand. Und, ob dies nun eine Folge von Carlas kichernder Nervosität war oder nicht, plötzlich fand ich die Situation lächerlich und absurd.

Da war ich nach Wien gekommen, um mit Rehbergs Sohn über die möglichen Gründe für die Ermordung seines Vaters zu reden, aber sein Sohn hatte sich umgebracht – aus Liebeskummer, aus beruflicher Enttäuschung, vielleicht auch aus Mangel an Zukunftsperspektiven. Und nun war ich statt dessen mit jenem Lehrer verabredet, dem Christian seinen Selbstmord angekündigt hatte, und der vielleicht identisch mit jenem Lehrer war, der Frau Rehberg angerufen hatte, vielleicht aber auch nicht. Ich würde möglicherweise erfahren, warum sich Christian das Leben genommen und sich seine Stiefmutter in eine Welt der Lügen geflüchtet hatte, aber sicher war auch das nicht. Und währenddessen rückten die Ereignisse um Rehbergs Ermordung in noch weitere Ferne. Meine Lage erinnerte mich an die bunten, kulleräugigen Babuschka-Puppen, die man auseinanderschrauben konnte, um darin die nächste Puppe zu finden und die übernächste, eine vierte oder fünfte, bis die allerkleinste zum Vorschein kam, die sich nicht mehr öffnen ließ. Genau das war es, was ich befürchtete: daß es im Fall Rehberg einen letzten „harten Kern“ gab, einen Vorfall, den niemand gesehen hatte, ein Faktum, von dem man nichts wußte. Man würde die Akte schließen und die Polizei für unfähig erklären.

In diesem Augenblick blieb Carlas Blick im Rückspiegel hängen. „Er kommt!“

Am unteren Ende der Straße leuchteten Scheinwerfer auf. Der Wagen rollte langsam näher, an uns vorbei, bis ins absolute Halteverbot vor der Argentinischen Botschaft, wo er stehenblieb. Die Scheinwerfer erloschen, weiter geschah jedoch nichts.

„Ein Alfa Romeo Spider“, sagte Carla andächtig. „Romeo fährt natürlich einen Romeo!“

„Und natürlich stellt er ihn ins Halteverbot“, ergänzte ich. „Genau wie Rehberg. Der hielt sich auch nie an die Verkehrsregeln!“

„Nederburg ist argentinischer Staatsbürger. Warum soll er nicht vor der Vertretung seines Landes parken dürfen?“

Endlich öffnete sich die Fahrertür des Wagens, und Nederburg stieg aus. Er beugte sich leicht vor, um sein Fahrzeug abzuschließen, überquerte mit sehnigen Schritten keine dreißig Meter vor Carlas Wagenkühler die schmale Fahrbahn und verschwand hinter der Fassade des Haas-Hauses.

„Also dann, viel Glück!“ sagte Carla feierlich und gab mir Küsse auf beide Wangen. Es wirkte auf eine alberne Weise formell, aber vielleicht nur für jemanden, der nicht regelmäßig die Klatsch-Features im Fernsehen sah.

„Und vergiß das Autogramm nicht!“

Neuntes Kapitel

Nederburg hatte das hautenge, schwarze Trikot gegen einen weichen, weinroten Wildlederblouson ausgetauscht, zu dem er eine hellgraue Hose trug. Und in den offenen Hemdkragen schmiegte sich ein Kashmirtuch in rot-grün-schwarzem Paisley-Muster. Er lächelte: „Schön, daß Sie meine Einladung angenommen haben!"

„Ein weniger tragischer Grund für dieses Treffen wäre angenehmer", sagte ich. „Vorgestern abend war ich mit Anna Lunati zusammen. Kennen Sie sie?"

„Wer sollte das sein?" fragte er. Es klang nicht übermäßig interessiert.

„Christians Nachbarin. Sie hat ihn nach seinem Selbstmordversuch gefunden."

„Ja, ich erinnere mich. Jemand aus seinem Haus hat ihn ins Krankenhaus gebracht. Eine schreckliche Geschichte! So sinnlos!"

„Er wird wohl einen Grund gehabt haben", sagte ich. „Nur kennt ihn niemand, oder?"

„Diesen Weg!" sagte er statt einer Antwort. Das Restaurant, das er zum Essen vorschlug, lag in jenem Gewirr enger Sträßchen, Innenhöfe und Passagen, das sich an die Chorseite des Stephansdoms anschloß. Der Weg führte ein Stück die Singerstraße hinunter, dann um ein paar Häuserecken, und irgendwann, mitten im Gespräch, läutete Nederburg an einer massiven, grauen Stahltür. Der Spion in der oberen Türhälfte wurde aufgeklappt, und dann öffnete sich auch die Tür.

Auf den ersten Blick gab einem das Restaurant das völlig verrückte Gefühl, auf dem Meeresboden zu sein. Die tiefseeblaue Beleuchtung der Tische – winzige, aber sehr helle Lampen mit blaugefärbten Glasschirmchen, die von der niedrigen Decke herabhingen – ließ Wände erkennen, die in blau-grün changierenden Tönen verputzt waren, vom Tintenblau des Sockels über kräftiges Türkis, Königsblau und Mint bis hin zu einem azurfarbenen Streifen, der sich unterhalb der abgehängten Decke hinzog, die in dem gleichen Ton gehalten war. Hinter einer verdeckten Leiste verbreiteten Neonröhren weitere kühle Helligkeit. Eine von Zeit zu Zeit rotierende Leuchte über der Bar warf Wellenbewegungen auf die Wände und auf das Mobiliar, das aus dem Hightech stammte: Aluminium und Glas, Chrom und blauer Granit.

Nach dem stillen, leeren Straßenbild war ich überrascht, in dem kleinen Raum so viele Menschen zu finden, alle Tische waren besetzt, bis auf zwei. Und was ich sah, waren überwiegend junge Gesichter.

Ein magerer, hochgewachsener Mann mit kurzgeschorenem Schädel kam hinter der Theke hervor: „Guten Abend! Haben Sie reserviert? Oh, Herr Nederburg! Ich begrüße Sie!"

Ein abschätzender Blick streifte mich, dann ging der Kellner ein paar Schritte voraus zu einem Tischchen unmittelbar an einem der Bullaugen aus Milchglas, die in die straßenseitige Wand eingelassen waren, und die ich draußen, an der Hausfassade, nicht bemerkt hatte. Auch konnte ich mich nicht erinnern, den Namen des Restaurants gelesen zu haben. Nederburg rückte mir den zierlichen, mit algengrünem Leder bespannten Chromsessel zurecht und setzte sich dann selbst. Das „Herzerfrischende" an diesem Restaurant, sagte er in seinem etwas manieriert wirkenden Deutsch, sei die Tatsache, daß man sich hier absolut nichts aus Titeln und prominenten Namen mache, aus dem einfachen Grunde, weil hier ausschließlich Prominenz verkehre.

Viel „herzerfrischender" fand ich, daß das Licht der blauen Mini-Lampe eine erstaunliche Intimität schuf. Während die unmittelbare Gästenachbarschaft – bis auf die hell beleuchteten Gesichter – von der zwangsverordneten Tiefseeschummrigkeit verschluckt wurde, schien man dem Tischpartner um so näher und war dennoch nicht allein mit ihm. Rundherum wallte und wogte, unterstützt von dezenter sphärischer Musik, ein künstlicher Ozean.

„Darf ich Ihnen eine dumme Frage stellen?"

„Ich kann mir nicht vorstellen, daß Sie dazu in der Lage sind!" protestierte Nederburg.

Ich lächelte: „Charmant! Sagen Sie mir trotzdem, wie das Restaurant heißt. Ich habe nirgendwo den Namen gesehen."

„Es heißt ‚L'Océan'", sagte Nederburg mit vollendeter Aussprache, „aber Sie werden den Namen tatsächlich nirgendwo finden. Man kennt das Océan oder kennt es nicht. Und wer nicht weiß, wo es liegt, gehört nicht hierher. Daher kommt auch nur erlesenes Stammpublikum, das von den Kellnern behandelt wird wie ‚Hinz und Kunz', so sagt man doch in Deutschland, oder? Die meisten Promis mögen es, wenn sie ganz unter sich sind, streßfrei und ohne Starrummel essen und reden können."

Erst neulich, so ulkte er, habe ihn der Ober in einem der Nobelhotels mit ‚Herr Kammertänzer' angeredet. Da sei er aus dem Lachen gar nicht mehr herausgekommen. „Dabei ist es eigentlich unverständlich, daß es so etwas nicht gibt! Wo man doch Kammersänger und Kammerschauspieler ernennt."

„Und Kammerjäger!" sagte ich, um ihm eine kleine Freude zu machen, und Nederburg prustete in die blaue Stoffserviette, die man auf seinem Teller drapiert hatte.

„Eins zu Null für Sie! Wußten Sie, daß die Pariser Gesellschaft der Jahrhundertwende ihre Konversation als reinen Sport betrieb, als Wettkampf? Man schoß Wörter ab wie Schrotladungen und wetteiferte um den Ruhm eines ungekrönten ‚Redekönigs'. Jean Cocteau war einer der ganz Großen, aber auch Frauen konnten mithalten, wie die Comtesse de Noailles. Ich bin zufällig auf diese Sache gestoßen, als ich mich mit der Lebensgeschichte des russischen Tänzers Nijinski beschäftigte. Er wurde von Cocteau und der Noailles sehr gefördert."

„Ich nehme an, die französische Sprache eignet sich für solche rasanten Rededuelle besser als unser unelegantes Deutsch."

„Da haben Sie recht."

„Ihre Muttersprache ist vermutlich Spanisch."

Nederburg nickte. „Obwohl ich es inzwischen kaum noch spreche, es ist längst von Englisch und Deutsch verdrängt worden. Außerdem waren meine Eltern keine gebürtigen Argentinier, sie sind in jungen Jahren aus Südafrika eingewandert. Wenn wir allein zu Hause waren, wurde Afrikaans gesprochen."

Ein anderer Kellner, klein, aber mit einer beeindruckenden Haartracht, die an Ludwig den Vierzehnten erinnerte, brachte die Speisekarte. „Einen Apéritif für die Herrschaften?"

„Eine ‚Tricolore'! Wie immer!" orderte der Tänzer, und zu mir sagte er: „Probieren Sie sie, es ist meine eigene Kreation. Auch das liebe ich an diesem Restaurant, es ist offen für Innovationen."

„Und woraus besteht Ihre Innovation?"

„Aus weißem Rum, Blue Curaçao und Cassis. Man läßt die Ingredienzien ganz vorsichtig über einen Löffelrücken in das gefrostete Glas gleiten, so daß sie sich nicht vermischen und zwar den Cassis nach unten, den Rum in die Mitte und den Curaçao nach oben – und Sie haben die französische Tricolore, voilà!"

„Ich fürchte, das ist mir zu stark."

Er lachte laut. „Diese deutsche Polizei – immer im Einsatz! Gibt es eigentlich auch den Privatmenschen Sieglinde?"

„Natürlich gibt es den!"

„Und einen Monsieur Züricher?"

„Ich lebe getrennt von ihm." Punkt, aus! dachte ich, das ist nicht das Thema des heutigen Abends!

Der Kellner war neben unserem Tisch stehengeblieben, und so bestellte ich einen Campari-Soda, und er nickte und entfernte sich.

Da Nederburg offensichtlich ein häufiger Gast des Hauses war, bat ich ihn, das Essen auszusuchen. „Ihre Spezialitäten sind natürlich Seefische und Meeresfrüchte", sagte er, „ich würde ‚Plateau de Fruits de Mer' vorschlagen. Und als Vorspeise vielleicht ‚Carpaccio vom Seewolf an Vogerl- und Friséesalat'? Und dazu trinken wir einen Chardonnay."

Der Kellner brachte die Apéritifs, und ich beobachtete amüsiert, mit welch kindlicher Freude sich Nederburg daran machte, seinen kunstvoll geschichteten Cocktail mit dem Strohhalm zu zerstören. Gemeinsam sahen wir zu, wie sich hübsche Schlieren im Glas bildeten, die ineinandergriffen und schließlich in einem tiefvioletten, durchsichtigen Gebräu zur Ruhe kamen. Das Geheimnis lag, wie

Nederburg erklärte, in der Kälte des Glases, aber auch in der trägen Fließgeschwindigkeit der Ingredienzien, die sirupartigen Charakter haben mußten. Ich lächelte ihm zu. Männer, die zu harmlosen Spielereien bereit waren, gaben mir immer wieder ein angenehmes Gefühl von Überlegenheit, aber auch von Kumpelhaftigkeit. Daß ich diese liebenswürdige Schwäche am eigenen Mann mehr und mehr vermißt hatte, auch das war wohl ein Grund für die wachsende Entfremdung zwischen Franz und mir gewesen. Die Erinnerung an ihn brachte mich in die Realität zurück, zu dem eigentlichen Grund dieser Verabredung: Christian und Nederburg, oder umgekehrt! Ich nahm einen Schluck Campari-Soda.

„Halten Sie es für möglich, daß ich in Deutschland ein Bild von Ihnen gesehen habe?"

„Ein Bild?" Er betonte das Zahlwort. „Es gibt von mir hunderte von Bildern. Allein aus meiner Hamburger Zeit. Und im neuesten Musicalführer bin ich gleich dreimal vertreten!"

„Ich meine kein Foto, sondern ein Ölbild, ein abstraktes Gemälde."

Er war erstaunt, aber, wie es mir schien, auch geschmeichelt.

„Wenn mir mein Beruf ausnahmsweise einmal die Zeit dafür läßt, male ich auch, als Entspannungsübung. Verraten Sie mir, wo Sie es gesehen haben?"

Ich zögerte, welchen Namen ich nennen sollte, den von Rehbergs Witwe oder den des Kölner Kunsthändlers. Schließlich hatte ich das Bild in Wirklichkeit nie gesehen und wußte nicht einmal, ob es einen Titel hatte.

„Ich bin mir nicht ganz sicher, entweder in einer Galerie in Köln, in der Komödienstraße oder bei einer Bekannten in Münster."

„Bei Frau Rehberg?"

Ich nickte.

„Da können Sie es nicht gesehen haben. Sie wollte das Bild zwar kaufen, aber nur zu einem Schleuderpreis."

„War nicht ihr Mann der ursprüngliche Interessent?"

„Ja“, sagte Nederburg, „er hatte es in der Kölner Galerie gesehen und wollte es unbedingt haben. Aber er ist nie persönlich an mich herangetreten, er hatte seine Gründe.“

„Welche Gründe?“

„Ich kannte Eva Rehberg aus der Zeit, bevor sie heiratete. Und ihr Mann erwartete, daß sie mich auf einen Freundschaftspreis herunterhandeln könnte. Aber die Summe, die er zahlen wollte, war einfach lächerlich, selbst unter Freunden.“

„Dann habe ich Sie tatsächlich am Montag vergangener Woche in Münster gesehen, in einem Lokal, das ‚Zum Tollen Bomberg‘ heißt?“

Nederburg nickte verblüfft: „Stimmt, das war am vergangenen Montag. Ich hatte von Rehbergs Ermordung in der Zeitung gelesen und dachte, daß Eva, ich meine, seine Witwe, vielleicht Hilfe brauchte. Ich mußte ohnehin nach Hamburg, weil ich noch Honorarforderungen an meinen dortigen Agenten hatte, und schlug ihr vor, mich mit ihr auf der Durchreise in Münster zu treffen. Ich bin noch am selben Abend weitergefahren.“

„Und das Bild?“

„Wir haben uns nicht einigen können, leider nicht.“

„Sie wollte es als Erinnerung an ihren Mann, stimmt's?“

„Ja, und ihre Preisvorstellung war auch eine Erinnerung an ihren Mann.“

„Wie haben Sie Eva Rehberg kennengelernt?“

Nederburg leerte sein Glas und butterte sich mit sichtlichem Behagen eins der Tafelbrötchen, die der Kellner auf den Tisch gestellt hatte.

„In Paris“, sagte er kauend. „Damals hieß sie noch Eva Fechter und hatte ein Techtelmechtel mit dem deutschen Bühnenbildner, der für unsere Ballettproduktion an der Garnier-Oper arbeitete. Sie wich nie von seiner Seite, was allerdings nicht nur erotische Gründe hatte. Sie war seine Assistentin. Auf diese Weise kamen wir ins Gespräch, und ich lernte sie als eine sehr intelligente und vielseitige Persönlichkeit kennen. Da sie theoretisch meine Mutter hätte sein können – sie war zweiundvierzig, ich dreiundzwanzig – hatte ich natürlich keine Chance, ihr so nahe zu kommen wie ihr charmanter Bühnenbildner, der auf die Sechzig ging. Ich habe nie begreifen können, was sie an ihm fand."

„Eifersüchtig?"

Er tat die Frage mit einer wegwerfenden Handbewegung ab. „In Paris wimmelt es von hübschen Mädchen! Also wirklich, wer auf ein Abenteuer aus ist ..."

Der große, dünne Kellner brachte die Vorspeise, während der perückenmähnige Kleine die Weinflasche entkorkte und Nederburg einen Probeschluck einschenkte. Er trank, nickte anerkennend, und der Kellner füllte die Gläser. Nederburg warf einen beinahe andächtigen Blick auf sein Carpaccio-Arrangement, dem die bläuliche Beleuchtung erstaunlich wenig anhaben konnte. Die Farben wirkten völlig natürlich: blaßrosa, dunkel- und hellgrün, mit Toastminiaturen als hellblonden Farbtupfern.

„Wie ging die Geschichte weiter?" fragte ich. „Irgendwann verlor ich sie aus den Augen. Sie zog mit ihrem Gigolo nach Brüssel, und ich verausgabte mich mit meiner neuen Ballettproduktion. Wissen Sie, es gibt Inszenierungen, die machen einen kaputt, weil man Abend für Abend die ganze physische und geistige Anwesenheit bringen muß. Da ist man weit weg von jeder Routine. Aber wir hatten gute Kritiken, das Haus war ausverkauft, und so rappelte man sich jeden Abend wieder zur Höchstform auf. Außerdem begann ich in dieser Zeit mit Gesangsunterricht. Ich hatte schon vorher von einer phantastischen Sängerin gehört, die in Paris unterrichtete.

Ich hatte Eva Fechter beinahe vergessen, als sie mich vor ziemlich genau zwei Jahren in Hamburg, in meiner Garderobe, anrief. Ich hatte keine Ahnung, daß sie verheiratet war – es paßte so gar nicht zu ihr –, und so konnte ich mit ihrem Namen zuerst gar nichts anfangen."

„Und was wollte sie von Ihnen?"

Die Teller wurden abgeräumt, Nederburg lehnte sich leicht zurück und langte mit der Zungenspitze nach einem winzigen Salatblättchen, das in einem seiner linken Backenzähne steckengeblieben war. Nachdem er es befreit hatte, betupfte er seinen Mund mit der großen Stoffserviette. „Hat es Ihnen geschmeckt?“

„Oh ja, danke! Ganz ausgezeichnet!“

„Dann freuen wir uns also auf den nächsten Gang!“

„Was wollte Frau Rehberg von Ihnen?“ erinnerte ich sanft.

Nederburg legte die zerknüllte Serviette neben den Platzteller und faltete etwas umständlich die Hände. Schöne Hände, wie ich erst jetzt entdeckte, lange, sehr schlanke Finger, schmale, wie poliert wirkende Nägel. War es fair, daß ich ausgerechnet jetzt an die unregelmäßig gezackte Nägellandschaft auf den Fingern meines Mannes dachte? Nein, es war ungerecht! Der eine pflegte seine Hände wahrscheinlich mit Süßmandelöl und zog beim ersten Frost Handschuhe an, der andere ruinierte sie sich, indem er querliegende Kälber aus Kuhbäuchen befreite oder schmutzige Hufe auskratzte, um herauszufinden, warum ausgerechnet dieses kerngesunde Pferd auf einmal lahmte.

„Es ging um seinen Sohn“, sagte Nederburg, „Rehbergs Sohn. Er mußte kurz vor dem Abitur das Internat verlassen, weil es Ärger gegeben hatte. Wie Eva behauptete, war der Tod seiner Mutter schuld an seinem auffälligen Benehmen.“

„Hat sie dieses ‚auffällige Benehmen‘ näher beschrieben?“

„Nein, sie sprach nur von Verhaltensstörungen und einer äußerst intoleranten Schulleitung. Wie dem auch sei, ihr Sohn hatte sich in den Kopf gesetzt, er müsse Schauspieler werden. Und sie fragte mich, ob ich nicht vielleicht in Hamburg … Und ich sagte: ‚Nein! Ich verlasse Hamburg, ich gehe nach Wien.‘ Und sie sagte: ‚Aber in Wien hast du doch auch Freunde. Und kannst du nicht bitte … und so weiter!“ Nederburg verdrehte theatralisch seine Augen, während der magere Kellner zuerst mir und dann ihm den dampfenden „Plateau de fruits de mer“ vor die Nase setzte, aus dem es nicht nur abenteuerlich duftete, sondern auch neugierig hervorschaute. Die Tischlampe beleuchtete rosa-graue Riesengarnelen mit schwarzen Knopfaugen, winzige Octopusembryos, perlmuttfarben glänzende Venus-Muscheln „und Coquilles Saint-Jacques“, wie Nederburg mit dem Entzücken eines Kindes feststellte, das am Heiligen Abend die ersehnten Marzipankartoffeln auf seinem bunten Teller entdeckt hat. Er griff freudig zur Gabel, während seine andere Hand ein Stückchen Brot aufnahm, mit dem der Saft der frischgegarten Tiere und die sie begleitenden Würzmayonnaisen aufgetunkt werden konnte. Ich tat es ihm zögernd nach.

„Sie haben also", sagte ich, nachdem Nederburg die ersten Bissen mit Kennermiene gegessen hatte, „nicht gewußt, daß man Christians Verhaltensstörungen völlig problemlos als homophile Neigungen bezeichnen könnte, auch nicht, nachdem er mit der Ausbildung an Ihrem Seminar begonnen hatte?"

Er ließ die Gabel sinken. „Woher wissen Sie es?"

„Jemand aus Rehbergs Schulkollegium hat es mir im Lauf meiner Ermittlungen erzählt."

„Mir ist nichts aufgefallen", entgegnete er knapp.

„Haben Sie in den eineinhalb Jahren, in denen Rehberg bei Ihnen studierte, etwas bemerkt, das Aufschluß über sein Verhältnis zum Vater geben könnte?"

Und als Nederburg zögerte, fragte ich weiter: „Haben seine Eltern ihn besucht, fuhr er oft nach Hause?"

„Eva kam gelegentlich nach Wien. Sie hat Freunde hier. Und dann hat sie sich natürlich auch mit ihrem Stiefsohn getroffen. Die Fahrten nach Hause", wieder zögerte er, „fanden im Rahmen des Normalen statt. Er fuhr nicht häufiger, aber auch nicht seltener als seine Kollegen. Zu Weihnachten, über Ostern, in den Semesterferien. Möglich, daß andere nicht so oft Besuch von ihren Müttern bekamen. Aber Eva und Christian haben sich immer in Wien verabredet, daher fiel es nicht auf."

„Und woher wissen Sie es dann?"

„Er glaubte wohl, es würde mich interessieren, weil ich seine Stiefmutter kannte. Warum fragen Sie?"

„Weil ich den Eindruck habe, daß das Verhältnis zwischen Vater und Sohn nicht gerade gut war."

„Und wer hat Ihnen das erzählt?"

„Niemand. Aber es war nicht schwer, es herauszufinden. Rehberg redete so gut wie nie über ihn, in seinem Gymnasium gibt es eine Kunstlehrerin, die bis vor kurzem nicht wußte, daß er einen Sohn hatte."

Ich erzählte Nederburg von der Fotosammlung auf Rehbergs Sekretär, und daß erst nach seinem Tod ein Bild seines Sohnes dazugestellt worden sei.

„Und selbst das war kein Portrait, nicht mal eine Einzelaufnahme, es war aus einem Gruppenbild herausgeschnitten und stammte noch aus der Internatszeit."

„Haben Sie dafür eine Erklärung?"

„Die Erklärung liegt auf der Hand. Hier", ich rückte mein hochstieliges Weinglas vorsichtig ein Stück nach rechts, „steht das Multitalent Vater – Schuldirektor, Spitzenkandidat für die Kommunalwahlen, begabter Musiker, Kunstexperte – dort", die ziemlich zerdrückte Serviette wanderte etwas burschikoser an die linke Tischkante, „der Sohn, der die Schule verlassen muß. Und das Ganze passiert auch noch in einer mittelgroßen Stadt, in der es immer furchtbar ordentlich zugeht. So ordentlich, daß man anfängt, sich selbst für unordentlich zu halten. Sogar meine Tochter beschwert sich dauernd, daß ihrer Lehrerin nie ein Streich gespielt wird. Wenn jemand in der Ecke stehen muß, dann meine Tochter."

Nederburg lachte. „Aber Rehberg hat seinem Sohn die Schauspielschule ermöglicht", widersprach er. „Und wir sind nicht die billigste. Wir gelten als Eliteinstitut, und zwar in ganz Europa."

„Er hätte alles für ihn bezahlt, unter der Bedingung, daß er aus seinen Augen verschwand."

„Kannten Sie den alten Rehberg persönlich?"

„Nein, der Mord passierte an meinem ersten Arbeitstag, während wir meinen Einstand feierten. Haben Sie ihn gekannt?"

„Nein." Nederburg zerdrückte ein Zitronenachtel über den Shrimps, die die Mitte seines Tellers füllten und führte eine Gabelvoll davon zum Munde.

„Christian galt als begabt, nicht wahr?"

Er setzte das Weinglas, aus dem er gerade hatte trinken wollen, zurück auf den Tisch.

„Wer hat Ihnen erzählt, daß er begabt war? Isolde? Ah, si tacuisses! Sie verstehen Latein? Sie fühlt sich als die ‚Seele des Geschäfts'. So sagt man doch, oder? Sie glaubt tatsächlich, unsere Schüler weihten sie in ihre intimsten Geheimnisse ein, dabei trinken sie ihr nur den Kaffee weg. Christian hatte ein angenehmes Gesicht und ein gewisses komödiantisches Talent, aber das haben hunderte anderer Schauspielschüler auch."

„Waren Sie bei Isoldes Geburtstagsfeier dabei?"

„Nein. Jede Tuchfühlung, die über den reinen Unterricht hinausgeht, also private Kontakte zwischen Lehrern und Schülern werden bei uns nicht gern gesehen."

„Warum nicht?"

„Der Schauspielunterricht spricht das Gefühlsleben sehr stark an, nicht selten werden die Schüler gezwungen, die persönliche Hemmschwelle zu überschreiten. Manche jungen Leute haben bis zum Schluß damit Probleme, andere legen ihre Scheu für immer ab und zeigen auch im Privatleben wenig Hemmungen. In Unordnung gerät das Gefühlsleben jedenfalls immer. Um so strenger muß die Distanz zu uns Lehrern gewahrt bleiben. Außerdem soll es keine Präferenzen geben. Jeder Lehrer hat seine Lieblingsschüler, und wenn es zu engeren Kontakten käme, wäre er vielleicht nicht mehr objektiv."

„Und wer prüft nach, daß es keine privaten Kontakte gibt?"

„Niemand. Es gilt als selbstverständlich."

Er griff nach der Weinflasche und schenkte mir nach. Und während seine Augen für Sekunden auf mein Glas gerichtet blieben, betrachtete ich verstohlen dieses Gesicht mit den ebenmäßig-klassischen Zügen und fragte mich, wie viele seiner zierlichen Ballettschülerinnen wohl Kopf und Kragen riskieren würden, um mit ihrem attraktiven Lehrer die fast klösterlichen Regeln des Raimund-Seminars zu brechen.

Er prostete mir freundlich zu, nahm seine Gabel wieder auf, und ich sagte:

„Bevor Christian Salzsäure schluckte, setzte er sich hin und schrieb Ihnen einen Brief von mehreren Seiten. Könnte man das nicht als Hinweis darauf verstehen, daß es eine besondere, sagen wir mal, Vertrauensbasis zwischen Ihnen und dem jungen Rehberg gab?"

Nederburg brach geräuschlos den Panzer einer Riesengarnele auf, zog das Fleisch mit der Gabel heraus, tunkte es in den Klecks Sauce Tartar, den man in einem separaten Näpfchen serviert hatte, und schob es sich in den Mund.

„Allerdings. Die Einhaltung einer strikten Distanz wird in erster Linie von den Lehrern erwartet. Wie sich die Schüler benehmen, ist ein anderes Problem. Natürlich wird man gelegentlich angehimmelt und umschwärmt, oder, wie in seinem Fall, um Hilfe gebeten. Das Wesentliche für den Lehrer ist, daß er in seiner Reserve bleibt."

„Bei einer Selbstmorddrohung hätten Sie nicht Alarm geschlagen? Habe ich Sie richtig verstanden?"

„Natürlich hätte ich das getan! Entschuldigen Sie! Aber ich habe diesen Brief nie bekommen und von Selbstmordabsichten nichts geahnt."

„Hat man Sie beauftragt, Christians Mutter zu benachrichtigen?"

Er nickte. „Schließlich kannte ich sie seit Jahren. Ich erreichte sie erst am frühen Abend, weil ich nicht wußte, in welchem Hotel sie abgestiegen war. Und rufen Sie mal über zwanzig Hotels und Pensionen an, die dann die Liste ihrer Kurpatienten absuchen müssen!"

„Wäre es nicht eher die Aufgabe der Schulleitung gewesen, Frau Rehberg zu benachrichtigen?"

„Einer mußte es tun! Es war weiß Gott keine angenehme Aufgabe! Sie war fassungslos."

„Kam es überraschend für sie?"

„Den Eindruck hatte ich. Nachdem sie den ersten Schock überwunden hatte, sagte sie: ‚Wie kann er so etwas tun? Er ist doch so glücklich bei Euch!'"

„Woher wußten Sie, daß Frau Rehberg nach Villach gefahren war?"

„Einer der Schüler wußte es. Christian hatte erzählt, daß sie ihn auf der Durchreise besucht hätte. Sie waren zum Essen ins Bristol gegangen und danach ins Theater in der Josefstadt."

„Wie und wann haben Sie überhaupt erfahren, daß Christian versucht hatte, Selbstmord zu begehen?"

„Sofort nach seiner Einlieferung. Isolde kam zu mir in den Unterricht, am Freitag morgen, gegen halb zehn. Wir wollten gerade Pause machen."

„Und warum kam sie zuerst zu Ihnen?"

Er saugte den Brustpanzer der Garnele aus und schob das körperlos gewordene Gerüst an den Tellerrand. Dann wischte er sich die Finger an der Serviette ab und sagte mit einer Spur Gereiztheit in der Stimme:

„Weil er zufällig zu meiner Klasse gehörte. Pantomime, freitags von halb neun bis halb elf. Wozu diese Fragen? Werde ich hier verhört?"

Ich schwieg und aß die Jacobsmuscheln auf meinem Teller, obwohl ich Muscheln nicht ausstehen konnte. Aber diese waren in Estragonsahne gekocht, und ich mochte den Geschmack von Estragon.

„Was ist mit dem Abschiedsbrief passiert?" fragte er nach einer Weile. „Haben Sie ihn gelesen?"

„Noch nicht. Er liegt im Polizeipräsidium. Aber haben Sie ihn denn nicht gelesen? Interessiert es Sie nicht, was er Ihnen noch sagen wollte, bevor er …"

„Hören Sie zu!" Nederburg legte die zweite Garnele, die er gerade in Angriff genommen hatte, wieder zurück. „Christian war ein angenehmer Schüler, intelligent und fleißig, er hatte Sinn für Humor und Freude am Theaterspielen. Aber er war auch unreif und verzogen. Ich fahre morgen früh mit dem Zug nach Mailand, um einen Tänzerkollegen zu besuchen, der jahrelang an der Scala gearbeitet hat. Er ist dreiunddreißig, so wie ich, und er hatte genausoviel Freude am Tanzen wie Christian am Theaterspielen. Aber er wäre nie auf die Idee gekommen, sich derart zu verstümmeln, wie Rehberg es mit sich gemacht hat, tanzen kann allerdings auch er nicht mehr! Er sitzt seit einem Jahr im Rollstuhl, weil er Multiple Sklerose hat. Und nun erklären Sie mir, warum dieser Chaot Rehberg, kerngesund, halbwegs begabt und gut betucht, hingeht und sich Salzsäure in den Mund schüttet!“ Er legte sein Besteck mit einer hitzigen Bewegung auf den Tellerrand und griff zum Weinglas.

„Wissen Sie“, fuhr er nach einem langen Schluck fort, „was der Junge in den Pausen machte, wenn er gerade eine äußerst kompetente Lektion über Stimmbildung oder Atemtechnik bekommen hatte? Er ging in den Flur und rauchte eine Havanna! Das galt als ‚cool‘ und als schick, und leisten konnte er sich's auch. Er rauchte nur die teuersten!“

„Seine Wohnung machte einen sehr bescheidenen Eindruck“, widersprach ich, „das Viertel, das Haus.“

„Aber drinnen nur vom Feinsten! Von einem Innenarchitekten eingerichtet, italienische Möbel, englische Vorhänge, persische Teppiche ...“

Er nahm wieder das Glas auf, als wollte er seine Verärgerung mit Gewalt herunterspülen.

„Aber jetzt lassen wir uns die gute Laune nicht verderben! Mit einer attraktiven Frau streite ich nicht gern. Sie haben ja kaum etwas gegessen! Schmeckt es Ihnen nicht?“

„Wenn sich ein junger Mensch das Leben nimmt“, begann ich, aber Nederburg fiel mir ins Wort.

„Ein junger Mensch, der alles hat, bringt sich höchstens aus Langeweile um, aus ‚Spleen‘!“

Er tippte sich erregt an die Stirn.

„Aber jetzt essen Sie doch endlich! Es ist ja schade drum.“

Und ich sammelte die Estragonsoße, die von den Jakobsmuscheln nicht aufgenommen worden war, in einem Rest Brot und schob, von Nederburg unbemerkt, die Tintenfischembryonen unter die Fenchelscheiben. Der schlanke Kellner räumte ab, und der Kleine brachte noch einmal die Karte zum Dessert. Aber Nederburg zeigte starke Symptome von Müdigkeit, er hatte am Abend vorher eine Vorstellung gehabt, und der Morgenzug nach Mailand ging um halb acht. Und so einigten wir uns darauf, nur noch eine Kleinigkeit zu trinken; ich einen Espresso, Nederburg einen Marillengeist. Außerdem verlangte er nach der Rechnung.

„Sie haben Ihr Auto vor der Tür stehen“, erinnerte ich ihn mit leichtem Vorwurf, als der Schnaps serviert wurde. Und er lachte amüsiert.

„Sie etwa nicht?“

„Nein, hinter dem Stephansdom stehen Taxis.“

Es war halb elf und die Spätvorstellung der Kinos noch längst nicht zu Ende. Zwecklos, auf Carla zu warten, die sich den Abend mit ihrer Freundin vertrieb.

Als hätte er meine Gedanken gelesen, schlug Nederburg vor, mich bis zur Staatsoper mitzunehmen. Der Opernabend sei wohl zu Ende und ein Taxi zu bekommen, kein Problem.

Ein kalter Wind schlug uns ins Gesicht, als wir das Gewirr der schützenden Gassen verließen und auf den Stephansplatz einbogen. Wir schlugen die Kragen unserer Mäntel hoch und überquerten ihn schnell, wobei Nederburg meinen Ellbogen leicht umfaßt hielt. Es war eine flüchtige, aber angenehme Berührung. Sein Wagen stand unbehelligt im Halteverbot der Argentinischen Botschaft, er schloß mir die Beifahrertür auf, stieg dann selbst ein und fuhr im Rückwärtsgang rasant die Goldschmiedgasse hinunter.

An der Hausecke des Hotels Sacher hielt er an und sagte lächelnd: „Danke für Ihre Gesellschaft! Ich hoffe, ich konnte Ihnen weiterhelfen!“

Da ich nicht sicher war, ob es ironisch gemeint war, antwortete ich: „Im Gegenteil! Sie haben mir alle Illusionen genommen.“

„In welcher Beziehung?“

„In bezug auf den jungen Rehberg. Ich hatte ihn als Opfer seiner Familienverhältnisse gesehen. Aber wenn es so ist, wie Sie sagen …“

„Es ist so, glauben Sie mir. Er bekam alles, was er wollte.“

„Bis auf die Anerkennung seines Vaters!“

„Über seinen Vater kann ich kein Urteil abgeben. Ich habe ihn nie gesehen. Kommen Sie gut nach Hause!“

„Danke für den Abend!“

Ich war im Begriff auszusteigen, als mir Carlas Autogrammwunsch wieder einfiel. Ich zerrte das Programmheft aus meiner Manteltasche und kramte in der Handtasche nach einem Kugelschreiber.

„Es ist nicht für mich“, sagte ich verlegen, „allerdings für jemanden, der Sie sehr verehrt!“

„Für eine Frau?“ Es klang interessiert.

„Ja, für meine Cousine.“

„Hat sie Ähnlichkeit mit Ihnen?“

„Sie ist viel hübscher als ich.“

„Noch hübscher! Wie heißt sie?“

„Carla. Aber es reicht, wenn sie nur Ihren Namen schreiben.“

Ich gab ihm den Kugelschreiber, und in dem Augenblick, als ich die Tasche wieder schloß, kollerte etwas hinunter auf meine Füße. Ich beugte mich vor, suchte den Boden ab und fand meine Lippenstifthülse, die unter den Sitz gerollt war. Aber dann kamen meine Finger mit einem Gegenstand in Berührung, der ähnlich geformt war, aber fast dreimal so lang. Instinktiv zog ich ein Kleenex aus der Manteltasche, um den fremden Gegenstand aufzunehmen.

„Was ist?“ fragte er schreibend.

„Mein Lippenstift ist mir aus der Tasche gefallen.“

„Soll ich Licht machen?“

„Nein, danke, ich habe ihn schon.“ Ich schob den eingewickelten Gegenstand, den ich durch das Papiertuch als daumendicke, kompakte Rolle ertastete, in den Mantel und den Lippenstift in die Handtasche.

„Ich glaube, ich mache doch Licht!“ insistierte Nederburg, aber ich wehrte ab:

„Nein! Lassen Sie nur! Es ist alles in Ordnung!“

Er legte den Kugelschreiber ins Programmheft, klappte es zu und gab es mir.

„Gute Nacht! Und leben Sie wohl!“

Im Taxi nahm ich das Kleenex mit seinem rätselhaften Inhalt aus der Manteltasche. Ich schlug es vorsichtig an einem Zipfel auf. Der unbekannte Gegenstand war eine lange, schwarze Zigarre, und ich beschloß, sie am folgenden Morgen ins Polizeipräsidium mitzunehmen und auf Spuren untersuchen zu lassen.

In der anderen Manteltasche steckte das Programmheft mit Nederburgs Widmung. Ich zog es heraus und las, was er unter sein Foto geschrieben hatte:

„Für Carla, in Freundschaft, Till Nederburg."

Im Präsidium, gleich neben dem Vienna Plaza Hotel, schickte man mich zum Büro für Spurensicherung, von dort zur Drogenabteilung und schließlich zur Jugendpolizei, in der alten Kaserne an der Roßauer Lände. Doch niemand fühlte sich zuständig, bis sich herausstellte, daß man den „Selbstmord Christian Rehberg" abgeschlossen hatte.

Seine Papiere waren mit einer Zusammenfassung der polizeilichen Ermittlungen an die Deutsche Botschaft weitergeleitet und die Siegel an seiner Wohnung entfernt worden, damit sie „einer neuerlichen Vermietung zugänglich gemacht werden" könne, wie der Beamte in kauzigem Wienerisch erzählte. Annas Eltern hatten aufatmend die Schlüssel entgegengenommen und angeordnet, daß bis zum Monatsende das gesamte Inventar von den Angehörigen abgeholt werden müsse. Frau Rehberg stand eine weitere Reise nach Österreich bevor, und mir blieb nichts anderes übrig, als die eingewickelte Zigarre zurück in die Manteltasche zu schieben.

„Und was ist mit dem Abschiedsbrief passiert?"

„Mit welchem Brief?"

„Ihre Leute von der Spurensicherung haben ihn mitgenommen, als sie Rehbergs Wohnung durchsuchten."

Der Beamte gab mit einem Schnaufen zu verstehen, daß seine Geduld Grenzen hatte. Er griff zum Telefonhörer, klapperte ungeduldig auf der Tastatur herum und wartete, während die Finger seiner linken Hand auf dem Schreibtisch einen unruhigen Klaviermarsch spielten. Endlich meldete sich jemand.

„Wos hobt's mit dem Brieferl g'mocht, dös wo der Söbstmörder an seinen Freind g'schrieben hat? – Aha! – Na, eh llogisch! – Nein danke, alles paletti!" Er legte auf und sagte achselzuckend: „An die Deutsche Botschaft geb'n hom's dös Brieferl. War eh das G'scheiteste!"

„Ich hätte gern mit dem Kollegen gesprochen, der die Akte bearbeitet hat."

Seine Miene wurde eine Spur freundlicher. Hauptsache, ich werde Sie los! schien sie zu sagen. „Vorletzte Tür links, Inspektor Novak. Der, mit dem ich gerade gesprochen habe."

Der Inspektor war ein sehr junger Mann mit einem frischen, runden Kindergesicht, in dem ein ausgeprägtes Grübchen am Kinn auffiel und ein sauber gestutztes Oberlippenbärtchen. Er wurde ernst, als er meine Frage hörte.

„Die gesamten Unterlagen sind an das Konsulat der Deutschen Botschaft geschickt worden. Wenn Sie vielleicht dort …"

„Auch der Abschiedsbrief?"

Er nickte

„Ohne Kopie?"

Er wurde noch ernster. „Halten Sie mich nicht für zynisch, Frau Kollegin. Aber wenn wir alle Erklärungen, warum sich in unserem melancholischen Wien so viele Leute umbringen, archivieren wollten, müßten wir anbauen." Seine herabhängenden Arme hoben sich resignierend, offenbar um den auch im Computerzeitalter begrenzten Stauraum des Präsidiums zu beklagen, und fielen wieder zurück.

„Es gab nicht den geringsten Hinweis auf Fremdverschulden, weder im Inventar der Wohnung noch in den Papieren, die wir durchgesehen haben. Keine Fingerabdrücke, keine Anzeichen für Gewalt, dafür einen Abschiedsbrief, der keinen Zweifel offenließ. Er hatte sich die Salzsäure am Morgen des Vortages in einer Apotheke in der Nähe seiner Wohnung besorgt. Der Apotheker hat ihn auf einem Foto wiedererkannt. Er hatte sich als Geologiestudent ausgegeben, der Material für seine Gesteinsproben brauchte. Mit Salzsäure läßt sich kalkhaltiges Gestein nachweisen."

„Drei Tage später wurde sein Vater ermordet."

„Ich weiß", sagte der Inspektor. „Das ändert nichts an unserem Ergebnis. In der Nacht vor seinem Selbstmord und in der Früh ist niemand in seiner Wohnung gewesen. Das hat seine Nachbarin ausgesagt. Demnach war er allein."

„Nachts schläft man normalerweise."

„Das Haus ist sehr hellhörig. Wenn die Nachbarin in allen anderen Fällen durch nächtliche Besucher aufgeweckt worden ist, warum dann nicht diesmal?"

„Können Sie sich erinnern, was in dem Brief gestanden hat?"

„Er war drei Seiten lang", sagte Novak und gab schon damit zu verstehen, daß er es nicht mehr wußte. „Und wie mir schien, ziemlich konfus. Durchsetzt mit Zitaten. Aus Theaterstücken, nehm' ich an. War er nicht Schauspieler?"

„Schauspielschüler", sagte ich. „Hat er keinen Grund für seinen Selbstmord genannt?"

„Für einen Außenstehenden war er schwer zu entschlüsseln. Man müßte wissen, wer hinter den Abkürzungen und Decknamen steckt."

„... mit denen man auch im Raimund-Seminar nichts anfangen konnte?"

Er nickte.

„Ging aus dem Brief hervor, in welcher Beziehung Rehberg zu dem Adressaten stand?"

Der Inspektor zögerte. „Es war sein Lehrer, oder? Mir schien es so, als wollte der junge Mann sein Einverständnis haben für das, was er vorhatte. Nach allem, was ich verstanden habe, war der Grund eine unglückliche Liebesgeschichte."

„Hat er einen Namen genannt?"

„Es war von einer Gabriele die Rede."

„Und weiter?"

„Nichts weiter. Nur Gabriele."

„Das könnte theoretisch auch ein Mann sein."

„In Italien vielleicht", sagte er, „aber nicht in Wien. Machte es denn Sinn, wenn es sich um einen Mann handelte?"

„Möglicherweise."

„Auf jeden Fall war es eine Eifersuchtsgeschichte."

„Kann ich bitte telefonieren?"

Ich rief die Deutsche Botschaft in der Metternichgasse an und ließ mich mit dem Konsulat verbinden. Die Unterlagen zum Fall Rehberg, so erfuhr ich dort, alle persönlichen Dokumente außer dem Reisepaß waren am Tag vorher an die Adresse seiner Eltern in Münster weitergeleitet worden.

Vom Polizeipräsisium fuhr ich in die Judengasse, aber Anna war nicht zu Hause. Gerade, als ich mich zum Gehen wandte, wurde das Haustor aufgeschlossen, und die Hausmeisterin erschien mit einem Putzeimer, den sie in die Gosse schüttete. Von ihr erfuhr ich, daß Anna über das Osterwochenende mit Freunden weggefahren war.

„Sie kenn' ich doch!" Die Frau wischte mit dem feuchten Handrücken eine Haarsträhne aus dem Gesicht. „Sie wor'n schon amoi do. Wos woin's denn?"

Ich zog meinen Dienstausweis aus der Tasche. „Kennen Sie jemanden, der Gabriele heißt? Christian Rehberg war …"

In die dunklen Augen der Frau trat ein mißtrauisches Glitzern. Sie klatschte den Putzlumpen auf die unterste Treppenstufe und richtete sich schwer atmend vor mir auf.

„Na, da schau her! Da macht unsere Regierung", sie wedelte mit dem Arm in die Richtung, in der sie offenbar die Regierung vermutete, „ein Volksbegehren, ob wir Österreicher zur EU wollen oder nicht. Und noch bevor wir uns entschieden haben, kommt durchs Hintertürl schon die deutsche Polizei herein und steckt ihre Nase in unsere Angelegenheiten. Jetzt weiß ich, wie ich mich entscheide!" Damit drehte sie sich um, griff nach Eimer und Schrubber und schlug die Tür hinter sich zu.

Zehntes Kapitel

Die Glocken des Paulus-Doms hallten wie ein gewaltiger Gong über den Prinzipalmarkt, als ich am Vormittag des Ostermontags mit dem Fahrrad ins Polizeipräsidium fuhr. Vom Alten Rathaus wehte eine lange Fahne mit dem Stadtwappen in Gelb, Rot, Weiß, die Lambertikirche begnügte sich mit der zweifarbigen Kirchenflagge.

Carla, die bis zum Schluß geglaubt hatte, ich schliefe mit der Pistole unter dem Kopfkissen, hatte mich zwei Tage länger als geplant bei sich festgehalten und sich selbst zwei schlaflose Nächte erspart. Drei weitere, und ihr Mann kam zurück.

Ich hatte auf meinem Schreibtisch ein Chaos erwartet und fand ihn fast leer, bis auf den mäßig gefüllten, grauen Aktenordner zum Fall Dr. Rehberg, der dort lag, seit Lenz nach Köln gewechselt hatte. Auf der staubigen Schreibunterlage stand ein einsamer Schokoladenhase mittlerer Größe in buntem Stanniol, der so ganz nach Hilly aussah, daneben klebte ein Zettel: „Dr. Gross erwartet dich Dienstag um neun Uhr!" Und mit den gleichen kindlich runden Buchstaben, die als Schreiber Lückmann vermuten ließen, stand darunter: „Ruf mich an, sobald du wieder da bist!"

Ich wählte seine Nummer, aber der Inspektor meldete sich nicht. Wahrscheinlich hatte seine Familie – Mutter, Tante, die geschiedene Schwester und deren Tochter – ihn heimgesucht, um sich von ihm, dem wohlhabenden und spendablen Junggesellen, ein Oster-Essen ausrichten zu lassen.

Ich erreichte ihn abends, kurz nach Beginn der Tagesschau.

„Sitzt du gut?" fragte er nach einer kurzen Begrüßung. Sich jetzt noch „Frohe Ostern" zu wünschen lohnte wirklich nicht mehr. „Es gibt eine Sensation!"

„Wenn ich sie erst nach meiner Rückkehr erfahre", antwortete ich so schnippisch wie möglich, „kann ich sie auch im Stehen hören!"

„Frau Kempe war zwei Tage lang in Untersuchungshaft."

„Die Kempe? Und weshalb?"
„Wegen räuberischer Erpressung. Wir haben Briefe von ihr an Rehberg gefunden, die keinen Zweifel lassen."
„Hat sie gestanden?"
„Sie hat geheult wie ein Schloßhund, aber warte bis Dienstag, dann gebe ich dir eine Kopie der Unterlagen."
Seine Ruhe brachte mich auf die Palme. „Und wo sind sie jetzt? Mein Schreibtisch ist leer wie die Erde am ersten Schöpfungstag!"
„Sie liegen bei der Untersuchungsrichterin. Du bekommst sie morgen früh, ich schwör's dir! Es ist alles schon eingefädelt."
„Und was tische ich Dr. Gross morgen auf, wenn ich nicht mal die blasseste Ahnung habe, was sich hier abgespielt hat?"
„Ich erkläre dir alles!" beschwichtigte Lückmann. „Ich komme morgen extra eine halbe Stunde früher ins Büro. Außerdem warst du vergangene Woche nicht da."
„Ist das ein Grund? Wozu habe ich von Wien aus mit dir telefoniert?"
„Ja, aber am Telefon … Wer weiß, ob nicht jemand mitgehört hätte. Diese Auslandsgespräche …" Seine Stimme klang plötzlich flau, und ich wurde den Eindruck nicht los, daß er es genossen hatte, den Fall Kempe ganz für sich allein zu haben.
Eine Weile schwiegen wir beide. Dann sagte er:
„Damit ist ja wohl sicher, daß Frau Kempe als Mordverdächtige endgültig flachfällt. Wer von einem Menschen Geld erpressen will, bringt ihn nicht um, es sei denn, er kommt ganz groß im Testament vor."

Er saß tatsächlich am nächsten Morgen um acht im Büro, mit leidender Miene, einer Tasse Kaffee und einem gewaltigen Stück Napfkuchen, womit er offenbar zu verstehen geben wollte, daß dieser „unchristliche" Termin ihn um ein gemütliches Frühstück gebracht hatte. Vor ihm lag, wie an jedem Wochenbeginn, seine gutsortierte Bleistiftsammlung zum Anspitzen bereit. Im Landgericht, sagte er, während er sich dem ersten Stift widmete, habe man versprochen, die Akte Kempe gegen halb neun Uhr ins Präsidium zu bringen.

„Wie seid ihr draufgekommen?“

Lückmann legte den Bleistift hin. „Erinnerst du dich an die Schreibtischgarnitur in Rehbergs Schulbüro?“

„Dieses geschmacklose Monster aus Bronze, mit den Männchen machenden Löwen?“

„Nein“, sagte Lückmann, „zwei geschmacklose Jagdhunde, aber auch aus Bronze.“ Und ich erinnerte mich, daß ich das Löwenmonster auf dem Schreibtisch von Dr. Windelmann gesehen hatte.

„Nachdem Frau Rehberg das Ding nicht haben wollte, was man ihr nicht verübeln kann“, fuhr Lückmann fort, „war es im Büro der Spurensicherung stehengeblieben, wo es auch niemanden freute. Am vergangenen Montag vormittag meldete sich Frau Kempe ganz stürmisch bei uns und wollte die Garnitur abholen. Wir wiesen sie darauf hin, daß es wohl andere gäbe, die Anspruch darauf hätten, Rehbergs Sohn etwa, sein Bruder in Toronto oder sein kanadisches Patenkind, aber das ließ sie nicht gelten. Die Schreibtischgarnitur sei Bestandteil des Direktorenzimmers, das man doch in dem Zustand belassen wolle, den Dr. Rehberg hergestellt habe, und noch anderes sentimentales Blabla. Schließlich kam uns die Sache verdächtig vor, und wir stellten die Bronzefigur unserer besten Spürnase auf den Tisch. Und siehe da! Schüller entdeckte auf der Standfläche zwei winzige Schrauben. Er drehte sie mit einem Spezialschraubenzieher heraus und fand in einem Hohlraum zusammengeknülltes Papier. Es waren, wie du jetzt mühelos erraten wirst, zwei Briefe, die die Kempe Anfang März an Dr. Rehberg geschrieben hatte, auf allerdünnstem Luftpostpapier und mit der Drohung, die Homosexualität seines Sohnes in den Westfälischen Nachrichten an die große Glocke zu hängen.“

„War das denn eine Nachricht, die ihm schaden konnte?“

Lückmann zuckte die Schultern. „Rehberg hat offenbar nicht darauf reagiert, sondern die Briefe in seiner Schreibtischgarnitur bis auf weiteres ‚entsorgt‘. Wahrscheinlich kamen sie ihm sogar ganz gelegen, als Sprengstoff gegen diese Frau, die ja offensichtlich mit allen Mitteln gegen ihn kämpfte."

„Wieviel wollte sie?"

„Sie war bescheiden, nur Fünfzigtausend!"

„Und wofür brauchte sie so viel Geld?"

„Das hat sie dann der Untersuchungsrichterin vorgeweint. Sie müsse ihre Schwester endlich in ein Pflegeheim geben, sie sei am Ende ihrer Kräfte. Aber das einzige, was man ihr angeboten habe, sei ein privates Heim und für sie unerschwinglich!"

„Und was geschieht jetzt weiter?"

Lückmann zuckte die Schultern. „Ein Disziplinarverfahren, die Suspendierung von ihrem Posten, möglicherweise eine Gefängnisstrafe. Am Karfreitag hat man sie auf freien Fuß gesetzt, damit sie über Ostern ihre Schwester versorgen kann. Die Untersuchungsrichterin glaubt nicht an Fluchtgefahr."

„Und das Clemens-August ist wieder ohne Direktor. Hat Rehbergs Frau eigentlich davon gewußt?"

„Dieselbe Frage haben wir uns natürlich auch gestellt", entgegnete Lückmann überraschend grimmig, „und wir hätten uns gern mit ihr darüber unterhalten, wenn wir gewußt hätten, wo wir sie finden können. Sie ist verschwunden."

„Was heißt ‚verschwunden'?"

„Haus und Garten sind verriegelt und die Nachbarn ahnungslos!" sagte der Inspektor theatralisch. Es klang wie eine Unterrichtsstunde zum Thema „Ballade" im Raimund-Seminar.

„Sie ist verreist? Das kann sie nicht, ohne uns Bescheid zu sagen. Und wenn sie noch so urlaubsreif ist." Während ich das sagte, fiel mir die Wohnung in der Judengasse ein, die bis zur Monatsmitte geräumt werden mußte.

„Urlaubsreif?" Lückmann ließ seinen Anspitzer im Stich. „Jawohl, um sich von ihrer Lügerei zu erholen. Deswegen rücken wir ihr auch noch mal auf die Bude! Die Polizei belügt man nicht!"

„Max, ich weiß, wo sie ist! Sie ist nach Wien gefahren, um die Sachen ihres Sohnes abzuholen! Bis zum Monatsende muß seine Wohnung geräumt sein."

„Na, die soll mal zurückkommen!“ knurrte er. „Das bedeutet natürlich, daß sie noch ein paar Tage länger wegbleibt.“

Um Punkt neun Uhr machte ich mich auf den Weg zu Dr. Gross. Die tägliche „Lagebesprechung“, die einzige Amtspflicht, um die ich Frieder Lenz nie beneidet hatte, gehörte ab sofort zu meinen Aufgaben.

Der „Pinguin“ saß in seinem Büro und paffte eine nachtschwarze Zigarre. Er war der einzige, der sich nicht an das Rauchverbot hielt. Neben dem schweren Kristallascher stand eine Kaffeetasse, deren komplettes Service es seit einiger Zeit bei Karstadt im Sonderangebot gab. Beim Anblick dieser schwerfälligen Keramik erinnerte ich mich mit einer Wehmut, die mich selbst überraschte, an das zart blühende, zerbrechliche Biedermeiertäßchen auf Isoldes Schreibtisch.

Dr. Gross hatte seine Morgenzeitung zur Seite geschoben, die schmauchende Zigarre im Aschenbecher abgelegt und sah mir erwartungsvoll entgegen.

„Da haben wir ja unsere neue Kommissarin.“ Es klang so interessiert, als sähe er mich zum ersten Mal. „Wie habe ich mich gefreut, eine junge, schwungvolle Mitarbeiterin zu bekommen, und dann ist sie so dynamisch, daß man sie überhaupt nicht mehr zu sehen bekommt! Was haben Sie aus Wien zu berichten?“

Auf der Rückfahrt im Auto hatte ich mir einen Text zurechtgelegt, der mir jetzt überhaupt nicht mehr „dynamisch“ vorkam.

„Rehbergs Sohn ist, wie Kollege Lückmann Ihnen wahrscheinlich schon mitgeteilt hat, freiwillig aus dem Leben geschieden.“

„So nennt man das wohl.“ Dr. Gross zog zerstreut an seiner Zigarre und gab damit zu verstehen, daß auch er absolut keine Ahnung hatte, warum sich ein Zwanzigjähriger, der von einer Karriere in Musical und Schauspiel träumte, mit Salzsäure buchstäblich zerfetzte.

„Dann mußten Sie sich Ihre Informationen also von anderen besorgen.“

Ich erzählte von meinem Gespräch mit Rehbergs Nachbarin aus der Judengasse und von meinem Besuch in der Schauspielschule.

„Ich habe mit einem von Christians Lehrern zu Abend gegessen.“

„Ein Abendessen? Na, Sie fangen das richtig an! Eine Einladung des Lehrers, wie ich annehme. Wissen Sie, vor dreißig Jahren war ich auch mal in Wien. Um einen alten Schulkameraden zu besuchen, der als Musiker nach Wien gegangen war. Aber da habe ich das Abendessen bezahlt, weil dieser arme Teufel von seinem Heurigen-Gesang nicht existieren konnte. ‚Schrammelmusik!‘ nennt man das in Wien. – Die Wiener kochen viel mit Zwiebeln und Knoblauch, stimmt's? Na ja, bei der Nähe zum Balkan! Aber das Lokal, wo wir gegessen haben, hatte einen eigenartigen Namen. Lassen Sie mich nachdenken: ‚Zur Tabakspfeife!‘“

„Ja. In unmittelbarer Nähe hatte Herr Nederburg, ich meine, der Ballettlehrer, seinen Wagen geparkt.“

„Na ja, ist ja auch egal!“ Der „Pinguin“ wischte seine Erinnerungen mit einer heftigen Ruderbewegung seiner Zigarre vom Schreibtisch.

„Wie sagte mir der Kollege Lückmann? Frau Rehberg hat uns nicht die Wahrheit aufgetischt? Können Sie das bestätigen?“

„Leider ja! Allerdings betrifft das nur den Tod ihres Stiefsohns. Sie hatte uns von einer rätselhaften Viruserkrankung erzählt. Aber ich habe mir in Wien von zwei Experten, die völlig unabhängig voneinander aussagten, erklären lassen, daß es sich bei ihrer Unwahrheit um einen Verdrängungsmechanismus handelt.“

„Um was für einen Mechanismus?“ Dr. Gross zog die buschigen Augenbrauen hoch.

„Das ist ein Begriff aus der Psychologie. Man versucht ...“

„Sie müssen mich hier nicht über wissenschaftliche Begriffe aufklären“, polterte er. „Ich sitze hier seit dreißig Jahren und Sie seit drei Wochen! Erzählen Sie mir lieber, wer den alten Rehberg umgebracht hat. Bei dem jungen ist die Sache ja wohl geklärt. Wir haben den Bericht der Deutschen Botschaft in Wien bekommen. Was werden Sie jetzt weiter tun?“

„Wir werden Frau Rehberg vorladen, sobald sie wieder in Münster ist.“

„Ach! Sie ist verreist? Sieh da! ‚Zu Schiff nach Frankreich!' Oder wie heißt es noch bei Schiller? ‚Maria Stuart', hab' ich recht?"

„Eher per Bahn nach Wien!" sagte ich trocken. Auf einmal wurde mir klar, warum diese Lagebesprechungen mit Dr. Gross meinem Vorgänger regelmäßig die Laune verdorben hatten.

„Ich habe die Adresse ihrer Freundin und werde sie fragen, wo sie ist und wann sie zurückkommt."

„Tun Sie das!" brummte der „Pinguin" und zog sich die Zeitung wieder heran.

Als Lückmann nach der Mittagspause ins Büro zurückkehrte, sagte ich: „Heute ist Dienstag!"

„Stimmt", nickte der Inspektor, „und?"

„Wenn bei Frau Rehberg Ordnung herrscht, dann müßte heute ihre Putzfrau im Haus sein. Am Feiertag wird sie wohl kaum zur Arbeit kommen. Ob ich mal hinfahre?"

Auf der Fahrt zur Sentruper Straße fiel mir auf, wie sehr sich die Stadt in einer einzigen milden Woche verändert hatte. Schon morgens früh, auf dem Weg ins Büro, hatte ich gesehen, daß die Osterdekoration aus den Schaufenstern verschwunden war und Ferien- und Sommerthemen Platz gemacht hatte. Frau Grotherjan hatte die kostbaren Cloisonné-Eier entfernt, die während der Fastenzeit die Auslage ihres Juweliergeschäfts geschmückt hatten, und ein Schildchen mit der Aufschrift „Auslage in Arbeit" hineingestellt, was bedeutete, daß sie sich über ihre sommerliche Kulisse noch nicht im klaren war. Im Fenster des Cafés Schucan thronte eine Strandkorbattrappe, gefüllt mit Seesternen und Muscheln aus Vollmilchschokolade. Draußen, auf dem Trottoir, standen weiße Tische und Stühle für Passanten, die sich ihre Langeweile gern bei einem Milchshake oder Eisbecher vertrieben. Und das Personal der angrenzenden Boutique hatte den Schaufensterpuppen die Gabardinemäntel in aktuellem Apfelgrün aus- und die Strandmode in noch aktuellerem Marine-Weiß angezogen. Man hatte das Gefühl, die Stadt habe sich von heute auf morgen einen Frühlingsmantel übergestreift. Sogar die Kastanien im Botanischen Garten hinter dem Schloß trugen dicke, klebrige Blattknospen, und als ich am Ufer des Aasees vorbeikam, sah ich in ein Meer leuchtend roter Tulpen. Nur noch drei Tage, und Kerstin kam nach Hause. Nur noch ein paar Wochen, und man würde ins Freibad fahren oder zum Zoo, Eis essen gehen oder eine Radtour machen.

Ich fuhr die Sentruper Straße hoch, an einer Radlergruppe vorbei, die Tennisschläger auf den Rücken geschnallt hatte und offenbar zum Sportpark unterwegs war. Jeder in der Stadt wußte, daß diese fast sommerliche Wärme nicht lange dauern würde, aber alle, die es konnten, nutzten sie aus.

Als ich das Ende der Straße erreichte, in der der ermordete Direktor gewohnt hatte, sah ich gleich: es gab keine Ordnung bei Frau Rehberg! Der Postkasten quoll über von Briefumschlägen und Werbematerial, und hinter den Gardinen regte sich nichts. Ich schellte an der Gartenpforte, und als das Haus weiter still und verschlafen blieb, ging ich ans Autotelefon und wählte die Nummer, die Maria Elena uns am Mordtag gegeben hatte. Von ihrer Vermieterin erfuhr ich, daß das Mädchen über die Feiertage zur Familie, nach Coimbra, gefahren war und erst am Wochenende zurückkäme.

„Ich habe langsam den Eindruck“, sagte ich zu Lückmann, mit dem ich anschließend telefonierte, „daß jeder sich die allergrößte Mühe gibt, unsere Recherchen zu behindern. Wohin man auch kommt, niemand ist zu Hause, keiner hat etwas gehört oder gesehen, und wenn doch, hat er es längst wieder vergessen. Es würde mich nicht wundern, wenn die Galeristin, bei der Frau Rehberg arbeitet, auch erst mit einer Woche Verspätung aus Lateinamerika zurückkäme.“

Er lachte. „Dann versuch's doch mal bei ihr!“

Ich fuhr zum Rosenplatz, parkte den Wagen vor einem Copyshop und sah schon beim Aussteigen, daß die Rolläden der Galerie Vondembusche hochgezogen waren und die Glastür weit offenstand. Drinnen, an einem schmalen Acrylglastischchen, das vor ihrer massigen Gestalt sehr zerbrechlich wirkte, saß eine ältere

Frau mit einer dunklen Hornbrille und einem Kopf, der keine Frisur hatte, sondern ganz einfach Haare, aschblond getönte, struppige, halblange Haare. Sie telefonierte, und als ich die Galerie betrat, legte sie kurz die Hand auf die Muschel und sagte: „Ich komme sofort!“ Dann setzte sie mit großer Freude am Detail ihr Gespräch fort. Es ging, wie ich mitanzuhören gezwungen war, um eine risikoreiche Operation, die im Franziskushospital an einem Verwandten oder Bekannten der Galeristin vorgenommen worden war, und zwar mit Erfolg. Wie sie ihrem Gesprächspartner versicherte, war der offenbar weibliche Patient schon zur Nachbehandlung in Bad Oeynhausen vorgemerkt. Ich erinnerte mich, daß Willstädters Frau im Franziskus als Anästhesistin arbeitete.

Die Galerie war ein großer, rechteckiger Raum, dessen niedriges Kreuzrippengewölbe mir die Laxenburger Schauspielschule ins Gedächtnis zurückrief. Die Wände, bis auf die straßenseitige Wand, in die ein großes Fenster eingelassen war, trugen gerahmte Aquarelle in den verschiedensten Größen. An der linken Schmalseite stand ein langer Holztisch, der die gesamte Raumbreite einnahm und gut aus einem Refektorium stammen konnte. Auf seiner stark abgenutzten, speckig glänzenden Platte lag ein Sammelsurium aus kleinen Tonfiguren und Töpferwaren, silbernem Besteck und Modeschmuck.

„Ich hatte noch keine Zeit zum Sortieren.“

Die Galeristin hatte ihr Gespräch beendet und kam zum Tisch. Mit ihrer Rechten, einer breiten Hand, deren kräftige Finger in dunkelrot lackierten Nägeln endeten, fuhr sie wahllos durch die Gegenstände, als wäre es billiger Ramsch. „Keine Ordnung! Keine Preisschilder!“ Sie lachte. „Aber ich bin erst am Sonntag abend aus Lima zurückgekommen!“

Ihre resolute Handbewegung hatte die Objekte auf dem Tisch in eine neue Ordnung – oder besser Unordnung gebracht. Eins der Tonfigürchen geriet gefährlich nahe an die Tischkante, wo es gerade noch vor dem Absturz gerettet werden konnte.

Plötzlich entdeckte ich zwischen einem Schwung bunter Glasperlenketten und mehreren emaillierten Armreifen die goldfarbene

Brosche, die Frau Rehberg ständig an ihrer Kleidung trug. Ich nahm sie auf und betrachtete die winzigen, zitternden Augenplättchen, die Schmucklinien und gepunzten Vertiefungen, die das Gesicht bildeten.

„Ein schönes Stück! Was würde es kosten?"

„Das verkaufe ich nicht! Ich habe es von zu Hause mitgebracht, für die Auslagendekoration. Hier, sehen Sie." Die Galeristin bückte sich, kramte in einem Karton auf dem Boden und zog ein handgewebtes Stück Stoff mit bunten Streifen heraus. „So etwas tragen die Indiofrauen des Alti Plano als Umschlagtücher. Ich werde es im Fenster ausbreiten, als Unterlage für meine neuen Tonfiguren. Kommen Sie nächsten Montag zu meiner Vernissage. Ich zeige Aquarelle einer sehr begabten jungen Künstlerin aus Peru, Städteansichten von Lima und Arequipa."

„Haben Sie die Brosche auch von Ihrer Reise mitgebracht?"

„Nein. Die hat mir mal eine Freundin geschenkt, die lange Zeit als Goldschmiedin gearbeitet hat. Sie mußte plötzlich aufhören, weil sie einen Unfall hatte."

„Ist sie bei dem Unfall schwer verletzt worden?"

„Nein, nein!" sagte die Galeristin munter. „Es ging ihr bald wieder gut. Nur ihr linkes Handgelenk ist nicht mehr so belastbar wie früher."

„Wissen Sie, ob sie noch mehr von diesen Broschen hat und mir eine verkaufen würde? Ich würde sie gern jemandem schenken, der sich für die Azteken interessiert."

„Dies ist kein aztekisches Stück", widersprach die Galeristin, „sondern die Replik einer Totenmaske aus Kolumbien. Möglicherweise Calima-Stil, aber das kann ich nicht genau sagen. Außerdem –", sie unterbrach sich und sagte dann:

„Aber reden Sie selbst mit ihr. Soviel ich weiß, besitzt sie noch ein letztes Exemplar. Möglich, daß Sie es hergibt."

„Wie heißt sie?"

„Rehberg. Wie der Schuldirektor, der ermordet worden ist. Er war ihr Mann."

Ich nahm meinen Dienstausweis aus der Tasche. „Eigentlich bin ich privat vorbeigekommen. Aber da ich im Mordfall Rehberg ermittle, würde ich Ihnen gern ein paar Fragen stellen."

Das Gesicht der Galeristin ließ keinen Zweifel darüber, daß sie Kundenbesuche dieser Art als hinterlistigen Überfall empfand, auch wenn sie so ungeplant waren wie meiner. Sie sah nervös zur offenen Ladentür hinüber und sagte: „Ich bin nicht sicher, ob ich Ihnen helfen kann! Worum geht es denn?"

„Wohin ist Frau Rehberg gefahren? Wir müßten dringend mit ihr sprechen."

„Aber woher soll ich das wissen?" Die Galeristin streckte zum Zeichen absoluter Ahnungslosigkeit beide Arme zur Seite.

In ihrer weitfallenden, schwarzen Tunika, unter der sich ein pompöser Busen abzeichnete, wirkte sie theatralisch. Es war eine von jenen Gesten, wie sie wohl Nederburgs Schülerinnen über längere Zeit in ihrem Bewegungstraining einstudieren mußten, bevor sie sich mit dem Rollentext einer Medea oder Klytämnestra befassen durften.

„Ich war einen ganzen Monat verreist!" deklamierte die Frau weiter. „Ich fuhr nach Frankfurt zum Flughafen, und Eva reiste am selben Tag zur Kur nach Österreich. Und seitdem habe ich sie nicht mehr gesehen. Vor zwei Wochen schickte mir eine langjährige Kundin ins Hotel in Lima einen Zeitungsartikel mit der Nachricht von Rehbergs Tod. Aber von Eva? Kein Wort, kein Brief, kein Anruf! Und Sie wollen eine Zeugenaussage von mir!"

„Keine Zeugenaussage! Aber sie arbeitet bei Ihnen, und da dachte ich, Sie hätten für die Zeit nach Ihrer Rückkehr vielleicht einen Termin vereinbart."

„Sie arbeitet nicht bei mir! Sie schaut gelegentlich vorbei und hilft mir, oder ich rufe sie an, wenn ich sie brauche."

„Und worin besteht diese Hilfe?"

„Sie besteht –", Frau Vondembusche schickte wieder einen unruhigen Blick zur offenen Tür, weil ein paar Passanten vor der Auslage stehengeblieben waren, „– sie besteht in einem ziemlich ungewöhnlichen Kundenservice, den sie selbst vorgeschlagen hat.

Und zwar für sich persönlich. Ich lernte sie vor vier Jahren kennen. Es war auch Anfang April, als sie eines Abends in meine Galerie kam, den linken Unterarm in Gips verpackt, und sich Aquarelle ansehen wollte. Es war zwei Minuten nach halb sieben, ich war gerade mit der Abrechnung fertig und wollte den Laden zumachen, aber sie wanderte von einem Bild zum anderen, ging näher an das eine oder andere heran, entfernte sich wieder. Schließlich machte ich sie darauf aufmerksam, daß ich schließen wollte. Sie drehte sich um und sagte: ‚Ich muß mir noch heute abend ein Geschenk aussuchen, morgen gilt das Angebot nicht mehr. Wieviel Zeit geben Sie mir?‘

Sie brachte mich in Verlegenheit. Als Galerist verkauft man nicht jeden Tag ein Bild und muß jedes noch so bescheidene Käuferinteresse ernst nehmen. Andererseits kam ich in Schwierigkeiten wegen der Ladenschlußzeiten. In den USA können Sie mitten in der Nacht ein Bild kaufen, wenn Ihnen danach zumute ist, wenn Sie in Deutschland um sieben noch Kunden im Laden haben, kommt spätestens nach einer Woche ein Brief vom Gewerbeaufsichtsamt."

„Würden Sie gern bis Mitternacht in Ihrem Laden stehen und auf Kunden warten?"

„Das ist ein anderes Problem. Eva konnte sich nicht entscheiden, und ich machte mich strafbar. Und dann kam sie mit einem Vorschlag, den ich zunächst völlig verrückt fand, und der heute ein absoluter ‚Renner‘ bei meinen Kunden ist.

Sie sagte: ‚Drei Ihrer Aquarelle sind in der engeren Wahl. Geben Sie sie mir mit nach Hause, und ich bringe Ihnen morgen früh zwei zurück und bezahle das dritte. Ich möchte jedes dieser drei Bilder in meinem Schlafzimmer hängen sehen.‘"

„Haben Sie das gemacht?"

Die Galeristin lachte. „Ich war natürlich mißtrauisch. Sie merkte das und sagte: ‚Sie können mir vertrauen. Mein Mann ist Oberstudienrat am Landois-Gymnasium, und ich habe für Museen in halb Europa gearbeitet. Aber ich bin in der idiotischen Situation, daß ich mir heute abend ein Bild aussuchen darf und morgen nicht mehr!‘ Sie gab mir ihre Visitenkarte, und als ich noch immer skeptisch blieb, fragte sie: ‚Warum kommen Sie nicht mit zu mir nach Hause? Wir hängen die Bilder gemeinsam auf und überlegen zusammen, welches am besten paßt? Und danach mache ich uns etwas zu Essen.‘

Ich bin mitgefahren, wir haben die Aquarelle aufgehängt, und sie hat eins behalten. Und dann ist sie in die Küche gegangen und hat etwas zu essen gemacht. Ich bin auch keine gute Köchin, aber das schmeckte schon bizarr. Und während wir diesen schrecklich zähen Toast aßen, auf den sie Sauerkraut gepackt hatte und Roquefort und ganz zuunterst noch rohen Schinken, sagte sie auf einmal: ‚Warum bieten Sie diesen Service nicht als Dauereinrichtung an?‘ Sie wirkte so unternehmungslustig, so mitreißend, als sie das sagte, trotz der Gipspackung an ihrem Arm.

Ich antwortete: ‚So einfach geht das nicht! Ich kann meine Galerie nicht zuschließen, bloß weil irgendein Kunde glaubt, er könne sich nur in den eigenen vier Wänden für ein Bild entscheiden. Er bringt es mir zurück, und inzwischen sind mir drei, vier seriöse Interessenten verlorengegangen.’

‚Dann lassen Sie mich das machen‘, sagte sie, ‚Nein! Nicht gegen Geld. Es geht mir nicht ums Verdienen, sondern um die Beratung, um den Kontakt mit Kunden. Ich habe darin Erfahrung, und ich brauche eine Aufgabe! Wegen dem hier!‘ Und sie hob ihr kaputtes Handgelenk in die Höhe.

So fing unsere Zusammenarbeit an. Inzwischen fährt sie schon vier Jahre lang mit Kunden in die Wohnung, berät sie über den richtigen Platz. Und ich habe die Garantie, daß sie mein Eigentum zurückbringt oder den Scheck. Auch auf ihr Urteil würde ich inzwischen nicht mehr gern verzichten.“

„Sie ist mit einem Kunstsammler verheiratet gewesen.“

„Allerdings!“

„Haben Sie jemals erfahren, warum sie nur einen Abend Zeit hatte, um ein Aquarell zu kaufen?“

„Sehen Sie, diese Geschichte ist absolut typisch für den Mann, den sie geheiratet hatte. Ihre Flitterwochen fielen in den Februar.

Kein guter Monat für Venedig, und in Paris war es auch ungemütlich! Also bestand er auf einem Skiurlaub im Wallis, in Zermatt, obwohl sie keine Lust zum Skilaufen hatte und wohl auch nicht viel Übung. Prompt hatte sie einen bösen Unfall, der komplizierte Bruch behinderte sie bei ihrer Arbeit, und das Aquarell sollte eine Entschädigung dafür sein. Allerdings hatte Rehberg, knauserig, wie er war, wohl gehofft, sie würde in so kurzer Zeit nichts finden."

„Und sie fand doch etwas."

„Natürlich! Bei meinem Angebot! Aber was ist das für eine Ehe, die so anfängt? Mit Entschädigungen und befristeten Geschenken? Ich bitte Sie? Über Tote soll man nicht schlecht reden, aber dieser Rehberg engte sie ein in allem, was sie tat. Er war autoritär und intolerant. Ich bin fast dreißig Jahre mit einem Bildhauer verheiratet gewesen, bis er an Krebs starb. Und es war eine zauberhafte Ehe."

„Jede Ehe leidet, wenn die Kinder Probleme machen."

„Und welche Probleme macht Rehbergs Sohn noch?" fragte die Galeristin und gab damit zu verstehen, daß sie in das elementare Problem der Familie eingeweiht war.

„Er hat sich das Leben genommen. Er ist am 14. März gestorben."

Frau Vondembusche wandte sich mit einem unterdrückten Schreckensschrei ab. Und diesmal hatte ihr schwerer Körper absolut nichts Theatralisches. Er litt mit der Mutter, mit dem Sohn.

„Warum?" flüsterte sie. „Warum?"

„Das weiß niemand."

Elftes Kapitel

Es folgten zwei Tage, an denen ich abwechselnd versuchte, Frau Rehberg zu erreichen und mir eine Dienstreise nach Köln genehmigen zu lassen. Beides vergeblich.

„Sie reisen mir zuviel", sagte der „Pinguin" vorwurfsvoll. „Ihr Platz ist hier, an Ihrem Schreibtisch oder auf Ermittlungsfahrten in der Stadt. Wie wollen Sie zu einem Ergebnis kommen, wenn Sie ständig unterwegs sind? Und Sie müssen allmählich zu einem Ergebnis kommen!"

„Aber in Köln ..."

„Was Sie in Köln zu erledigen haben, können die Kollegen dort genauso gut! Ganz abgesehen davon, daß wir jederzeit Lenz wieder einschalten könnten. Der hat den Fall Rehberg lange genug in der Hand gehabt."

„In Ordnung, Herr Dr. Gross," sagte ich und ging zur Tür. Es gab angeblich Vorgesetzte, die sich durch einen geschickt inszenierten Abgang ihrer Mitarbeiter zum Einlenken bewegen ließen. Ich hatte schon von Lenz erfahren, daß Dr. Gross zu diesen Vorgesetzten gehörte.

„Darf ich fragen, wen Sie so unbedingt und dringend in Köln kontaktieren müßten?"

Ich ließ die Türklinke wieder los. „Einen Kunsthändler, mit dem die Rehbergs Kontakt hatten, allerdings nicht ganz so, wie Frau Rehberg uns gesagt hat."

„Ich höre!" sagte der „Pinguin" und schlug den Aktenordner auf, der vor ihm lag.

„Eine Woche nach dem Mord haben Lückmann und ich Rehbergs Frau abends in einem Lokal gesehen. Sie hatte einen jungen Mann bei sich, von dem wir annahmen, es sei ihr Stiefsohn, der zur Beerdigung gekommen war. Als ich sie dann fragte, sagte sie mir, der Mann sei ein Maler aus Köln und hieße Ingo Schneider. Zuerst wollte sie seine Telefonnummer nicht herausrücken, dann gab sie sie mir doch."

„Darf ich fragen, was Sie und Lückmann abends in dieses Lokal geführt hat? Hatten Sie eine verdächtige Person ausgemacht?“

„Nein, bei dem Lokal handelt es sich um einen sehr beliebten Studententreff. Wir hielten es für angebracht, uns endlich zu duzen, so wie es auch zwischen Lenz und Lückmann üblich gewesen war. Und in Bayern macht man das bei einem Bier. Nach Dienstschluß selbstverständlich!“

„Und weiter?“ Er schnippte Zigarrenasche in den Blumenunterteller neben seinem Telefon. Sein Kristallascher quoll bereits über.

„In Wien sah ich diesen Mann wieder. Er malt zwar, wie Frau Rehberg behauptet hat, aber das ist nur ein Hobby. Und er lebt nicht in Köln, sondern in Wien. Hauptamtlich ist er Tänzer und einer von Christians Lehrern; der Lehrer, der mich zum Essen eingeladen hat. Er heißt Till Nederburg. Ingo Schneider ist Kunsthändler in Köln und hat in seiner Galerie ein Ölbild von Nederburg, das Rehberg gern gehabt hätte, und das er ihm zu einem Freundschaftspreis abtricksen wollte …“

„Wem?“ Dr. Gross legte die Zigarre, die er gerade hatte anschneiden wollen, wieder hin. „Dem Kunsthändler oder dem Maler?“

„Dem Maler. Aber eigentlich sollte Frau Rehberg das Geschäft vermitteln, weil sie Nederburg noch aus der Zeit vor ihrer Heirat kannte. Und deshalb …“

„Moment! Jetzt wird es kompliziert. Also, hat nun Dr. Rehberg mit Nederburg verhandelt, oder Frau Rehberg mit Schneider, oder Schneider mit Nederburg?“

„Frau Rehberg mit Nederburg“, sagte ich. „Ihren Mann hat Nederburg nie zu sehen bekommen.“

„Und welche Rolle spielt dieser Schneider dabei?“

„Das weiß ich noch nicht! Das einzige, was ich weiß, ist, daß Frau Rehberg uns auch in dieser Sache belogen hat. Deswegen wollte ich ja nach Köln fahren. Um mit Schneider zu reden.“

„Hm“, brummte der „Pinguin“. „Wir machen jetzt folgendes: Sie rufen Herrn Schneider an, hier und jetzt, von meinem Büro aus, und fragen ihn, was es mit diesem Ölgemälde auf sich hat. Haben sie es jemals gesehen?"

„Nein. Ich weiß nur, daß es ein abstraktes Bild ist, weil sich Dr. Rehberg sonst nicht dafür interessiert hätte. Er sammelte nur gegenstandslose Malerei."

„Gut! Die Nummer haben Sie?"

Das Rufzeichen in Schneiders Galerie schrillte dreimal, viermal, endlich meldete sich eine forsche weibliche Stimme: „Kunstgalerie Schneider!" Ich fragte nach dem Inhaber.

„Herr Schneider ist zur Zeit nicht im Haus. Worum geht es denn?"

„Mordkommission Münster! Es geht um einen langjährigen Kunden Ihres Hauses. Wo können wir Herrn Schneider erreichen?"

„Er ist zu einer Ausstellung nach Basel gefahren. Vor Mitte nächster Woche wird er nicht zurück sein. Kann ich ihm vielleicht etwas ausrichten?"

Dr. Gross, der mitgehört hatte, schüttelte den Kopf.

„Nein, danke!" sagte ich. „Aber eine Frage hätte ich noch. In Ihrer Galerie wurde vor ein paar Wochen ein Bild von Till Nederburg angeboten. Abstrakt, in Öl und ohne Titel, soviel ich weiß. Haben Sie das noch?"

„Moment", sagte die Stimme. „Ich sehe nach. Bleiben Sie dran. Wie heißt der Künstler?"

Zwei Minuten später war sie wieder da. „Wir haben ein Bild von Nederburg, abstrakt, wie Sie sagen, aber es hat einen Titel."

„Und wie lautet er?"

„‚Mercutio, Variation eins'. Soll ich Sie als Interessentin vormerken."

„Bitte, ja! Ich würde es mir gern einmal ansehen."

„Solange es noch da ist", sagte die Frau und legte auf.

Es kam das Wochenende und mit ihm die Freude auf Kerstins Rückkehr.

Am Samstag morgen machte ich mich auf den gewohnten Weg über den Wochenmarkt. Ich hatte meine Einkäufe abgeschlossen und war nur noch auf der Suche nach einer nachösterlichen Überraschung für Kerstin. Die Dorfbevölkerung in Altötting, die dankbaren Kunden des Vaters, die töpfernde und komponierende Nachbarschaft hatten das Kind wahrscheinlich mit Schokolade vollgestopft, deshalb fiel die Wahl nicht leicht. Etwas Frühlingsmäßiges sollte es sein, das den Magen nicht noch weiter überlud, aber auch nichts zu tun hatte mit der Invasion der Plüschhäschen, Plüschlämmchen, Plüschküken, die Kerstin, die Tierarzttochter und Dompteuse einer lebenden Hausmenagerie, immer als „Knuddelkitsch" abgelehnt hatte.

An einem Kräuterstand, nicht weit entfernt von dem Steinmäuerchen, auf dem die Reibekuchen- und Bratfischkunden ihr Mittagessen einnahmen, entdeckte ich kleine Blumentöpfe mit Kresse, die Kerstin wegen ihrer winzigen Blätter besonders gern hatte. Erst kürzlich hatte sie das letzte Exemplar auf der Küchenfensterbank mit der Nagelschere geplündert und die Blättchen dann wie einen Konfettiregen über das Essen fallen lassen.

Ich nahm mehrere Töpfchen zur Hand, prüfte den Wuchs und die Farbe, als ich plötzlich Frau Rehberg entdeckte. Sie trug eine Sonnenbrille und einen breitkrempigen Leinenhut, der ihrem Gesicht Schatten gab. Sie schien es sehr eilig zu haben, trotz des schweren, hoch gefüllten Einkaufskorbs an ihrer rechten Seite.

Ich stellte das Kressetöpfchen zurück, nahm meinen eigenen nicht viel leichteren Korb auf und heftete mich an ihre Fersen. Der Weg führte durch die schmale Passage, vorbei an den Auslagen von Reisebüro, Bettwäschegeschäft und Tabakladen, hinunter zum Drubbel, der von der Lambertikirche mit ihrem filigranen, gotischen Turm überragt wurde, in dem die Nachbildungen der Käfige der „Wiedertäufer" hingen. Auf einem ihrer ersten Spaziergänge durch die Innenstadt hatte Kerstin hinaufgezeigt und gefragt, ob die Tauben nachts darin schliefen. Ich erzählte ihr die Geschichte von der Sekte der Wiedertäufer, die man wegen Ketzerei zu Tode gefoltert und danach den hackfreudigen Schnäbeln der Raben ausgesetzt hatte. Seitdem ging Kerstin nie aus dem Haus, ohne einen schnellen Blick hinüber zu den Käfigen zu werfen.

Der unruhige Strom der Fußgänger, der sich am Ende der Passage teilte, nach rechts zum Prinzipalmarkt und nach links zur Bogenstraße und weiter herunter zum Spiekerhof, hatte Frau Rehberg verschluckt. Es dauerte Sekunden, bis ich sie wiederentdeckte. Sie war nach links gegangen, ihr beigefarbener Leinenhut tauchte von Zeit zu Zeit auf, im regelmäßigen Rhythmus ihrer schnellen Schritte wippend.

Ich hatte Mühe, sie einzuholen, rempelnde Passanten, junge Paare mit Kinderwagen oder Leute, die abrupt vor Schaufenstern haltmachten, behinderten mich. Schließlich war ich ihr schon ziemlich nahe gekommen, als aus dem Nebeneingang eines Damenmodengeschäfts ein Kleiderständer mit Sommermänteln und Blazern auf das schmale Trottoir gerollt wurde und für weitere kostbare Sekunden den Weg versperrte. Die beiden jungen Mädchen, die ihn über die Straße schieben sollten, warteten vergeblich auf eine Lücke im Autoverkehr. Der Strom der Fußgänger geriet ins Stocken, und als es endlich weiterging, war Rehbergs Witwe verschwunden. Ich sah in die Geschäfte links und rechts, in offenstehende Hauseingänge und suchte die Zeile der dicht an dicht geparkten Autos ab, ob nicht irgendwo ein Kofferraumdeckel hochgeklappt war oder ein Motor gestartet wurde – nichts! Es blieb nur die Möglichkeit, daß Frau Rehberg in eines der Häuser gegangen war, vielleicht zu Freunden, um einen Besuch zu machen, vielleicht hatte sie aber auch eine eigene Stadtwohnung, wo sie von unangenehmen Fragen unbehelligt blieb.

Weit konnte sie nicht gekommen sein, trotz ihres Vorsprungs. Ich folgte der Bogenstraße ein Stück herunter, über die kleine Brücke, die den Aafluß überquerte, und suchte, in der Hoffnung auf einen Anhaltspunkt, die Namensschilder an den Häusern beider Straßenseiten ab. Längst nicht alle waren beschriftet. Falls Frau Rehberg eine Vorliebe für anonymes Wohnen hatte, war sie damit nicht allein, und mir wurde bald klar, daß diese Art der Fahndung kaum Erfolg haben würde. Ich suchte noch eine letzte Reihe von Klingelknöpfen ab, und dabei fiel mein Blick auf den Namen „Fechter“. Ich drückte den Knopf, aber niemand machte auf.

Im Haus gegenüber befand sich eine Metzgerei, in deren Auslage eine Verkäuferin gerade die Dekoration für das Wochenende zurechtrückte. Auf weißer Tortenspitze scharten sich roter und grüner Plastikpaprika und mehrere Gummiradieschen um Leber- und Blutwurstgläser und Dosen mit Töttchen, einer lokalen Spezialität aus Kopffleisch und Innereien, die von Lückmann liebevoll „Bismarcks letzter Husten“ genannt wurde. Angeblich war es das Lieblingsgericht des „Pinguins“.

Ich drückte die Türklinke hinunter und trat ein.

„Wir haben schon geschlossen!“ sagte die zweite Verkäuferin, die die große Scheibe der leergeräumten Kühltheke polierte. Dem Aussehen nach handelte es sich bei den beiden Frauen um Mutter und Tochter.

„Ich möchte nichts kaufen. Ich suche eine Goldschmiedin, die in dieser Straße arbeitet und Eva Fechter heißt. Groß, schwarzes kurzes Haar und Anfang Fünfzig. Sie haben doch sicher viel Stammkundschaft.“

Die beiden nickten. Jawohl, Stammkundschaft gab es reichlich. Das Personal aus den umliegenden Geschäften, die Angestellten aus den Büros; sogar vom Bischöflichen Palais und aus dem Generalvikariat kam regelmäßig jemand, um belegte Brötchen, Salate oder kleine warme „Sachen“ zu kaufen.

Die Personenbeschreibung, die ich ihnen gab, paßte auf eine Kundin, die eher selten vorbeikam.

„Vor ein paar Wochen hat sie etwas über unseren Partyservice bestellt. War das nicht Anfang Februar, Gerlind, unsere Lieferung ins Haus gegenüber?“

Die Tochter war mit ihrer Arbeit in der Auslage fertig und wischte sich die Hände an einem blaukarierten Küchenhandtuch ab.

„Ja“, sagte sie, „und ein Künstlerfest war’s. Mit so flippigen Typen! Aber ob das nun eine Goldschmiedewerkstatt war oder eine Werbeagentur oder ein Architektenbüro, das kann ich Ihnen nicht sagen. Wir liefern in so viele Büros, die genau den gleichen Stil haben, und immer für die gleichen Leute, dies aufgepeppte

Volk! Man hat immer den Eindruck, die haben nichts zu tun, die feiern bloß. Man stellt die Ware hin und kassiert. Und abzuholen war nachher auch nichts mehr. Aber ziemlich voll war's, daran kann ich mich noch erinnern."

„Und woraus bestand Ihre Lieferung?"

„Es war die Variante zwei", sagte die Tochter, „Roastbeef mit Remoulade, glasierter Spanferkelschinken mit Senf, Schweinskopfsülze und Leberrolle und ein ausgesuchtes Sortiment an Frischwurst, selbstverständlich mit Brot und Garnitur. Pro Person achtzehn Mark neunzig. Wenn der Kunde will, liefern wir auch Getränke dazu." Sie zog ein Faltblatt aus der Schublade. „Wenn Sie interessiert sind: hier sind alle drei Varianten aufgeschlüsselt. Das warme Sortiment mit Schweinshaxen, Minirouladen und Waldorf-Astoria-Salat, und das budget-freundliche mit Frischwurst und Kartoffelsalat.

„Vielleicht demnächst einmal", sagte ich und steckte den Zettel in die Kostümjacke.

„Bei den meisten Kunden weiß man gar nicht, was sie beruflich so treiben", schaltete sich die ältere Frau wieder ein, „wozu auch? Haben Sie schon im Telefonverzeichnis nach dieser Frau Fechter gesucht? Warten Sie mal!"

Sie verschwand hinter einer Glastür und kam kurz darauf mit dem Telefonbuch wieder. Die Eintragung war schlicht und wenig hilfreich: Eva Fechter, Spiekerhof, Haus- und Telefonnummer. Ich schrieb mir die Telefonnummer auf, bedankte mich, und die Tochter begleitete mich zur Ladentür. Unmittelbar hinter mir knirschte der Schlüssel im Schloß, während zur gleichen Zeit die Jalousette herunterratschte. Ich sah mich nicht um, aber ich hatte das Gefühl, daß die Blicke der beiden Frauen mir folgten.

Kerstin war zurück, braungebrannt, mit einem großen Heftpflaster auf dem Knie und einem Koffer, aus dem die Schmutzwäsche quoll.

„Franz! Hast du keine Waschmaschine mehr?"

Er lehnte in der offenen Wohnzimmertür, unruhig und wie auf dem Sprung, sich möglichst schnell auf die Heimreise zu machen. „Rita hatte versprochen, sich um die Wäsche zu kümmern. Aber sie hat momentan so wenig Zeit. Außerdem waren wir ständig unterwegs."

„Schon gut! Dafür ist ihr die Landluft gut bekommen."

„Danke! Hast du etwas dagegen, wenn ich mich dann verabschiede?"

„Du willst gleich wieder weg? Ausgeschlossen! Du machst heute nicht den ganzen Weg noch einmal!

„Ich bin an Autofahrten bei Nacht gewöhnt", sagte er störrisch. „Außerdem mag ich Hotels nicht. Und so wie du wohnst! So eng! Mit diesem alten Klumpert!"

„Wer sagt denn, daß du ins Hotel gehen sollst? Wir beziehen Kerstins Bett für dich, und Kerstin schläft auf dem Sofa! Für die Heimfahrt ist auch morgen nachmittag Zeit!"

„Au ja, Mama! Ich schlafe so gerne in fremden Betten! Das ist so lustig! In Altötting habe ich mal in der Tenne geschlafen, und mal im Heuschober, und mal bei der Rita!"

Zum Abendessen fuhren wir zum Tollen Bomberg, und während wir auf die Speckpfannkuchen warteten, erzählte ich Franz von den Ermittlungen im Fall Rehberg.

„Mein Chef setzt mich unter Druck. Mit meinem Vorgänger hätte er das nie gemacht. Aber einer Frau schaut man natürlich ganz besonders auf die Finger. Weil sie sich angeblich nicht durchsetzen kann und alles viel zu gefühlsbetont sieht."

„Hast du in Wien mit dem Sohn dieses Rehberg reden können?"

„Nein. Als ich ankam, war er schon fast zwei Wochen tot. Selbstmord. Seine Mutter hatte uns nicht die Wahrheit gesagt. Weißt du, wie arg das ist, wenn man da steht, und eine fremde Ärztin mit übernächtigten Augen erzählt einem eine ganz andere Geschichte? Man kommt sich so dumm vor! Er ist nicht an einem Virus gestorben, er hat sich umgebracht. Und an all dem ist diese Rehberg schuld."

„Hast du mit ihr geredet?“

„Ich kann nicht mit ihr reden, weil sie nicht mehr zu Hause wohnt, sondern irgendwo in der Innenstadt. Heute Mittag habe ich sie zufällig gesehen. Als ich sie ansprechen wollte, war sie verschwunden.“

„Glaubst du, daß sie mit der Sache zu tun hat?“

„Sie war zur Tatzeit in Kärnten, sie müßte also schon jemanden angestiftet haben. Aber sie hat kein Motiv. Ihre Ehe sei gut gewesen, sagt sie. Ihre Freundin allerdings …“

„Was sagt die Freundin?“

Ich erzählte Franz von Rehbergs Angebot an seine frisch verheiratete Frau, sich als „Trostpflaster“ für die mißglückten Flitterwochen ein Aquarell auszusuchen.

„In einer Viertelstunde?“ wunderte er sich. „Da finde ich nicht mal einen neuen Hund! Und ich habe einen Blick für Qualität.“

Die Pfannkuchen wurden serviert, und wir begannen zu essen, als mir plötzlich eine Idee durch den Kopf fuhr.

„Oh Franz! Ich bin ein so unbeschreibliches Schaf!“

„Wenn du bloß ein passendes Wort für deine Unwissenheit suchst, dann tust du den Schafen unrecht. Ich kenne unheimlich intelligente Schafe. Wie die sich orientieren können!“

„Hör auf damit! Warum bin ich nicht gleich draufgekommen, daß die Rehberg, wenn sie wirklich Goldschmiedin ist, auch Zugang zu Zyankali hat? Da zerbreche ich mir den Kopf, ob und wie Rehbergs Schüler an das Gift gekommen sind, und bei ihr steht es in der Werkstatt.“

„Vielleicht hat sie gar keine Werkstatt mehr. Sagtest du nicht, sie hätte ihre Arbeit aufgegeben?“

„Das sehe ich mir selber an. Gleich am Montag! Ich bin sicher, sie hat ihr Atelier noch, und zwar am Spiekerhof. Die Metzgerei im Haus gegenüber hat ihr im Februar eine größere Bestellung geliefert, für eine Party. Die Frau konnte zwar nicht genau sagen, ob es ein Goldschmiedeatelier war, aber eine Privatwohnung war es offenbar auch nicht. Ich gehe zusammen mit der Rehberg hin, und wenn ich einen Hausdurchsuchungsbefehl brauche!“

„Sie war aber doch verreist, als ihr Mann ermordet wurde."

„Das behauptet sie. Auch das werden wir noch einmal genau überprüfen." Ich spießte ein Stück Pfannkuchen auf die Gabel und machte kreisende Bewegungen damit. „Ihr Stiefsohn unternimmt einen Selbstmordversuch. Sie gibt die Schuld daran ihrem Mann und – Franz! Wir haben vielleicht eine heiße Spur!

Und der Pinguin sollte sich endlich mal eine neue Fliege umbinden, die grün-blau gepunktete kann ich langsam nicht mehr sehen. Stell dir vor, er trägt sie zu einem schwarzen Anzug!"

Am Montag, nach meiner Lagebesprechung mit Dr. Gross, fuhr ich zur Sentruper Höhe. Es hatte viel Überredungskunst gebraucht, bis ich den Chef von der Notwendigkeit einer Hausdurchsuchung überzeugen konnte. Er fand es völlig ausreichend, wenn ich mich allein in der Werkstatt umsah. Die Wahrscheinlichkeit, daß Rehbergs Witwe noch im Besitz von Zyankali war, hielt er für sehr gering. „Schließlich arbeitet die Frau doch gar nicht mehr. In einem solchen Fall wird der Giftschein eingezogen." Er hatte nachdenklich seine Zigarre betrachtet und dann gesagt:
„Merkwürdig, wie man sich in einem Menschen täuschen kann. Man hätte beinahe Mitleid mit ihr haben können."

„Sie wäre wahrscheinlich nicht unter Verdacht geraten, wenn sie uns die Wahrheit gesagt hätte. Wir haben ihr zu sehr vertraut", antwortete ich und dachte über die Frage nach, warum manche Menschen einen Vertrauensbonus bekamen und andere nicht. Ein angenehmes Lächeln, ein fester Händedruck, ein gepflegtes Äußeres, dazu, wie in Frau Rehbergs Fall, ein schwerer Schicksalsschlag, und man hatte die Mitmenschen auf seiner Seite. Sogar die Polizei ließ sich bluffen.

„Eine Hausdurchsuchung", sagte Dr. Gross schließlich, „kommt nur dann in Frage, wenn diese Frau Ihnen den Zutritt zu ihrem Atelier verweigert."

Und ich wunderte mich ein zweites Mal, diesmal über den rasanten Imageverlust, den „diese Frau" in seinen Augen von einer Minute auf die andere erlitten hatte. Bisher war sie „Frau Rehberg" gewesen, allenfalls „Rehbergs Witwe“, was bei dem sorgfältigen Sprachgebrauch des Dezernatsleiters schon ein Titel der zweiten Garnitur war. Und jetzt?

Andererseits war es nicht allzu schwierig, den Grund für seine Schwerfälligkeit in Sachen Durchsuchungsbefehl zu erraten. Eine Hausdurchsuchung zog ein umfangreiches Protokoll nach sich, das man, wenn auch gefiltert durch eine erste Zensur seiner Untergebenen, gewöhnlich dem Abteilungsleiter zur Lektüre auf den Schreibtisch legte. Zu einer äußerst ermüdenden, mitunter auch peinlich berührenden Lektüre, weil das Protokoll nicht viel anderes enthielt als das völlig unsensationelle, manchmal allerdings allzu voyeuristisch wiedergegebene Inventar einer Privatwohnung, vom Brillenetui auf dem Nachtisch bis zum Staublappen in der Abstellkammer, vom Etikett im Wintermantel bis zur Waschanleitung im BH.

Die Post war aus Frau Rehbergs Briefkasten entfernt worden und die Gardine hinter den schmiedeeisernen Gittern weggerafft. Als ich läutete, erschien Maria Elena, als wäre sie nie weggewesen, barfuß und in einem pinkfarbenen T-Shirt.

„Frau Rehberg ist im Garten. Wenn Sie bitte mitkommen wollen.“

Sie war am unteren Ende der Gartentreppe mit Unkrautjäten beschäftigt und fuhr, als sie meine Schritte auf der Terrasse hörte, in die Höhe.

„Du lieber Himmel! Haben Sie mich erschreckt!“

„Und Sie haben mich überrascht. Ich hätte Sie eher in Ihrem Atelier am Spiekerhof erwartet.“

„Sind Sie mir jetzt schon in der ganzen Stadt auf den Fersen? Anstatt den Schuldigen zu finden!“

„Es war Zufall. Ich hatte Sie auf dem Markt gesehen und wollte mit Ihnen reden. Und ganz plötzlich waren Sie verschwunden.“

„Warum kommen Sie noch immer zu mir? Ich habe Ihnen genug gesagt, ich weiß nichts mehr!“

„Es gibt aber noch ein paar Fragen zum Tod Ihres Stiefsohnes.“

„Hören Sie endlich mit Ihren Fragen auf! Was zählt der Tod meines Sohnes für Sie? Sie haben Ihren Toten, über den Sie Recherchen machen können. Ihnen geht es doch nur um den persönlichen Erfolg!"

„Sie haben uns nicht die Wahrheit gesagt, deshalb bin ich hier!"

„Weil ich nicht über Christian reden wollte! Nicht mit Ihnen! Ich konnte es nicht. Sie haben ein Kind. Ich mußte mir einen Sohn leihen, einen fast erwachsenen Sohn, auf den ich nicht den geringsten Einfluß hatte. Und dann bringt er sich um!" Im Nachbarhaus klappte ein Fenster. Sie sah nervös hinüber. „Kommen Sie schon! Wir gehen ins Wohnzimmer! Die Leute hier ... Pensionierte Beamte, die keine Beschäftigung haben und ständig auf der Lauer liegen."

Im Wohnraum waren wieder die Möbel hochgestellt oder zur Seite gerückt und die Teppiche eingerollt. Die Wände waren kahl, bis auf zwei Aquarelle, die links und rechts vom Spinett hingen.

„Die Bilder werden demnächst im Westfälischen Landesmuseum gezeigt, als Sonderausstellung", sagte Frau Rehberg und schneuzte sich. „Ich habe alles weggegeben, ich hatte immer Angst vor Einbrechern. Mein Mann war so leichtsinnig!"

Sie gab der Portugiesin, die gerade Stück für Stück die Fotosammlung auf dem Sekretär abstaubte, einen Wink. „Machen Sie sich einen Kaffee in der Küche." Maria Elena verschwand.

Frau Rehberg lehnte sich gegen das Spinett. Ihre unnatürliche Haltung erinnerte mich an die erste Unterredung, die Lenz und ich mit ihr gehabt hatten. Schon damals hatte es ausgesehen, als wollte sie einen Liederabend geben.

„Also, was wollen Sie?" Ihr Tonfall klang jetzt nicht mehr nach Tränen, sondern nach schlechter Laune.

„Wann haben Sie aufgehört, als Goldschmiedin zu arbeiten?"

„Ich habe nie aufgehört. Wann immer mein Handgelenk es zuließ, habe ich etwas gemacht, ein paar Aufträge, Geschenke oder einfach Experimente. Ich hatte noch so viele Ideen, und den Gedanken, ein Krüppel zu sein, konnte ich nicht ertragen. Deshalb habe ich auch die Werkstatt behalten."

„Trotz der hohen Mieten im Zentrum?"

„Die Wohnung ist unser Eigentum. Wenn mein Mann über Nacht fortblieb, habe ich dort geschlafen. Ich fühlte mich sicherer als hier im Haus. Wenn wir Gäste hatten, haben wir sie dort untergebracht."

„Und wenn Christian aus dem Internat kam, hat er dort gewohnt", vervollständigte ich.

Sie nickte überrascht. „Ja, das stimmt. Jedenfalls in den letzten Jahren."

„Stimmt es auch, daß er sich nicht gut mit seinem Vater verstand?"

Man sah ihr an, daß ihr die Frage unangenehm war. „Da sind die beiden wohl nicht die einzigen", sagte sie schließlich. „Der übliche Generationenkonflikt."

„Bei Ihnen hatte er eine Ursache, die man nicht unbedingt als üblich bezeichnen kann."

Sie schwieg.

„Sind Sie deshalb hergekommen?" fragte sie dann. „Um mich danach auszufragen?"

„Nein. Ich möchte Sie bitten, mir zwei Dinge zu zeigen, das Adreßbuch Ihres Mannes und Ihre Werkstatt am Spiekerhof. Sie können sich natürlich weigern, dann beantragen wir eine Hausdurchsuchung."

„Die Papiere meines Mannes haben tagelang bei Ihnen im Präsidium gelegen. Sie hatten Zeit genug, alles durchzusehen."

„Wir haben eine Adresse falsch notiert."

Sie lachte spöttisch. „Ach, tatsächlich? Ich habe immer geglaubt, die Polizei wäre so perfekt!" Sie ging aus dem Zimmer, und man hörte, wie sie an der Küchentür mit Maria Elena redete.

Nach einer Weile kam sie mit einem kleinen Buch zurück. Die Seiten waren eng beschrieben, bis auf die mit den weniger gebräuchlichen Anfangsbuchstaben. Ich blätterte bis zum Buchstaben S, aber ein Kunsthändler namens Ingo Schneider war nicht zu finden. Ich schrieb wahllos Zahlen auf und sagte, während ich Frau Rehberg das Buch zurückgab:

„Die Telefonnummer war tatsächlich falsch. Kein Wunder, daß wir Ingo Schneider nie erreicht haben. Ich danke Ihnen."

Für Sekunden schien Frau Rehberg verwirrt, dann hatte sie sich wieder in der Gewalt. Sie legte das Adreßbuch hinter sich auf das Spinett und sagte:

„Sie hätten die Auskunft anrufen können."

„Der Name Ingo Schneider steht dreimal im Kölner Telefonbuch", log ich. „War es da nicht zweckmäßiger, sich auf Ihre Auskunft zu verlassen?"

Statt einer Antwort sagte sie: „Was meine Werkstatt angeht, so müßten wir jetzt gleich fahren. Ich bin für heute mittag mit Freunden außerhalb der Stadt verabredet. Ich kann mir allerdings nicht vorstellen, was Sie dort so lebhaft interessiert."

„Ich glaube, das können Sie schon. Also fahren wir."

Sie ging nach oben in ihr Schlafzimmer, um sich umzuziehen und die Freunde, mit denen sie verabredet war, telefonisch in die Innenstadt zu bestellen, und während ich auf sie wartete, sah ich mir noch einmal die Bildergalerie auf dem Sekretär an. Aber ich entdeckte nichts Neues. Christians Blick wirkte noch genauso optimistisch wie vor drei Wochen, als ich das Foto zum ersten Mal gesehen hatte.

Das erste Stück der Fahrt legten wir stumm zurück, dann kam zögernd ein Gespräch über die Galerie Vondembusche in Gang und über ihren extravaganten Service, dem Kunden das eine oder andere Bild mit nach Hause zu geben.

„In München wird das von einigen Möbelhäusern angeboten", sagte ich, „sie geben dem Kunden ein Sofa mit oder einen Eßzimmerschrank, zum Ausprobieren."

Das Stichwort „München" brachte Frau Rehberg auf die Idee, von einer spektakulären Ausstellung zu erzählen, die es vor Jahren in der Neuen Pinakothek gegeben hatte. Es schien, als wollte sie eine Unterhaltung über ihre Person vermeiden. Um so hartnäckiger brachte ich das Gespräch immer wieder auf sie zurück.

„Wann haben Sie Ihre Ausbildung als Goldschmiedin gemacht?"

„Gleich im Anschluß ans Studium. Ich wollte etwas Praktisches lernen, und die Malerei machte mir keinen Spaß."

„Warum haben Sie uns nichts davon gesagt?"

„Warum sollte ich? Sie haben mich nie gefragt. Und solange die Polizei sich mit meiner Auskunft zufriedengibt, sehe ich nicht ein, warum ich mehr über mich reden sollte als unbedingt nötig."

„Viele Menschen reden sogar sehr gern über sich."

„Ich nicht. Ich höre lieber zu. Das ist meistens interessanter. Als mein Mann Schuldirektor wurde, war ich auf einmal die Frau des ‚Musterpaukers', als man ihn zum Spitzenkandidaten wählte, wurde ich automatisch in den Rummel um seine Person hineingezogen, und wenn er seine Vernissagen organisierte, war ich seine ‚rechte Hand', wie man so schön sagt. Mir wurde das Ganze schon seit langem zu viel. Die Arbeit in der Werkstatt war für mich eine Art kreativer Frieden, den ich mit mir selbst schloß, ein Ventil, ohne das ich nur schwer hätte leben können. Ich habe viele Aggressionen ganz einfach in Schmuck umgesetzt, so merkwürdig das auch klingt."

Ich erinnerte mich an den Satz der Galeristin, Rehberg habe seine Frau „eingeengt". Und doch hielt ich diese Frau für energisch genug, um gegen enge Grenzen zu rebellieren.

„Das eine oder andere haben Sie aber auch zu Ihrem eigenen Vergnügen organisiert. Anfang Februar zum Beispiel, die Party in Ihrer Werkstatt."

„Wer hat Ihnen das erzählt?"

„Die Frauen aus der Metzgerei gegenüber."

„Wir haben Rolfs Wahl zum Spitzenkandidaten gefeiert", sagte sie abweisend. „Auch das war eine Angelegenheit, die ich für ihn in die Hand nehmen mußte."

„Sagten Sie nicht, Ihre Ehe sei gut gewesen?"

„Das war sie auch! Der beste Beweis ist, daß sie all diesen Belastungen standhalten konnte: dem Medienrummel um ihn, seinem beruflichen Streß, den Sorgen um Christian, den finanziellen Engpässen, in die uns manche Bilderkäufe brachten. Wir führten ein unruhiges Leben, aber wir haben immer zueinander gestanden."

Erst jetzt entdeckte ich, daß Frau Rehberg ihre Brosche nicht angesteckt hatte. Sie trug jetzt einen kurzärmeligen Zweiteiler aus roter Naturseide mit einem farblich abgestimmten Tuch, und der Schmuck hätte gut dazu gepaßt. Ich fragte sie danach.

„Ist Ihnen die Brosche aufgefallen?" Sie schien geschmeichelt.

„Nein, ich trage sie nicht mehr, nie wieder! Ich werde sie verschenken. Es ist die Nachbildung einer Totenmaske, und nachdem es zwei Todesfälle in meiner Familie gegeben hat, konnte ich sie auf einmal nicht mehr sehen."

„Schade! Ich hätte sie Ihnen abgekauft."

„Ich würde niemals Geld dafür nehmen. Jahrelang hatte ich sie in einer Schachtel liegen, dann entdeckte ich sie wieder, steckte sie an, und das Unheil begann. Ich bin nicht abergläubisch, und doch, immer, wenn ich dieses Monstrum trug …"

„… hatten Sie mit der Polizei zu tun. Ich jedenfalls habe Sie nie ohne diese Brosche gesehen."

„Ich will sie nicht mehr!" sagte sie, und ich dachte noch einmal: „Schade!" Schließlich war auch ich nicht abergläubisch.

Das Atelier lag im dritten Stock des unauffälligen Reihenhauses aus nachgedunkeltem Backstein, an dessen Tür ich am vergangenen Samstag vergeblich geläutet hatte. Genau davor begann ein absolutes Halteverbot, und es reichte den ganzen Spiekerhof hinunter, so daß wir bis zum Rosenplatz fahren mußten, um den Wagen abzustellen.

„Warum steht Ihr Mädchenname an der Tür?" fragte ich, während wir nach oben gingen.

„Das habe ich im Januar gemacht, kurz bevor mein Mann Spitzenkandidat wurde. Die Adresse galt von heute auf morgen als Anlaufstelle für seine Parteifans und für Parasiten aller Art. Der Name Rehberg zog die Motten ans Licht, da habe ich das Schild ausgewechselt. Woher wissen Sie, daß es mein Mädchenname ist?"

„Es war nicht schwer, das herauszubekommen."

„Nicht wahr? In dieser Stadt weiß jeder über jeden Bescheid. Ich, zum Beispiel, weiß von Ihnen, daß Sie geschieden sind und vorher mit einem Tierarzt verheiratet waren. Und auch das war nicht schwer herauszubekommen."

„Ich bin nicht geschieden! Ich habe mich von meinem Mann getrennt. Das ist ein Unterschied!"

„Das ist der Anfang vom Ende!" widersprach sie.

Sie schloß die Wohnungstür auf, und wir traten in einen engen Flur, der seine spärliche Beleuchtung durch eine offenstehende Zimmertür bekam. Wie die Arme eines Kraken ragten die leeren Aufhänger eines Kleiderständers ins Licht. Hinter der Tür lag ein großer Raum, dessen Mobiliar für jemanden, der die konsequente Einrichtung in Rehbergs Haus im Gedächtnis hatte, ziemlich zusammengewürfelt wirkte: eine geblümte Couch in starken Farben, zwei abgenutzte Rattansessel, ein schlichtes weißes Bücherregal, zwei schwarze Lacktischchen im Dreieckformat, eine Stehlampe, die sämtlich an den Katalog eines populären schwedischen Möbelhauses erinnerten. Und auf dem Boden lag, viel zu klein für die große Parkettfläche und, wohl um mehr Größe vorzutäuschen, diagonal gelegt, ein aus Stoffresten geflochtener Teppich, einer von jener Sorte, die bei Carla „Fleckerlteppich" hießen. Das einzige auffällige Stück im Zimmer war ein wackelig wirkender Paravent mit chinesischen Pinselzeichnungen, der eine Zimmerecke abteilte, wie die Umkleidekabine in der Praxis eines Akupunkteurs.

Frau Rehberg öffnete eine zweite Tür: „Falls Sie meine Werkstatt suchen, sie ist hier, in der ehemaligen Küche. Die Kochnische haben wir im Wohnzimmer untergebracht, hinter dem chinesischen Schirm."

Mitten in der Küche stand ein Holztisch mit einer dicken Platte, die abgerundete Ecken und eine tiefe Einbuchtung hatte. Vor ihr spannte sich eine Lederschürze, in der man, wie Frau Rehberg sagte, die Reste der Edelmetalle sammelte, die beim Feilen, Stanzen oder Schneiden abfielen. Sie korrigierte mich, indem sie den Arbeitstisch „Werkbrett" nannte und die Lederschürze „Werkbrettfell". Sie zog die Lötpistole aus ihrer Verankerung an der rechten

Seite des Tisches und nahm das eine oder andere Werkzeug auf. Sie erklärte, wie es verwendet wurde, und führte mir, da mir die peruanische Replik so gut gefallen hatte, vor, wie sie diese Maske mit ihren ausgestanzten und an winzigen Ringen wieder eingehängten Augen und den zahlreichen gepunzten Verzierungen aus einem in der Walze geglätteten Kupferstück gemacht hatte.

Ihre unerwartete Gesprächsbereitschaft hätte vergessen lassen können, warum wir hergekommen waren.

„Und dann haben Sie das Stück vergoldet?"

„Natürlich müssen Sie nach der Vergoldung fragen." Frau Rehberg lächelte mokant und zeigte damit, daß sie ihrerseits nicht vergessen hatte, warum ausgerechnet die Polizei sich für ihre Arbeit interessierte. Sie ging zu einem niedrigen Tisch vor der Fensterbank, auf dem ein Gerät mit drei aneinanderhängenden Kunststoffbecken stand. Sie zog die Gardine zur Seite, um für ihre Vorstellung mehr Licht zu haben, und während sie mir einen Vortrag über das Prinzip des Galvanisierens hielt, sah ich mir den Ausblick an. Dem Wohnraum war ein Balkon vorgelagert, auf dem winterharte Kübelpflanzen und ein zusammengeklappter Liegestuhl standen. Der Blick reichte über die Kaskaden weit ausladender, frühlingsgrüner Trauerweiden hinweg, die die Aa-Promenade säumten, auf die Rückseiten der Kettlerschen Doppelkurie und des Generalvikariats. Wer auch immer sich in dieser Wohnung aufhielt, konnte sich unbeobachtet fühlen, wenigstens am Abend, wenn in den Büros des Bistums Münster nicht mehr gearbeitet wurde. Und die Balkone der Nachbarhäuser rechts und links waren so gegeneinander versetzt, daß niemand dem anderen in die Zimmer sah.

„Hat das Haus auch hier, an der Rückseite, einen Eingang?"

Frau Rehberg antwortete nicht sofort. Erst nach einer Weile sagte sie wie beiläufig: „Es gibt irgendwo eine Außentür zum Fahrradkeller und zu einer Waschküche. Beides habe ich noch nie benutzt. Gibt es einen aktuellen Anlaß für Ihre Frage?"

„Nein. Aber seitdem ich am Prinzipalmarkt wohne, oberhalb von Herrn Grotherjans Werkstatt, interessiere ich mich für die alten Häuser in der Innenstadt. In Altötting haben mein Mann und ich einen dreihundert Jahre alten Bauernhof bewohnt. Das heißt, nachdem wir ihn mit großem Aufwand in seinen ursprünglichen Zustand zurückversetzt hatten. Aber die Aufteilung dieser historischen Stadthäuser finde ich noch viel faszinierender. Beim Bauernhof ist alles geregelt, je nach dem Hoftyp, um den es sich handelt. Aber daß das in den alten Handelszentren auch so war! Diese Staffelung von Ladenlokal, Werkstatt und Privatwohnung."

„Dieses Haus stammt aus den fünfziger Jahren", sagte Frau Rehberg und zog die Gardine wieder zu. „Wie Sie wahrscheinlich wissen, ist die Innenstadt im zweiten Weltkrieg von den Alliierten in Schutt und Asche gelegt worden. Achtzig Prozent der Gebäude waren zerstört. Am Prinzipalmarkt hat man die alten Vorlagen wieder nachgebaut, hier nicht. Aber, ehrlich gesagt, es ist mir auch ziemlich egal. Ich teile diesen Lokalpatriotismus nicht, und wenn ich hier oben in meiner Werkstatt bin und sehe, wie meine Schmuckideen Realität werden, dann denke ich nicht an die Aufteilung des Hauses oder an seine Fassade."

„Lohnt sich für Ihr Atelier eine Anlage zum Vergolden? Braucht man nicht einen Giftschein, wenn man mit Zyankali arbeitet?"

„Ja", sagte Frau Rehberg, „und als Goldschmied bekommt man ihn." Nachdem sie sich auf der Herfahrt alle Mühe gegeben hatte, ihre eigene Person aus dem Gespräch herauszuhalten, versuchte sie jetzt, da sich das Thema nicht mehr vermeiden ließ, offenbar allzu verfänglichen Fragen vorzubeugen.

„Ein Galvanisierungsbad lohnt sich deshalb für mich, weil ich im Gegensatz zu etablierteren Kollegen hauptsächlich mit vergoldetem Metall arbeite. Aus Kostengründen. Meine Spezialität sind Museumsrepliken, und die Kundschaft, die sich dafür interessiert, junge Leute, Weltenbummler, Ethnologen, ist eher an einer exakten Imitation interessiert als an der Hochwertigkeit des Materials."

„Und für diese Arbeit brauchen Sie Kaliumcyanide."

Anstatt zu antworten, griff Frau Rehberg nach ihrem mächtigen Schlüsselbund, den sie auf den Arbeitstisch gelegt hatte, und ging zu einem Metall-Schränkchen, das an der Wand rechts neben dem

Fenster hing. Sie nahm eine Stahlkassette heraus, stellte sie auf die Arbeitsfläche und schloß sie auf: „Wenn dies ein Beweisstück wäre, könnten Sie mich jetzt auf der Stelle festnehmen. Mein Glas mit Kaliumcyaniden ist leer, wie Sie sehen, leer bis aufs letzte Milligramm. Und es ist genau das Gift, an dem mein Mann gestorben ist. Das Problem liegt nur darin, daß ein solches Glas in einer Goldschmiedewerkstatt nichts besonderes ist. Nicht nur Herr Grotherjan, in dessen Haus Sie wohnen, arbeitet damit, sondern viele andere auch. Nicht gern, weil es zu gesundheitlichen Schäden kommen kann, aber es ist ein Mittel, auf das man nun einmal nicht verzichten kann."

Die Kassette enthielt eine Glasflasche, deren Etikett einen weißen Totenkopf auf schwarzem Grund und den Namen Kaliumgoldcyanid zeigte. Kein Zweifel, die Flasche war leer. Etwa ein Viertelliter hätte hineingepaßt.

Frau Rehberg schloß die Kassette wieder und sagte so selbstverständlich, als handelte es sich um ein Aromaöl oder um Nasentropfen: „Ich muß mir dringend ein neues Glas besorgen. Ich bewahre es übrigens, wie Sie sehen, vorschriftsmäßig auf, in einer Stahlkassette, die in einem abschließbaren Apothekenschrank steht. Ich würde mich sonst strafbar machen."

„Seit wann ist es leer?"

„Schon eine ganze Weile. Es reichte für ein letztes Galvanisierungsbad, das inzwischen auch verbraucht sein dürfte. Ich habe in letzter Zeit viel gearbeitet. Hier, sehen Sie!" Sie klappte einen Büroordner auf und schob mir Klarsichthüllen mit Fotos hin: Broschen, Amulette, Agraffen, Mantelfibeln. Wahrscheinlich brachte ihr Frau Vondembusche die Fotos aus Museen mit, die sie auf ihren Auslandsreisen besuchte.

„Wer liefert Ihnen das Kaliumcyanid?"

„Eine Scheideanstalt in Düsseldorf, sie nimmt auch die verbrauchten Bäder zurück. Es ist jedesmal ein weiter Weg für mich, deshalb wollte ich warten, bis ich das Bad gleich mitentsorgen lassen kann. Nächste Woche fahre ich hin und hole mir Nachschub."

„Ich nehme die Flasche mit“, sagte ich, „wir werden sie untersuchen. Wenn wir keine belastenden Spuren finden, bekommen Sie sie in den nächsten Tagen zurück. Andernfalls müssen Sie mit einer Hausdurchsuchung rechnen.“

Widerspruchslos schloß Frau Rehberg die Stahlkassette noch einmal auf, ich streifte einen Gummihandschuh über, nahm das Glas am obersten Ende des Drehverschlusses heraus und schob es in eine Plastiktüte, die ich aus der Jackentasche zog.

„Was nennen sie belastende Spuren?“ fragte sie. „Meine eigenen?“

„Nein, fremde.“

„Sie werden nichts finden außer meinen Fingerabdrücken. Und die sind weder belastend noch in irgendeiner Weise weiterführend. Schließlich habe ich mit dem Material gearbeitet.“

Ich überhörte den Einwand. „Wie viele Schlüssel gibt es zu Ihrer Wohnung?“

„Zwei. Zwei komplette Sätze. Einer hängt an meinem Schlüsselbund, der andere liegt im Haus am Schulteweg, in einer verschlossenen Schublade meines Schlafzimmer-Sekretärs. Rolf war der einzige, der das wußte.“

„Und Ihre Gäste? Oder Christian?“

„Sie bekamen das Exemplar von meinem Schlüsselbund, das heißt, den Haus- und Wohnungsschlüssel. Die Küche wurde abgeschlossen. Außerdem handelt es sich bei den Gästen, die diese Wohnung benutzen dürfen, um eine kleine Zahl handverlesener Freunde.“

Eine Weile schwiegen wir beide. Dann sagte Frau Rehberg: „Sie nehmen an, daß das Gift, an dem mein Mann gestorben ist, aus dieser Werkstatt stammt?“

„Ich nehme nichts an. Ich bin nur verpflichtet, jeder noch so kleinen Spur nachzugehen.“

Sie zuckte die Schultern. „Das Kaliumcyanidglas ist seit langem leer, und mit dem da“, sie nickte hinüber zu den Kunststoffwannen mit ihrer gläsernen Flüssigkeit, „hätte ein Laie nicht viel anfangen können.“

„Und ein Fachmann?"

„... könnte versuchen, die Lösung durch Verdampfung zu konzentrieren, bis auf einen hochgiftigen Rest. Aber die Gefahr, daß er dabei selbst zu Schaden kommt, würde ihn sicher davon abhalten. Wenn er wirklich ein Fachmann ist. Es passieren genug Unfälle damit."

„Gibt es in Ihrem Bekanntenkreis einen Fachmann?"

„René Willstädter, er ist Chemiker. Aber die anderen ... Lehrer, Parteigenossen, Musiker, Galeristen und Maler. Wie Sie über Willstädter denken, ist Ihre Sache. Maler arbeiten bekanntlich mit Benzin und Aceton, aber nicht mit Zyankali."

„Wann haben Sie zum letzten Mal Gäste in dieser Wohnung untergebracht?"

„Christian war in den Weihnachtsferien da", sagte sie, offenbar bewußt ausweichend, „bis zum 6. Januar. Dann mußte er zurück nach Wien."

„Ich meine Personen, die nicht zur Familie gehören."

„Anfang Februar, als wir den Wahlerfolg meines Mannes feierten, ist einer seiner Parteifreunde aus Düsseldorf nachts hier geblieben. Es war ihm zu spät geworden, um noch nach Hause zu fahren."

„Im Anschluß an die Party hat jemand in dieser Wohnung übernachtet?"

„Warum nicht? Er war ein unkomplizierter Typ. Nachdem die letzten Gäste weg waren, hat er sich in seinen Schlafsack, den er immer im Auto liegen hat, eingerollt. Es gibt Menschen, die grundsätzlich nicht ins Hotel gehen."

„Mein Mann zum Beispiel. Ich nehme an, Sie hatten Ihre Werkstatt abgeschlossen."

„Natürlich. Obwohl wir sie hätten offenstehen lassen können. Er hatte so viel getrunken, daß er fast auf allen Vieren kroch, als wir ihn allein ließen. Dieses Parteivolk ernährt sich ja wohl hauptsächlich flüssig!"

„Gehörte er zu den ‚Handverlesenen'?"

„Das lag in Rolfs Ermessen. Meine Freunde hier in der Stadt müssen nicht bei uns übernachten. Sie haben ihre eigene Wohnung."

„Sie meinen Frau Vondembusche?"

„Und ihn auch. Er ist vor zwei Jahren an Krebs gestorben. Ein reizender Mensch."

„Und seitdem ist niemand mehr hier gewesen?"

„Nein, niemand."

„Gibt es eine Putzfrau?"

„Sie kennen sie. Sie kommt einmal im Monat. Das letzte Mal war sie an dem Montag vor meiner Abreise nach Kärnten hier." Sie sah auf ihre Uhr. „Es tut mir leid, aber wie ich schon sagte, bin ich verabredet."

„Geben Sie mir einen Gegenstand mit, der Ihrem Stiefsohn gehört hat", sagte ich. „Wir brauchen seine Fingerabdrücke."

„Sie verdächtigen ihn?" Sie lachte hysterisch. „Haben Sie vergessen, daß er im Krankenhaus lag, als mein Mann starb?"

„Ich habe es nicht vergessen. Aber es besteht die Möglichkeit, daß die Spur zum Täter über Ihren Sohn führt."

Frau Rehberg schwieg eine Weile, ein bißchen zu lange, wie ich fand. Dann sagte sie: „Das müssen Sie mir genauer erklären."

„Ich kann Ihnen nichts Genaues sagen, solange ich seine Fingerabdrücke nicht habe. Bisher ist es nur ein Verdacht."

Sie schüttelte den Kopf. „Es gibt hier in der Wohnung nicht viel von Christian. Die Dinge, die er ständig benutzte, sein Reisenecessaire, seine Bücher nahm er wieder mit nach Wien. Aber warten Sie!"

Sie ging zu dem weißen Regal, suchte zwischen den Büchern und zog etwas heraus, das auf den ersten Blick aussah wie ein dunkler, schmaler Band. Es war eine kleine Zigarrenkiste.

„Darin hat er Schreibzeug aus seiner Schulzeit aufbewahrt und allen möglichen anderen Krimskrams." Das Kistchen trug denselben Schriftzug wie die Banderole der Havanna, die in Nederburgs Wagen gelegen hatte: León Jimenes.

Ich brachte die Kaliumcyanidflasche und die Zigarrenkiste ins Labor, wo schon seit längerem die Zigarre aus Nederburgs Wagen lag. Schüller nahm die Sachen entgegen.

„Wie lange brauchen Sie für das Ergebnis?"

„Wann hätten Sie es denn gern?"

Ich mußte lachen. „Diese rücksichtsvolle Frage habe ich hier noch nie gehört. Normalerweise fragt man mich, wie schnell ich ein Ergebnis liefern kann."

„Ich bin eigentlich bis über beide Ohren eingedeckt mit den Beweisstücken der Drogenfahnder," sagte Schüller. „Aber fragen Sie heute abend nach, bevor Sie nach Hause gehen."

Ich warf einen Blick auf die Kinderzeichnung, die er an die Wand hinter sich genagelt hatte. „Wie alt ist Ihre Tochter?"

Er drehte sich auf dem fahrbaren Bürosessel um. „Wer? Ach so! Woher wissen Sie, daß sie von einem Mädchen stammt?"

„Meine Tochter zeichnet sehr ähnlich. Ein Junge würde wahrscheinlich weniger Pink nehmen, und dann dieses Lila ..."

„Sie ist sieben", sagte er.

„Kerstin auch. Ein anstrengendes Alter."

„Wem sagen Sie das! Wenn meine Frau sonntags Krankenhausdienst hat, klappere ich mit Christina den ganzen Zoo ab."

„Ist Ihre Frau Ärztin?"

„Laborantin", korrigierte er.

„Trotzdem! Genießen Sie die Zeit, in der sich Ihre Tochter noch mit Ihnen zufriedengibt. Wenn sie erst einmal allein unterwegs ist, oder mit einem anderen Mann ..."

Während ich durchs Treppenhaus in mein Büro zurückging, überlegte ich, welche von Kerstins „Kreationen" sich als Hintergrund für meinen Schreibtisch eignete. Vielleicht das allerneueste vom Bauernhof in Altötting? Pinkfarbene Schweine und lila Schafe vor Gewitterwolken. Im Münchener Sittendezernat hätte man mich mit diesen „Kinkerlitzchen" nicht für voll genommen, aber hier wurden Reminiszenzen an die Familie offenbar toleriert. Wo doch sogar Dr. Gross über das Wiedersehen mit seinem alten

Schulfreund geplaudert hatte. Ein Bild von Kerstin an der Wand, das wäre wie eine ständige freundliche Zwiesprache mit ihr.

Ich setzte mich an den Computer und begann, das Protokoll meines Gesprächs mit Frau Rehberg zu schreiben, danach machte ich auf einem Blatt Papier noch eine Skizze der Werkstatt und heftete alles ab. Die Ergebnisse der letzten zwei Wochen gaben dem hellgrauen Ordner ein etwas wohlgenährteres Aussehen. Ich schob ihn zurück in den Aktenschrank und meldete bei der Zentrale noch einmal ein Dienstgespräch mit dem Kölner Polizeipräsidium an. Seit der Mittagspause hatte ich vergeblich versucht, Frieder Lenz zu erreichen.

Die weibliche Stimme am anderen Ende der Leitung teilte mir in rheinischem Tonfall, der für mich immer etwas Karnevalistisches hatte, mit, daß der Erste Hauptkommissar den ganzen Tag mit einem auswärtigen Termin verbracht habe und jetzt in einer Besprechung mit dem Polizeivizepräsidenten festgehalten werde. „Wenn Sie es vielleicht in einer halben Stunde noch mal versuchen wollen? Seine Frau hat auch schon dreimal angerufen."

Ich legte auf und kämpfte ein paar Minuten gegen den Gedanken, daß sich das Gespräch auch völlig problemlos am nächsten Morgen führen ließe. Nur die Aussicht, daß Schüller mit seinen Laboruntersuchungen noch an diesem Abend fertig wurde, hielt mich am Schreibtisch. Hilly hatte einen freien Nachmittag, um ihre Mutter im Altersheim zu besuchen, und auch Lückmann war nach Hause gegangen. Er nahm seit neuestem jeden Montag abend Tennisstunden. Die Stille der leeren Büroetage wurde plötzlich hörbar, genau dies war die Stimmung, in der man mit Selbstgesprächen begann. Es mochte Menschen geben, die sich durch ihre verwaisten Nachbarbüros zu außergewöhnlichen Leistungen angefeuert fühlten, bei mir bewirkten sie das Gegenteil. Mit immer rebellischerem Knurren erinnerte mich mein Magen daran, daß ich zu Mittag nur ein Schinkenbrötchen und zwei Äpfel gegessen hatte, und bei dem Gedanken an das Sortiment im heimischen Kühlschrank fiel mir nichts anderes ein als Wurst und Käse, Brot und Butter. Ich hatte Lust, irgend etwas Extravagantes zu kaufen. Etwas, das man sich Weihnachten leistete oder im Urlaub: eine ganze Platte griechisch eingelegter Gemüse, einen halben Räucherlachs oder ein paar von diesen sündhaft teuren Käsekreationen. Und wenn ich mich beeilte, reichte die Zeit gerade noch, um mit dem Rad zu Holstein zu fahren. In der Bäckerei, die ein paar Häuser weiter lag, gab es Blaubeermuffins, wie Kerstin sie gern zum Frühstück hatte. Und wie lange war es überhaupt her, daß ich ihr auf der Bettkante etwas vorgelesen hatte? Seitdem ich in der Mordkommission arbeitete, wurde es an den Alltagen regelmäßig so spät, daß es noch knapp zum Gutenachtkuß reichte.

Ich griff zum Telefonhörer, um im Labor zu fragen, ob es bereits ein Ergebnis gäbe, und daß es, falls keins vorlag, auch Zeit bis zum nächsten Tag hätte, als die Tür zum Treppenhaus knarrte und sich über den Korridor Schritte näherten. Dann stand Schüller im offenen Türrahmen.

„Ja?“ fragte ich erwartungsvoll.

„Tut mir leid! Aber der Chef hat darauf bestanden, daß wir zuerst die Untersuchungen in dem Drogenfall abschließen. Die holländischen Kollegen drängen, weil sie eine landesweite Fahndung eingeleitet haben. Interpol ist eingeschaltet, und der Chef ...“

„Schon gut!“

„Es ist wirklich nicht meine Schuld.“ Man sah, wie unangenehm es ihm war, sein eigenes Versprechen zu torpedieren, nur weil sich ein Stockwerk höher ein zigarrenschmauchender Abteilungsleiter Lorbeeren von der Staatsanwaltschaft ausrechnete. Unschlüssig blieb er in der offenen Tür stehen.

„Es gibt keinen Grund, den Fall Rehberg bevorzugt zu behandeln“, beruhigte ich ihn.

„Wenn Sie es so sehen!“ Er schien erleichtert. „Schönen Abend noch! Für mich wird es heute spät, sonst hätte ich Sie ein Stück im Wagen mitgenommen.“

„Danke, ich habe mein Fahrrad unten im Hof stehen. Ich habe es nicht weit.“

Er verschwand, und ich hängte mir meine Tasche über die Schulter. Im gleichen Moment klingelte das Telefon. Ich sah den

Apparat ein paar Sekunden lang an, in der Hoffnung, den Störenfried durch Fernhypnose zum Auflegen zu bewegen. Aber wer auch immer dran war, er hatte die besseren Nerven, und so nahm ich ab. Es war Lenz, der wissen wollte, warum ich angerufen hatte.

Ich erzählte ihm von Nederburgs Ölbild, das Rehberg angeblich hatte kaufen wollen, obwohl nicht einmal die Telefonnummer des Kunsthändlers in seinem Adreßbuch stand. Wo er doch sonst alle „seine“ Galerien im In- und Ausland penibel eingetragen hatte. Ich berichtete auch von der Kartei, die Rehberg über „seine“ Künstler angelegt hatte, und Lenz versprach, sich mit Schneider in Verbindung zu setzen, sobald dieser aus Basel zurück war.

„Ich hätte ja selbst mit ihm geredet, aber der Chef –“

„Er hat es nicht gern, wenn man zuviel reist“, bestätigte Lenz. „Ich gehe der Sache nach. Wann, sagten Sie, ist dieser Schneider wieder zurück?“

„Seine Mitarbeiterin meinte, Mitte dieser Woche.“

„In Ordnung. Ich werde in der Mittagspause mal vorbeigehen.“ Offenbar war der Polizeivizepräsident eine rheinische Frohnatur und die Besprechung mit ihm angenehm verlaufen, denn Lenz fragte ungewohnt freundlich nach dem Stand der Ermittlungen. Ich sagte, mein Besuch in Wien habe alles durcheinandergebracht, vielleicht aber auch neue Weichen für die entscheidende Spur gestellt.

„Haben Sie gewußt, daß Frau Rehberg Goldschmiedin ist?“

Er verneinte erwartungsgemäß, nein, niemand von ihnen hatte das gewußt. Ihr nur schwer anfechtbares Alibi hatte jeden Zweifel an ihrer Person im Augenblick seines Aufkommens auch schon wieder entkräftet. Und doch war jeder in Rehbergs Umkreis, der Zugang zu Zyankali hatte, verdächtig. Ob er zur Tatzeit in Münster war oder nicht.

Mir fiel ein, daß ich die Scheideanstalt anrufen mußte, um zu erfahren, wann Rehbergs Witwe das letzte Mal Goldcyanid gekauft hatte. Aber da ein Anruf an diesem Abend zwecklos war, machte ich mir für den nächsten Morgen eine entsprechende Notiz.

„In der Werkstatt haben gelegentlich Freunde übernachtet," sagte ich, während ich schrieb. „Sie war das Gästezimmer der Rehbergs. Damit wird der Kreis der Verdächtigen noch unübersichtlicher."

„Wo hatte sie das Kaliumcyanid untergebracht?"

„Vorschriftsmäßig. In einer Stahlkassette, die in einem verschlossenen Apothekenschrank untergebracht war. Und die Schlüssel hat nur sie."

„Und wieviel von dem Zeug hatte sie?"

„Nichts mehr! Alles was sie hatte, war ein leeres Glas. Sie sagte, es sei beim letzten Vergoldungsbad verbraucht worden. Sie habe die Flasche nur deshalb nicht zurückgebracht, weil sie abwarten wolle, bis auch das Bad entsorgt werden müsse. Sie wird von einer Firma in Düsseldorf beliefert."

„Würden Sie sie für weniger verdächtig halten, wenn sie uns von ihrer Werkstatt erzählt hätte?"

„Nicht unbedingt, aber daß sie es uns verschwiegen hat, ist auf jeden Fall merkwürdig."

„Wie hat sie auf Ihre Fragen reagiert?"

„Nicht unfreundlich. Dr. Gross hätte einen Antrag auf Hausdurchsuchung gestellt, wenn sie sich geweigert hätte, mir ihr Atelier zu zeigen, aber sie ist sofort mitgefahren und hat mir alles erklärt." Eine Frau, die sich vor Einbrechern so sehr fürchtete, daß sie alle Bilder ihres Mannes ins Museum gab? Trotz der Klausel in seinem Testament, die bestimmte, daß die Sammlung nicht aus dem Haus gebracht werden durfte? Wahrscheinlich hatte sie auch Angst vor Spinnen und Mäusen, aber vor der Polizei gab sie sich selbstsicher.

„Ja", sagte Lenz, „der menschliche Faktor ist in unserem Beruf der wunde Punkt. Nicht genug damit, daß wir uns mit den schäbigsten menschlichen Eigenschaften Brutalität und Habgier herumschlagen müssen, haben wir es offenbar auch noch mit einer Gesellschaft zu tun, der absolut nichts an der Wahrheitsfindung liegt. Da wird vertuscht und verschleiert, was das Zeug hält, und was dann noch an Aufdeckungschancen übrigbleibt, vermasselt die menschliche Dummheit. Und dann heißt es, die Polizei sei unfähig."

Es war kein Gespräch, das meine Stimmung aufzuheitern vermochte. Und so beendeten wir es, ich nahm noch einmal den Aktenordner aus dem Büroschrank und begann zu blättern.

Das erste, was ich wiederfand, war das Verzeichnis jener Dinge, die man in Rehbergs Wagen gefunden hatte, im Handschuhfach und auf dem Rücksitz, im Mantel und in der Aktentasche. Ich überflog die Liste, und für Sekunden blieb mein Blick an dem „großen Lederetui mit neun Schlüsseln" hängen. Genau dieselbe Anzahl hatte, meinen eigenen Notizen zufolge, auch das reichhaltige Sortiment umfaßt, mit dem seine Witwe die Türen, Schränke und Kassetten ihrer Werkstatt aufgeschlossen hatte. Ein Zufall, schließlich hatte Rehberg zusätzlich zu seinen Schlüsseln für Haustür, Gartentor und Tresor auch noch die seines Schulgebäudes und des Parteibüros herumgeschleppt.

Ich fand das Protokoll von Lenz über unsere Befragung von Frau Rehberg und, mit einer Büroklammer an die letzte Seite geheftet, die Telefonnummer des Kurhotels. Ich zog den Zettel ab und schob ihn unter den Telefonapparat, als zweite Erinnerung für den nächsten Morgen. Und als ich feststellte, daß es für exzentrische Einkäufe inzwischen zu spät geworden war, beschloß ich, im Büro zu bleiben und den Bericht meines Vorgängers noch einmal zu lesen. Und nicht nur ihn, sondern alles, was in den ersten Tagen nach dem Mord zu Protokoll genommen worden war.

Das Gespräch mit der Witwe war mit bewundernswerter Vollständigkeit wiedergegeben worden. Sowohl unsere Fragen als auch ihre manchmal recht störrischen Antworten hatte Lenz komplett aus dem Gedächtnis zitiert. Jedenfalls konnte ich mich nicht daran erinnern, daß er während oder nach dem Gespräch Aufzeichnungen gemacht hatte.

Die Identität jener Person, die sie von Christians Krankheit informiert hatte, hatte Lenz offenbar nicht überprüfenswert gefunden, was allerdings nicht verwunderte. Um diese Zeit hatten wir nichts von Christians Homosexualität gewußt. Und nach den Informationen, die ich in Laxenburg bekommen hatte, teilte Nederburg die Neigungen seines Schülers nicht.

Ich las weiter. „Er konnte nicht sprechen“, hatte Frau Rehberg über ihren Stiefsohn gesagt, und mir wurde das makabre Mißverständnis bewußt, dem Lenz und ich damals zum Opfer gefallen waren. Nicht der kräftezehrende, heimtückische Virus aus ihrer Fantasie hatte Christian am Reden gehindert, sondern seine durch Salzsäure zerfetzten Schleimhäute.

Ich fand die Notiz über den zweiten Zeitpunkt, an dem Frau Rehberg, diesmal vergeblich, versucht hatte, mit ihrem Mann zu telefonieren. An dieser Stelle gab es eine Randbemerkung von Lenz: „Auskunft dürfte stimmen. Abendzug Salzburg-Villach hatte am 11. März zwanzig Minuten Verspätung. Ankunft: 22.11 Uhr.“

Auch daß sie ihn nicht erreicht hatte, schien glaubwürdig. Vermutlich hatte er den Abend auf einer Wahlversammlung verbracht, mit Reden, Diskutieren, Händeschütteln. Ich versuchte, mich zu erinnern, ob es auf Rehbergs Wandplaner eine entsprechende Eintragung gegeben hatte, obwohl er sich nach Aussagen seiner Frau diese Termine nicht notierte. Ich blätterte bis zu meiner Mitschrift aus dem Studio und fand nichts über den Abend, dafür aber einen Hinweis auf den Nachmittag. Rehberg war mit Willstädter zum Tennis verabredet gewesen, wobei weder Ort noch Dauer notiert waren. Ich nahm den Hörer ab, und wählte Willstädters Nummer. Und während ich wartete, hatte ich plötzlich die Möglichkeit vor Augen, durch eine neue, gründliche Lektüre der allerersten, in der Unkenntnis späterer Informationen verfaßten Protokolle der Lösung ein Stück näher zu kommen.

Während das Rufzeichen kam, malte ich mir aus, daß er nicht nur einmal ermordet worden war sondern viermal, in jeder seiner vier wichtigsten Funktionen. Als autoritärer Schuldirektor von seinen Abiturienten vergiftet, als machtgieriger Spitzenkandidat von seinen politischen Freunden in der Sauna verbrüht, als eitler Musiker von seinen Quartettgenossen mit dem Geigenbogen erstochen, als arroganter Mäzen von seinen ausnahmsweise einmütigen Künstlern mit einem Bilderrahmen erschlagen.

Willstädter, schlaftrunkener, als es sich für einen dynamischen Chemielehrer um diese Zeit gehörte, nahm den Hörer auf und antwortete auf meine Frage nach Rehbergs Freizeitaktivitäten mürrisch, er müsse erst in seinem Kalender nachsehen, ob dieses Match überhaupt stattgefunden habe. Es dauerte ein paar Minuten, bis er wieder ans Telefon kam: „Sie haben recht. Wir haben Tennis gespielt."

Ich fragte nach dem Treffpunkt, und er nannte den Sportpark an der Sentruper Straße, wo Lückmann seit einiger Zeit trainierte.

„Wirkte er nervös, irgendwie verändert?"

„Er hat mich in allen sechs Sätzen souverän geschlagen! Sie stimmen wohl mit mir überein, daß er weder unkonzentriert gewesen sein kann noch körperlich nicht auf der Höhe."

„Er war stark erkältet."

„So?" Willstädter schien erstaunt. „Möglich, beeinträchtigt hat es ihn jedenfalls nicht."

„Hat er irgend etwas über seine Pläne für den Montag gesagt?"

Willstädter schwieg einen Augenblick. „Nein", sagte er dann. „Wir haben nicht einmal über die Sitzung geredet. Ich hatte ihm klar zu verstehen gegeben, was ich von seinem Entschluß hielt, wieder drei Kandidaten in die Wüste zu schicken. Wozu also noch diskutieren?

„Haben Sie das Ende der Sitzung abgewartet?"

„Ja", sagte er knapp.

„Und danach?"

„Ich verstehe Sie nicht. Was soll danach gewesen sein?"

„Hatte Dr. Rehberg noch etwas zu erledigen? Einen Termin?"

„Nicht daß ich wüßte!"

„Wann war das Match am Samstag zu Ende?"

„Gegen fünf, glaube ich."

„Als seine Frau ihn nach zehn Uhr abends anrief, war er nicht zu Hause."

„Bei mir war er auch nicht." Damit legte Willstädter auf.

Die Dämmerung fiel über den Prinzipalmarkt, die Straßenbeleuchtung flammte auf, und in den Schaufenstern brannte Licht. Die Geschäfte waren bereits geschlossen und die Busse schnurrten nur noch gelegentlich über das Kopfsteinpflaster. Es war halb neun, als ich auf meinem Fahrrad um die leichte Kurve an der Lambertikirche schoß. Dabei hielt ich mich in respektvollem Abstand zu dem gotischen Kirchengebäude, nachdem Frau Grotherjan von einem Mann erzählt hatte, der vor Jahren durch Gesteinsbrokken erschlagen worden war. Der Kot der Tauben, die oben in der Turmspitze, rund um die „Wiedertäuferkäfige", und in den zahlreichen Fensterhöhlen logierten, verschmutzte nicht nur das Kopfsteinpflaster, sondern zersetzte auch den Sandstein des Gemäuers zu einem gefährlichen Mürbeteig.

Der langgezogene Marktplatz mit seinen zwei Reihen dichtstehender, schmaler Giebelhäuser lag jetzt vor mir, mit der Verträumtheit eines Postkartenmotivs, doch die Idylle täuschte. Am unteren Ende der Fahrbahn rotierte Blaulicht.

„Ein Autounfall", dachte ich, „oder ein Radfahrer, der einen Fußgänger erwischt hat." Selbst Achtzigjährige fuhren in Münster noch mit dem Rad, und sie waren nicht selten die Waghalsigsten.

Aber vielleicht hatte auch jemand versucht, die Stadtsparkasse zu überfallen, die an der Rothenburg lag. Ich kam näher und sah, daß es ein Krankenwagen war, und daß er vor Grotherjans Tür stand. Ich sah Frau Grotherjan auf dem Trottoir stehen und neben ihr eine kleine, gedrungene Gestalt mit schwarzen Haaren, die aussah wie Li-Na. Ein paar entsetzlich lange, quälende Sekunden stellte ich mir vor, daß es meine eigene impulsive Tochter war, die gerade notdürftig versorgt, an Infusionen gehängt, verbunden oder geschient wurde, daß sie mit Verbrühungen, Verbrennungen, Vergiftungen dort lag oder mit einer schweren Platzwunde.

Ich fuhr so schnell ich konnte, um den Wagen noch zu erreichen. Aber ich kam zu spät. Knapp hundert Meter vor mir wurde die doppelte Hecktür des Wagens zugeschlagen, zwei Männer in weißen Mänteln sprangen auf Fahrer- und Beifahrersitz, während

Frau Grotherjahn und Li-Na sich wegdrehten, die eine zu ihrem Geschäft, die andere zum Hauseingang.

Ich stürzte in den Laden, wo die Juweliersfrau mit geübten Handbewegungen ihre dunkelblau bezogenen Schautabletts unter die Glastheke schob, um sie wegzuschließen. Sie sah mein Gesicht und begriff.

„Mit Ihrer Tochter ist alles in Ordnung“, sagte sie freundlich, „sie ist oben. Es war Frau Gravensteiner, die sie weggebracht haben. Sie hatte einen Schlaganfall. Sie wird wohl ein Weilchen im Krankenhaus bleiben müssen. Um so besser, daß Sie jetzt da oben wohnen und das Haus überwacht ist.“

Es war etwa eine Stunde her, daß Li-Na mit der Nachricht ins Geschäft gekommen war, der alten Nachbarin sei offensichtlich etwas passiert. Sie hatte mit Kerstin „Mensch-ärgere-dich-nicht“ gespielt und jenseits der Zimmerwand einen harten Stoß gehört, hatte gerufen und geklopft und, als niemand antwortete, die Nachbarin telefonisch zu erreichen versucht.

„Als sie auch den Hörer nicht abnahm, ist Ihr Kindermädchen zu uns gekommen, und wir haben die Ambulanz gerufen. Die Wohnungstür mußte aufgebrochen werden. Aber das kommt schon wieder in Ordnung.“

Oben, in unserer Wohnung saß Kerstin, eine Riesentüte Kartoffelchips auf dem Schoß, vor dem Fernseher und sah sich einen amerikanischen Liebesfilm an.

„Warum bist du nicht im Bett?“ Für kurze Zeit schlug die Panik der letzten Minuten in Ärger um, dann hatte ich mich wieder in der Gewalt. Was war dabei, wenn eine Siebenjährige eine Situation gewinnbringend nutzte, in der es drunter und drüberging? Ich nahm ihr die Chipstüte aus der Hand und legte sie auf den Wohnzimmerschrank.

„Ich konnte nicht schlafen“, sagte Kerstin und rieb sich verstohlen die Augen. „Die waren alle so laut!“

„Wenn du dies Zeug weiter ißt, kannst du erst recht nicht schlafen.“

„Wieso?“

„Weil dir schlecht davon wird. Außerdem macht es Durst."

Kerstin trollte sich.

Li-Na hatte ihre Siebensachen zusammengesucht und kam im Mantel zur Wohnungstür, offenbar dem einzigen Stück Oberbekleidung, das sie besaß. Selbst an wärmeren Tagen hatte ich sie nie anders gesehen als in diesem abgetragenen, mausgrauen Hänger. Auf dem Weg zur Haustür lobte ich ihre Umsicht, der allein es zu verdanken gewesen war, daß Frau Gravensteiner so schnell ärztliche Hilfe erhalten hatte. Li-Na zeigte lächelnd ihre breiten, schneeweißen Zähne und sagte:

„Kein Problem!" Sie mache sich nur Sorgen um Frau Gravensteiner, die ihren Kater und ihre zahlreiche Topfpflanzen unversorgt habe zurücklassen müssen.

„Tagsüber wird sich das Lehrmädchen von Grotherjans darum kümmern, aber abends und am Wochenende ..." sagte sie schon in der offenen Haustür und schlug sich angesichts der kühlen Abendluft den Mantelkragen hoch.

„Ich mache das schon", versprach ich ihr, wartete wie immer, bis sie über die Straße gegangen und hinter der Häuserecke verschwunden war, dann verschloß ich die Haustür und ging durch das stille Treppenhaus wieder nach oben, vorbei an der sorgfältig versperrten Tür von Grotherjans Werkstatt im ersten Stockwerk und dem Pelzlager im zweiten, und vorbei an der gewaltsam geöffneten Wohnungstür von Frau Gravensteiner, die man mit einem Vorhängeschloß provisorisch gesichert hatte. Und während ich Stufe um Stufe hinaufstieg, dachte ich daran, daß ich, ein weniger gnädiges Geschick vorausgesetzt, jetzt genausogut auf der Intensivstation der Uniklinik hätte stehen können, in zermürbendem Warten auf Laborbefunde oder Operationsergebnisse, unschlüssig, ob ich die Nacht über besser dablieb oder nach Hause fuhr. Ich schlich in Kerstins Zimmer, um mich zu vergewissern, daß sie wirklich da war, und daß sie schlief.

Sie lag auf dem Bauch, ihren an sämtlichen Pfoten gestopften Plüschbären im Arm, das einzige Stofftier, das sie je an sich herangelassen hatte. Er hatte einmal Franz gehört und war so alt, daß er jede Nacht seine Glasaugen verlor, die dann morgens im ganzen Bett gesucht werden mußten. Ich hob einen Zipfel der Bettdecke hoch, sah den Bären, der mir blind entgegenstarrte, und hörte, wie Kerstin im Schlaf leise knurrte. Ich ließ die Decke wieder fallen, ließ die Zimmertür angelehnt und ging in die Küche, um mir endlich etwas zu essen zu machen. Auf dem Küchenbord fand ich eine Dose Minestrone. Als ich die ausgeleerte Büchse in den Müllsack warf, verrieten mir die beiden zuoberst liegenden, aufgerissenen Pappschachteln, woraus das Abendessen von Li-Na und Kerstin bestanden hatte: aus Corn Flakes und Vanilleeis. Daher also die Lust auf Salziges.

Es würde eine Weile dauern, bis die Suppe heiß war, gerade lang genug, um nach Frau Gravensteiners Kater zu sehen. Li-Na hatte mir das Versteck des Schlüssels gezeigt, mit dem sich das Vorhängeschloß öffnen ließ: unter dem linken der drei Kakteentöpfchen, die im Treppenhaus auf der Fensterbank aufgereiht waren.

Ein Hund, dessen Frauchen unter aufregenden Begleitumständen ins Krankenhaus gebracht worden war, hätte fiepend und winselnd an der Tür gesessen, Frau Gravensteiners Kater nahm die Sache offenbar gelassen, jedenfalls ließ er sich nicht blicken. Ich knipste die Deckenbeleuchtung im Flur an und sah durch die offenstehende Tür auf dem Küchenboden eine Wasserschale neben einem Bogen Zeitungspapier mit einem kleinen Hügel aus Trockenfutter. In der offenen Badezimmertür stand eine Wanne mit Katzenstreu.

Da ich nicht wußte, wie der Kater hieß, pfiff ich leise nach ihm. Die Antwort war das gleichmäßige Ticken der Pendeluhr im Wohnzimmer, vielleicht aber auch ein undichter Wasserkran, der in der Küche oder im Bad rhythmisch tropfte, ein übertrieben lautes Geräusch in der verlassenen Wohnung. Und das Tier war nirgends zu sehen.

Endlich fand ich ihn im Schlafzimmer. Er lag, ein kräftiger, rotgetigerter Bursche, behaglich ausgestreckt mitten auf Frau Gravensteiners Kopfkissen, die Vorderpfoten anmutig aneinandergelegt, so als trüge er einen Muff. Kerstin war offensichtlich nicht die einzige, die aus der Aufregung der letzten Stunden ihren Profit gezogen hatte.

Mit einem schnellen Griff hob ich ihn auf die alte, haarige Dekke, die am Fußende lag, und die ich angemessener fand als den schneeweißen, spitzenbesetzten Kissenbezug. Er fauchte leise über diese Umbettung und hob dann das Kinn, um sich am Hals kraulen zu lassen. Ich fuhr ihm durch sein dichtes, rauhes Fell, und er blinzelte genießerisch, während sich sein muskulöser Körper unter einem langen Gähnen streckte.

Als ich zurück in meine Wohnung kam, war die Suppe heiß.

Ich aß hastig, stellte den leeren Teller in die Spüle und ließ ein wenig Wasser hineinlaufen. Dann löschte ich das Licht in Küche und Flur und ging in mein Zimmer. Ich trug die archäologischen Schichten aus Spielzeuggeröll ab, die allabendlich den alten Ohrensessel verbarrikadierten, und verkroch mich in den Tiefen dieses einzigen Sitzmöbels aus Frau Gravensteiners Inventar, in dem man es länger als eine halbe Stunde aushielt. Ich schob mir eine meiner Lieblings-CDs, Mozarts Klavierkonzert Nr. 20, in den Discman und schlug das drittletzte Kapitel des Krimis auf, den ich mir in Wien gekauft hatte, um nicht allein auf Carlas sprunghafte Gesprächsbereitschaft angewiesen zu sein. Ich las bis zum Schluß und war enttäuscht, daß das Ende genauso ausfiel, wie ich es erwartet hatte.

Zwölftes Kapitel

Auf Hillys Schreibtisch stand ein dicker Strauß roter Tulpen mit einer gleichfarbigen Taftschleife, deren Ausmaß ans Lächerliche grenzte.

„Ein runder Geburtstag? Warum habt ihr mir nichts gesagt? Ich hätte mich beteiligt!“ Und vielleicht ein einfallsreicheres Geschenk vorgeschlagen.

„An dem da“, Lückmann wies mit dem Kinn auf die Blumen, „konntest du dich nicht beteiligen. Sie sind vom ‚Pinguin‘. Und zum Gratulieren hast du noch genug Gelegenheit, weil wir am Freitag Abend mit ihr feiern. Wir bestellen einen Tisch im ‚Großen Kiepenkerl‘. Für sechs Personen.“

Für sechs? Das gab natürlich Rätsel auf. Außer Lückmann würde Schüller mitmachen und Wagner, der zweite Mann im Labor. Und sonst? „Kommt der Chef denn auch?“

„Nee“, sagte Lückmann, „so etwas hat er noch nie gemacht. Der kann es abends gar nicht erwarten, bis er zu Hause ist.“

„Scheint ja eine gute Ehe zu sein!“ sagte ich nicht ganz neidlos. Langjährige Partner wurde angeblich einander immer ähnlicher. Wie dann die „Pinguindame“ wohl aussah?

„Er lebt schon seit langem allein.“

„Geschieden?“

Lückmann schüttelte den Kopf. „Soviel ich weiß, hat sie nach der Geburt ihres dritten Kindes durchgedreht und sich vom Balkon gestürzt, aber das ist mindestens zwanzig Jahre her. Trotzdem redet er nicht drüber und feiern tut er auch nicht mehr, egal, was es zu feiern gibt.“ Er grinste verlegen. Ich setzte mich auf meinen Drehsessel, und das erste, was ich sah, waren die beiden Zettel, die an die Telefongespräche erinnern sollten: ins Rheinland und nach Villach.

Ich beschloß, mit der Scheideanstalt zu beginnen, von der Frau Rehberg ihr Kaliumcyanid bezog, und mit dem Hotel noch etwas zu warten. Eine Rezeptionsdame, die bis spät abends ihre erholungsbedürftige Gästeschar bemutterte, war sicher morgens um viertel nach acht noch nicht in der richtigen Stimmung, um Fragen über die Privatsphäre ihrer Stammkundschaft zu beantworten.

Doch auch die Blausäure-Lieferanten machten einen unausgeschlafenen Eindruck.

„Wann Frau Rehberg zum letzten Mal Goldcyanid von uns bezogen hat?" wiederholte der Mann, den ich schließlich in der Leitung hatte, nach mehrmaligem, von näselnder Synthesizermusik untermaltem Weiterschalten in immer entferntere, immer inkompetentere Büros.

„Tut mir leid, aber am Telefon kann ich darüber nichts sagen. Da kann ja jeder kommen und Auskunft verlangen."

Ich sagte ihm noch einmal, daß es das Büro des Morddezernats Münster war, aus dem ich telefonierte. „Rufen Sie uns bitte zurück." Ich nannte ihm meine Telefonnummer.

Umsonst, der Mann ließ sich nicht erweichen. „Kommen Sie vorbei. Gegen Vorlage Ihres Dienstausweises gebe ich Ihnen Auskunft, sonst nicht. Telefonauskünfte sind bei uns verboten!"

„Ich könnte hinfahren", schaltete sich Lückmann ein, der das Gespräch mithörte. „Morgen nachmittag, zum Beispiel." Aber ich gab ihm mit einer Handbewegung zu verstehen, daß ich so schnell nicht aufgeben wollte.

„Einen Augenblick noch!" Nur mit Mühe konnte ich ihn davor zurückhalten, einfach den Hörer aufzulegen.

„Ja?" bellte er übellaunig.

„Ich werde Ihnen jetzt gleich einen Brief faxen, aus dem hervorgeht, daß Sie es mit der Polizei in Münster zu tun haben. Wenn Sie uns dann vielleicht Ihre Unterlagen ...?"

„Bedaure, nein!" fuhr er dazwischen. „Unser Faxgerät ist kaputt. Die Reparatur kann noch Tage dauern. Wenn Sie nicht zu uns kommen, können wir Ihnen leider nicht helfen!"

„Hat es in letzter Zeit mit Frau Rehberg Unregelmäßigkeiten gegeben?"

„Ich sagte Ihnen doch schon ..."

„Stimmt das oder stimmt es nicht?"

„Was verstehen Sie unter Unregelmäßigkeiten?“

„Hat sie häufiger gekauft als sonst?“

„Nein. Es gibt ein Giftbuch, es gibt einen Giftschein, und bei ihr hat alles seine Richtigkeit.“ Und damit legte er auf.

Heilige Sturheit! Jetzt blieb mir nichts anderes übrig, als auf die legendäre Freundlichkeit des Kärntner Gastgewerbes zu hoffen.

Da es sich um ein Auslandsgespräch handelte, mußte es bei der Zentrale des Präsidiums bestellt werden. Die üblichen Sparmaßnahmen, das übliche Mißtrauen gegenüber den Untergebenen. Ich kannte das aus München!

Es gab ein bißchen Hin und Her, dann tuckerte und klickerte es auf einmal in der Leitung, das Gespräch war genehmigt und machte sich auf den weiten Weg von Westfalen nach Kärnten.

„Kurhotel Winkler?“ Diesmal war der Gesprächspartner eine Frau mit einer angenehmen Stimme, so durchtrainiert, als hätte sie Unterricht in Laxenburg gehabt. Weil ich aber befürchtete, daß diese freundliche Aufgeschlossenheit sehr schnell in Vorsicht und Verschwiegenheit umschlagen würde, wenn die Karten offenlagen, ging ich vorsichtig ans Werk. Ich schickte Hilly vor, damit sie einen Hausprospekt für ihren nächsten Kururlaub orderte und sich nach dem Vorhandensein von Sonnenterrasse und Sportanlagen erkundigte. Nachdem alle diese Auskünfte erwartungsgemäß ausfielen, was bedeutete, daß es sich um ein komfortables, aber eher altmodisches Haus handelte, fragte sie, ob bei diesem Überangebot an Komfort die Gästezimmer vielleicht auch noch direkte Durchwahl ins Ausland hätten.

„Leider nein“, sagte die Rezeptionsdame. „Wir sind ein sehr großes Haus und können nur schrittweise umbauen. Die Telefonanschlüsse werden erst im nächsten Sommer umgestellt. Aber das ist absolut kein Problem, alle Auslandsgespräche werden über die Rezeption geleitet.“

„Herzlichen Dank!“ sagte Hilly und nannte die Adresse ihrer Mutter im Altersheim, an die der Hausprospekt zugesandt werden sollte.

Jetzt wurde die Sache interessant. Der Empfangschef hatte sich nicht an Frau Rehberg erinnert, aber wahrscheinlich gab es andere Personen, die an dem fraglichen Wochenende Schlüssel entgegengenommen oder ausgehändigt, die Gästepost sortiert und die Ferngespräche vermittelt hatten, und somit die gewünschten Informationen besaßen. War Frau Rehberg am Abend des 11. März nach Villach zurückgekehrt, und war sie es gewesen, mit der Lenz telefoniert hatte? Oder war sie vielleicht sogar drei Nächte fortgeblieben und erst Dienstag früh zurückgekommen? Abfahrt München: 23.15, Ankunft Villach: 3.54? Das war zu schaffen, wie Lückmann, der Bundesbahnfreak und Kursbuchfan behauptete, wenn sie um 15.06 in Münster in den „Westfälischen Frieden“ gestiegen war; makabererweise genau in dem Moment, als ihr Mann tot über sein Lenkrad kippte.

Solange wir nicht wußten, daß Christian Rehberg sich umgebracht hatte und seine Stiefmutter im Besitz von Kaliumcyanid war, hatten wir uns mit ihren Aussagen und den Informationen aus Villach zufriedengegeben. Nun aber stellte Lückmann immer neue Spekulationen an. Jemand, der einen Mord plane, könne eine Flexibilität, um nicht zu sagen, Ubiquität, entwickeln, die seßhaftere Leute für unmöglich hielten. Und wer falsche Aussagen mache, sichere diese durch nachprüfbare Details sorgfältig ab.

Ich sah mir seine Kursbuch-Kopien und Internetausdrucke noch einmal an, bevor ich, nach einer halben Stunde, wieder im Hotel Winkler anrief, diesmal, um selbst mit der Frau an der Rezeption zu sprechen. Es war dieselbe, mit der auch Hilly geredet hatte, aber nun war der Grund für das Gespräch ein anderer. Hilly hatte mit bemerkenswertem Talent die Rolle der „Naiven“ gespielt, in diesem Fall der tantigen, westfälischen Touristin, die auf der Suche nach einem plüschigen Kurhotel war. In meinem Gespräch ging es darum, alles über Frau Rehbergs Tun und Lassen in der Zeit vom 10. bis zum 14. März in Erfahrung zu bringen.

Oh ja, jetzt erinnerte man sich im Haus Winkler an sie und natürlich auch an die beiden unvorstellbar harten Schicksalsschläge, die sie so kurz nacheinander getroffen hatten.

Wie lange sie am 11. März in Wien gewesen war? „Moment“, man hörte sie emsig mit Papier rascheln, aber dann wurde im Hintergrund eine Männerstimme laut, und das Rascheln verstummte.

„Winkler!“ Die Männerstimme aus dem Hintergrund war jetzt selbst am Telefon. „Was kann ich für Sie tun?“

Also noch einmal die ganze Leier von den Ermittlungen über den Mordfall Rehberg und von der Notwendigkeit, alles über Frau Rehbergs Aufenthalt in Villach zu erfahren. Nein, nicht vom Tag ihrer Ankunft an, es genügte eine Zusammenfassung der Zeit zwischen Freitag abend und Dienstag morgen, dem Tag ihrer Heimreise.

„Hören Sie zu“, sagte der Hotelbesitzer, und von seinem beherzten Auftreten hätte sich sogar noch der Mann in der Legierungsanstalt ein Scheibchen abschneiden können: „Frau Rehberg ist ein langjähriger Gast unseres Hauses. Wir sind ihr gegenüber zu strengster Diskretion verpflichtet. Da könnte ja jeder kommen und Auskunft haben wollen. Und nach dem Unglück, das sie getroffen hat, sind wir ihr ganz besonders verpflichtet.“

Nur mit Mühe gelang es mir, seinen empörten Redestrom zu stoppen. Irgendwann mußte doch auch ein Kärntner mal Luft holen.

Überraschenderweise blieb mein Einwand nicht ganz ohne Wirkung. Ach so war das, die Kriminalpolizei in Münster! Norddeutschland, vermutlich. Preußen! In Zusammenarbeit mit den Kollegen am Ort? Inspektor Schöberl? Und demnächst möglicherweise zusammen mit Interpol? Das war Behördenobrigkeit, und mit den Behörden verscherzte man es sich nirgendwo freiwillig, auch im sonnigen Kärnten nicht.

Doch dann kam der Rückzug, ein letzter schlapper Versuch, sich aus dieser leidigen Sache herauszuhalten.

„Warum fragen Sie Frau Rehberg nicht selbst? Sie ist doch längst wieder in Münster!“

„Bedenken Sie doch mal, was sie durchgemacht hat“, sagte ich weich. „Erst der Mann und dann der Sohn! Sie ist so durcheinander, daß sie sich an gar nichts mehr erinnert.“ Das stimmte zwar nicht, aber es wirkte.

Der Hotelier war offensichtlich hin- und hergerissen in dem gleichwinkligen Gefühlsdreieck zwischen seinem Anspruch, ein vollendeter Gastwirt zu sein, seinem Pflichtgefühl gegenüber einer Polizeibehörde, selbst wenn dort die „Piefkes“ walteten, und, ja, wie sich jetzt herausstellte, auch seiner Neugier.

„Haben Sie einen konkreten Hinweis auf den Tatverdächtigen?“

„Nein, aber wir vermuten, daß Frau Rehberg von Ihrem Hotel aus mit dem Tatverdächtigen gesprochen hat. Mit Ihrer Hilfe können wir möglicherweise Dr. Rehbergs Mörder ermitteln.“

„Aha!“ Auch seine Stimme klang jetzt anders, versöhnlicher, verhandlungsbereiter. Und doch schien er noch ein Weilchen nach der Wurst schnappen zu wollen, die ihm per Telefonköder ausgelegt worden war.

„Sie können“, fuhr ich fort und wunderte mich allmählich über meine eigene Geduld, schließlich zierte sich dieser Mann, als ginge es darum, irgendwelche Bettgeschichten seines Bundespräsidenten auszuplaudern, „unsere Faxnummer bei der Auslandsauskunft überprüfen lassen. Dort wird man Ihnen bestätigen, daß Sie mit der Mordkommission in Münster in Westfalen gesprochen haben. Mein Name ist Sieglinde Züricher, Hauptkommissarin Züricher. Und ich verspreche Ihnen, daß Ihre Angaben mit der nötigen Diskretion verwendet werden!“

War es dieses Versprechen, das ihn endlich zum Einlenken veranlaßte, oder etwas ganz anderes? In Österreich, so sagt man, haben die schönen alten Vornamen noch Geltung, vor allem die weiblichen, und vor allem in der Provinz. Und so war es vielleicht doch eher die Bezeichnung für eine „gelbe, festkochende Karoffelsorte“, die, von Frieder Lenz durch den Kakao gezogen, in dieser kritischen Situation auf einmal Vertrauen schuf. Sieglinde, das zerging auf der Zunge, nicht nur als „Erdapfel“.

Wir einigten uns darauf, daß er eine Kopie von Frau Rehbergs Zimmerrechnung einschließlich aller Nebenkosten, die ihr der Kururlaub verursacht hatte, per Fax nach Münster schickte. Nicht nur jede „Schale Café mit Schlagobers“, die sie sich nachmittags auf der Sonnenterrasse hatte servieren lassen, nicht nur die Gläser

Wein oder Piccolos, für die die Vollpensionspauschale nicht in Anspruch genommen werden konnte, würden darin enthalten sein, sondern und vor allem Frau Rehbergs Ferngespräche, die von ihr angemeldeten Anrufe ebenso wie jene, die sie entgegengenommen hatte. Jawohl, auch sie wurden in der Rechnung aufgeführt, als Feriensouvenir, wenn man so wollte, vor allem aber aus Gründen der Vollständigkeit. Manche Gäste vergaßen gern, daß sie ins Ausland telefoniert hatten, und es gab Reklamationen. Ein Gespräch, das sie selbst bekommen hatten, brachte ihr Gedächtnis meist wieder auf die Sprünge.

„Und die Ortsgespräche innerhalb von Villach?“

„Die berechnen wir nicht! Das ist eine Geste der Kulanz gegenüber unseren Stammgästen.“

Die Mittagspause war vorbei, und ich saß über der Akte Rehberg, als das Telefon schellte. Es war Schüller.

„Könnten Sie für einen Augenblick zu uns herüberkommen? Wir haben die Spurenanalyse fertig.“

Schon an der Verteilung der verschiedenen Gegenstände auf die Plastikwannen des Labors sah ich, daß ich mit meiner Vermutung nicht ganz schieflag. Die Schreibutensilien aus der Zigarrenkiste hatten sich mit der Havanna in einer Wanne zusammengetan, die Zigarrenkiste lag in der anderen. Damit waren wir im Besitz von Frau Rehbergs Fingerabdrücken und denen ihres Sohnes. Auf der rechten Tischseite stand, einsam und in gehörigem Abstand, als wäre sie noch immer kontaminierend, die Zyankaliflasche.

„Und sie? Keine Spuren?“

„Sorgfältig abgewischt“, sagte Schüller. „Bis auf unbrauchbare Reste.“

„Natürlich!“ nickte ich enttäuscht. „Die Mörder sind auch vorsichtiger geworden. Wozu gibt es schließlich unsere lehrreichen Fernsehkrimis.“

Schüller lächelte maliziös.

„Nobody is perfect. Die Person, die mit dieser Flasche hantiert hat, war offenbar ziemlich aufgeregt. Entweder hatte sie Angst, sich selbst zu vergiften oder sich zu verraten oder beides.“

„Und woran sehen Sie das?“

„Er oder sie hat die Flasche mit beiden Händen gehalten. Er oder sie war Rechtshänder. Möglicherweise war das Gift auch nur für eine sehr kleine Fläche bestimmt, und mit zwei Händen ist die Treffsicherheit größer. Jedenfalls haben wir einen Fingerabdruck auf der Unterseite der Flasche, mit einiger Wahrscheinlichkeit vom Zeigefinger der rechten Hand. So.“ Er demonstrierte mit „behandschuhter Rechter“, wie der Polizeiarzt gesagt hätte, wie die Flasche gehandhabt worden war.

„Als Rehbergs Mörder dann die Flasche abstellte, um die Spuren zu beseitigen, hat er den Abdruck auf der Unterseite vergessen.“

Rehbergs Mörder? Allerdings! Die Tatsache, daß die anderen Spuren sorgfältig weggewischt worden waren, machte diese Person zu Rehbergs Mörder.

„Und? Konnten Sie die Spuren identifizieren?“

Wieder lächelte Schüller, diesmal nicht boshaft, sondern bedauernd.

„Nein! Wir haben die ganze Kartei durchforstet. Es ist niemand, den wir kennen.“

„Frau Rehberg? Oder ihr Sohn?“

„Weder noch.“

„Eine Frau oder ein Mann?“

Diese Frage hatte er sich offensichtlich auch schon gestellt. Die Antwort kam ohne langes Zögern.

„Eher eine Frau.“

„Und woraus schließen Sie das?“

„Frauen haben weichere Haut an den Fingern. Von wegen Hausfrauenhände! Und dann war die Oberfläche der Kuppe ziemlich klein. Wir haben männliche Fingerabdrücke damit verglichen. Sehen Sie selbst.“ Er zeigte mir den Abdruck, der von der Flasche stammte, und legte andere von männlichen Ganoven daneben, kräftige Abdrücke. Er hatte recht.

„Vielleicht eine Eifersuchtsgeschichte?“ meinte er nach einer Weile. „Eine Geliebte, die glaubte, ihn loswerden zu müssen?“

Die einzige Frau, die mir spontan einfiel, war Frau Vondembusche, allerdings nicht als Rehbergs Geliebte. Wie sie über ihn gesprochen hatte, diesen autoritären Pascha und die vorgetäuschte Großzügigkeit, mit der er seine frisch Angetraute über ihre verdorbenen Flitterwochen hatte hinwegtrösten wollen. Das war kein Täuschungsmanöver, sie hatte ihn nicht gemocht. Wahrscheinlich waren sich die beiden Frauen schon seit längerem darin einig gewesen, daß mit Rehberg nur schwer auszukommen war. Wer wußte schon, ob sie wirklich nach Peru gereist war? Aber dann dachte ich an ihre Hände, blutroter Nagellack zwar, aber kräftige, breite Finger, Hände wie bei einem Mann.

Hilly schaffte es, das Geheimnis um den sechsten Gast an ihrer Geburtstagstafel bis zum letzten Augenblick zu wahren. „Ein neuer Lebensgefährte?“ hatte Wagner, der selbsternannte Spaßvogel der Mordkommission, gefragt, und sie hatte die Antwort herausgekichert wie eine Sechzehnjährige: „Abwarten und Teetrinken!“

„Daß Sie schon fünfzig sind!“ sagte ich, da ihr diese Art von Komplimenten offensichtlich Freude machte. „Ich hätte Ihnen nicht mal die Vierzig abgenommen.“

„Ja“, sagte sie, „mit fünfzig geht ja den meisten Männern der Saft aus. Aber wir Frauen ... Wir lassen uns die Haare färben und kaufen uns einen neuen Fummel. Und überhaupt dreht man doch mit fünfzig noch mal richtig auf, stimmt's?“

„Ich weiß nicht“, sagte ich, „ich war noch nie fünfzig.“

Und nun war es Freitagabend, und man saß an einem Sechser-Tisch, wie ihn auch der Wirt des „Großen Kiepenkerl“ wahrscheinlich nur für Stammgäste reservierte, hübsch verschwiegen und „trotzdem nicht zu nah am Klo oder an der Küche“, wie Hilly mit Genugtuung feststellte. Wir warteten – nein, nicht auf den „Dritten Mann“, sondern auf den sechsten. Und gerade als man die Bestellung für die Suppe aufgeben wollte, weil schließlich alle hungrig waren, kam er endlich zur Tür hereingestürmt – Frieder Lenz.

„Habt Ihr etwa auf mich gewartet? Oh Gott, Leute, nein! Tut mir leid. Aber dieser Stau auf der Autobahn! Bloß wegen des Pokalspiels in Dortmund. Das Volk ist echt verrückt!“ Er gab dem Geburtstagskind einen Kuß. „Alte Liebe rostet nicht, oder? Hillylein!“ Die anderen applaudierten.

Er setzte sich zwischen Hilly und mich, und während das Geburtstagskind unser Geschenk auspackte – einen Reiseführer durch die Toscana –, erzählte mir Lenz, daß er Ingo Schneider in seiner Galerie besucht habe.

„Sie haben recht, irgendwas stimmt da nicht. Er sagte, er habe Rehberg nie zu Gesicht bekommen. Nicht einmal telefoniert hat er mit ihm. Er kennt nur seine Frau und natürlich Nederburg.“

„Und woher kennt er Nederburg?“

„Aus seiner Hamburger Zeit. Als Musical-Star hatte er sich einen Namen gemacht und wollte ihn sich offenbar auch für seine Malerei zunutzemachen.“

„Und Frau Rehberg?“

„Sie ist eines Tages in seine Galerie geschneit und hat ganz gezielt nach Nederburgs Bild gefragt: Mercator, Variation eins.“

„Mercutio“, verbesserte ich.

„Hm“, machte er unzufrieden, „auch möglich. Wissen Sie, was der Titel bedeutet?“

„Ich kann es mir denken. Nederburg spielte in Hamburg den Romeo. Er spielt ihn übrigens auch in Wien. Und Mercutio ist Romeos bester Freund und wird von Julias Sippschaft umgebracht. Jedenfalls bei Shakespeare. Bei den modernen Bearbeitungen gibt es ja oft ganz erhebliche Änderungen.“

„Ja, wenn Romeo am Schluß mit seiner Julia eine Imbißbude aufmacht.“

„Zum Beispiel!“ nickte ich und erzählte Lenz von Professor Frohweins revolutionärer Idee, Shakespeare vor dem Hintergrund des Golfkriegs zu spielen.

„Haben Sie das Bild gesehen?“

Lenz nickte. „Ein rotes Rechteck. Rot und nichts weiter. Hätte auch von einem Metzger stammen können. Oder einem Anstreicher. Schneider hat es mir angedient, als wäre es sein hartnäckigster Ladenhüter. Aber ich bin doch nicht verrückt! Dreieinhalbtausend Mark!"

Wir wurden unterbrochen, weil die Zeit für die Tischrede gekommen war, die der Hauptkommissar halten sollte. Hilly lauschte verzückt, mit Tränen in den Augen, dann wurde das Hauptgericht serviert, und wir alle aßen Hillys Leib- und Magenspeise: Kalbsleber mit sehr vielen Zwiebeln und einem Riesenberg Himmel und Erde. Und jetzt wußte ich endlich, was sich hinter diesem märchenhaften Namen verbarg: Kartoffelpüree und Apfelmus.

Es war kurz nach zwei, als uns der Wirt hinauskomplimentierte: Sperrstunde, das galt schließlich auch für die Kriminalpolizei. Die restlichen Stühle im Lokal waren längst hochgestellt, und die Wirtin hinter der Theke hatte ganz kleine, müde Augen.

Draußen hatte sich inzwischen dichter Nebel gebildet, man sah gerade noch die gegenüberliegende Häuserzeile. „Londoner Suppe", wie Lückmann sagte, da sei ja wohl noch diese Nacht das nächste Kapitalverbrechen fällig. In der schmalen Groethgasse zwischen Altem und Neuem Rathaus, zum Beispiel, wo man die Hand nicht vor Augen sah, oder auf einem der einsamen Spazierwege um den Aasee, wo niemand das Opfer schreien hörte. Die anderen protestierten gegen seinen schwarzen Humor und fragten, ob er nicht auch so genug Arbeit hätte. Mit Gutenachtwünschen gingen wir vor dem Kiepenkerl-Denkmal auseinander.

„Kann ich Sie noch ein Stück mitnehmen?" fragte Lenz, auch nicht mehr ganz sicher auf den Beinen. Aber sein Wagen stand gleich unten, am Rosenplatz, vor der Galerie Vondembusche, und sein Bett in einem Hotel der Innenstadt.

„Danke, nein!" sagte ich, „ich habe es nicht weit, und die frische Luft möbelt einen wieder auf. Es war warm da drinnen."

Auf meinem Kopfkissen fand ich ein in Seidenpapier gewickeltes Päckchen, im Format einer Streichholzschachtel. Ich entfernte das

Papier, es war wirklich ein Streichholzkästchen. Im Innern, auf Watte gebettet, lag ein Schneidezahn mit einem zartgezackten weißen und einem fransigen, blutigroten Ende. Weniger Eingeweihte hätten vielleicht über dieses Voodoo-Manöver gelächelt, aber ich wußte, wieviel Überwindung Kerstin diese erste große „Operation" gekostet hatte. Ich legte das Kästchen auf den Nachtisch, knipste das Licht aus und öffnete das Fenster. Ich beugte mich hinaus und sah über den Prinzipalmarkt mit seinen stillen, dunklen Fensterhöhlen und dem schwarzglänzenden Kopfsteinpflaster. Eine große Gestalt in breitkrempigem Hut und langem Mantel stand bewegungslos am Anfang der engen Gasse, die vom Alten zum Neuen Rathaus führte. Ich sah nach rechts zur Rothenburg hinunter, und als ich den Kopf wieder zurückwandte, war der Mann verschwunden.

Beim Frühstück lachte Kerstin mit klaffender Zahnlücke über ihre gelungene Überraschung. „Wer ist denn jetzt die Hexe?" neckte ich sie, „Frau Voigt oder du?"

Sie zog eine Schnute und erzählte, daß Li-Na, die die Nacht auf dem Sofa verbracht hatte und schon auf dem Weg nach Hause war, ihr bei der komplizierten Extraktion geholfen hatte.

„Und wie?" fragte ich, neugierig, über welche Tricks eins der ältesten Kulturvölker der Erde wohl verfügen mochte, um mit einem der ältesten Probleme der Menschheit fertigzuwerden.

„Wir haben einen Zwirnsfaden genommen, Li-Na hat den Zahn damit umwickelt und das andere Ende an der Türklinke festgebunden. Sie hat sich die Ohren zugehalten, ist ganz schnell aus dem Zimmer gelaufen und hat die Tür zugeknallt. Und dann hat sie durchs Schlüsselloch gefragt, ob der Zahn auch wirklich draußen ist."

„Aha," sagte ich, „also die internationale Methode."

Während wir den Tisch abräumten, fiel mir ein, daß sie in genau einem Monat Geburtstag hatte.

„Und was wünscht du dir?"

„Daß der Papa mit uns feiert."

„Gut“, sagte ich so locker wie möglich. „Dann rufen wir ihn mal an. Noch irgend welche Wünsche?“

„Ein Kinderfest“, bestimmte sie, im vollen Bewußtsein der drükkenden gesellschaftlichen Pflichten, die sie seit unserem Einzug vor sich herschob.

Ich nickte, während vor meinem inneren Auge die Horrorvision von einem knappen Dutzend Kinder erschien. Schreiend und johlend stürmten sie in unsere Wohnung, die Frau Gravensteiner auch nach unserem Einzug als ihr „Schatzkästchen“ bezeichnete.

„Wir könnten einen Spielplatz mieten“, schlug ich vor.

„Spielplatz ist langweilig. Alle meine Freunde haben zu Hause in ihrem Garten gefeiert.“

„Dann mieten wir eben einen Garten“, antwortete ich und dachte: Woher nehmen und nicht enteignen? Aber hatte Hilly nicht über die endlosen Ernte- und Pflückarbeiten gestöhnt, die ihr im Obstgarten ihrer alten Mutter letzten Herbst endgültig die Wirbelsäule ramponiert hatten? Und Lückmann, der in Greven wohnte, sprach gelegentlich von „Gartenbenützung“. Ich war optimistisch.

Drüben in meinem Zimmer läutete das Telefon, und das kam mir sehr gelegen als Ablenkung vom Thema, selbst wenn es die Zentrale des Präsidiums war, die mir das Wochenende verderben wollte. Sie war es tatsächlich. Sie hatten ein Fax bekommen, das an mich adressiert war, und wollten wissen, was damit geschehen sollte.

„Sollen wir es bis Montag aufbewahren? Oder holen Sie es ab?“

„Ein Fax aus Villach?“

Wieder hörte ich durch die Telefonmuschel jemanden mit Papier rascheln. Dann kam die Antwort. Als Absender war ein Hotel Winkler angegeben.

„Ich komme“, sagte ich, und die Telefonistin versprach, jemanden ins Morddezernat zu schicken und es mir auf den Schreibtisch zu legen. Ich packte einen Malblock und Buntstifte für Kerstin ein und ging mit ihr hinunter zu Grotherjans. Es war eine stille Abmachung mit ihnen, daß ich Kerstin, wenn sie für kurze Zeit allein bleiben mußte, bei ihnen unterbrachte. In der Wohnung hätte sie selbst in einer halben Stunde einen Kahlschlag angerichtet.

Ich zog mein Fahrrad aus dem Hausflur und fuhr durch den feinen Nieselregen, der den Nebel in den frühen Morgenstunden weggewaschen hatte, zum Büro. Auf meinem Schreibtisch lag ein zugeklebter, orangefarbener Umschlag. Für kurze Zeit kämpfte ich gegen die Versuchung, ihn sofort aufzureißen. Dann faltete ich ihn leicht und schob ihn in meine Umhängetasche. Ich war nicht abergläubisch, aber ich hatte das Gefühl, daß sich durch diesen kleinen Aufschub die Botschaft da drinnen zu meinen Gunsten wenden könnte.

„Ach, lassen Sie das Kind doch noch bei uns. Es stört ja gar nicht", sagte Frau Grotherjan. Kerstin malte, den linken Mundwinkel wie immer mit der Zungenspitze leckend, neben sich die Buntstifteschachtel und eine Tüte Kartoffelchips. Von Grotherjans bezog sie also all das salzige Zeug.

Ich ging hinauf in die Wohnung, setzte mich an den Küchentisch, legte den Umschlag vor mich und strich ihn glatt. Nur fünf Minuten und ich würde wissen, ob die Spur, die sich seit den letzten Tagen vor mir abzeichnete, ins Nichts führte oder zu einem brauchbaren Ergebnis.

Die Zyankaliflasche trug Spuren, die nicht von Frau Rehberg stammten, obwohl sie sie in der Hand gehabt hatte, als sie das letzte Vergoldungsbad ansetzte. Nach ihren Angaben war sie schon seit längerem leer, dennoch hatte sich eine andere Person dafür interessiert, hatte sie in die Hand genommen und später die Abdrücke sorgfältig weggewischt. Frau Rehberg hatte mir das Glas widerspruchslos überlassen, wenngleich ihr der Widerspruch nichts genutzt hätte. Wußte sie, wer der Urheber der unbekannten Fingerabdrücke war oder nicht?

Ich machte einen extratiefen Atemzug, schlitzte den Umschlag mit einem scharfen Messer auf und zog den Inhalt heraus. Es waren drei Din A 4 Blätter, mit einer Büroklammer zusammengeheftet. Das oberste war eine Rechnung über acht Tage Vollpension im Einzelzimmer Nr. 19 mit WC/Dusche. Mit dem 6. März als Tag der

Ankunft und dem 15. als dem der Abreise. Pietätvoll und kulant hatte man den 11. März nicht berücksichtigt, jenen Samstag, den Frau Rehberg in Wien bei ihrem Stiefsohn verbracht hatte. Auch gab es keine Stornogebühren, weil sie ihren Aufenthalt vorzeitig abgebrochen hatte. Aber wer hätte das fertiggebracht, als vollendeter Hotelier, bei einem langjährigen Gast? So weit hatte alles seine Richtigkeit, war nicht nur korrekt, sondern auch großzügig und unbürokratisch abgewickelt worden.

Ich blätterte um. Die zweite Seite enthielt alle Extras, die Frau Rehberg „konsumiert" hatte. Ihre Wein-Viertel oder „Gespritzten" zum Abendessen, ein, zwei Piccolos gegen den niedrigen Blutdruck am Vormittag und ihre „Jausen" an acht Nachmittagen. Ich überflog die Aufstellung phantasievoller Namen, unter denen sich im Grunde nicht viel mehr verbarg als eine normale Tasse Kaffee. Aber welcher Einfallsreichtum steckte in den Bezeichnungen: italienisch mit „Capuccino" und „Espresso", klösterlich mit einem „Kapuziner", französisch mit „Mélange", wienerisch mit einem „Kleinen Braunen", sparsam mit dem „Einspänner" und verschwenderisch mit „Eiscafé und Schlag". Ich kannte diesen gastronomischen Hokuspokus von meinen Ausflügen mit Carla in die Wiener Kaffeehäuser.

Noch einmal blätterte ich um, und jetzt ging es bedeutend nüchterner zu. Ich hatte die Abrechnung für die Telefongespräche vor mir. Und Winkler, offenbar an die Autorität von Behördenobrigkeit gewöhnt, an Stempelmarken und Evidenzen, hatte Frau Rehbergs Telefonliste der Einfachheit und Vollständigkeit halber komplett fotokopiert. Vom ersten bis zum letzten Tag. Und wie sich herausstellte, hatte diese Frau telefoniert, was das Zeug hielt.

Am Tag ihrer Ankunft hatte sie den Ehemann angerufen, wahrscheinlich, um ihm ihre Ankunft mitzuteilen, wie es sich in einer glücklichen Ehe nun einmal gehörte.

Tags darauf Gespräche nach Düsseldorf und Köln. Wahrscheinlich mit Freunden oder Kunden für ihre Museumsrepliken. Am dritten Tag dann ein Anschluß in München, einer in Paris, einer in Rom.

Mein Zeigefinger wurde schneller, glitt an all diesen Zahlen vorbei, die symbolisch für Arbeitsaufträge, Freundestratsch oder ganz einfach für Urlaubsgrüße standen – die abendlichen wohl eher für private Kontakte, die vormittäglichen, zwischen Kuranwendungen oder Spaziergängen, für geschäftliche. Neben dem Datum des 9. März kam ich ins Stocken. Er war der Donnerstag.

„20.10 Uhr", stand dort, und der Privatanschluß ihres Hauses am Schulteweg. Das letzte Gespräch, das sie mit ihrem Mann geführt hatte. Dreizehn Einheiten. Eine lange Unterredung.

Dann kam der Freitag. „18.26 Uhr Anruf aus Wien", stand auf der Rechnung. Das mußte Nederburgs Nachricht über Christians Selbstmordversuch sein. Bisher gab es keinen Posten auf dieser Liste, der nicht mit Frau Rehbergs Aussage übereingestimmt hätte.

Sonntag, 12. März. Ich überlegte. Hatte sie noch einmal mit ihrem Mann gesprochen oder nicht? Nein, Samstag abend war das letzte Mal gewesen, und sie hatte ihn vom Bahnhof aus angerufen. Aber sie hatte im Laufe des Sonntagnachmittags zwei Gespräche angenommen, und abends hatte sie telefoniert. Beide Anrufe kamen aus Münster, der Anschluß, den sie selbst gewählt hatte, ebenfalls. Irgendwoher kannte ich die Nummer. Frau Vondembusche? Aber die war in Peru. Außerdem war das nicht die Nummer ihrer Galerie. Und doch kamen mir die Zahlen bekannt vor. Offenbar hatte ich sie mir einmal aufgeschrieben, aber nicht für wichtig genug gehalten, um sie mir einzuprägen. Und wer hatte Rehbergs Witwe am Sonntag nachmittag zweimal aus Münster angerufen?

Es folgte der Montag, der 13. März, an dem Rehberg umgebracht worden war. Und sie? Sie war nichtsahnend zu ihren Anwendungen gegangen, hatte Spaziergänge gemacht, gegessen, gelesen. Telefoniert hatte sie jedenfalls nicht.

Der Regen hatte aufgehört. Ich schob die drei Blätter in ihr Couvert zurück, nahm den Einkaufskorb vom Küchenschrank und ging hinunter zu Grotherjans, um Kerstin auszulösen. Es wurde höchste Zeit für den Wocheneinkauf auf dem Markt.

„Ach, die süßen Häschen!“ Wie immer, wenn wir über den Domplatz gingen, zog es Kerstin als erstes zu den Kleintierhändlern am äußersten Rand. So allergisch sie auf Plüsch und Wolle reagierte, über lebenden Tieren konnte sie stundenlang hocken. Sie redete mit ihnen, gab ihnen Namen, streichelte sie, selbst auf die Gefahr, gebissen, gekratzt, gestochen zu werden. Nur ihr hatte ich es zu verdanken, daß ich endlich wußte, daß Frau Gravensteiners Kater „Red Butler“ hieß und weder Trockenfutter noch Milch zu sich nahm, sondern in schmale Streifen geschnittene Leberwurstbrote und abgekochtes Wasser. Kalbsleberwurst und Graubrot standen ganz oben auf unserer Einkaufsliste.

Die ersten Stände räumten bereits ab, und ich drängte zur Eile. Ich hatte nur diesen einen Einkaufstag in der Woche und mußte die Gedanken zusammenhalten. Kerstin ließ sich widerstrebend ein Stück mitziehen, trödelte vor den holländischen Lakritzhändlern herum und gab sich auch wählerischer als sonst, als es um den wöchentlichen bunten Strauß für den Eßtisch ging. Sie trug ihn behutsam, mit den Blüten nach unten, wie man es ihr am Blumenstand gezeigt hatte. Aber dann wurde ihr Appetit schon wieder von anderen Dingen gereizt, sie warf den Strauß achtlos auf meinen Korb und verschwand im Gedränge. Erst nach einiger Zeit fand ich sie an einem der Kräuterstände.

„Ach, die niedlichen Kressetöpfchen! Kann ich eins haben? Das alte ist so nackt!“

Sie hatte recht. Ihre letzte Plünderungsaktion auf der Küchenfensterbank hatte einen kahlen Torso hinterlassen, der Wochen brauchen würde, um neu auszutreiben. Ich nahm mehrere Kressetöpfchen zur Hand, drehte sie hin und her, das Oster-Geschenk für Kerstin fiel mir wieder ein, das ich im letzten Augenblick hatte stehenlassen müssen, weil ... Im selben Augenblick wußte ich, woher ich die Telefonnummer kannte, die Frau Rehberg an dem Sonntag abend angerufen hatte, bevor ihr Mann ermordet wurde. Es war die Nummer ihres Ateliers. Ich hatte sie mir in der Metzgerei auf einen Zettel geschrieben und nicht mehr beachtet.

Geistesabwesend kehrte ich heim, fabrizierte ein Mittagessen, das aussah wie Tapetenkleister, versengte die armen Bratwürstchen in der Pfanne, bis sie sich mit heftigen Fettspritzern zur Wehr setzten, und dachte bei allem, was ich tat, darüber nach, mit wem in ihrer Werkstatt Frau Rehberg an diesem Sonntag abend telefoniert hatte. Nach ihren eigenen Angaben hatte seit Anfang Februar dort niemand mehr übernachtet, und doch hatte sich jemand an ihrem Zyankali-Vorrat zu schaffen gemacht, nervös und mit der Absicht zu töten. Jemand vom Fach wie sie hätte sich anders verhalten. Hatte sie delegiert oder toleriert? In jedem Fall hatte sie am Sonntag mit einer Person gesprochen, die sich dort aufhielt. Acht Einheiten lang, kein kurzes Gespräch!

Schließlich wurde mir die Ungewißheit zu dumm, ich rief das Hotel Winkler an und fragte, ob man sich noch erinnern könne, von wem Frau Rehberg am Sonntag, dem 12. März, in ihrem Hotelzimmer angerufen worden sei. Die Antwort kam verblüffend schnell:

„Es war ihr Mann, beide Male“, sagte die Empfangsdame.

„Sind Sie sicher?“

„Absolut! Als sie am nächsten Abend mit dieser schrecklichen Geschichte von seiner Ermordung kam und mir sagte, sie müsse ihren Urlaub abbrechen, fiel mir ein, daß er noch einen Tag vorher mit ihr telefoniert hatte. Ich hatte sie auf der Terrasse suchen lassen, sie lag im Liegestuhl und sonnte sich. Es dauerte eine Weile, bis sie kam, und damit ihr Mann nicht noch länger warten mußte, ließ sie sich das Gespräch nicht ins Zimmer legen, sondern redete von meinem Apparat aus mit ihm.“

„Können Sie sich daran erinnern, um was es ging?“

„Ich vermute, um ein Schmuckstück, das er suchte. Sie redete von einem Stein oder einer Perle aus Lapislazuli, die man habe ankleben müssen. Sie redete ihm zu, er könne doch bis Montag warten, um den Schmuck abzuholen. Es schien so, als fühlte er sich nicht gut, und sie riet ihm, jeden überflüssigen Weg zu vermeiden. Und dann sprachen sie über ihr steifes Handgelenk. Deswegen kam sie ja jedes Jahr zur Kur. Die Bäder und Massagen taten ihr gut.

Wissen Sie, er muß ein besonders reizender Mann gewesen sein, immer so besorgt um seine Frau und so höflich. Als ich ihm sagte, es würde ein bißchen dauern, bis sie an den Apparat käme, meinte er, das mache doch nichts. Die meisten Anrufer werden ungeduldig, wenn sie warten müssen. Nicht nur bei einem Ferngespräch."

„Und über den schwerkranken Sohn haben sie nicht gesprochen?"

Einen Augenblick schwieg sie. „Nein, wirklich nicht", sagte sie dann. „Jetzt, wo sie danach fragen, scheint es mir auch merkwürdig, daß sie ihm nichts davon gesagt hat. Sie hatte den Sohn ja gerade noch besucht. Vielleicht wollte sie ihren Mann nicht beunruhigen, wissen Sie, die beiden gingen so herzlich miteinander um, und er war so besorgt um ihre Hand. Aber eigentlich hätte er es doch erfahren müssen, nicht wahr!"

„Und als er zum zweiten Mal anrief?"

„Das war etwa eine Stunde später. Sie war oben auf ihrem Zimmer, und wir haben das Gespräch zu ihr durchgestellt."

„Was geschah nach dem ersten Anruf? Ging sie zurück zu ihrem Liegestuhl?"

Sie überlegte. „Nein. Sie ging auf ihr Zimmer, um selbst zu telefonieren. Aber der Teilnehmer war nicht zu Hause, wir haben es mehrfach bei ihm versucht, bevor sie ihn dann erreichte. Das war schon nach dem Abendessen, und ich kann mich daran erinnern, daß sie ziemlich ungeduldig wurde, ungeduldiger jedenfalls als vorher ihr Mann. Mein Gott! Ich kann immer noch nicht begreifen, daß man ihn ermordet hat!"

„Ich danke Ihnen", sagte ich und legte auf.

Frau Rehberg hatte ihrem Mann verschwiegen, daß ihr Sohn im Krankenhaus lag, obwohl sie am Abend vorher versucht hatte, ihn deswegen anzurufen. Hatte sie plötzlich Angst bekommen, die Nachricht würde ihn erschrecken? Oder fürchtete sie, das Lügengespinst um den vermeintlichen Virus würde zerstört werden, wenn ihr Mann von der Sache erführe? Offenbar schien es ihr leichter, die Polizei zu belügen als den eigenen Mann.

Sie hatte uns nichts von ihren letzten Gesprächen mit ihm gesagt, obwohl sie nur über eine Schmuckreparatur geredet hatten. Und welches Schmuckstück war Rehberg so unentbehrlich, daß er deswegen zwei Ferngespräche führte? Was, außer dem unvermeidlichen Ehering, konnte ein Mann besitzen? Manschettenknöpfe? Krawattennadeln? Die beiden jüngeren Brüder von Franz hatten sich piercen lassen, mit Nasen- und Ohrringen. Aber was Rehberg gesucht hatte, war wohl eher ein Fingerring. Der Lapislazulistein hatte sich gelockert, und seine Frau hatte ihn repariert. Und wo hätte sie das besser tun können als in ihrer Werkstatt? Sie hatte ihm seinen Plan ausgeredet, sich den Ring noch am Sonntag zu holen. Und dann ihre Werkstatt angerufen, hartnäckig und ungeduldig, bis sie denjenigen erreichte, von dem sie wußte, daß er dort war.

Ich ging die Personen durch, die Zugang zum Atelier hatten: Rehberg natürlich, weil er wußte, wo die Schlüssel waren, Frau Vondembusche, aber das war nicht sicher, und Maria Elena, die einmal im Monat zum Putzen kam. Der Fingerabdruck auf dem Zyankaliglas sah aus, als stammte er von einer Frau.

Aber es war Sonntag gewesen, und die meisten portugiesischen Mädchen waren katholisch und traditionsbewußt. Zum Putzen wäre sie wahrscheinlich nicht gekommen, aber vielleicht für einen Extra-Auftrag, anständig honoriert und unverfänglich, wenn auch mit tödlichen Folgen für einen Dritten? Auch Maria Elena hatte, als sich der erste Schrecken über die Todesnachricht gelegt hatte, Rehbergs penible Art erwähnt, seine Gewohnheit, ihre Arbeit zu qualifizieren, zu „benoten“. Seine Frau dagegen zahlte sehr gut.

Es wurde Montag, und ich wartete ungeduldig, bis Lückmann im Büro erschien. Natürlich kam er diesmal besonders spät, um viertel vor neun, murmelte etwas von einer überraschenden Umleitung, die ihn „dreimal um den Block“ geschickt habe, aber die Bereitwilligkeit, mit der er dann die Dienstfahrt zur Legierungsanstalt übernahm, ließ auf ein schlechtes Gewissen schließen. Wahrscheinlich hatte er ganz einfach verschlafen. Zeit zum Frühstücken war ihm jedenfalls nicht geblieben, seine montägliche Anspitz-Orgie wurde in regelmäßigen Abständen von einem herzhaften Biß ins mitgebrachte Käsebrot unterbrochen.

„Und wann soll ich fahren?“ fragte er kauend.

„Gleich heute vormittag. Das heißt natürlich, wenn der Chef nichts dagegenhat.“

Ich legte ihm die Aufstellung von Frau Rehbergs Telefongesprächen auf den Tisch, und er pfiff anerkennend. „Donnerwetter! Die Frau hat ja wirklich Kontakte nach ganz Europa.“

„Und einen Untermieter in ihrer Werkstatt, den sie uns verschwiegen hat.“

Er sah mich unsicher an. „Irgendeinen Verdacht?“

„Darüber würde ich mich gern mit Maria Elena unterhalten. Sie geht einmal pro Monat zum Putzen hin. Vielleicht haben wir ausnahmsweise mal Glück, und sie war gerade an dem Montag dort, bevor Rehberg vergiftet wurde. Möglicherweise ist ihr etwas aufgefallen.“

„Oder die Rehberg hat sie für ihre finsteren Absichten benutzt“, sagte Lückmann. „Frag mich nicht, wie und wo, jedenfalls hat das arme Mädchen bestimmt nichts von der Katastrophe geahnt. So eine ist keine Mörderin.“

Typisch Mann! dachte ich. Ein verführerisches Lächeln, schwarze Kulleraugen, hübsche Rundungen unter dem T-Shirt, und selbst ein Inspektor ging ins Netz. Ich war von ihrer Ahnungslosigkeit weit weniger überzeugt. Wie spät war es gewesen, als Lenz und ich am Mordtag mit ihr gesprochen hatten? Vier Uhr, viertel nach vier? Zeit genug, um vom Spiekerhof zur Sentruper Höhe zu fahren.

Lückmann und ich, wir sahen uns an und hatten den gleichen Gedanken. Rehberg war nach der Konferenz ins Atelier gefahren, um seinen Schmuck zu holen.

Ich griff zum Telefon. Wir mußten Maria Elenas Alibi für den Sonntag überprüfen, und ich mußte die beiden Frauen in der Metzgerei fragen, ob sie am Montag mittag zwischen viertel nach zwei und viertel vor drei einen Mercedes in Silber-Metallic in dem Halteverbot auf der gegenüberliegenden Straßenseite hatten stehen sehen.

„Eine halbe Stunde“, überlegte ich, „nicht viel Zeit, um als Geschäftsfrau auf ein Auto auf der anderen Straßenseite aufmerksam zu werden.“

„Aber eine ruhige Zeit“, wandte Lückmann ein. „Der Mittagsstreß war vorbei. Wer geht um diese Zeit in eine Metzgerei einkaufen?“

Wie viele Rufzeichen hatte ich abgewartet, bevor sich endlich Maria Elenas Vermieterin meldete und umständlich versprach, sie zu holen? Ich hörte Schritte, die sich über einen knarrenden Parkettboden entfernten, eine Tür, die quietschte, dann endlich war das Mädchen in der Leitung. Es schien sehr verwundert.

„Ein Termin mit der Kriminalpolizei? Aber wann?“ Am Nachmittag hatte sie drei Stunden Deutschunterricht in der Universität und vormittags einen Zahnarzttermin in der Innenstadt. Sie habe sich gerade zum Weggehen fertigmachen wollen.

„Also heute vormittag!“ sagte ich. „Wann kann ich Sie treffen?“

„Nach der Behandlung. Sagen wir, gegen elf.“

„Und die Adresse Ihres Zahnarztes?“

„Krummer Timpen.“

Wir verabredeten uns in den Anlagen der Aa, auf der Höhe der Petrikirche. Und da mir bis dahin noch eine Stunde Zeit blieb, beschloß ich, zum Spiekerhof zu fahren und mit den Metzgersfrauen zu reden. Sie waren beide im Laden, es gab wenig zu tun, und sie schienen zu einem Schwätzchen aufgelegt. Ich wußte nicht, ob sie mich wiedererkannten, wenn ja, schien es sie nicht zu interessieren, ob ich Frau Fechter inzwischen ausfindig gemacht hatte oder nicht. Ich ließ mir zwei Schinkenbrötchen fürs Mittagessen fertigmachen – mit Gurke und Oliven, aber ohne Zwiebel –, und fragte wie beiläufig, ob es häufig vorkäme, daß Autos aus dem Halteverbot auf der gegenüberliegenden Straßenseite abgeschleppt würden. Die beiden sahen sich verwundert an.

„Nein“, sagte die Tochter. „Da ist nun mal ein Halteverbot, und dann stellt sich da auch niemand hin.“

„Auch nicht für kurze Zeit?“ bohrte ich. „Um schnell eine Besorgung zu machen?“

Wieder Kopfschütteln. Münster war eine disziplinierte Stadt.

„Und an dem Montag, als Dr. Rehberg ermordet wurde? Der Schuldirektor? Können Sie sich an den Tag erinnern? Warm war es und sonnig ..."

„Doch!" sagte die Mutter plötzlich. „Jetzt, wo Sie es sagen, fällt es mir wieder ein. Da hat tatsächlich drüben einer gestanden. Ich weiß es noch genau, es war um die Mittagszeit, und wir haben eine Partybestellung für die Benetton-Filiale oben an der Bogenstraße fertiggemacht. Eine von den Verkäuferinnen hatte geheiratet, und das mußte natürlich gefeiert werden. Abends, als Gerlind die Tabletts wieder abholte, stand die Kundschaft im Geschäft herum und redete über den Mord."

„Und der Wagen?" fragte ich.

„Der stand im Halteverbot, als ich die Bestellung abgeliefert hatte und ins Geschäft zurückkam", sagte die Jüngere. „Meine Mutter und ich, wir hatten schon gewettet, daß sie ihn abschleppen. Aber eine Viertelstunde später, als unsere Wette ablief, war er weggefahren. Wir haben uns aufgeregt, weißt du noch, Mama? Eine Unverfrorenheit war das. Als wenn die Halteverbote aus Jux und Dollerei verhängt würden."

„Um wieviel Uhr war das?"

Die Ältere zog eine Schublade auf, nahm eine dicke Kladde heraus und blätterte. Erst jetzt sah ich, daß am Zeigefinger ihrer rechten Hand das obere Glied fehlte. Der Finger endete auf halber Höhe in einer rosigen, nagelfreien Kuppe.

„Der Liefertermin war um zwei", sagte sie und schob die Kladde zurück. „Aber wir waren spät dran. Es war eine größere Bestellung."

„Und der Wagentyp? Die Farbe?"

Die Jüngere zögerte. „Ein großer war's. Ich glaube, ein Mercedes. Und dann in irgendso einer Schmuddelfarbe, wie sie im Augenblick aktuell sind. Schlamm oder staubgrau oder quarkweiß. Diese Farben haben ja dann auch immer gleich so abenteuerliche Namen."

„Haben Sie sich das Kennzeichen gemerkt?"

„Sollte ich das?“ Sie lachte plötzlich gereizt. „Ich dachte, dafür sind die Politessen zuständig! Wissen Sie, ich hatte es sehr eilig. Ich wollte meine Mutter nicht so lange allein im Geschäft lassen. In der Briefmarkenhandlung unten am Rosenplatz ist vor ein paar Wochen eine alte Frau überfallen worden, mitten am hellichten Tag.“

„Die hatte auch kein Fleischermesser“, brummte die Mutter und zog eins aus der Schublade, mit dem man einen Elefanten hätte tranchieren können.

„Aber Sie müssen das Nummernschild doch gesehen haben. Der Wagen stand völlig frei.“

Die Tochter schüttelte den Kopf. „Was sieht man schon in solch einem Augenblick. Wie gesagt, ich war verspätet, bei Benetton warteten sie schon. Und bis man dann die Platten ausgepackt hat ... Das einzige, was mir aufgefallen ist, war ein bunter Aufkleber am Heck. Auf meinem Wagen klebt genau der gleiche.“

„Und woher stammte er?“

„Aus dem Wallis“, sagte sie, „aus Zermatt. Im vorletzten Winter war ich da unten, zum Skilaufen. Mit Freunden von der Fleischerinnung.“

Maria Elena saß an der vereinbarten Stelle auf einer Bank und las in einer deutschen Grammatik.

„Sie sprechen doch schon so gut“, sagte ich und setzte mich neben sie.

„Ich fange in zwei Wochen in einem Hotel in Lissabon an zu arbeiten“, sagte sie und klappte das Buch zu. „In einem Hotel, das hauptsächlich deutsche Touristen aufnimmt. Deshalb übe ich noch ein bißchen.“

„Sie gehen aus Münster fort? Endgültig?“

Sie nickte. „Ich werde heiraten.“

„Herzlichen Glückwunsch! Gibt es noch andere Gründe für Ihren plötzlichen Abschied? Frau Rehberg wird sie doch sicher sehr vermissen.“

„Es ist nicht plötzlich!“ widersprach sie. „Frau Rehberg weiß es seit einem halben Jahr. Außerdem …“, sie brach ab.

„Was außerdem?“

„Sie geht auch. Sie will das Haus verkaufen und wegziehen. Und warum auch nicht? Ohne Mann, ohne Kind.“

„Am Montag mittag, eine halbe Stunde, bevor Dr. Rehberg in seinem Auto starb, hat er am Spiekerhof geparkt, in der Nähe der Werkstatt. Man hat ihn gesehen.“

„Möglich“, sagte Maria Elena. „Ich war oben, im Haus am Schulteweg. Sie haben doch mit mir geredet, zusammen mit diesem Kommissar.“

„Hauptkommissar! Und wo waren Sie, bevor wir kamen?“

„Auch dort!“

„Haben Sie dafür Zeugen?“

Sie schien nicht zu begreifen, was ich von ihr wollte, oder sie tat so, als begriffe sie nicht. Sie legte die Deutschgrammatik neben sich auf die Bank und sah hinunter auf den Boden.

„Also“, sagte sie nach einer Weile, „ich dachte immer, meine Deutschkenntnisse würden ausreichen, um sogar die deutsche Polizei zu verstehen, die Ausländerpolizei, die Verkehrspolizei, die …“ Sie suchte offenbar nach einer Sondereinheit, die es vielleicht in Portugal gab, aber nicht bei uns.

„Was, bitte, habe ich mit Dr. Rehbergs Tod zu tun? Nichts!“

„Wann haben Sie zum letzten Mal in der Werkstatt saubergemacht?“

„Ich gehe jeden ersten Montag im Monat hin. Das letzte Mal? Das war am 6. März.“

„Ist Ihnen etwas aufgefallen? In dem Wohnraum oder in der Werkstatt?“

„Ich habe keinen Schlüssel zur Werkstatt. Ich putze nur den Wohnraum und das Bad. Und dort ist mir nichts aufgefallen. Es sah alles aus wie immer.“

„Und an Frau Rehbergs Arbeitsplatz wischen Sie niemals Staub?“

„Du lieber Himmel, nein! Das macht sie selbst. Ich wüßte gar nicht, wo ich anfangen sollte. Bei all dem Werkzeug!“

Sie sah mich unsicher an. „Ist es dort passiert? Ich meine, der Mord an Dr. Rehberg?“

„Vielleicht.“

„Gut!“ Sie stand auf. „Gehen wir zum Präsidium. Nehmen Sie meine Fingerabdrücke ab, und dann lassen Sie mich in Ruhe!“

„Wo waren Sie am Sonntag nachmittag?“

Sie fuhr zu mir herum. „Im Vogelpark Walsrode!“ sagte sie gereizt. „Zusammen mit meinem Verlobten. Er ist Deutscher und studiert Zoologie. Er will Ornithologe werden. Wir haben uns letzten Herbst dort kennengelernt.“

„Könnte sich jemand an Sie erinnern? Ich meine, außer Ihrem Verlobten?“

„Der Parkwächter. Wir hatten neben unserem Wagen einen fremden Schlüsselbund gefunden und bei ihm abgeliefert.“

Erst jetzt sah ich, daß ihre linke Backe geschwollen war.

„Soll ich jetzt ins Präsidium mitkommen oder nicht?“

„Lassen Sie's“, sagte ich.

Dreizehntes Kapitel

Lückmann saß im Büro und blätterte die beiden Münsterschen Tageszeitungen durch. Sein Anspruch auf eine Stunde Mittagspause bescherte ihm noch volle zehn Minuten Ruhe.

Ich setzte mich, legte meine Handtasche in die einzige verschließbare Schreibtischschublade und wartete. Die Zeitungen waren an diesem Montag besonders lesenswert. Im Sportteil gab es einen langen Kommentar zu dem Europapokalspiel am Freitag abend in Dortmund. Borussia hatte gegen Juventus Turin nach einem Elfmeter verloren. Im ganzen Ruhrgebiet schlugen die Wellen hoch.

„Frau Rehberg verläßt das sinkende Schiff," sagte ich, nachdem ich mich vergewissert hatte, daß Lückmanns Mittagspause zu Ende war.

Er faltete die Zeitungen zusammen. „Wer?" fragte er.

„Sie. Sie will das Haus verkaufen und fort aus Münster."

„Das kann sie nicht. Nicht, bevor der Fall abgeschlossen ist."

„Dann müssen wir ihn eben abschließen."

Er sah mich an, als wäre ich ein Kind, dem man gut zureden muß.

„Hast du mit der Portugiesin gesprochen?"

„Sie kehrt zurück nach Portugal und heiratet. Einen deutschen Ornithologen. Sie haben sich im Vogelpark Walsrode kennengelernt."

Ich wußte nicht, ob Maria Elena die Wahrheit gesagt hatte, zumindest klang es sehr romantisch.

„Tja", sagte Lückmann in jener langgedehnten Form, wie ich sie bisher nur bei westfälischen Beamten gehört hatte, und in der eine Unmenge Bedächtigkeit, aber auch Unentschlossenheit lag, „dann mach' ich mich mal auf den Weg nach Düsseldorf, zu diesen Brüdern von der Scheideanstalt."

„Kommst du auf dem Heimweg noch einmal vorbei?"

Er nickte. „Sollte ich doch wohl, oder?“

Ich wartete bis sieben und nicht umsonst. Lückmann keuchte ins Büro herein, klagte über aufgebrachte Fußballfans, die vollalkoholisiert eine Massenkarambolage kurz vor Recklinghausen verursacht hatten. Strapaziös sei diese Autofahrt gewesen, aber wenigstens nicht erfolglos.

„Wie hieß der Mann in der Scheideanstalt, mit dem du telefoniert hast? Strapinski?“

„Könnte sein“, nickte ich. „Warum?“

„Weil dieser Geheimniskrämer nur mit dir sprechen wollte.“

„Hattest du keinen Dienstausweis?“

„Doch. Aber er hat mich ziemlich lange zappeln lassen, bevor er zur Sache kam.“

„Deshalb mußt du mich nicht auch noch zappeln lassen! Was hat er gesagt?“

Er setzte sich. „Frau Rehberg hat Anfang März ein Viertelliterglas Kaliumgoldcyanid bei ihm abgeholt. Er hat mir das Giftbuch gezeigt und gemeint, es hätte alles seine Richtigkeit.“

„Einen Viertelliter?“ Ich fror plötzlich. Ich dachte an die leere Flasche. „Und das fand er normal?“

„Ja“, sagte Lückmann. „Die vorletzte Lieferung war mit dem 5. August datiert. Da hatte sie ebenfalls einen Viertelliter mitgenommen. Am 3. März hat sie die alte Flasche und das verbrauchte Galvanisierungsbad zurückgebracht. Strapinski meinte, das entspräche der durchschnittlichen Verbrauchermenge. Bei Kleinbetrieben.“

Ich nahm den Telefonhörer ab und wählte Frau Rehbergs Nummer. Sie brauchte lange, bis sie an den Apparat kam.

„Einen Termin für morgen vormittag?“ fragte sie unfreundlich. „Moment!“

Es dauerte ein paar Minuten, dann war sie wieder am Apparat. „Haben Sie denn neue Informationen?“

„Die hoffe ich von Ihnen zu bekommen.“

Sie seufzte. „Also gut. Bis halb zehn bin ich zu Hause. Aber bitte kommen Sie pünktlich. Ich fahre um zehn mit Frau Vondembusche zu einer Schmuck-Vernissage nach Bochum.“

„Und wo treffe ich Sie? In Ihrem Haus?“

„Ja“, antwortete sie. „Kommen Sie zum Schulteweg. Und um halb zehn! Pünktlich!“

Ich schaffte es, schon um viertel nach neun an ihrem Gartentor zu sein, ich läutete, aber sie machte nicht auf. Ich wartete eine Viertelstunde, schellte ein zweites, ein drittes Mal, rief sie dann vom Autotelefon aus an, aber es rührte sich nichts.

Eine Zeitlang stand ich, an den Kühler des Wagens gelehnt und unschlüssig, was ich machen sollte. Ich sah die menschenleere Straße hinunter. In der leichten Kurve, die sie etwa auf halber Strecke machte, zeichnete sich plötzlich ein beweglicher Punkt ab. Irgend etwas in Blau Gekleidetes auf zwei Beinen. Der Zwerg kam näher, wurde größer und ich sah, daß es ein erwachsener Mensch war, der einen zweirädrigen Wagen hinter sich herzog, an jedem Haus stehenblieb und die Briefkästen füllte. Ich sah zu, wie er mehrere Umschläge in Frau Rehbergs Briefkasten schob, und er warf mir einen mißtrauischen Blick zu. Er wendete seinen Wagen vor dem Nachbarhaus, für dessen neugierige Bewohner es an diesem Morgen keine Post gab, und setzte seine Arbeit auf der gegenüberliegenden Straßenseite fort, wurde kleiner und verschwand wieder hinter der Biegung, aus der er aufgetaucht war.

Ein Windstoß fuhr durch Rehbergs Garten, brachte die Tujen am Zaun zum Schwanken und riß an den dünnen, lang herabhängenden Zweigen der Rankpflanze, die die Frontseite des Hauses überzog. Ich fröstelte, und mit der Kälte kroch ein anderes Gefühl hoch, nicht weniger ungemütlich. Und wenn Frau Rehberg gar nicht mehr in der Lage war, die Haustür zu öffnen? Ich hatte plötzlich wieder das aufgedunsene Gesicht des toten Rehberg vor Augen. War seine Frau das nächste Opfer? Erwürgt, erstochen, erschossen? Vergiftet ja wohl nicht! Das Zyankali war aufgebraucht.

Ich öffnete die Autotür und rief das Präsidium an, nicht das Morddezernat, sondern die Zentrale für die uniformierten Kollegen.

„Ich brauche einen von Ihren Leuten“, sagte ich dem Einsatzleiter, der den Anruf entgegennahm. „Ich bin am Schulteweg vor

Dr. Rehbergs Haus. Seine Witwe hatte mich für halb zehn herbestellt, aber sie macht nicht auf."

„Sie wird noch unterwegs sein", gab der Mann zur Antwort. „Warten Sie, sie kommt bestimmt!"

„Hören Sie zu!" sagte ich, wütend, weil ich genau wußte, wie die Antwort ausgefallen wäre, wenn mein Vorgänger Verstärkung angefordert hätte. „Sie hat mich dreimal hintereinander aufgefordert, auf die Minute pünktlich zu sein, weil sie später eine Verabredung hat. Außerdem kenne ich sie. Sie läßt einen nicht warten!"

„Und was wollen Sie tun?"

„Ihre Tür mit Gewalt öffnen! Ich fürchte, daß ihr etwas zugestoßen ist. Aber ich hätte lieber jemanden dabei."

Ich hörte, wie der Wachtmeister mit einem Mann redete, der im Hintergrund stand. Dann war er wieder da.

„Ich schicke den Kollegen Hölters."

Die Warterei wurde langweilig. Und nervenzerrend, sobald ich mir vorzustellen versuchte, was den Wachtmeister und mich im Hausinneren erwartete. Warum wurden in Kriminalfilmen von den Opfern, vor allem den weiblichen, als erstes die Beine gezeigt? Aus unerklärlichen Gründen waren immer sie es, die in hochhackigen Pumps, Hauspantoffeln oder unbekleidet unter einem Bett, hinter einem Sofa oder neben einer offenstehenden Zimmertür herausragten. Mit steif aufgestellten Zehen. Bei dem Gedanken, Rehbergs Witwe so wiederzubegegnen, wurde mir beinahe schlecht.

Erst jetzt fielen mir die neuerlich schwankenden Tujen auf, diesmal am Zaun des Nachbargrundstücks und ohne jede Windeinwirkung. Zwischen den Büschen tauchte ein Gesicht auf.

„He, junge Frau! Fräulein!"

Ich ging zu ihm. Der Nachbar war ein älterer Mann mit eisgrauem Vollbart und hellen, kurzsichtig wirkenden Augen.

„Sie sind von der Polizei? Ich hätte Ihnen was zu sagen. Aber ...", er beugte sich über den Zaun und sah die Straße hinunter. Weit und breit war kein Mensch zu sehen.

„Könnten Sie vielleicht ins Haus kommen?" wisperte er. „Hilpert ist mein Name."

Ich folgte ihm, blieb aber am Flurfenster stehen, um den Kollegen Hölters nicht zu verpassen.

„Meine Frau ist nicht da. Deshalb kann ich reden. Sie wollte nicht, daß wir eine Aussage machen. Wer will schon in eine so widerwärtige Geschichte hineingezogen werden?“

„Was haben Sie denn zu sagen?“

Jetzt sah er sich sogar im eigenen Haus um, ob es ungebetene Zeugen gäbe. Aber wir waren allein.

„An dem Sonntag abend, bevor Dr. Rehberg umgekommen ist, hat es nebenan einen Riesenkrach gegeben.“

„Er hatte Besuch?“

Der Alte nickte.

„Von wem?“

„Ich kannte ihn nicht.“

„War es ein Mann?“

Wieder nickte er.

„Und worüber haben sie gestritten?“

Er rieb sich mit einem knisternden Geräusch das bärtige Kinn. „Also viel haben wir nicht verstanden, meine Frau und ich. Dabei hat sie noch extra das Fenster im Gästeklo aufgemacht, damit wir mehr hören konnten.“

„Sind Sie sicher, daß es nicht der Fernseher war, den Rehberg zu laut gestellt hatte?“

Er warf mir einen Blick zu, als wollte er mich daran erinnern, daß es in Münster eine Irrenanstalt gab.

„Ich kenn’ doch Rehbergs Stimme! Vor allem, wenn er wieder einmal …“ Er machte mit Daumen und Zeigefinger eine Bewegung, als kippte er ein Glas an den Mund.

„Er trank?“

„Ganz besonders, wenn er Ärger hatte oder wenn er allein war. Und er war ja oft allein.“

„Haben Sie irgend etwas von dem Gespräch verstanden?“

„Nur zwei Wörter. ‚Schwuler Kleckser!‘ hat er gebrüllt. War wahrscheinlich einer von den Malern, deren Bilder er an den Wänden hängen hatte.“

„Wie lange hat der Streit gedauert?“

„Schwer zu sagen. Aufmerksam geworden sind wir so gegen neun. Der Tatort lief, aber meine Frau und ich, wir wußten natürlich längst, wer der Mörder war, und haben den Abendbrottisch abgeräumt. Und da hörten wir den Krawall nebenan. Gegangen ist der Besuch dann eine Viertelstunde später.“

„Haben Sie ihn gesehen?“

„Nur kurz, von hinten und von der Seite. Auf dem Weg zum Gartentor, und als er unter der Straßenlaterne stand.“

„Und?“

„Etwa Mitte dreißig, vielleicht einen Kopf größer als Sie und sehr schlank. Ein sportlicher Typ.“

„Brillenträger?“

Er dachte kurz nach. „Ja. Und die Frisur ist mir aufgefallen. Eng anliegende, krause Haare. So ein bißchen wie ein römischer Kaiser hat er ausgesehen. Sie kennen doch diese alten Hollywoodfilme.“

„Und die Haarfarbe?“

„Blond“, sagte er, „könnte natürlich auch rötlich gewesen sein oder grau. Auf jeden Fall hell.“

Ein grün-weißer Ford mit abgeschalteter Sirene auf dem Dach fuhr die Straße herauf und kam hinter meinem Wagen zum Stehen. Der Fahrer stieg aus, er war in grüner Uniformjacke und khakifarbener Hose und setzte sich, während er suchend umhersah, die Dienstmütze auf den Kopf.

„Mein Kollege“, sagte ich zu Herrn Hilpert. „Ich muß gehen! Würden sie Ihre Aussage auch im Präsidium zu Protokoll geben?“

„Jederzeit!“ Er wieselte hinter mir her, zur Haustür hinaus und bis zum Gartentor.

„Gibt’s eigentlich eine Belohnung, wenn der Täter gefaßt wird?“

„Soviel ich weiß, nicht!“ sagte ich.

Hölters entriegelte mit einem geschickten Griff Rehbergs Gartentor, wir entsicherten unsere Pistolen und näherten uns dem Haus. Der Nachbar war mit offenem Mund stehengeblieben und sah uns zu.

„Gehen Sie rein!“ rief der Wachtmeister. „Es könnte brenzlig werden.“

Der Alte trollte sich und kam wenig später hinter einer weggezogenen Gardine wieder zum Vorschein.

Hölters nahm einen Dietrich aus der Tasche, öffnete geräuschlos die Haustür und wir schnellten hinein, er in den ersten Stock, ich zur Küche. In der Diele war nichts Auffälliges zu sehen gewesen: ein dunkler Mantel an der Garderobe, ein Regenschirm im Ständer und die Bodenvase mit getrockneten Sonnenblumen, die ich noch vom letzten Mal kannte.

Ich stand an der Küchentür, als ich die Stimme hörte, eine Männerstimme, die merkwürdig monoton klang, als verläse sie etwas. Wurde da ein ritueller Mord gefeiert? War Frau Rehberg Mitglied einer Sekte gewesen, hatte sie an schwarzen Messen teilgenommen? Ich gab der Küchentür einen schnellen Stoß, sie flog auf, und ich sah das Radio auf der Fensterbank. Die Zehn-Uhr-Nachrichten! Eine Fixtaste! Ich stellte sie ab, und jetzt hörte man nur noch das Tikken der Wanduhr und das Brummen des Kühlschranks. Auf der Abtropffläche der Spüle stand abgewaschenes, noch nasses Geschirr, die Spuren eines Einpersonenfrühstücks.

Und dann der Wohnraum, sauber, aufgeräumt und verlassen, mit leeren Wänden, außer den beiden Aquarellen. Aber sie waren noch da, genauso wie die silbernen Kerzenleuchter und die teure Meißner Tintengarnitur auf dem Spinett. Es hatte keinen Raubüberfall gegeben. Ich hörte, wie Hölters über den Flur des oberen Stockwerks rannte, und nahm mir das Studio vor. Die Tür war abgeschlossen, aber der Schlüssel steckte. Mit einem Ruck öffnete ich und sah hinter die Tür, unter den mächtigen Schreibtisch – nichts. Der Raum wirkte unbewohnt, die Luft abgestanden.

Als ich das obere Geschoß erreichte, sah ich Hölters aus einem der Zimmer herauskommen.

„Nichts!“ sagte er. „Sie ist einfach nicht da. Ausgeflogen! Im Bad war ich schon, auch da sieht alles unauffällig aus. Sind Sie sicher, daß Sie mit Frau Rehberg hier verabredet waren?“

Ich nickte mißmutig und schlug vor, die Hausbesichtigung im Keller zu beenden. Dort fanden wir ein Vorratsregal mit dem üblichen Eichhörnchensortiment: Konservendosen und Einmachgläser, Knäckebrot, Bier und Mineralwasser. In einer Ecke stand eine Kiste mit Kartoffeln, in der anderen eine Großpackung Toilettenpapier und ein Drei-Kilo-Karton Waschpulver. Oben auf dem Bord lagen drei Koffer, und im Heizungskeller standen zwei Fahrräder.

„Glauben Sie an eine Entführung?“ fragte Hölters.

„Dann wäre der Entführer aber ein sehr zivilisierter Mensch oder jemand, dem sie mit Freuden gefolgt ist. Oder sehen Sie vielleicht Spuren von Gewaltanwendung, von einem Kampf?“

„Ehrlich gesagt, nein!“

Er sah sich noch einmal um, hob den Deckel eines großen Weidenkorbs, wie er in manchen Häusern als Behälter für Schmutzwäsche dient, und als Frau Rehberg auch dort nicht hockte, mit gefesselten Händen und verklebtem Mund, von ungesunderen Zuständen ganz zu schweigen, zog Hölters beide Schultern hoch, ließ sie wieder fallen und sagte:

„Also, dann weiß ich es auch nicht! Brauchen Sie mich noch?“

„Ja“, sagte ich. „Ich gehe jede Wette ein, daß sie in ihrem Atelier am Spiekerhof ist. Ich fahre hin, und es wäre nett von Ihnen, wenn Sie unten im Wagen warten könnten. Falls sie Zicken macht. Wenn sie wirklich in ihrer Werkstatt ist, geht sie uns heute in die Falle. Aber erst muß ich noch dringend telefonieren.“

Vom Autotelefon aus wählte ich Carlas Nummer in Wien und hoffte, daß sie zu Hause war. Und während ich auf das Zeichen wartete, überlegte ich, zu welchem Heiligen meine fromme Großmutter in diesem Fall gebetet hätte. Sie hatte für jede nur vorstellbare Verlegenheit einen Schutzpatron, den sie bestürmen konnte. Was sie nicht gehabt hatte, war ein Telefon.

„Hallo?“ fragte eine Stimme, die wie Carlas klang.

„Ich bin’s. Sieglinde. Bitte, tu mir einen Gefallen, und nicht nur mir, sondern der gesamten deutschen Polizei. Ich brauche eine Auskunft.“ Ich erklärte ihr, um was es ging.

Wie erwartet, reagierte sie genauso, wie sich ein Umstandskrämer verhält, der gern helfen möchte, aber nicht weiß wie.

„Hat es mit eurem Mordfall zu tun?“ fragte sie phlegmatisch.

„Ja, und wie es aussieht, sind wir in der Endphase.“

„Wen könnte ich denn da wohl fragen?“

„Frag’ die Frau an der Kasse des Ronacher. Die Public-Relations-Abteilung, seinen Wiener Fanclub! Laß dir bitte etwas einfallen. Aber frag’ jemanden! Ich rufe in einer Stunde wieder an.“

Es wurde eine lange Stunde. Künstlich in die Länge gedehnt durch die Vorstellung, daß Frau Rehberg schon mit ihrer Freundin Vondembusche nach Bochum unterwegs war. Zu ihrer Schmuckvernissage. Und danach? Zur holländischen Grenze wie die Drogenhändler? Nach Österreich, in ein verschwiegenes Kurhotel, dessen Türen sich noch hermetischer hinter ihr schlossen als die des Winkler?

Endlich kam der Zeitpunkt zum Rückruf, und Carla nahm so prompt ab, als hätte sie neben dem Apparat gewartet.

„Du hast recht. Er ist nicht aufgetreten, weder am 11., noch am 12. oder 13. März.“

„Hatte er keine Vorstellung?“

„Doch. Die erste Besetzung war für alle drei Abende eingeteilt. Aber er war krank.“ Ihre Stimme klang weich. „Die Dame in der Public-Relations-Abteilung sprach sogar von einem Nervenzusammenbruch. Der Selbstmordversuch eines seiner Schüler habe ihn sehr schwer getroffen. Hast du eine Ahnung, wer damit gemeint sein könnte?“

„Ja“, sagte ich. „Rehbergs Sohn. Hat man ihn ins Krankenhaus gebracht?“

„Das wußte sie nicht. Sie meinte aber eher, er sei von guten Freunden zu Hause gepflegt worden.“

„Wann ist er wieder aufgetreten?“

„Am 14. März. Als er auf der Bühne erschien, hat es angeblich Standing ovations gegeben. Man hatte ihn sehr vermißt.“

„Du bist ein Schatz, Carla! Ich danke dir!“

„Er ist aber nicht der Täter?“ fragte sie schnell.

„Nein, ich glaube nicht“, sagte ich und legte auf. Wie undankbar wäre es gewesen, ihr nach dieser Gefälligkeit zu erzählen, daß wir ihrem Idol auf den Fersen waren. Hölters und ich fuhren ins Präsidium, wo eine internationale Fahndung nach Till Nederburg eingeleitet wurde. Dann setzten wir unseren Weg fort zum Spiekerhof. Ich läutete, und unmittelbar darauf, als würde ich bereits erwartet, wurde der automatische Türöffner betätigt. Ich entsicherte meine Pistole und schlich geräuschlos, den Blick durchs Treppenhaus nach oben gerichtet, hinauf. Ich wollte vorbereitet sein auf die Person, die mich dort, im dritten Stock, im Empfang nahm: Frau Rehbergs Entführer, ihr Mörder oder sie selbst, die sich für eine letzte Begegnung mit mir gewappnet hatte.

Es wartete niemand auf mich. Die Tür ihrer Werkstatt war zu, und so drückte ich noch einmal auf den Messingknopf mit dem Namensschild „Eva Fechter“. Am Treppenabsatz war eine Nische, in die ich mich zurückzog, um zu sehen, wer öffnen würde.

Sie war es selbst. Sie kam aus der Tür und sah sich suchend um, und ich war überrascht über ihr Aussehen. Sie trug einen japanischen Kimono und Schuhe, die an Badelatschen erinnerten.

Ich steckte die Pistole ein, und sie sagte:

„Da sind Sie ja endlich! Ich habe auf Sie gewartet! Jetzt mußte ich extra meine Meditation unterbrechen.“

„Ich habe auch auf Sie gewartet! Allerdings in Ihrem Haus, wo wir verabredet waren.“

Sie sah mich einen Augenblick an, als verstände sie nicht.

„Ja, jetzt fällt es mir wieder ein. Wie kommt es bloß, daß ich mir als Treffpunkt die Werkstatt aufgeschrieben habe?“

„Hatten Sie nicht für heute eine Verabredung mit Frau Vondembusche?“

„Die Vernissage ist erst morgen. Ich habe mich geirrt, kommen Sie herein.“ Sie sprach so träge, als stände sie unter der Wirkung von Beruhigungsmitteln. Wieviel hatte sie genommen?

Sie verriegelte die Tür hinter mir.

„Wissen Sie, ich habe mich entschlossen, das Haus zu verkaufen. Ich lebe fast nur noch hier.“

Ein Wunder, daß sie überhaut noch lebte, nach allem, was sie in den letzten Stunden in meiner Phantasie durchgemacht hatte! Vielleicht war das der Grund, weshalb ich ihr nicht den Hals umdrehte, wie ich es ursprünglich vorgehabt hatte. Ich sagte lediglich:

„Sie dürfen Münster erst verlassen, wenn der Fall abgeschlossen ist."

„Das ist er doch, oder?"

„Erst wenn Sie mir alles gesagt haben, was Sie wissen."

Wir gingen in die Werkstatt, sie zog mir den Rattansessel aus dem Wohnzimmer herüber und setzte sich selbst auf den Drehhokker, der ihr als Sitzgelegenheit vor dem Werkbrett diente. Erst jetzt sah ich, daß ihr Arbeitstisch leergeräumt war. Das Werkzeug fehlte, die Lötpistole, all die Punzen, Feilen, Hämmerchen. Sie folgte meinem Blick.

„Ich habe alles verkauft, die komplette Einrichtung. An einen jungen Goldschmied in Düsseldorf, der sich gerade selbständig macht."

Ich sah mich um. Das Vergoldungsbad vor der Fensterbank war noch da, der Metallschrank an der Wand ebenfalls:

„Was werden Sie damit machen?"

„Vorschriftsmäßig entsorgen! Nächste Woche fahre ich nach Essen und bringe alles in Ordnung."

„Und warum arbeiten Sie nicht mehr?"

„Wegen dem hier!" Sie streckte mir ihr linkes Handgelenk hin. Die letzte Kur in Villach hat keine Besserung mehr gebracht. Vielleicht, weil ich vorzeitig abbrechen mußte. Der Verschleiß durch die Arbeit im Atelier ist groß. Manchmal habe ich solche Schmerzen, daß ich nachts nicht schlafen kann. Außerdem …"

„… brauchen Sie keine Ablenkung mehr, um ihren Ärger loszuwerden, oder? Alle Probleme sind gelöst."

Statt einer Antwort stand sie auf, öffnete den „Giftschrank", nahm eine Flasche mit Westfälischem Korn heraus und zwei Wassergläser.

„Trinken Sie mit mir", sagte sie mit müder Stimme.

Ich erinnerte mich an Anna: „Mit den Bullen essen gehen, das habe ich noch nie gemacht.“ Und nun trank Frau Rehberg mit den Bullen. Hieß das, daß sie aufgab? Was immer sie bis dahin vor uns verheimlicht hatte.

Ich sah mißtrauisch auf das Glas, das sie mir in die Hand drückte. Ich konnte mir nicht vorstellen, daß Nederburg bei seinem heimtükkischen Anschlag das Zyankali verbraucht hatte.

Wie groß war ihr Vorrat tatsächlich noch? Sie nahm einen langen, herzhaften Schluck, warf den Kopf mit dem kurz geschnittenen, schwarzen Haar in den Nacken und lachte hysterisch.

„Es ist alles so absurd. Erst Christian, dann Rolf, jetzt er!“

„Wollen Sie damit sagen, daß Nederburg tot ist?“

„Nein! Unkraut vergeht nicht. Aber sie werden ihn doch festnehmen, oder? Und dann ist er für mich wie tot. Ob jemand sitzt oder liegt, im Gefängnis oder unter der Erde, das ist doch gleichgültig.“ Sie trank noch einen großen Schluck.

„Die Fahndung nach Till Nederburg läuft“, bestätigte ich. „Aber das Zyankali, an dem Ihr Mann gestorben ist, stammt aus Ihrer Werkstatt. Und dazu hätte ich gern eine Erklärung.“

Sie drehte das Glas in ihrer Hand, setzte es auf ihren Arbeitstisch, stand auf und ging zum Fenster, Ich kannte den Ausblick. Die frühlingshaften, zartgrünen Trauerweiden, das angenehme Klinkerrot der Kettlerschen Kurie, die Holzverkleidung des Generalvikariats, vieleicht sogar die Steinmadonna unterhalb des Gebäudes – Fassaden und Figuren, die die Seele ruhig stimmten. Sie sprach nicht mit mir, als sie weiterredete, sondern mit dieser Landschaft da draußen. Ihre Mitteilungen galten der Außenwelt, der Gesellschaft in dieser Stadt, in der sie nie heimisch geworden war.

„Ungefähr ein halbes Jahr, nachdem Rolf und ich geheiratet hatten“, begann sie und beugte sich plötzlich so interessiert vor, als sähe sie unten, auf dem Spazierweg, der die Aa säumte, den Bischof von Münster, den Kardinal von Köln und vielleicht noch den Papst vorbeispazieren, „kam ein eingeschriebener Brief aus Königstein. Der Absender war die Schulleitung von Christians Internat. Ich mußte den Empfang bestätigen, also fühlte ich mich auch berechtigt, ihn zu öffnen. Rolf war in der Schule, und so las ich, was ihm da ‚persönlich' und ‚vertraulich' mitgeteilt wurde. Es ging um die Freundschaft, die Christian mit einem neuen Klassenkameraden geknüpft hatte und die den Rahmen des Tolerierbaren sprengte. Der Direktor drohte, ihn von der Schule zu weisen, falls er nicht zur Besinnung käme, wie immer er sich das auch vorstellte.

Ich beschloß, Rolf nichts von dem Brief zu sagen, sondern setzte eine Antwort auf, bat um Bedenkzeit und wollte mit dem Jungen reden, sobald er in den Herbstferien käme. Dummerweise kam er nicht, seine Klasse machte eine Studienfahrt durch Franken. Ich hoffte, die Sache würde im Sande verlaufen – mein Gott, die Pubertät schlägt oft die verrücktesten Kapriolen! Er hatte seine Mutter verloren, in einem Alter, in dem Kinder ihre Sexualität entdecken. Er hätte eine weibliche Bezugsperson gebraucht. Aber wo finden Sie die im Internat? An wem hätte er sich orientieren können? Der Junge hätte in sein Elternhaus gehört, wo es Mann und Frau gab und ein normales Eheleben."

Sie wandte sich vom Fenster ab und kam zu mir an den Tisch, ihre Hände strichen über das kräftige Leder des Werkbrettfells, in dem sie früher sorgsam jedes Spänchen, jedes Krümelchen ihrer kostbaren Arbeitsmaterialien aufgefangen hatte, sie massierten und kneteten es. Sie sah auf das Leder, auf ihre Hände, während sie fortfuhr:

„Dann kam der nächste Brief, und diesmal war Rolf zu Hause. Wir hatten Weihnachtsferien, und er holte seine Post selbst aus dem Briefkasten. Er las, begriff, daß dies nicht die erste Beschwerde war, und redete zwei Tage nicht mehr mit mir. Dann traf Christian ein, um mit uns Weihnachten zu feiern. Sofort nach seiner Ankunft rief mein Mann ihn ins Studio, schloß die Tür, und als sie sich wieder öffnete, kam Christian heraus, kreidebleich und stumm wie ein Fisch. Sie verbrachten die Festtage damit, einander aus dem Weg zu gehen. Nur wenn ich mich einschaltete, waren sie sich ausnahmsweise einig. Dann hieß es: ‚Das ist nicht dein Kind!' Und ‚Du bist nicht meine Mutter!' Ich durfte mir die schlechte Stimmung anhören, das war alles.

Im März mußte Christian das Internat verlassen. Zu dieser Zeit hatte ich mir schon mein Atelier eingerichtet. Vier Wochen habe ich ihn hier untergebracht, ohne daß Rolf etwas ahnte. Das heißt, es hätte ihn auch gar nicht interessiert, wo der Junge steckte. Hier oben haben Christian und ich gemeinsam darüber nachgedacht, was er machen könnte, ohne Schulabschluß. Damals bildete sich zwischen uns das Vertrauensverhältnis, das wir aufrechthielten, bis er, nun ja, die letzten Konsequenzen zog. Immer öfter erzählte er von seiner Theatergruppe im Internat. Sogar Klassiker hatten sie aufgeführt, und gute Kritiken in den Regionalzeitungen bekommen. Und ich dachte an Till Nederburg, den bunten Vogel aus Paris."

„Haben Sie damals geahnt, daß er Ihrem Stiefsohn in seinen Neigungen sehr entgegenkommen würde?"

„Damals nicht. In Paris war er von jungen Mädchen umschwärmt worden, Balletteleven, Autogrammjägerinnen. Woher wissen Sie es?"

Ich erzählte ihr von Anna und der Männerstimme, die sie abends in Christians Wohnung gehört hatte. Ich erzählte auch, daß ich in Nederburgs Wagen eine Zigarre von der Sorte gefunden hatte, wie Christian sie rauchte, und wie sehr es mich gewundert hatte, daß er als Lehrer, dem private Kontakte mit seinen Schülern verboten waren, so genau wußte, wie es in seiner Wohnung aussah.

Sie nickte. „Irgendwann begann ich zu ahnen, daß Christian sich verliebt hatte. War es ein Wunder? Nederburg hatte ihm ohne große Formalitäten einen Termin für die Aufnahmeprüfung besorgt, ohne lange Wartezeit. Andere müssen sich ein halbes Jahr gedulden, er kam sofort dran, bestand mit Auszeichnung, und er hatte einen Lehrer, der schön, jung und von der gleichen ‚Fakultät' war wie er und seine Gefühle erwiderte."

„Nederburg hat Sie von Christians Selbstmordversuch unterrichtet. War er sehr betroffen?"

„Er war außer sich! Er bat mich, sofort nach Wien zu kommen. Und natürlich fuhr ich gleich am nächsten Tag. Wir trafen uns in der Eingangshalle des Allgemeinen Krankenhauses. Ich ging allein hinauf zur Intensivstation, weil ich annahm, daß nur Familienangehörige hineingelassen würden. Als ich zurückkam, stand er da und sagte: ‚Das hat dein Mann auf dem Gewissen! Dieses intolerante, autoritäre Schwein!‘ Ich verbat mir das, aber er sagte: ‚Er hat ihn systematisch fertiggemacht. Das will ein Pädagoge sein, der seinen eigenen Sohn bis zum Selbstmord treibt? Ich fahre nach Münster und rede mit ihm. Ich nehme den Nachtzug.‘“

„Sagte er ‚ich rede mit ihm‘ oder ‚ich rechne mit ihm ab‘?“ unterbrach ich sie.

„Nein, damals wollte er mit ihm reden! Er hatte den Mord nicht geplant. Ich fragte: ‚Was willst du ihm denn sagen? Er ändert sich doch nicht. Er hat andere Moralvorstellungen als du!‘ Aber er war von seinem Vorsatz nicht abzubringen. Und ich dachte: Er liebt Christian so sehr, daß er etwas für ihn tun will. Und wenn dieses Etwas darin besteht, daß er dem Vater seines Freundes eine Riesenszene macht. – Ich versuchte mir gar nicht erst vorzustellen, wie diese Szene ablaufen würde. Ich kannte meinen Mann, und Till tat mir leid. Er fragte mich nach einem diskreten Hotel in Münster. Er wolle kein Aufsehen. Er sei den ewigen Starrummel leid. Ich bot ihm das Atelier an, nannte ihm die Adresse und gab ihm die Schlüssel.“

„Welche Schlüssel?“ fragte ich. „Für Haus- und Wohnungstür?“

„Den kompletten Satz. Ich weiß nicht, warum. Es ergab sich so. Ich hatte nicht viel Zeit zum Nachdenken.“

„Also hatte Nederburg Zugriff zu der Zyankali-Flasche? Ein Viertelliter Kaliumcyanidsalze, frisch gekauft und für ihn unverschlossen.“

Sie drehte das leere Wasserglas in ihrer Hand, fuhr mit den Fingern über den Rand, umschloß es mit beiden Händen.

„Ist es meine Schuld?“ fragte sie dann. „Als ich abreiste, konnte ich nicht wissen, daß während meiner Kur jemand im Atelier übernachten würde!“

„Und wenn Ihr Mann Besuch bekommen hätte?“

„Dann wäre er verantwortlich gewesen.“

„Wissen Sie, ob Nederburg eine Waffe besitzt?“ fragte ich.

Sie nickte. „Einen Revolver. Ich weiß es durch Christian. Nederburg hat ihn in seiner Nachttischschublade liegen. Er ist vor Jahren in einem New Yorker Hotel von einem Einbrecher angegriffen worden und hat sich danach die Waffe gekauft."

Mir gingen noch einmal die absurden Mordvarianten durch den Kopf, die ich mir zu Rehbergs Tod vorgestellt hatte, während ich auf das Telefongespräch mit Willstädter wartete: in der Sauna, bei einer Quartett-Probe, auf einer Vernissage. Aber es gab auch Varianten, die bedeutend realistischer waren.

„Nederburg hätte hier in der Wohnung auf Ihren Mann warten können. Er hätte ihn, wenn er ihn schon aus der Welt schaffen wollte, erschießen können, erstechen, erdrosseln, aber das hat er nicht getan. Er hat mit Ihrem Schlüssel den Giftschrank aufgeschlossen und das Zyankali herausgenommen."

„Wenn er unten im Keller gestöbert hätte, wäre er auf Rattengift gestoßen", unterbrach sie mich. „Vorige Woche kam ein Rundbrief, daß man keine Kinder hinunterlassen soll."

„Entweder Sie haben mich nicht verstanden, oder Sie wollen mich nicht verstehen. Hätte er Ihren Mann erschossen, wäre es sein Mord gewesen, hätte er ihn erstochen, ebenfalls – ein Messer können Sie überall kaufen, wenn sie keins haben. Selbst wenn er einen Schal aus Ihrem Schrank genommen hätte und ihm die Kehle zugeschnürt hätte, würde niemand Sie belasten. Aber es war Gift, Ihr Gift."

„Lassen Sie mich weiterreden", bat sie und berichtete, daß ihr Mann sie am 12. März im Hotel Winkler angerufen und nach einer Krawattennadel gefragt hatte, die sie vor längerer Zeit zur Reparatur ins Atelier mitgenommen hatte.

„Pedantisch, wie er war, trug er seine Krawatten immer in der gleichen Reihenfolge. Er nahm jeweils die vorderste von der Stange und hängte die zuletztgetragene ganz nach hinten. Zu zwei von ihnen paßte eine Nadel, die er von seinem Vater geerbt hatte, und an der er sehr hing. Die Lapislazuli-Perle hatte sich gelöst, ich hatte sie wieder festgeklebt, aber im Atelier liegenlassen. Nun war eine der beiden Krawatten an der Reihe, und die Nadel fehlte. Er wurde grob und beschimpfte mich, weil er extra in die Werkstatt fahren mußte. Nur mit Mühe konnte ich ihn davon abhalten, sie noch am gleichen Tag zu holen. Schließlich war Nederburg da! Ich redete ihm zu, bis Montag mittag zu warten. Er erzählte, daß er Montag mittag wegen der Zulassungs-Konferenz länger in der Schule bleiben müsse und nicht noch mehr Zeit verlieren wolle. Andererseits fühle er sich nicht gut, weil er stark erkältet sei. Schließlich stimmte er zu, daß es besser war, jede überflüssige Anstrengung zu vermeiden und zu Hause zu bleiben.

Meine größte Sorge war nun, daß die beiden am Montag im Atelier aufeinandertrafen, oder daß Rolf dort Dinge fände, die Nederburg gehörten. Ich versuchte Till mehrmals zu erreichen, um ihm zu sagen, daß er alles Auffällige verstecken und über Mittag nicht im Atelier sein solle. Aber er war nicht da. Erst am späten Abend konnte ich mit ihm reden. Schon an seiner Stimme hörte ich, daß das Gespräch mit Rolf stattgefunden hatte, ohne Ergebnis natürlich, dafür mit Beleidigungen und Beschimpfungen, die bis ans Handgreifliche gingen. Till wirkte mürrisch und verschlossen, versprach aber zu tun, was ich von ihm wollte. Schließlich war es in seinem Interesse, Rolf nicht noch einmal über den Weg zu laufen. Schon gar nicht in meiner Werkstatt."

„Ihr Mann hat Sie an diesem Sonntag nachmittag noch einmal angerufen", sagte ich.

„Er wollte wissen, wo ich die Nadel aufbewahrte, um nicht lange suchen zu müssen. Als ich sie in die Werkstatt mitnahm, hatte ich sie in eins seiner Taschentücher gewickelt, damit sie nicht verlorenging, und nach der Reparatur zusammen mit dem Tuch in die oberste Schublade des Arbeitstisches gelegt. Leicht zu finden also. – Als die Nachricht von seiner Ermordung kam, wußte ich, daß es nur Nederburg gewesen sein konnte. Er hatte das Taschentuch mit aufgelöstem Kaliumcyanid getränkt und die Krawattennadel daraufgelegt. Rolf nahm sie, befestigte sie an seinem Schlips und steckte das Taschentuch ein."

„Es muß ziemlich feucht gewesen sein", wandte ich ein, „und dann der unangenehme Geruch ..."

Sie zuckte die Schultern. „Das Taschentuch in seiner Anzugsjakke war vermutlich noch durchnäßter vom ständigen Schneuzen, und mit dem Schnupfen, den er hatte, roch er nichts. Außerdem hat er das Tuch wahrscheinlich erst benutzt, als er schon am Aasee war. Als er alle anderen verbraucht hatte. Sonst wäre er schon früher …"

Sie brach ab, sah mich an und ging wieder zum Fenster. Es dauerte eine Weile, ehe sie weiterredete. „Und als er den stechenden Geruch bemerkte, war es zu spät. – Er war ein schwieriger Mensch", sagte sie gegen die Scheibe gewandt, „aber er war mein Mann."

„Bei der Spurensicherung ist kein Taschentuch gefunden worden."

„Er wird es aus dem Wagenfenster geworfen haben, als er merkte, woher ihm so schlecht wurde. Aber das hat ihm nicht mehr geholfen."

„Haben Sie an dem Abend, als Sie mit Nederburg im Tollen Bomberg saßen, über den Mord gesprochen?"

Sie nickte, immer noch vor dem Fenster.

„Er kam zum Schulteweg und wollte mir alles genau erzählen, in allen Einzelheiten, aber ich wollte nichts davon hören. Es war sein Mord, nicht meiner! Und als er sich nicht abweisen ließ, dachte ich: ‚Nicht in unserem Haus! Und nicht im Atelier'. Deshalb nahm ich ihn mit in das Lokal. Er sagte, Rolf habe ihn als ‚Schwulen Kleckser' beschimpft und rausgeschmissen. Da habe sein Entschluß festgestanden."

„Warum sind Sie nicht zu uns gekommen?"

„Manchmal war ich drauf und dran. Aber Nederburg hatte gedroht, mich in die Sache hineinzuziehen. Schließlich gehörte das Gift mir. Sein Anwalt hätte versuchen können, mir Beihilfe oder sogar Anstiftung zum Mord anzuhängen. Außerdem …"

„Außerdem?"

„Er war Christians Freund, er hatte es für ihn getan, als Abrechnung für seinen Selbstmord." Sie schwieg eine Weile, dann drehte sie sich vom Fenster weg.

„Wenigstens habe ich das eine Zeitlang geglaubt." Sie zog eine Schublade ihres leergeräumten Werktisches auf und nahm grünes Briefpapier heraus.

„Solange, bis ich dies hier bekam."

Ich erkannte die großen, schräggestellten Buchstaben aus dem Brief wieder, den ich am Mordtag Frieder Lenz vorgelesen hatte. Dieser hier stammte vom 9. März und begann mit der Anrede „Lieber Till!"

„Christians Abschiedsbrief?"

Frau Rehberg nickte. „Ich bekam ihn in der Woche nach Ostern zusammen mit seinen Papieren. Führerschein, Kredit- und Scheckkarte, alles, was die Wiener Polizei in seiner Wohnung sichergestellt und an die Deutsche Botschaft weitergeleitet hatte. Mein Mann war nicht schuld an seinem Selbstmord. Es war Nederburg. Er hatte ihn in sich verliebt gemacht, und jetzt wollte er ihn loswerden. Er hatte längst einen anderen. Christian hat sich aus Liebeskummer umgebracht." Sie lächelte bitter. „Liebe ist Liebe! Ob zwischen Mann und Frau oder zwischen zwei Männern, nicht wahr?"

Ich suchte nach dem Namen, den Inspektor Novak genannt hatte, und fand ihn auf der zweiten Seite.

„Heißt Nederburgs neuer Freund Gabriele?"

Sie kam zu mir zurück und lehnte sich gegen die Tischkante.

„Ja", sagte sie. „Offenbar lebt er in Mailand. Till hat dort eine Wohnung und einen großen Bekanntenkreis."

„Haben Sie eine Ahnung, wo er stecken könnte?"

„Wenn er nicht in Wien ist, dann in Mailand. Er fährt regelmäßig hinunter. Er führt ein sehr aufwendiges Leben. Deshalb ja auch das Manöver mit diesem Ölbild. Ständig ist er in Geldnöten – die beiden Appartments, das Auto, Anzüge von Armani und Cerruti, teure Geschenke für seine Freunde. Und weil mein Mann abstrakte Kunst sammelte, bildete er sich ein, ich würde ihm etwas abkaufen."

„Rot und nichts weiter", ergänzte ich.

„Sie haben das Bild gesehen?"

„Ich habe einen Kollegen in Köln gebeten, in die Galerie Schneider zu gehen. Er wollte es auch nicht haben. Dreieinhalbtausend Mark!"

Ich stand auf.

„Ich muß Sie jetzt bitten, mit ins Präsidium zu kommen. Sie wollen doch sicher nicht warten, bis Nederburgs Anwalt Sie vor Gericht belastet."

An diesem Abend schlief Li-Na ein zweites Mal auf unserer Couch. Es wurde Mitternacht, ehe ich meinen Bericht für Dr. Gross fertig hatte. Zwischendurch rief ich bei der Vermittlung an. Die internationale Fahndung nach Nederburg war voll im Gang.

„Nein, noch immer kein Telex!"

Es war halb zwölf, als endlich das Telefon läutete. Ich nahm ab und hörte Carlas Stimme.

„Carla! Woher hast du meine Büronummer?"

„Von deiner chinesischen Perle. Ich fürchte, ich habe sie aus dem Schaf gescheucht. Aber ich mußte dich unbedingt noch sprechen. Sie suchen Nederburg, gerade vor einer halben Stunde kam die Nachricht im Radio. Er hat es getan, oder?"

„Ja, Carla, er war es."

„Ja!" wiederholte sie, dann war die Leitung stumm.

Ich legte auf. Fünf Minuten später kam ein Anruf aus der Zentrale. Sie hatten Till Nederburg in Tarvisio festgenommen.

Es war das erste Mal, daß ich in den Spiegel sah, bevor ich hinauf zum „Pinguin" ging, um ihm mein Protokoll über den Fall Rehberg vorzulegen. Ich hatte ganze drei Stunden geschlafen. Im Waschraum rieb ich mein Gesicht mit eiskaltem Wasser, trug Make-up auf und wischte den bräunlichen Lippenstift weg, der meiner blassen Haut etwas Maskenhaftes gab. Ich hatte morgens nicht viel Zeit gehabt, nach Kosmetika zu suchen. Dr. Gross saß an seinem Schreibtisch und legte Zigarre und Zeitungen weg, als ich zur Tür hereinkam.

„Na also", sagte er mit seiner quäkenden Stimme. „Damit wäre der Fall erledigt, und Münster geht durch die Medien als die Stadt mit der tüchtigsten Polizei Deutschlands, was?“ Er strahlte. „Aber in einem Punkt waren ich und Sie uns doch von Anfang an einig, oder?“

„In welchem, Herr Dr. Gross?“

„Daß diese Frau mitschuldig war? Ich meine, die Witwe.“

Ich war schon wieder an der Tür, um ihn mit seiner Lektüre über die Ermittlungen der angeblich erfolgreichsten Polizei Deutschlands allein zu lassen, als er mich zurückhielt.

„Ja, Herr Dr. Gross?“

„Wie sind Sie eigentlich darauf gekommen, daß Frau Rehberg Goldschmiedin ist?“

„Durch eine Brosche.“

„Eine Brosche?“ wiederholte er unsicher.

„Sie trug sie an ihrer Kleidung. Ein Stück, wie ich es schon seit langem suchte. Später fand ich das gleiche Exemplar bei ihrer Freundin wieder, in der Galerie Vondembusche. Und als ich es kaufen wollte, erfuhr ich, daß es ein Dekorationsstück war, angefertigt von Frau Rehberg.“

Er dachte eine Weile nach. Dann zog er die Augenbrauen hoch, und für Sekunden trat ein verschmitztes Lächeln in seine Augen: „Gefährlich, diese Frauen!“